LE TRIBUNAL DES ÂMES

Né en 1973, Donato Carrisi est l'auteur d'une thèse sur Luigi Chiatti, le « monstre de Foligno », un tueur en série italien. Juriste de formation, spécialisé en criminologie et sciences du comportement, il délaisse la pratique du droit pour se tourner vers l'écriture de scénarios. *Le Chuchoteur*, son premier roman, a remporté de nombreux prix littéraires.

Paru dans Le Livre de Poche :

LE CHUCHOTEUR

DONATO CARRISI

Le Tribunal des âmes

TRADUIT DE L'ITALIEN PAR ANAÏS BOKOBZA

CALMANN-LÉVY

Titre original :

IL TRIBUNALE DELLE ANIME
Publié par Longanesi & C., Gruppo Editoriale Mauri Spagnol, Milan, 2011

« Il n'existe pas de témoin aussi terrible ou accusateur, aussi implacable que la conscience qui habite l'âme de chacun. »

POLYBE

Le cadavre ouvrit les yeux.

Il était allongé sur le dos. La pièce était blanche, éclairée par la lumière du jour. Sur le mur, devant son lit, trônait un crucifix en bois.

Il observa ses bras étendus le long de ses flancs, sur les draps, blancs également. C'était comme si ses mains ne lui appartenaient pas. Il en souleva une – la droite – et la tint devant ses yeux pour mieux la voir. C'est alors qu'il effleura le bandage qui lui couvrait la tête. Il était blessé, mais ne ressentait aucune douleur.

Il se tourna vers la fenêtre. La vitre lui renvoya le faible reflet de son visage. À ce moment-là, la peur arriva. La question lui fit mal. Mais le pire était de ne pas connaître la réponse.

Qui suis-je ?

IL Y A CINQ JOURS

L'adresse était en dehors de la ville. À cause du mauvais temps et du GPS qui ne trouvait pas la route, ils avaient mis plus d'une demi-heure à arriver. Sans le petit réverbère qui éclairait l'allée, ils auraient pensé que l'endroit était inhabité.

L'ambulance longea lentement le jardin à l'abandon. Les phares éclairèrent des statues de nymphes couvertes de mousse et des Vénus mutilées aux gestes élégants, qui saluèrent leur passage avec des sourires tordus. Elles dansaient, immobiles, pour eux seuls.

La vieille villa les accueillit comme un quai d'amarrage en pleine tempête. À l'intérieur, il faisait noir. Pourtant, la porte était ouverte.

La maison les attendait.

Ils étaient trois. Monica, la jeune interne de garde aux urgences cette nuit-là. Tony, un infirmier habitué à ce genre d'interventions. Et le chauffeur, qui resta dans l'ambulance tandis que les autres bravèrent l'orage. Avant de franchir le seuil, ils s'annoncèrent à haute voix.

Personne ne répondit. Ils entrèrent.

Odeur de moisi. La faible lueur orange d'une rangée de lampes traçait un couloir aux murs sombres. À droite, un escalier montait à l'étage.

Dans la pièce du fond, ils aperçurent un corps gisant sur le sol.

Ils se précipitèrent pour lui porter secours et se retrouvèrent dans un salon aux meubles recouverts de draps blancs. À l'exception d'un fauteuil élimé, placé en plein milieu, devant un vieux téléviseur. Tout sentait le vieux, dans cette maison.

Monica s'accroupit à côté de l'homme étendu par terre, qui respirait à peine.

— Il est cyanosé, constata-t-elle.

Tony s'assura que les voies respiratoires étaient dégagées, puis il plaça le sac d'Ambu sur la bouche pendant que Monica vérifiait les pupilles avec une lampe de poche.

La cinquantaine, inconscient, l'homme portait un pyjama à rayures, des pantoufles en cuir et une robe de chambre. Sa mise était négligée, sa barbe longue de plusieurs jours et ses cheveux en désordre. Il tenait à la main le portable avec lequel il avait appelé les urgences pour se plaindre de fortes douleurs au thorax.

L'hôpital le plus proche était le Gemelli. En cas de code rouge, le médecin de garde se joignait au personnel de la première ambulance disponible.

Monica était présente pour cette raison.

Il y avait une table renversée, un bol cassé, du lait et des biscuits partout, mélangés à l'urine. L'homme s'était sans doute senti mal en regardant la télévision et n'avait pu se retenir. *Le coup classique*, nota Monica. Un homme entre deux âges, vivant seul, a un infarctus et, s'il ne parvient pas à appeler à l'aide, on finit par trouver son cadavre quand les voisins sont alertés par l'odeur. Mais pas dans cette villa isolée. S'il n'avait pas de famille proche, on aurait pu mettre des années à découvrir le drame. En tout cas, la scène avait un air de déjà-vu et elle ressentit de la peine pour lui. Du moins jusqu'à ce qu'ils ouvrent sa veste de pyjama pour pratiquer le massage cardiaque. Deux mots étaient incisés sur son thorax.

Tue-moi.

Le médecin et l'infirmier firent mine de ne pas les voir. Leur devoir était de sauver une vie. Néanmoins, à partir de ce moment-là ils exécutèrent chaque geste avec une certaine hâte.

— La saturation baisse, dit Tony après avoir vérifié les valeurs de l'oxymètre.

L'air n'arrivait pas aux poumons.

— Il faut l'intuber, sinon on va le perdre.

Monica sortit le laryngoscope du sac et se plaça derrière la tête du patient. Elle dégagea ainsi la vue de l'infirmier et perçut un éclair dans ses yeux, un trouble qu'elle ne sut interpréter. Tony était un professionnel aguerri, pourtant quelque chose l'avait bouleversé. Quelque chose qui se trouvait derrière elle.

À l'hôpital, tout le monde connaissait l'histoire de la jeune interne et de sa sœur. Personne n'avait jamais osé lui en parler, pourtant elle savait reconnaître dans le regard des autres l'étincelle de compassion et d'appréhension, lorsqu'ils se demandaient au fond de leur cœur comment elle pouvait vivre avec un tel poids.

Monica lut cette expression sur le visage de l'infirmier, accompagnée d'effroi. Alors elle se retourna et vit ce qu'avait vu Tony.

Un patin à roulettes, abandonné dans un coin de la pièce, qui sortait tout droit de l'enfer.

Il était rouge avec des sangles dorées. Identique à son jumeau qui n'était pas là mais dans une autre maison, une autre vie. Monica les avait toujours trouvés un peu kitsch. Teresa soutenait qu'ils étaient vintage. Elles aussi étaient jumelles, ainsi Monica avait-elle eu la sensation de se voir elle-même quand le cadavre de sa sœur avait été découvert dans la clairière à côté du fleuve, par une froide matinée de décembre.

Vingt et un ans à peine, elle avait été égorgée.

On dit que les jumeaux sont reliés l'un à l'autre, même à des kilomètres de distance. Monica n'y croyait pas. Elle n'avait ressenti ni peur ni danger pendant qu'on avait enlevé Teresa au retour d'une balade en patins avec ses amies, un dimanche après-midi. Son corps avait été retrouvé un mois plus tard, vêtu des mêmes habits que le jour de sa disparition.

Avec ce patin rouge, prothèse grotesque au pied du cadavre.

Monica le conservait depuis six ans, se demandant où était passé l'autre et s'ils le retrouveraient un jour. Elle avait souvent imaginé le visage de la personne qui le détenait. Elle l'avait souvent cherché parmi les inconnus croisés dans la rue. Avec le temps, c'était devenu une sorte de jeu.

Monica avait peut-être trouvé la réponse.

Elle regarda l'homme allongé devant elle. Ses mains rugueuses et grassouillettes, les poils sortant de ses narines, la tache d'urine sur l'entrejambe de son pantalon. Il ne ressemblait pas à un monstre, comme elle l'avait toujours imaginé. Il était fait de chair. Un être humain banal au cœur fragile, en plus.

— Je sais à quoi tu penses, lui dit Tony. Nous pouvons arrêter quand tu le souhaites et attendre que ce qui doit arriver arrive… À toi de choisir. Personne n'en saura rien.

C'était lui qui l'avait proposé, sans doute parce qu'elle avait hésité à poser le laryngoscope sur la bouche haletante de l'homme. Monica observa à nouveau son thorax.

Tue-moi.

C'était peut-être la dernière chose que sa sœur avait vue pendant qu'il l'égorgeait comme un animal à l'abattoir. Pas un mot chaleureux et réconfortant, comme devrait entendre toute créature humaine sur le point de quitter ce monde. Son assassin avait voulu se jouer d'elle. Il en avait joui. Peut-être Teresa l'avait-elle supplié d'en finir au plus vite. De rage, Monica serra le laryngoscope tellement fort que les jointures de ses doigts blanchirent.

Tue-moi.

Ce lâche s'était tatoué ces mots sur le sternum, pourtant quand il s'était senti mal, il avait appelé les secours. Il était comme les autres, il avait peur de mourir.

Monica réfléchit. Ceux qui avaient connu Teresa ne voyaient en elle qu'une pâle réplique, une statue de cire, la copie d'un regret. Pour ses parents, elle représentait ce que sa sœur aurait pu être et ne serait jamais. Ils la regardaient grandir et ils cherchaient Teresa. Maintenant, Monica avait la possibilité de se libérer du fantôme de sa jumelle qui l'habitait. *Je suis médecin*, se rappela-t-elle. Elle aurait voulu ressentir une lueur de pitié pour l'être humain étendu devant elle, ou la crainte d'une justice supérieure, ou encore une émotion qui ressemblât à un message. Mais elle ne ressentait rien. Le doute était-il encore permis ? Se pouvait-il que cet homme ne fût pour rien dans la mort de Teresa ? Pourtant, il n'existait qu'une seule raison pour que ce patin se trouvât là.

Tue-moi.

Sa décision était prise.

06 h 19

Rome était ensevelie sous des torrents de pluie. De longues ombres drapaient les immeubles du centre historique, enfilades de façades pleurant en silence. Les ruelles, entortillées comme des viscères autour de la piazza Navona, étaient désertes. À quelques mètres du cloître de Bramante, les vitrines du *Caffè della Pace* se reflétaient sur les pavés luisants.

À l'intérieur, des chaises habillées de velours rouge, des tables en marbre veiné de gris, des statues néo-Renaissance et des habitués. Des artistes, surtout peintres et musiciens, inquiets de cette aube insuffisante. Et aussi des boutiquiers et des antiquaires se préparant à ouvrir leurs échoppes, et quelques acteurs de retour d'une nuit de répétition buvant un cappuccino avant d'aller se coucher. Tous cherchaient à se consoler de cette matinée lugubre, tous étaient en veine de bavardage. Personne ne prêtait attention aux deux étrangers vêtus de noir installés à une petite table près de l'entrée.

— Comment vont tes migraines ? demanda le plus jeune.

18

L'autre cessa de rassembler des grains de sucre autour de sa tasse vide pour caresser instinctivement la cicatrice sur sa tempe gauche.

— Parfois je n'en dors pas, mais dans l'ensemble je vais mieux.

— Tu fais encore ce rêve ?

— Toutes les nuits.

— Ça passera.

— Oui, ça passera.

Le silence qui suivit fut interrompu par le long sifflement émis par la machine à café.

— Marcus, c'est le moment, dit le plus jeune.

— Je ne suis pas encore prêt.

— On ne peut plus attendre. On me demande où tu en es.

— Je fais des progrès, non ?

— Oui, c'est vrai : tu t'améliores chaque jour, et crois-moi cela me rassure. Mais l'attente est longue. Beaucoup de choses dépendent de toi.

— Qui sont ces gens qui s'intéressent tant à moi ? J'aimerais les rencontrer, leur parler. Je ne connais que toi, Clemente.

— Nous en avons déjà parlé. C'est impossible.

— Pourquoi ?

— Parce qu'on a toujours fait ainsi.

Marcus toucha à nouveau sa cicatrice, comme chaque fois qu'il était inquiet.

Clemente se pencha vers lui, cherchant ses grands yeux bleus.

— C'est pour ta sécurité.

— Pour la leur, tu veux dire.

— Pour la leur aussi, en effet.

— Je pourrais devenir gênant. Et cela ne doit pas se produire, n'est-ce pas ?

Le sarcasme ne froissa pas Clemente.

— Quel est ton problème ?

— Je n'existe pas, dit Marcus avec une distorsion douloureuse dans la voix.

— Le fait que moi seul aie vu ton visage te rend libre. Tu ne comprends pas ? Ils ne connaissent que ton nom, pour le reste ils se fient à moi. Ton mandat n'a donc pas de limites. S'ils ne savent pas qui tu es, ils ne peuvent pas te mettre de bâtons dans les roues.

— Pourquoi ?

— Parce que ce que nous cherchons peut les corrompre, eux aussi. Si toutes les autres mesures échouaient, si les barrières se révélaient inutiles, il resterait quelqu'un pour veiller. Tu es leur ultime défense.

Un éclair de défi traversa le regard de Marcus.

— Réponds à une question… Y en a-t-il d'autres comme moi ?

— Je ne sais pas, admit Clemente après une courte pause. Je ne peux pas le savoir.

Marcus regarda par la fenêtre les passants qui profitaient d'une accalmie pour quitter leurs abris de fortune et reprendre leur chemin. Il avait encore beaucoup de questions à poser à Clemente. Des choses qui le concernaient directement, des choses qu'il avait oubliées. L'homme en face de lui était son seul contact avec le monde. Ou plutôt, il était tout son monde. Marcus ne parlait jamais à personne, il n'avait pas d'amis. Il savait des choses qu'il aurait préféré ne pas savoir. Des choses sur les hommes et sur le mal qu'ils peuvent commettre. Des choses assez terribles pour faire vaciller la confiance, pour contaminer n'importe quel cœur pour toujours. Il regardait les gens autour de lui vivre sans ce poids sur la conscience, il les enviait. Clemente l'avait sauvé. Mais son salut avait marqué son entrée dans un monde de ténèbres.

— Pourquoi moi ?

— *Les chiens sont daltoniens*, répondit Clemente comme chaque fois. Alors, tu es avec moi ?

— Oui, je suis avec toi.

Sans ajouter un mot, Clemente sortit une enveloppe de l'imperméable posé sur le dossier de sa chaise, la posa sur la table et la poussa vers Marcus, qui l'ouvrit avec circonspection.

Elle contenait trois photographies.

La première représentait un groupe de jeunes gens faisant la fête sur une plage. Au premier plan, deux jeunes filles en maillot trinquaient avec des bouteilles de bière devant un feu. Sur la deuxième, l'une des deux, cheveux relevés, lunettes de soleil sur le nez, souriait en indiquant dans son dos le palais de la Civilisation italienne, icône du néoclassicisme situé dans le quartier de l'Eur. Sur le troisième cliché, la même fille enlaçait un homme et une femme, probablement ses parents.

— Qui est-ce ? demanda Marcus.

— Elle s'appelle Lara. Elle a vingt-trois ans, elle étudie l'architecture à Rome. Elle est en quatrième année.

— Que lui est-il arrivé ?

— C'est bien le problème : personne ne le sait. Elle a disparu il y a près d'un mois.

Marcus se concentra sur le visage de Lara, oubliant les voix et tout ce qui l'entourait. Elle avait tout de la jeune provinciale transplantée dans une grande ville. Très jolie, les traits fins, sans maquillage. Il imagina qu'elle attachait presque toujours ses cheveux en queue-de-cheval parce qu'elle ne pouvait pas se payer le coiffeur. Peut-être n'y allait-elle que quand elle rentrait chez ses parents, où cela coûtait moins cher. Pour se vêtir, elle avait choisi une solution de compromis : un jean et un tee-shirt passe-partout. On voyait sur son visage les marques des nuits passées à réviser ses cours et des dîners constitués d'une boîte de thon, dernière ressource des étudiants à la fin du mois, en attente du nouveau virement de papa et maman. Sa première sortie du nid familial. Sa lutte quotidienne contre la nostalgie, aidée par son rêve de devenir architecte.

— Raconte-moi.

Clemente prit un carnet, écarta sa tasse de café et consulta ses notes.

— Le jour de sa disparition, Lara a passé une partie de la soirée avec des amis dans un bar. Ils ont déclaré qu'elle avait l'air tranquille. Ils ont bavardé des sujets habituels. Vers 21 heures, elle a annoncé qu'elle était fatiguée et qu'elle rentrait se coucher. Deux de ses camarades – un couple – l'ont raccompagnée en voiture et ont attendu qu'elle soit à l'intérieur de son immeuble.

— Où habite-t-elle ?

— Dans le centre historique.

— D'autres locataires ?

— Une vingtaine. L'immeuble appartient à un organisme universitaire qui loue les appartements à des étudiants. Celui de Lara est au rez-de-chaussée. Jusqu'en août, elle le partageait avec une amie. Celle-ci étant partie, Lara cherchait une nouvelle colocataire.

— Quand a-t-on perdu sa trace ?

— La présence de Lara chez elle les heures suivantes est confirmée par son opérateur téléphonique qui a enregistré deux appels passés de son portable : l'un à 21 h 27, l'autre à 22 h 12. Le premier, d'une durée de dix minutes, à sa mère, le second à sa meilleure amie. À 22 h 19, son portable a été éteint. Et n'a pas été rallumé.

Une jeune serveuse vint retirer leurs tasses, s'attardant pour les inciter à commander autre chose. Mais ils se turent jusqu'à ce qu'elle reparte.

— Quand sa disparition a-t-elle été signalée ? demanda Marcus.

— Le lendemain soir. Ses amies, ne la voyant pas à l'université, lui ont téléphoné à plusieurs reprises, mais sont tombées chaque fois sur le répondeur. Vers 20 heures, elles sont allées frapper à la porte de chez elle, en vain.

— Qu'en pense la police ?

— La veille de sa disparition, Lara a prélevé 400 euros sur son compte pour payer son loyer, mais le gérant n'a jamais reçu cette somme. D'après sa mère, dans son armoire il manque des vêtements et un sac à dos. Et il n'y a aucune trace de son portable. La police penche pour un éloignement volontaire.

— Pratique.

— Tu sais bien comment cela se passe dans ces cas-là, non ? Quand rien ne fait craindre le pire, au bout d'un moment les recherches cessent. Et on attend.

De trouver un cadavre, par exemple, pensa Marcus.

— La jeune fille menait une vie sans histoires, elle passait la majeure partie de son temps à l'université, fréquentait toujours le même cercle.

— Qu'en pensent ses amis ?

— Que Lara n'est pas du genre à agir sur un coup de tête. Toutefois, ces derniers temps elle semblait fatiguée et distraite.

— Pas d'amoureux, pas de flirt ?

— Aucun appel extérieur au groupe habituel de connaissances ne figure sur les relevés téléphoniques de son portable et personne n'a parlé de petit ami.

— Internet ?

— Elle se connectait depuis la bibliothèque de son département ou dans un cybercafé près de la gare. Aucun e-mail suspect dans sa boîte.

À ce moment-là, la porte vitrée du café s'ouvrit pour laisser entrer un nouveau client. Une rafale de vent balaya la salle. Tous les présents se tournèrent, agacés, sauf Marcus, plongé dans ses pensées.

— Lara rentre chez elle comme tous les soirs. Elle est fatiguée, comme souvent ces derniers temps. Son dernier contact avec le monde a lieu à 22 h 19 quand elle éteint son téléphone, qui disparaît ensuite avec elle et ne sera jamais rallumé. À partir de là, nous ne savons plus rien. Il manque des vêtements, de l'argent et un sac à dos : la police opte donc pour un éloignement volontaire… Elle est sortie de chez elle et elle a disparu. Peut-être seule, peut-être accompagnée. Personne ne l'a remarquée. Pourquoi devrions-nous penser qu'il lui est arrivé quelque chose ? demanda Marcus en regardant fixement Clemente. Pourquoi nous ?

Le regard de Clemente était éloquent. Ils arrivaient au nœud. Au fond, ce qu'ils cherchaient étaient des *anomalies*. De minuscules déchirures dans la trame de la normalité. De petits obstacles dans la séquence logique d'une banale enquête de police. Souvent, quelque chose d'autre se cachait dans ces imperfections insignifiantes. Un passage vers une vérité différente, inimaginable. C'était là que commençait leur travail.

— Lara n'est pas sortie de chez elle, Marcus. Sa porte était fermée de l'intérieur.

Clemente et Marcus se rendirent sur les lieux. L'immeuble était situé via dei Coronari, à deux pas de la piazza San Salvatore in Lauro, avec sa petite église du XVI⁰ siècle. Il ne leur fallut que quelques secondes pour s'introduire dans le logement situé au rez-de-chaussée. En toute discrétion.

Marcus observa avec attention l'appartement de Lara, à commencer par la serrure arrachée. Pour accéder chez elle, la police avait dû défoncer la porte et les agents n'avaient pas remarqué que la petite chaîne intérieure, enclenchée, avait été arrachée et pendait maintenant le long de la porte.

Les 60 mètres carrés étaient divisés en deux niveaux. Le premier regroupait le salon et la cuisine. Une plaque de cuisson était encastrée dans un meuble surplombé par des placards. À côté, un frigo décoré d'aimants colorés sur lequel était posé un cyclamen desséché. Il y avait une table avec quatre chaises ; au centre, un plateau avec des tasses et de quoi faire du thé. Dans un coin, deux canapés disposés devant un téléviseur. Sur les murs peints en vert, ni tableaux ni posters mais des plans de bâtiments célèbres du monde entier. Toutes les fenêtres, protégées par des barreaux métalliques, donnaient sur une cour intérieure. Personne ne pouvait entrer ni sortir par là.

Marcus enregistrait tous les détails. Sans dire un mot, il fit le signe de croix, imité par Clemente. Puis il reprit son exploration. Il effleurait les objets avec la paume de sa main, comme s'il cherchait un résidu d'énergie, un signal radio, comme s'ils pouvaient communiquer avec lui, lui révéler ce qu'ils savaient ou ce qu'ils avaient vu. Tel un sourcier qui écoute l'eau cachée en sous-sol, Marcus sondait le silence profond et inanimé des choses.

Clemente observait son homme, restant en retrait pour ne pas le déranger. Il ne décela aucune hésitation chez lui, il était concentré. C'était une épreuve importante pour tous les deux. Marcus se prouverait à lui-même qu'il était à nouveau capable d'accomplir le travail auquel il avait été formé. Clemente s'assurerait qu'il ne s'était pas trompé sur ses capacités de récupération.

Marcus se dirigea vers le fond de la pièce, où une porte cachait une petite salle de bains carrelée de blanc et éclairée par un néon. La douche était située entre le lavabo et les toilettes. Il y avait une machine à laver et un placard pour les balais et les détergents. Un calendrier était accroché derrière la porte.

Marcus revint sur ses pas et se dirigea vers la partie gauche du séjour, où un escalier conduisait à l'étage. Il monta les marches quatre à quatre et se retrouva sur un petit palier desservant deux chambres à coucher.

La première attendait une nouvelle colocataire. Elle ne contenait qu'un matelas nu, un petit fauteuil et une commode.

L'autre était la chambre de Lara.

Les volets étaient ouverts. Dans un coin étaient installées une table avec un ordinateur et des étagères croulant sous les livres. Marcus passa ses doigts sur la tranche des manuels d'architecture, puis il caressa une feuille où figurait un projet inachevé de pont. Il attrapa l'un des crayons rangés dans un verre et le renifla, puis il fit de même avec une gomme, profitant du plaisir particulier que les articles de papeterie procurent.

Cette odeur appartenait au monde de Lara, ceci était le lieu où elle se sentait heureuse. Son petit royaume.

Il ouvrit l'armoire, déplaça les cintres et les vêtements pendus sur les cintres. Trois paires de chaussures étaient rangées : deux paires de tennis et des escarpins, pour les grandes occasions. Il y avait un espace prévu pour une quatrième paire.

Sur un grand lit simple, un ours en peluche dépassait des coussins. Il avait été témoin de la vie de Lara depuis son enfance, et il se retrouvait seul.

Sur la table de nuit étaient posés un cadre avec une photo de Lara et de ses parents ainsi qu'une boîte en fer-blanc qui contenait une bague avec un petit saphir, un bracelet en corail et quelques bijoux de pacotille. Marcus regarda plus attentivement la photo : c'était celle que Clemente lui avait montrée au *Caffè della Pace*. Lara portait une chaîne en or avec un crucifix, qui ne se trouvait pas dans la boîte à bijoux.

Clemente l'attendait au pied de l'escalier.

— Alors ?

— On pourrait l'avoir enlevée, en effet, dit Marcus en redescendant.

Au moment où il prononça ces mots, il en eut la certitude absolue.

— Comment peux-tu l'affirmer ?

— Tout est trop en ordre. Comme si les vêtements manquants et le portable disparu n'étaient qu'une mise en scène. Celui qui l'a organisée a oublié un détail : la chaîne qui bloquait la porte de l'intérieur.

— Comment a-t-il fait pour…

— Nous y arriverons.

Marcus déambula dans la pièce en essayant de visualiser la scène. Son esprit tourbillonnait. Les pièces de la mosaïque s'assemblaient devant ses yeux.

— Lara a eu de la visite.

Clemente savait ce qu'il se passait. Marcus se glissait dans la peau d'un autre. C'était cela, son talent : *voir ce que voyait l'intrus.*

— Il est venu quand Lara n'était pas là. Il s'est assis sur son canapé, allongé sur son lit, a fouillé dans ses affaires. Il a regardé ses photos, s'est approprié ses souvenirs. Il a touché sa brosse à dents, il a reniflé ses vêtements en quête de son odeur. Il a bu dans le verre qu'elle avait laissé dans l'évier.

— Je ne te suis pas…

— Il était en terrain connu. Il connaissait tout de Lara, ses horaires, ses habitudes.

— Rien ne fait penser à un enlèvement. Il n'y a aucun signe de lutte, personne dans l'immeuble n'a entendu de cri ni d'appel au secours. Comment peux-tu soutenir une chose pareille ?

— Il l'a emmenée pendant qu'elle dormait. Aide-moi à chercher le sucre, ajouta Marcus.

Clemente ne comprit pas exactement ce que son ami avait en tête mais il décida de lui faire confiance. Il trouva dans le placard au-dessus de l'évier un pot portant l'inscription *Sugar*. Marcus regarda dans le sucrier au centre de la table.

Ils étaient vides.

Les deux hommes se regardèrent longuement. Ils étaient reliés par une énergie positive. Ce n'était pas une simple coïncidence. L'intuition de Marcus pouvait tout confirmer.

— Le sucre est le meilleur endroit pour dissimuler un narcotique : il en masque la saveur et apporte la sécurité que la victime en absorbera régulièrement.

— Lara était fatiguée, ces derniers temps, selon ses amis.

Clemente sursauta. Ce détail changeait tout, mais pour l'instant il ne pouvait en toucher mot à son compère.

— Cela s'est fait progressivement, il n'y avait aucune hâte, poursuivit Marcus. Ceci prouve que celui qui l'a enlevée était déjà venu. Avec les vêtements et le portable, il a fait disparaître le sucre qui contenait le narcotique.

— Mais il a oublié la chaîne de la porte, ajouta Clemente. Par où est-il entré, et surtout par où sont-ils sortis ?

Cette chaîne était le détail dissonant qui faisait voler toutes les théories en éclats.

— Où sommes-nous ? demanda Marcus en regardant autour de lui.

Rome est le plus grand site archéologique « habité » du monde. La ville s'est développée par strates, en creusant de quelques mètres on tombe sur des vestiges d'époques et civilisations passées. Marcus savait bien que même dans ce qui était visible la vie s'était stratifiée avec le temps. Chaque lieu renfermait de nombreuses histoires et plus d'une destination.

— Qu'est cet endroit? Je ne veux pas dire maintenant, mais au début : tu as dit que l'immeuble datait du XVIII\ :sup:`e` siècle.

— C'était l'une des demeures des marquis Costaldi.

— Oui. Les nobles occupaient les étages supérieurs, ici se trouvaient les ateliers, les entrepôts et les écuries.

Marcus toucha la cicatrice sur sa tempe gauche. Il ne comprenait pas d'où venait ce souvenir. Comment pouvait-il le savoir? De nombreuses informations s'étaient effacées de sa mémoire. D'autres revenaient de façon inattendue, convoyant aussi la désagréable question de leurs origines. Il cachait en lui un lieu où certaines choses existaient mais restaient secrètes. De temps à autre, elles émergeaient, lui rappelant la présence de cet endroit nébuleux et le fait qu'il ne l'avait jamais trouvé.

— Tu as raison, dit Clemente. L'édifice est resté en l'état très longtemps. L'organisme universitaire qui l'a transformé en immeuble l'a reçu en legs il y a une dizaine d'années.

Marcus se baissa : le parquet était en bois massif brut. Les lattes étaient serrées. *Non, pas ici*, se dit-il. Sans se décourager, il se rendit à la salle de bains.

Il prit un seau dans le placard à balais et le remplit à moitié avec la douche. Clemente, derrière lui, ne comprenait toujours pas.

Marcus versa l'eau sur le sol carrelé. Une flaque s'élargit à leurs pieds.

Au bout de quelques secondes, l'eau disparut.

On aurait dit un tour de passe-passe, comme celui de la fille qui disparaît de la caisse où elle est enfermée. Sauf que là, il y avait une explication.

L'eau avait coulé au sous-sol.

Des petites bulles d'air se formèrent entre les carreaux. Elles décrivirent un carré parfait d'environ 1 mètre de côté.

Marcus se mit à quatre pattes et parcourut les carreaux du bout des doigts pour trouver la fissure. Quand il l'eut localisée, il saisit des ciseaux métalliques sur une étagère pour faire levier. Il souleva le carré de carrelage, juste assez pour glisser ses doigts dans l'ouverture et tirer. Il dévoila une trappe en pierre.

— Attends, je vais t'aider, intervint Clemente.

Ils firent glisser le couvercle d'un côté, découvrant un vieil escalier en travertin qui descendait sur 2 mètres et débouchait dans un couloir.

— Voilà par où est passé l'intrus, annonça Marcus. Au moins deux fois : pour entrer et pour sortir avec Lara.

Il alluma la petite lampe torche qu'il avait toujours sur lui et la pointa sur l'ouverture.

— Tu vas descendre là-dessous ? lui demanda Clemente.

— Pourquoi, j'ai le choix ?

La torche à la main, Marcus descendit l'escalier de pierre. Arrivé en bas, il se retrouva dans un tunnel creusé sous la maison qui se perdait dans deux directions opposées. Un véritable passage souterrain. Il ne comprenait pas où il conduisait.

— Tout va bien? lui demanda Clemente depuis l'appartement.

— Oui.

Au XVIIIe siècle, la galerie servait probablement d'issue de secours. Il devait choisir une direction. Il opta pour celle d'où provenait un bruit sourd, comme une pluie battante. Il parcourut au moins 50 mètres, glissant à deux reprises sur le sol boueux. Des rats lui frôlèrent les chevilles, l'effleurant de leurs corps chauds et soyeux avant d'aller se réfugier dans l'obscurité. Il reconnut le clapotis du Tibre grossi par les pluies incessantes des derniers jours. Et l'odeur douceâtre du fleuve, évoquant celle d'un animal courant à en perdre haleine. Bientôt, il entrevit une grille massive par laquelle filtrait la lumière grise du jour. On ne pouvait pas passer, alors il revint sur ses pas pour essayer l'autre côté. Il aperçut quelque chose qui brillait par terre dans la boue.

Il se pencha et ramassa une chaîne en or avec un crucifix.

Celle présente au cou de Lara sur la photo posée sur sa table de nuit. Il avait donc vu juste depuis le début.

Clemente avait raison. C'était cela, son talent.

Électrisé par cette découverte, Marcus ne s'aperçut qu'au dernier moment que son ami l'avait rejoint.

— Regarde, dit-il en lui montrant la chaîne. La fille pourrait être encore vivante. Nous avons une piste, nous pouvons trouver qui a fait le coup.

Clemente ne partageait pas son enthousiasme. Au contraire, il semblait troublé.

— Nous le savons déjà. J'avais besoin d'une confirmation... qui est malheureusement arrivée.

— À quoi fais-tu allusion ?

— Au narcotique dans le sucre.

— Et alors ? demanda Marcus qui ne comprenait pas.

— Il est temps que tu rencontres Jeremiah Smith.

08 h 40

La première leçon que Sandra avait apprise : les maisons ne mentent jamais.

Quand ils parlent d'eux-mêmes, les gens s'entourent de superstructures auxquelles ils finissent par croire. Mais le lieu où ils ont choisi de vivre, inévitablement, dit tout d'eux.

Par le biais de son travail, Sandra visitait de nombreuses maisons. Chaque fois qu'elle s'apprêtait à franchir un seuil, elle avait envie de demander la permission. Pourtant, pour ce qu'elle venait y faire, il n'y avait même pas besoin de sonner.

Quand, des années avant d'exercer cette profession, elle voyageait en train de nuit, elle observait les fenêtres éclairées des immeubles. Que de vies, que d'histoires ! De temps à autre, elle volait une scène domestique. Une femme qui repassait en regardant la télévision. Un homme assis dans un fauteuil faisant des ronds de fumée. Un enfant debout sur une chaise fouillant dans un placard. Brefs photogrammes d'un film. Puis le train filait. Et ces vies poursuivaient leur cours, sans se douter de rien.

Elle avait toujours aimé prolonger cette exploration par l'imagination. Se promener, invisible, parmi les objets les plus chers de ces gens. Les observer dans leurs occupations les plus banales, comme des poissons dans un aquarium.

Sandra s'était toujours demandé ce qu'il s'était déroulé entre les murs des maisons où elle avait habité. Quelles joies, disputes, tristesses s'étaient consumées sans écho.

Parfois, elle pensait aux drames ou aux horreurs tenus secrets dans les lieux. Heureusement, les maisons oublient vite. Les occupants changent et tout recommence à zéro.

Il arrive que ceux qui s'en vont laissent des traces de leur passage. Un rouge à lèvres oublié dans la salle de bains. Une vieille revue sur une étagère. Une paire de chaussures dans un placard. Un papier où figure le numéro de téléphone de SOS violences conjugales au fond d'un tiroir.

À travers ces petits signes, on peut reconstituer des histoires personnelles.

Elle n'aurait jamais imaginé que cette recherche des détails deviendrait son métier. À cette différence près : quand elle arrivait en qualité de professionnelle sur un lieu, celui-ci avait perdu son innocence.

Sandra était entrée dans la police sur concours et avait suivi une formation classique. Elle portait une arme de service, qu'elle maniait avec habileté. Mais en guise d'uniforme elle endossait la blouse blanche de la police scientifique. Après sa spécialisation, elle avait demandé à être affectée à l'équipe des enquêteurs photo.

Elle se rendait sur les scènes de crime munie de ses appareils avec pour seul but d'arrêter le temps. Les flashs figeaient tout. Plus rien ne pouvait changer.

La deuxième leçon que Sandra Vega avait apprise : les maisons meurent, comme les gens.

Elle assistait à leurs derniers instants, quand leurs habitants n'y remettraient plus les pieds. Les signes de cette lente extinction étaient les lits défaits, la vaisselle dans l'évier, une chaussette abandonnée sur le carrelage. Comme si les occupants avaient fui, laissant tout en désordre pour échapper à la fin du monde. En réalité, la fin du monde avait justement eu lieu entre ces murs.

Ainsi, dès que Sandra entra dans l'appartement au cinquième étage d'un immeuble populaire de la banlieue de Milan, elle comprit que la scène de crime qui l'attendait serait difficile à oublier. La première chose qu'elle vit fut le sapin décoré, bien que Noël soit encore loin. Elle se rappela que sa sœur, à cinq ans, avait interdit à ses parents de retirer l'arbre après les fêtes. Elle avait pleuré pendant tout un après-midi et ses parents avaient fini par abdiquer. Ils espéraient que cela lui passerait, mais le sapin de plastique orné de boules et de guirlandes était resté dans son coin pendant tout l'été et tout l'automne. Sandra eut le ventre noué.

Elle savait, maintenant : dans cette maison vivait un enfant.

Elle sentait sa présence. Parce que la troisième chose qu'elle avait apprise est que les maisons ont une odeur. Elle appartient à ceux qui y vivent, elle est toujours différente, unique. Quand les occupants changent, leur odeur s'évapore pour céder la place à une autre qui se forme avec le temps, intégrant d'autres parfums, chimiques ou naturels – assouplissant et café, manuels scolaires et plantes d'intérieur, nettoyant ménager et soupe au chou –, et devient celle de cette famille, des personnes qui la composent, qui la portent sur elles sans même la sentir.

Seule cette odeur distinguait cet appartement des autres foyers vivant sur un seul salaire. Un trois pièces cuisine. Les meubles achetés en fonction des moyens financiers. Les photos des vacances d'été, les seules qu'ils pouvaient se permettre. Un plaid sur le canapé devant la télévision : c'était là qu'ils se réfugiaient chaque soir jusqu'à ce que le sommeil les gagne.

Sandra cataloguait mentalement ces images. Elle ne voyait aucun signe avant-coureur d'un drame. Personne n'aurait pu le prévoir.

Les policiers déambulaient dans les pièces comme des invités importuns, violant toute intimité par leur simple présence. Depuis longtemps Sandra ne se sentait plus intruse.

Sur de telles scènes de crime, personne ne parlait. L'horreur avait également ses codes. Dans la chorégraphie du silence les mots étaient superflus, parce que personne ne savait exactement quoi faire.

Il y avait toujours des exceptions, dont Fabio Sergi qui grommelait quelque part dans l'appartement.

— Merde, ce n'est pas possible !

Sandra suivit sa voix qui venait d'une salle de bains étroite, sans fenêtre.

— Que se passe-t-il ? demanda-t-elle en posant sur le sol ses deux gros sacs de matériel avant d'enfiler des surchaussures.

— C'est vraiment une belle journée, ironisa-t-il sans lever la tête. Ce maudit truc ne marche pas ! ajouta-t-il en donnant de grands coups sur un petit poêle à gaz portatif.

— Tu ne vas pas tout faire sauter, pas vrai ?

Sergi lui adressa un regard féroce. Sandra se tut, son collègue était trop nerveux. Elle baissa les yeux sur le cadavre qui occupait l'espace entre la porte et les toilettes. L'homme était allongé sur le ventre, complètement nu. Une quarantaine d'années. Dans les 90 kilos pour 1,80 mètre. La tête disloquée, la calotte crânienne traversée par une profonde blessure oblique. Le sang avait formé une flaque sombre sur le carrelage noir et blanc.

Il serrait un pistolet entre ses mains.

À côté du corps, un morceau de céramique correspondant au coin gauche du lavabo, qui s'était probablement brisé quand l'homme lui était tombé dessus.

— Pourquoi as-tu besoin du poêle à gaz ? demanda Sandra.

— J'ai besoin de recréer la scène : le type prenait sa douche et il l'avait apporté pour chauffer la salle de bains. Je vais aussi ouvrir l'eau, alors dépêche-toi d'installer ton matériel, répondit-il sur un ton brusque.

Sandra comprit ce que Sergi avait à l'esprit : la vapeur pourrait mettre en évidence des empreintes de pas sur le carrelage, ce qui permettrait de reconstituer les déplacements de la victime dans la pièce.

— J'ai besoin d'un tournevis, je reviens. Toi, tâche de raser les murs.

Sandra ne répondit pas, elle était habituée à ce genre de précision : les experts en empreintes pensaient être les seuls capables de préserver une scène de crime. Et puis, elle avait vingt-neuf ans et elle était l'une des seules femmes de ce milieu : l'attitude paternaliste de ses collègues dissimulait souvent un penchant misogyne. Avec Sergi c'était pire, ils ne s'étaient jamais entendus et elle n'aimait pas travailler avec lui.

Sandra profita de l'absence de son collègue pour sortir son Reflex et son trépied. Elle appliqua des tampons en éponge aux extrémités de façon à ne pas laisser d'empreintes, puis elle installa l'appareil, l'objectif pointé vers le haut. Après l'avoir frotté avec un coton imbibé d'ammoniaque pour qu'il ne s'embue pas, elle y accrocha un objectif panoramique Single Shot, permettant de prendre des photos à 360 degrés.

Du général au particulier, telle était la règle.

L'appareil allait immortaliser tout le déroulé de l'événement par une série de clichés automatiques, puis elle compléterait la reconstitution en prenant manuellement des photos de plus en plus détaillées, en signalant les pièces à conviction par des panneaux numérotés et de taille standard pour en indiquer la progression chronologique et restituer les proportions à l'observateur.

Sandra venait d'installer le Reflex au centre de la pièce quand elle aperçut, posée sur une étagère, une petite bassine hébergeant deux tortues. Son cœur se serra. Elle pensa au membre de la famille qui s'occupait d'elles, les nourrissait des granulés posés à côté, changeait régulièrement les quelques centimètres d'eau où elles étaient immergées et avait embelli leur habitat avec des petits cailloux et un palmier en plastique.

Pas un adulte, se dit-elle.

À cet instant, Sergi revint avec son tournevis et s'attaqua à nouveau au poêle à gaz. Il l'alluma en quelques secondes.

— Je savais que je finirais par gagner, exulta-t-il.

La pièce était étroite et le cadavre occupait presque tout l'espace. Ils avaient du mal à tenir à trois. Sandra pensa qu'il serait difficile de travailler dans ces conditions.

— Comment va-t-on s'y prendre ?

— Je vais déclencher le sauna, là-dedans, dit Sergi en ouvrant au maximum le robinet d'eau chaude de la douche. Toi, tu peux commencer par la cuisine. Nous avons une « jumelle »…

Les scènes de crime se divisent entre les primaires et les secondaires : celles où se trouve l'origine du crime et celles qui y sont simplement reliées, comme l'endroit où l'on a dissimulé un cadavre ou celui où l'on a retrouvé l'arme du crime.

Quand Sandra entendit évoquer la « jumelle », elle comprit que Sergi se référait à une deuxième scène primaire. Ce qui ne pouvait signifier qu'une chose : d'autres victimes. Elle pensa à nouveau aux tortues et au sapin de Noël.

Elle resta immobile sur le seuil de la cuisine. Dans ces situations, pour garder le contrôle elle avait besoin de suivre à la lettre le manuel des enquêteurs photo. Des petits préceptes qui conféraient un peu d'ordre au chaos. Du moins, elle croyait que cette illusion lui était nécessaire.

Le lion Simba lui fit un clin d'œil avant d'entonner une chanson avec les autres habitants de la jungle.

Elle aurait voulu éteindre la télévision, mais elle ne pouvait pas.

L'ignorant, elle accrocha à sa ceinture le magnétophone grâce auquel elle verbaliserait toute la procédure. Elle tira en arrière ses longs cheveux châtains et les noua avec l'élastique qu'elle portait toujours au poignet. Puis elle mit le casque micro pour se libérer les mains et saisit son second Reflex. Grâce à lui, elle mettrait une distance de sécurité entre elle et la scène.

Par convention, le relevé photographique se faisait de droite à gauche et de bas en haut.

Elle jeta un coup d'œil à sa montre et lança l'enregistrement. D'abord, elle déclina son identité. Puis le lieu, la date et l'heure. Elle prit des photos en décrivant ce qu'elle voyait.

« La table est au centre de la pièce. Elle est dressée pour le petit déjeuner. Une des chaises est renversée et à côté, sur le sol, gît le premier corps : une femme entre trente et quarante ans. »

Elle portait une chemise de nuit claire qui lui était remontée jusqu'aux hanches, découvrant ses jambes et son pubis. Ses cheveux étaient relevés par une pince en forme de fleur. Elle avait perdu une pantoufle.

« Nombreuses blessures par arme à feu. Dans une main, elle serre un papier. »

Elle rédigeait la liste des courses. Le stylo était encore sur la table.

« Le cadavre est tourné vers la porte : elle a dû voir arriver l'assassin et elle a tenté de l'arrêter. Elle s'est levée de table, mais n'a avancé que d'un pas. »

Les rafales du Reflex scandaient un temps nouveau, différent. Sandra était concentrée sur ce son, comme un musicien se laissant guider par son métronome. Elle mémorisait tous les détails de la scène, au fur et à mesure qu'ils s'imprimaient dans la mémoire digitale de l'appareil.

« Deuxième corps : un garçon, entre dix et douze ans. Il est assis dos à la porte. »

Il n'avait pas compris ce qui lui arrivait. Mais Sandra pensa que cette idée ne constituait un réconfort que pour les vivants.

« Il porte un pyjama bleu ciel. Il est penché sur la table, le visage plongé dans un bol de corn-flakes. Le cadavre présente une profonde blessure à la nuque provoquée par une arme à feu. »

Pour Sandra, la mort ne se montrait pas à travers les deux corps criblés de projectiles. Elle n'était pas présente dans le sang qui avait giclé partout ou qui séchait lentement à leurs pieds. Elle n'était pas dans leurs yeux vitreux qui regardaient sans voir ou dans le geste inachevé sur lequel ils avaient pris congé du monde. Elle était ailleurs. La mort était à traquer dans les détails. C'était là qu'elle allait la débusquer avec son appareil photo. Dans le café incrusté sur la gazinière, jailli de la vieille moka qui avait continué à bouillir jusqu'à ce que quelqu'un l'ait éteinte après avoir découvert l'horreur. Dans le ronronnement du réfrigérateur, qui fonctionnait encore. Dans la télé allumée, qui diffusait des dessins animés.

— Belle façon de démarrer la journée, hein ?

Sandra se retourna et arrêta l'enregistrement.

L'inspecteur De Michelis se tenait sur le seuil, les bras croisés, une cigarette éteinte entre les lèvres.

— L'homme que tu as vu dans la salle de bains travaillait comme vigile pour une société de convoi de fonds. Il avait un permis de port d'arme. Ils vivaient sur un seul salaire : le prêt à rembourser, les traites de la voiture, quelques difficultés à boucler le mois. Comme tout le monde.

— Pourquoi l'a-t-il fait ?

— Nous interrogeons les voisins. Le mari et la femme se disputaient souvent, mais jamais assez fort pour que quelqu'un appelle la police.

— Il y avait des tensions.

— Oui, apparemment. Il pratiquait la boxe thaïe, mais il avait arrêté après une disqualification pour usage d'anabolisants.

— Il la frappait ?

— Le médecin légiste nous le dira. En tout cas, il était très jaloux.

Sandra regarda la femme étendue sur le sol, à moitié nue. *On ne peut pas être jaloux d'un cadavre*, pensa-t-elle. *On ne peut plus*.

— Vous pensez qu'elle avait quelqu'un d'autre ?

— Peut-être, qui sait ? répondit De Michelis en haussant les épaules. Vous en êtes où, dans la salle de bains ?

— J'ai placé le premier Reflex, il prend les panoramiques. J'attends qu'il termine ou que Sergi m'appelle.

— Cela ne s'est pas déroulé comme cela en a l'air…

— Qu'est-ce que ça signifie ?

— L'homme ne s'est pas suicidé. Nous avons compté les douilles : tous les projectiles sont à la cuisine.

— Alors que s'est-il passé ?

De Michelis entra dans la pièce, retirant sa cigarette de sa bouche.

— Il prenait sa douche. Il est sorti nu de la salle de bains, il est allé chercher son pistolet, rangé dans son étui à côté de son uniforme dans l'entrée, il est venu à la cuisine et il a tiré sur son fils, plus ou moins de là où tu te trouves. Un coup à la nuque, à brûle-pourpoint. Puis il a déchargé son arme sur sa femme. Le tout n'a duré que quelques secondes. Il est retourné à la salle de bains, le sol était encore humide. Il a glissé et, dans sa chute, sa tête a heurté le lavabo. Mort immédiate. Dieu est parfois grandiose dans ses petites vengeances, ajouta-t-il sur un ton sarcastique.

Dieu n'a rien à voir là-dedans, pensa Sandra en observant le petit garçon. Ce matin, il était occupé ailleurs.

— À 7 h 20 tout était terminé.

Elle retourna à la salle de bains, très mal à l'aise. Les derniers mots de De Michelis l'avaient secouée plus que de raison. Elle ouvrit la porte et fut assaillie par la vapeur qui saturait la pièce. Sergi avait fermé le mitigeur de la douche et il était à genoux devant la petite valise des réactifs.

— Les myrtilles, le problème c'est toujours les myrtilles…

Sandra ne comprit pas à quoi le technicien faisait référence. Il avait l'air très absorbé, aussi décida-t-elle de ne pas l'interrompre, craignant sa réaction. Après avoir vérifié que le Reflex avait bien pris les photos panoramiques, elle le décrocha de son trépied.

Avant de sortir, elle s'adressa à nouveau à son collègue :

— Je change de carte mémoire et j'attaque les détails. Il n'y a pas de fenêtre et la lumière artificielle est insuffisante, je crois que nous aurons besoin de deux lampes à faible émission, qu'en dis-tu ?

— Je dis que parfois j'aimerais bien me faire prendre comme une pute par un de ces gros types à moto. Oui, ça me plairait vraiment.

La vulgarité de Sergi la troubla. S'il s'agissait d'une blague, elle ne la comprenait pas. Or il ne semblait pas d'humeur à plaisanter. Comme si de rien n'était, il retourna à ses réactifs et Sandra sortit de la pièce.

Elle tenta d'oublier le délire de son collègue et contrôla les photos sur l'écran de son Reflex. Les panoramiques de la salle de bains étaient réussis. L'appareil en avait pris six, à intervalle de trois minutes. La vapeur avait mis en évidence les empreintes des pieds nus du tueur, mais elles étaient assez confuses. Au départ, elle avait pensé qu'une dispute entre lui et sa femme avait eu lieu dans la pièce, conduisant au drame. Mais dans ce cas on aurait vu les traces des pantoufles de la femme.

Elle dérogeait à l'une des règles du manuel. Elle cherchait une justification. Si absurde que fût ce massacre, elle devait rapporter les faits de façon objective. Peu importait qu'elle ne trouvât pas de raison, son devoir était de rester impartiale.

Depuis cinq mois, elle avait du mal.

Du général au particulier. Sandra zooma sur les détails, cherchant un sens.

Sur l'écran : le rasoir posé sur l'étagère sous le miroir. Le gel douche Winnie l'Ourson. Des collants

44

mis à sécher. Des gestes quotidiens, les petites habitudes d'une famille comme tant d'autres. Des objets inoffensifs qui avaient été témoins de quelque chose de terrible.

Ils ne sont pas muets, pensa-t-elle. *Les objets nous parlent du silence, il suffit de savoir les écouter.*

Tout en accumulant les clichés, Sandra se demandait ce qui peut déchaîner une telle violence. Son malaise s'était transformé en mal-être, elle sentait la migraine arriver. Ses yeux se voilèrent. Elle voulait comprendre.

Qu'est-ce qui a généré cette petite apocalypse domestique ?

La famille se réveille un peu avant 7 heures. La femme se lève et va préparer le petit déjeuner de son fils. L'homme passe le premier à la salle de bains, il doit accompagner le garçon à l'école puis se rendre au travail. Il fait froid, il allume le poêle à gaz.

Que s'est-il passé pendant qu'il prenait sa douche ?

L'eau qui coule, la rage qui monte. Peut-être a-t-il veillé toute la nuit. Quelque chose le trouble. Une pensée, une obsession. Jalousie ? La découverte d'un amant de sa femme ? Ils se disputaient souvent, avait dit De Michelis.

Mais pas ce matin-là. Pourquoi ?

L'homme sort de la douche, prend son pistolet et se dirige vers la cuisine. Il tire sans dire un mot. Qu'est-ce qui s'est brisé dans sa tête ? Une angoisse insupportable, la panique : les symptômes qui précèdent généralement le raptus.

Sur l'écran : trois peignoirs accrochés les uns à côté des autres. Du plus grand au plus petit. Proches. Dans un verre, la petite famille de trois brosses à dents. Sandra cherchait la faille dans ce cadre idyllique. La fracture subtile d'où était parti l'effondrement.

À 7 h 20, tout était terminé, avait dit l'inspecteur. À 7 h 20, les voisins entendent les coups de feu et appellent la police. La douche qui dure au plus un quart d'heure. Un quart d'heure pour tout décider.

Sur l'écran : la petite bassine avec les deux tortues. La boîte de granulés. Le palmier en plastique. Les cailloux.

Les tortues.

Sandra observe tous les panoramiques en zoomant chaque fois sur ce détail. Une photo toutes les trois minutes, six photos en tout : Sergi avait ouvert l'eau chaude au maximum, la pièce était saturée de vapeur... pourtant les tortues n'avaient pas bougé.

Les objets parlent. La mort est dans les détails.

La vue de Sandra se voila à nouveau, elle craignit de s'évanouir. De Michelis la rejoignit.

— Tu ne te sens pas bien ?

À cet instant, Sandra comprit.

— Le poêle à gaz.

— Quoi ?

De Michelis ne comprenait pas, mais elle n'avait pas le temps de lui expliquer.

— Sergi. Il faut le sortir de là.

Au pied de l'immeuble étaient garés un camion de pompiers et une ambulance qui emmena Sergi. Quand ils étaient arrivés à la salle de bains, le technicien de l'équipe scientifique avait perdu connaissance. Heureusement, ils avaient réagi à temps. Sur le trottoir d'en face, Sandra montra à De Michelis l'image de la bassine contenant les tortues mortes, tentant de reconstruire les événements.

— Quand nous sommes arrivés, Sergi essayait d'allumer le poêle à gaz.

— Cet imbécile a failli y passer. Il n'y avait pas de fenêtre : les pompiers ont dit que l'air était saturé de monoxyde de carbone.

— Sergi reproduisait l'état des lieux. Réfléchis : cela s'est passé le matin même, pendant que l'homme prenait sa douche.

— Excuse-moi mais je ne comprends pas.

— Le monoxyde de carbone est un gaz résiduel de la combustion. Il est inodore, incolore et sans saveur.

— Je sais… mais il actionne aussi les pistolets ? ironisa l'inspecteur.

— Tu connais les symptômes de l'intoxication au monoxyde de carbone ? Maux de tête, vertiges et, dans certains cas, hallucinations et paranoïa… Après avoir été exposé au gaz, enfermé dans la salle de bains, Sergi délirait. Il m'a parlé de myrtilles, il a prononcé des phrases obscènes.

De Michelis faisait la grimace : cette histoire ne lui plaisait pas.

— Écoute, Sandra, je vois où tu veux en venir, mais cela ne tient pas debout.

— Le père aussi a été enfermé dans cette salle de bains avant le drame.

— Ce n'est pas prouvable.

— Mais c'est une explication ! Au moins, admets que cela peut s'être passé ainsi : l'homme a respiré le monoxyde, il est confus, il a des hallucinations et est en proie à la paranoïa. Il ne s'évanouit pas tout de suite, comme Sergi, il sort nu de la salle de bains, prend son arme puis tire sur sa femme et son fils. Ensuite, il retourne à la salle de bains, mais la carence en oxygène lui fait perdre connaissance et il tombe en se cognant la tête.

De Michelis croisa les bras. Son attitude exaspérait Sandra, mais elle savait bien que l'inspecteur ne pouvait pas avaliser une thèse aussi hardie. Elle le connaissait depuis des années, elle était convaincue qu'il aurait été confortable pour lui d'admettre que la responsabilité de ces morts était attribuable à un événement indépendant de la volonté d'homicide. Toutefois, il avait raison : il n'y avait aucune preuve évidente.

— Je signalerai la chose au médecin légiste, ils feront une analyse toxicologique sur le cadavre de l'homme.

C'est mieux que rien, pensa Sandra. De Michelis était un bon policier, scrupuleux, elle aimait travailler avec lui. Il était passionné d'art, ce qui pour elle dénotait de la sensibilité. Il n'avait pas d'enfant et passait ses vacances à visiter des musées avec sa femme. Il soutenait que toute œuvre a plusieurs significations et que le travail de ses admirateurs est de les chercher. Ce n'était donc pas le genre de flic à se cantonner à ses premières impressions.

— Parfois nous voudrions que la réalité soit différente. Et quand nous ne pouvons pas changer les choses, nous essayons de les expliquer à notre façon. Mais pas toujours avec succès.

— Oui, dit Sandra.

Cette vérité la concernait directement, mais elle ne pouvait pas l'admettre. Elle fit mine de s'en aller.

— Attends, je voulais te dire…, hésita De Michelis. Je suis désolé pour ce qui t'est arrivé. Je sais que cela fait déjà six mois…

— Cinq, le corrigea-t-elle.

— Oui, dans tous les cas j'aurais dû le faire plus tôt, mais…

— Ne t'en fais pas, répondit-elle avec un sourire forcé. Ça va comme ça, merci.

Sandra se dirigea vers sa voiture avec cette drôle de sensation dans la poitrine qui ne la quittait plus et que personne ne soupçonnait. De l'angoisse, mais aussi de la rage mêlée à de la douleur. Une sorte de boule de chewing-gum collant. Elle l'avait rebaptisée « la Chose ».

Elle ne voulait pas se l'avouer, mais depuis cinq mois la Chose avait pris la place de son cœur.

11 h 40

La pluie tombait de nouveau avec une constance hargneuse. À la différence des personnes qu'ils croisaient, Marcus et Clemente parcouraient sans se presser les avenues du grand hôpital universitaire Gemelli, le plus important de la ville.

— La police contrôle l'entrée principale, annonça Clemente. Et nous devons éviter les caméras de surveillance.

Il dévia vers la gauche, sortant de l'artère, et guida Marcus vers un bâtiment blanc. Sous un auvent se trouvaient des détergents et des chariots remplis de draps sales. Un escalier métallique conduisait à une entrée de service. Elle était ouverte, ils s'introduisirent sans peine dans la laverie. Après avoir utilisé un monte-charge pour accéder au rez-de-chaussée, ils se retrouvèrent dans un petit vestibule barré par une porte de sécurité. Avant d'entrer il fallait enfiler une blouse stérile, un masque et des surchaussures, qu'ils prirent sur un chariot. Puis Clemente remit une carte magnétique à Marcus. Avec celle-ci autour du cou, personne ne poserait de question. Ils s'en servirent pour actionner la serrure électronique et ils se retrouvèrent enfin à l'intérieur.

Devant eux s'étendait un long couloir aux murs bleu ciel qui sentait l'alcool et le nettoyant pour les sols.

Contrairement aux autres services, celui des soins intensifs était plongé dans le silence. Le personnel évoluait dans les couloirs sans hâte et en silence. Le seul bruit perceptible était celui des appareils dont dépendait la survie des patients.

Pourtant, dans ce lieu de paix se déroulait une guerre impitoyable entre la vie et la mort. Quand l'un des combattants tombait, cela se produisait sans cris ni hurlements. Aucune alarme ne sonnait, un simple voyant rouge dans la salle de contrôle indiquait l'arrêt des fonctions vitales.

Dans d'autres services, sauver des vies relevait d'une perpétuelle lutte contre la montre. Ici, le temps passait différemment. Il se dilatait au point de sembler absent. Ce n'était pas un hasard si dans le jargon hospitalier, qui réduisait tout à des acronymes pour gagner du temps, on avait nommé cet endroit l'UOC, unité opérationnelle complexe. Ceux qui y travaillaient, en revanche, l'avaient rebaptisé « la Frontière ».

— Certains choisissent de la franchir. D'autres, de revenir en arrière, expliqua Clemente à Marcus.

Ils se trouvaient devant la vitre séparant le couloir de l'une des salles de réanimation. Six lits étaient disposés dans la pièce.

Un seul était occupé.

Un homme d'une cinquantaine d'années était relié à un respirateur. En le regardant, Marcus repensa que son ami l'avait lui-même trouvé dans un lit similaire, en plein combat.

Il avait choisi de rester.

— Hier soir, une ambulance est intervenue dans une villa à l'extérieur de la ville suite à un code rouge pour infarctus. L'homme qui avait appelé les urgences avait chez lui des objets – un ruban à cheveux, un bracelet en corail, une écharpe rose et un patin à roulettes – ayant appartenu aux victimes d'un tueur en série jamais identifié auparavant. Il s'appelle Jeremiah Smith.

Jeremiah, un prénom tranquille, se dit Marcus. Peu adapté à un tueur en série.

Clemente sortit de la poche intérieure de son imperméable une petite pochette où figurait un code : *c.g. 97-95-6.*

— Quatre victimes en six ans. Égorgées. Toutes de sexe féminin, entre dix-sept et vingt-huit ans.

Tout en écoutant Clemente énoncer ces données stériles et impersonnelles, Marcus se concentra sur le visage de l'homme. Il ne devait pas se laisser berner : ce corps n'était qu'un travestissement, un camouflage.

— Les médecins parlent de coma, dit Clemente comme s'il lisait dans ses pensées. Pourtant il a été immédiatement intubé par l'équipe de l'ambulance qui l'a secouru. D'ailleurs…

— Quoi ?

— Ironie du sort, l'infirmier était accompagné de la sœur de la première victime, un médecin de vingt-sept ans.

— Sait-elle à qui elle a sauvé la vie ?

— C'est elle qui a signalé la présence chez lui d'un patin à roulettes appartenant à sa jumelle tuée il y a six ans. En outre, ce n'était pas une intervention de routine pour une autre raison…

Clemente lui montra une photo du thorax de l'homme, où étaient inscrits les mots *Tue-moi*.

— Il se promenait avec ce tatouage.

— C'est le symbole de sa double nature, considéra Marcus. Comme s'il disait que, dans le fond, il suffit de peu pour dépasser les apparences, parce que en général nous nous arrêtons à la première couche, celle des vêtements, pour juger une personne. Quand la vérité est inscrite sur la peau, elle est à la portée de tout le monde, cachée et pourtant si proche. Mais personne ne la voit. Pour Jeremiah Smith c'était la même chose : les gens le frôlaient dans la rue sans imaginer le danger, personne ne le voyait pour ce qu'il était vraiment.

— Et ces mots contiennent un défi : « Tue-moi, si tu le peux. »

— Quel est le défi, à l'heure qu'il est ? demanda Marcus en se tournant vers Clemente.

— Lara.

— Qu'est-ce qui nous dit qu'elle est encore vivante ?

— Il a maintenu les autres en vie pendant au moins un mois, avant de faire en sorte qu'on les retrouve.

— Comment savons-nous que c'est lui qui l'a enlevée ?

— Le sucre. Les autres filles ont également été droguées. Il les a toutes enlevées de la même façon : il les a approchées avec une excuse, de jour, et leur a offert un verre. Dans la boisson, il y avait toujours du GHB, plus connu sous le nom de « drogue du violeur ». Il s'agit d'un narcotique à effet hypnotique qui inhibe la capacité de compréhension et de volonté. La police scientifique en a relevé des traces dans un verre en plastique abandonné là où Jeremiah a croisé sa première victime, puis dans une petite bouteille retrouvée à l'occasion du troisième enlèvement. Ceci est une signature, une sorte de code stylistique.

— Drogue du violeur, répéta Marcus. Alors le mobile est sexuel ?

Clemente secoua la tête.

— Aucune violence sexuelle, aucun signe de torture. Il attachait les victimes, il les maintenait en vie et il les égorgeait au bout d'un mois.

— Mais Lara a été enlevée chez elle, conclut Marcus. Comment cela s'explique-t-il ?

— Certains tueurs en série perfectionnent leur *modus operandi* au fur et à mesure qu'évolue la fantaisie sadique qui alimente leur instinct. Parfois ils ajoutent un détail, quelque chose qui augmente leur plaisir. Avec le temps, tuer devient un travail, ils cherchent à s'améliorer.

L'explication de Clemente était plausible, mais pas totalement convaincante. Marcus décida de passer outre.

— Parle-moi de la villa de Jeremiah Smith.

— La police n'a pas terminé la perquisition, nous ne pouvons pas y aller pour l'instant. Toutefois, à ce qu'il paraît, il n'y amenait pas ses victimes. Il avait un autre endroit. Si nous le trouvons, nous trouvons Lara.

— Mais la police ne la cherche pas.

— Peut-être que quelque chose dans la maison leur permettra d'établir le lien avec elle.

— Ne devrions-nous pas les mettre sur la bonne piste ?

— Non.

— Pourquoi ?

— Ce n'est pas ainsi que nous procédons.

— Lara aurait plus de chances d'être sauvée.

— Les policiers pourraient nous gêner, tu as besoin d'une totale liberté d'action.

— Que signifie « liberté d'action » ? protesta Marcus. Je ne sais pas par où commencer !

Clemente se campa devant lui et le regarda droit dans les yeux.

— Je sais que tu n'y crois pas, que tout ceci est nouveau pour toi. Mais ce n'est pas ta première fois. Tu étais doué dans ta partie, tu l'es sûrement encore. Si quelqu'un peut retrouver cette fille, c'est bien toi. Plus tôt tu le comprendras, mieux ça vaudra pour tout le monde. Parce que j'ai l'impression qu'il ne reste pas beaucoup de temps à Lara.

Marcus regarda le patient relié au respirateur, en équilibre instable sur l'ultime frontière. Puis le reflet de son propre visage dans la vitre se superposa à cette image, dans une illusion d'optique. Il détourna les yeux, agacé. Ce n'était pas la vue du monstre qui le dérangeait, il ne supportait pas les miroirs : il ne se reconnaissait pas encore.

— Qu'est-ce qui m'arrivera si j'échoue ?

— C'est donc que tu t'inquiètes pour toi-même.

— Je ne sais plus qui je suis, Clemente.

— Tu le découvriras bien assez tôt, mon ami, répondit l'autre en lui tendant le dossier de l'affaire. Nous avons confiance en toi. Mais à partir de maintenant, tu seras seul.

20 h 56

La troisième leçon est que les maisons ont une odeur. Elle appartient à ceux qui y vivent et elle est toujours différente, unique. Quand les occupants s'en vont, l'odeur s'évapore. Pour cette raison, chaque fois que Sandra Vega rentrait dans son appartement dans le quartier des canaux Navigli, elle cherchait l'odeur de David.

Après-rasage et cigarettes aromatisées à l'anis.

Elle savait qu'un jour, tôt ou tard, elle reniflerait l'air et elle ne la sentirait pas. Une fois l'odeur de David disparue, David ne serait plus.

Cette pensée la désespérait. Elle passait le plus de temps possible à l'extérieur pour ne pas contaminer le lieu par sa présence, pour que l'odeur ne disparaisse pas définitivement.

En vérité, au début elle détestait l'après-rasage bon marché que David s'obstinait à acheter en grande surface. Elle le trouvait agressif et envahissant. Durant leurs trois années de vie commune, elle avait essayé plusieurs fois de le remplacer. À chaque anniversaire, Noël ou anniversaire de mariage, en plus du cadeau officiel il trouvait un nouveau parfum. Il l'utilisait pendant une semaine, puis le rangeait avec les autres dans la salle de bains. Pour se justifier, il avançait toujours la même excuse.

— Désolé, Ginger, mais cela ne me ressemble pas.

Sa façon de cligner de l'œil en prononçant ces mots la mettait hors d'elle.

Sandra n'aurait jamais imaginé qu'un jour elle achèterait vingt flacons de cet après-rasage avec l'intention de le répandre dans son appartement. Elle se les était procurés en nombre de crainte que le produit soit retiré du commerce. Elle avait même acheté quelques paquets de ces horribles cigarettes à l'anis. Elle les laissait se consumer dans les cendriers de toute la maison. Pourtant, l'alchimie ne prenait pas. C'était David, sa présence au monde, qui liait ces fragrances de façon indissoluble. C'étaient sa peau, son haleine, son humeur qui singularisaient cette union.

Au terme d'une longue journée de travail, après avoir refermé la porte de chez elle, Sandra attendit quelques secondes, immobile dans l'obscurité. L'odeur de son mari vint enfin l'accueillir.

Elle posa ses sacs à côté du fauteuil de l'entrée : elle aurait dû nettoyer son matériel, mais elle remit la tâche à plus tard, après le dîner. Elle se fit couler un bain chaud et y resta jusqu'à ce que ses doigts soient tout plissés. Elle enfila un tee-shirt bleu et ouvrit une bouteille de vin. C'était sa façon de s'étourdir. Elle n'arrivait plus à allumer la télévision et n'avait pas la concentration nécessaire pour lire, aussi elle passait ses soirées sur le canapé, un verre de negramaro à la main, le regard perdu dans ses pensées.

Elle venait d'avoir vingt-neuf ans et elle ne pouvait se considérer comme une veuve.

La deuxième leçon que Sandra Vega avait apprise est que les maisons aussi meurent, comme les êtres.

Depuis que David était mort, elle n'avait plus senti sa présence dans les objets. Peut-être parce que la plupart lui appartenaient, à elle.

Son mari était reporter photo free-lance, il voyageait dans le monde entier. Avant de la rencontrer, il n'avait jamais eu besoin d'avoir un foyer, il se contentait de chambres d'hôtel et d'installations de fortune. Il lui avait même raconté qu'une fois, en Bosnie, il avait dormi dans un cimetière, dans une niche.

Tout ce que David possédait tenait dans deux grands sacs en toile verte. Ils contenaient sa garde-robe, mi-estivale, mi-hivernale, parce qu'il ne savait pas où ses reportages l'enverraient. Il y avait son ordinateur portable cabossé dont il ne se séparait jamais, mais aussi des objets en tout genre, du couteau suisse à la batterie de téléphone portable, et même un kit pour purifier l'urine au cas où il se retrouverait dans un endroit sans eau potable.

Il avait tout réduit à l'essentiel. Par exemple, il n'avait jamais possédé de livres. Il lisait énormément, mais chaque fois qu'il en terminait un, il l'offrait, jusqu'au jour où il était venu habiter chez Sandra. Elle lui avait fait de la place dans la bibliothèque et il aimait l'idée de cette collection. C'était sa façon de se créer des racines. Après l'enterrement, ses amis étaient venus chez Sandra et chacun lui avait apporté un livre qu'il tenait de David.

Ils étaient annotés, on voyait encore la pliure de certains coins pour marquer la page, de petites brûlures ou taches d'huile à moteur. Alors elle l'imaginait, lisant tranquillement Calvino en fumant sous le soleil brûlant d'un désert quelconque, à côté d'un 4 × 4 en panne, attendant que quelqu'un vienne lui porter secours.

« Tu continueras à le voir partout, lui disaient les gens, il sera difficile de te débarrasser de sa présence. » Mais c'était faux. Elle n'avait jamais eu l'impression d'entendre sa voix appeler son prénom. Elle n'avait jamais posé une assiette de plus en mettant le couvert.

Ce qui lui manquait cruellement était le quotidien. Les petits moments répétitifs d'une routine insignifiante.

Le dimanche, elle se levait généralement après lui et le trouvait assis à la cuisine devant sa troisième cafetière, feuilletant le journal dans un nuage d'anis. Le coude posé sur la table, la cigarette entre les doigts, la cendre en équilibre, plongé dans sa lecture. Quand elle apparaissait sur le seuil, il relevait sa chevelure bouclée et lui souriait. Elle essayait de l'ignorer tout en préparant son petit déjeuner, mais David la fixait avec un ricanement idiot jusqu'à ce qu'elle ne puisse plus se retenir. C'était l'effet de son incisive cassée, souvenir d'une chute de vélo à l'âge de sept ans. C'étaient ses lunettes de vue en fausse écaille, rafistolées avec du Scotch, qui lui donnaient un air de vieille dame anglaise. C'était David, qui d'ici peu l'attirerait sur ses genoux et lui plaquerait un baiser humide dans le cou.

À ce souvenir, Sandra posa son verre de vin sur la table basse. Elle attrapa son portable et composa le numéro de la messagerie vocale.

La voix électronique l'informait comme toujours de la présence d'un unique message, déjà écouté. Il remontait à cinq mois auparavant.

« Salut, je t'ai appelée plusieurs fois, mais tu es toujours sur répondeur… Je n'ai pas beaucoup de temps, alors je passe tout de suite à la liste de ce qui me manque… Tes pieds froids qui me cherchent sous les couvertures quand tu viens te coucher. Quand tu me fais goûter ce que tu sors du frigo pour t'assurer que ce n'est pas périmé. Quand tu me réveilles en hurlant à 3 heures du matin parce que tu as une crampe. Et, tu ne vas pas me croire, même quand tu utilises mon rasoir pour te raser les jambes, sans rien me dire… Bref, ici, à Oslo, il fait un froid de canard et j'ai hâte de rentrer. Je t'aime, Ginger ! »

Les dernières paroles de David étaient la synthèse d'une harmonie parfaite. Celle que possèdent les papillons, les flocons de neige et quelques danseurs de claquettes.

« Moi aussi je t'aime, Fred. »

Chaque fois qu'elle écoutait ce message, elle ressentait nostalgie, douleur, tendresse, mais aussi angoisse. Ses mots cachaient une question à laquelle Sandra ne savait pas si elle avait l'intention de répondre.

Ici, à Oslo, il fait un froid de canard et j'ai hâte de rentrer.

Elle était habituée aux voyages de David. Ils étaient son travail, sa vie. Elle l'avait toujours su. Elle avait parfois eu envie de le retenir, mais elle avait compris qu'il fallait le laisser partir.

C'était le seul moyen pour qu'il revienne vers elle.

Son métier de reporter l'envoyait souvent dans les lieux les plus hostiles du globe. Il avait risqué sa vie plus d'une fois. Mais David était comme ça, c'était sa nature. Il fallait qu'il voie tout de ses propres yeux, sans filtre, qu'il touche de ses mains. Pour décrire une guerre, il avait besoin de sentir l'odeur de la fumée des incendies, de distinguer le son d'un projectile en fonction de l'objet avec lequel a eu lieu l'impact. Il n'avait jamais accepté les propositions de collaboration exclusive venant d'un grand journal. Il ne supportait pas l'idée que quelqu'un puisse le contrôler. Sandra avait appris à ignorer ses pensées les plus noires, à confiner sa peur dans un recoin de son esprit. En cherchant à vivre normalement, en faisant semblant d'être mariée à un ouvrier ou à un employé.

Il existait une sorte de pacte tacite entre David et elle, qui prévoyait toute une série d'étranges attentions. C'était leur façon de communiquer. Il lui arrivait de rester à Milan pendant de longues périodes et leur ménage se stabilisait. Puis, un soir, elle rentrait et le trouvait en train de préparer sa fameuse soupe aux crustacés, celle avec au moins cinq légumes différents, accompagnée de génoise salée. Sa spécialité. Selon leur code, c'était sa façon de lui annoncer qu'il s'en allait le lendemain. Ils dînaient en parlant de tout et de rien, il la faisait rire, puis ils faisaient l'amour. Le matin, elle se réveillait seule dans le lit. Il partait pour des semaines, parfois des mois. Puis un jour il ouvrait la porte et tout reprenait comme avant.

David ne la tenait jamais au courant de sa destination. Sauf cette dernière fois.

Sandra vida son verre de vin. Elle avait toujours écarté l'idée qu'il puisse arriver quelque chose à David. Il prenait des risques. S'il devait mourir, alors cela devait arriver dans une guerre ou de la main de l'un des criminels sur qui il enquêtait. Elle ne pouvait accepter que cela se soit produit de façon aussi banale.

Elle était sur le point de s'assoupir quand son portable sonna. Elle ne connaissait pas le numéro. Il était presque 23 heures.

— Vous êtes bien la femme de David Leoni?

L'homme avait un drôle d'accent allemand.

— C'est moi. Qui êtes-vous?

— Shalber, je travaille pour Interpol. Nous sommes collègues. Excusez-moi pour l'horaire, mais je viens seulement d'avoir votre numéro.

— Et cela ne pouvait pas attendre demain? demanda Sandra en se frottant les yeux.

Shalber, qui avait une voix d'enfant, lui répondit par un éclat de rire joyeux.

— Pardonnez-moi, c'est plus fort que moi. Quand j'ai une question, il faut que je la pose, sinon je ne dors pas de la nuit. Cela ne vous arrive jamais?

Sandra ne parvenait pas à déchiffrer le ton de cet homme, elle ne comprenait pas s'il était hostile ou simplement irrévérencieux.

— En quoi puis-je vous aider?

— Nous avons ouvert un dossier sur la mort de votre mari et j'ai besoin de quelques éclaircissements.

— Il s'agit d'un accident, s'assombrit Sandra.

Shalber s'attendait probablement à cette réaction.

— J'ai lu le rapport de police. Attendez un instant… Je lis que votre mari est tombé du cinquième étage mais qu'il a survécu à sa chute, il serait mort plusieurs heures plus tard suite à de nombreuses fractures et à une hémorragie interne… Cela a dû être dur pour vous.

— Vous ne pouvez pas savoir à quel point.

— D'après la police, M. Leoni se trouvait dans cet immeuble en construction parce que la vue était excellente pour prendre une photo.

— Oui, c'est bien ça.

— Vous avez vu cet endroit?

— Non, répondit-elle, agacée.

— Eh bien, moi j'y suis allé.

— Que voulez-vous dire?

Shalber marqua une pause un peu trop longue.

— Le Canon de votre mari a été détruit dans la chute. Dommage que nous ne puissions jamais voir cette photo, commenta-t-il sarcastique.

— Depuis quand Interpol s'occupe-t-elle de morts accidentelles?

— En effet, pour nous c'est rare. Mais ma curiosité ne concerne pas uniquement les circonstances du décès de votre mari.

— Alors quoi?

— Il y a des points obscurs. Je sais qu'on vous a renvoyé les bagages de M. Leoni.

— Deux sacs.

Elle commençait à se sentir mal à l'aise, mais c'était peut-être justement le but de son interlocuteur.

— J'avais fait une demande pour les voir, mais apparemment je n'ai pas été assez rapide.

— Quel intérêt peuvent-ils avoir pour vous?

— Je ne suis pas marié, mais j'en ai été proche deux ou trois fois…

— En quoi cela me concerne-t-il?

— Je ne sais pas si cela vous concerne, mais je crois que quand on confie sa vie à quelqu'un, je veux dire quelqu'un de vraiment spécial, comme un conjoint... Eh bien, on cesse de se poser certaines questions. Par exemple, on ne se demande pas ce que fait l'autre quand on n'est pas ensemble. Certains appellent cela la confiance. La vérité est que parfois c'est de la peur... peur des réponses.

— Quel genre de question aurais-je dû me poser au sujet de David, d'après vous ?

Mais Sandra le savait déjà.

— Nous avons tous des secrets, agent Vega.

— Je ne connaissais pas les détails de la vie de David mais je le connaissais, et cela me suffit.

— Oui, mais avez-vous jamais envisagé qu'il puisse ne pas vous dire toute la vérité ?

— Écoutez, il est inutile d'essayer de me faire douter, déclara-t-elle, furieuse.

— Non, en effet. Vous avez déjà des doutes.

— Vous ne savez rien de moi.

— Les sacs qui vous ont été renvoyés il y a cinq mois sont toujours dans un dépôt de la préfecture de police. Pourquoi n'êtes-vous pas encore allée les retirer ?

Sandra sourit avec amertume.

— Je n'ai à expliquer à personne combien il est douloureux pour moi d'entrer en possession de ces objets. Parce que, quand cela se produira, il me faudra admettre que tout est vraiment fini, que David ne reviendra pas et que personne ne peut rien y faire !

— Des mensonges, admettez-le.

Elle était estomaquée par l'indélicatesse de cet homme.

— Allez vous faire foutre, Shalber.

Elle raccrocha, furieuse. Elle saisit son verre vide et l'envoya valser contre le mur. Cet homme n'avait pas le droit. Elle n'aurait pas dû le laisser parler, elle aurait dû raccrocher plus tôt. Elle se leva et déambula nerveusement dans la pièce. Jusque-là elle n'avait pas voulu se l'avouer, mais Shalber avait raison : elle avait peur. Cet appel ne l'avait pas étonnée, à croire qu'une partie d'elle-même l'attendait.

C'est de la folie, pensa-t-elle. *C'était un accident. Un accident.*

Elle se calma. Regarda autour d'elle. Le coin de la bibliothèque avec les livres de David. Les paquets de cigarettes à l'anis empilés sur le bureau. L'après-rasage sur l'étagère de la salle de bains. L'endroit de la cuisine où il lisait le journal le dimanche matin.

La première leçon que Sandra avait apprise est que les maisons ne mentent jamais – *ici, à Oslo, il fait un froid de canard et j'ai hâte de rentrer*. Mais peut-être que la sienne mentait, parce que David était mort à Rome.

23 h 36

Le cadavre se réveilla.

Autour de lui, l'obscurité. Il frissonnait, il était désorienté et il avait peur. Toutefois, cet ensemble de sensations lui était étrangement familier.

Il se rappelait le pistolet, l'odeur du coup de feu puis de la chair brûlée. Ses muscles qui cédaient, le précipitant sur le sol. Il s'aperçut qu'il pouvait tendre la main. Il aurait dû se trouver dans une mare de sang, mais il n'y en avait pas. Il aurait dû être mort, mais il ne l'était pas.

D'abord, son prénom.

— Je m'appelle Marcus, dit-il.

À cet instant, la réalité l'agressa, lui rappelant les raisons pour lesquelles il était encore vivant. Il était à Rome, chez lui, allongé sur son lit, et jusqu'à il y a peu il dormait. Son cœur battait vite. Il était trempé de sueur et respirait avec difficulté.

Mais cette fois encore il avait survécu à ce rêve.

Pour éviter de paniquer, il gardait généralement la lumière allumée. Or là il avait oublié. Le sommeil l'avait sans doute pris par surprise, il était encore habillé. Il actionna l'interrupteur et regarda l'heure. Il n'avait dormi que vingt-cinq minutes.

Cela avait suffi.

Il attrapa le feutre qu'il conservait sous son oreiller et écrivit sur le mur : *Vitres brisées*.

Le mur blanc à côté de son lit lui servait de journal intime. Autour de lui, une chambre dépouillée. Cette mansarde de la via dei Serpenti était le lieu sans mémoire où il avait choisi de vivre pour se souvenir. Deux pièces. Aucun meuble, à part le lit et une lampe. Ses vêtements jetés dans une valise posée à même le sol.

Chaque fois qu'il émergeait de son rêve, un élément neuf lui revenait. Une image, une parole, un son. Cette fois, c'était le bruit du verre qui éclate.

Mais quel verre ?

Photogrammes d'une scène, toujours la même. Il écrivait tout sur le mur. Pendant la dernière année, il avait rassemblé un certain nombre de détails, mais pas assez pour reconstruire ce qui était arrivé dans cette chambre d'hôtel.

Il était certain d'y être allé avec Devok, son meilleur ami, la personne qui aurait fait n'importe quoi pour lui. Il l'avait trouvé effrayé, confus. Il n'aurait pas su dire pourquoi, mais quelque chose de grave s'était sans doute passé. Il se remémorait une sensation de danger. Peut-être Devok voulait-il le mettre en garde.

Ils n'étaient pas seuls. Il y avait une troisième personne avec eux.

C'était encore une ombre indéfinie, une perception. C'était d'elle que venait la menace. C'était un homme, il en était certain, mais qui ? Pourquoi était-il là ? À un moment il avait sorti un pistolet et il avait ouvert le feu.

Devok avait été touché. Il s'était effondré sur lui, au ralenti, les yeux vides, les mains sur le thorax à la hauteur du cœur. Des jets de sang noir entre les doigts.

Il y avait eu un second coup de feu et, presque en même temps, il avait vu un éclair. Le projectile l'avait atteint. Il l'avait distinctement senti s'écraser contre son crâne. Il avait senti ses os voler en éclats, ce corps étranger lui pénétrer le cerveau comme un doigt mou, l'hémorragie chaude et huileuse de la blessure.

Ce trou noir dans sa tête avait englouti chaque chose. Son passé, son identité, son meilleur ami. Et surtout le visage de son ennemi.

Car la véritable torture de Marcus était son incapacité à se rappeler les traits de celui qui lui avait fait du mal.

Paradoxalement, s'il voulait le débusquer il fallait qu'il arrête de le chercher. Parce que pour rendre justice il devait redevenir le Marcus d'autrefois ; pour y parvenir, il ne pouvait se permettre de penser à la mort de Devok. Il devait repartir de zéro, se retrouver.

Et le seul moyen était de localiser Lara.

Vitres brisées. Il écarta l'information et repensa aux derniers mots de Clemente : « À partir de maintenant, tu es seul. » Parfois il s'était demandé s'il y avait vraiment quelqu'un, en plus d'eux deux. Quand son unique référent l'avait trouvé sur ce lit d'hôpital – à moitié mort et amnésique – et qu'il lui avait révélé qui il était, il ne l'avait pas cru. Il avait eu besoin de temps pour s'habituer à l'idée.

Les chiens sont daltoniens, se répéta-t-il pour se convaincre que tout était vrai. Puis il prit le dossier sur l'affaire Jeremiah Smith – *c.g. 97-95-6* –, s'assit sur le lit et en étudia le contenu à la recherche d'un élément le conduisant à l'étudiante disparue.

Il commença par la biographie du tueur. Jeremiah avait cinquante ans, il était célibataire. Issu d'une famille bourgeoise aisée, sa mère était italienne et son père anglais, tous deux défunts. Ses parents possédaient cinq magasins de tissu en ville, mais leurs activités commerciales avaient été cédées dans les années 80. Jeremiah était fils unique, aucun parent proche. Bénéficiant d'une rente discrète, il n'avait jamais travaillé. Ensuite la biographie s'interrompait, il y avait un trou noir dans son histoire personnelle. Les deux dernières lignes rapportaient qu'il vivait dans la plus grande solitude dans sa villa perchée sur les collines romaines.

Cette histoire n'avait rien de très original, considéra Marcus. Néanmoins, toutes les conditions étaient réunies pour que Jeremiah devienne ce qu'il était. Sa solitude, son immaturité affective et son incapacité à interagir avec les autres contrastaient avec son désir d'avoir quelqu'un près de lui.

La seule solution pour attirer l'attention d'une femme était de l'enlever et de l'attacher, n'est-ce pas ? Que cherchais-tu, quel était ton but ? Tu ne les kidnappais pas pour le sexe. Tu ne les violais pas, tu ne les torturais pas.

Tu voulais construire une famille avec elles.

Des tentatives de vie commune forcée. Tu as essayé de les aimer comme un bon petit mari, mais elles avaient trop peur pour te rendre la pareille. Chaque fois tu essayais d'être avec elles, mais au bout d'un mois tu comprenais que c'était impossible. Tu t'apercevais que ton affection était malsaine, perverse, et qu'elle n'existait que dans ton esprit. Et puis – n'ayons pas peur des mots – tu étais impatient de leur mettre le couteau sous la gorge. Alors tu les tuais. Mais ce que tu cherchais, c'était toujours... l'amour.

Bien que limpide, ce constat aurait été intolérable pour n'importe qui. Marcus, en revanche, non seulement l'avait compris, mais en plus l'acceptait. Il se demanda pourquoi, mais ne sut trouver de réponse. Ceci faisait-il également partie de son talent ? Parfois, il en avait peur.

Il passa à l'analyse du *modus operandi* de Jeremiah. Il avait agi sans être inquiété pendant six ans, tuant quatre victimes. Chaque crime était suivi d'une phase d'apaisement et de satisfaction, durant laquelle l'assassin se contentait du souvenir de la violence perpétrée pour calmer son instinct de frapper encore. Quand cet effet bénéfique s'estompait, un nouveau fantasme incubait, conduisant à un nouvel enlèvement. Ce n'était pas une cabale, mais un véritable processus physiologique.

Les victimes de Jeremiah étaient des femmes, entre dix-sept et vingt-huit ans. Il les repérait de jour. Il les approchait sous un prétexte, puis il leur offrait à boire en glissant un psychotrope dans leur verre – du GHB, la drogue du violeur. Une fois étourdies, il était facile de les convaincre de le suivre.

Mais pourquoi acceptaient-elles de boire un verre avec lui?

Marcus trouvait cela étrange. Un type comme Jeremiah – entre deux âges et tout sauf attirant – aurait dû susciter la méfiance des victimes quant à ses intentions réelles. Pourtant, elles se laissaient approcher.

Elles avaient confiance.

Peut-être leur offrait-il de l'argent ou une quelconque opportunité. Une technique d'approche – très en vogue chez les pervers et autres maniaques sexuels – consistait à promettre du travail ou des gains faciles, ou encore l'inscription à un concours de beauté ou la possibilité de participer au casting d'un film ou d'un programme télévisé. Mais de tels stratagèmes nécessitaient une certaine capacité de socialisation. Ce qui ne collait pas avec le caractère de Jeremiah qui était au contraire asocial, voire ermite.

Comment les as-tu bernées?

Et puis, pourquoi personne ne s'était-il aperçu qu'il les approchait? Avant Lara, les quatre enlèvements s'étaient déroulés dans des lieux publics, sans témoin.

Pourtant, sa « cour » nécessitait du temps. Peut-être la question contenait-elle déjà la réponse : Jeremiah Smith était tellement insignifiant qu'il en devenait invisible.

Tu traînais autour d'elles sans être inquiété. Tu te sentais fort parce que personne ne te voyait.

Il repensa aux mots tatoués sur son torse : *Tue-moi.* « C'est comme s'il nous disait que, dans le fond, il suffit de peu pour dépasser les apparences », avait-il dit à Clemente. Puis il avait continué : « Quand la vérité est inscrite sur la peau, elle est à la portée de tout le monde, cachée et pourtant si proche. »

Tel un cafard qui court sur le sol pendant une fête, personne ne te remarquait, tu n'intéressais personne. Tu devais seulement faire attention à ne pas te faire écraser. Et tu es devenu bon à ce jeu. Mais avec Lara tu as décidé de changer. Tu l'as enlevée chez elle, dans son lit.

En repensant à l'étudiante, Marcus fut assailli par une série de questions. Où était-elle maintenant ? Était-elle encore vivante ? Si elle l'était, que ressentait-elle ? Dans sa prison, y avait-il de l'eau et de la nourriture ? Combien de temps pouvait-elle résister ? Était-elle consciente, droguée ? Était-elle blessée ? Son bourreau l'avait-il attachée ?

Marcus chassa de son esprit ces distractions émotives. Il devait raisonner lentement, avec détachement. Parce qu'il était certain que Jeremiah Smith n'avait pas modifié son mode opératoire sans raison. En se référant à lui, Clemente avait rappelé que certains tueurs en série se perfectionnent en ajoutant des éléments qui augmentent leur plaisir. L'enlèvement de l'étudiante pouvait donc être considéré comme une sorte de « variation sur le même thème ». Toutefois, Marcus n'y croyait pas : le changement avait été trop radical et soudain.

Peut-être Jeremiah s'était-il fatigué de cette chaîne complexe de trucs pour atteindre son but. Ou peut-être savait-il que le petit jeu de l'appât ne fonctionnerait pas longtemps : quelqu'un, au courant de l'histoire des victimes précédentes, aurait pu le démasquer. Il devenait célèbre. Le risque augmentait de façon exponentielle.

Non. Ce n'est pas pour cela que tu as modifié ta stratégie. En quoi Lara est-elle différente des autres ?

Les quatre filles qui l'avaient précédée n'avaient aucun point commun : ni leur âge ni leur physionomie. Jeremiah n'avait pas de goût précis en matière de femmes, ce qui compliquait les choses. Marcus pensa à l'adjectif « fortuit ». Il les avait choisies au hasard, sinon elles se seraient toutes ressemblé. Plus il regardait les photos des femmes tuées, plus il était convaincu que le meurtrier les avait prises simplement parce qu'elles étaient exposées, et donc plus faciles à approcher. C'était pour cette raison qu'il les avait enlevées de jour et dans des lieux publics. Il ne les connaissait pas.

Seule Lara était *spéciale*. Jeremiah ne pouvait pas prendre le risque de la perdre, aussi l'avait-il enlevée chez elle et, surtout, de nuit.

Marcus posa le dossier et se dirigea vers la fenêtre. Quand la nuit tombait, les toits de Rome formaient une tumultueuse mer d'ombres. C'était son moment préféré de la journée. Un calme étrange s'emparait de lui et il se sentait paisible. Marcus comprit où il se trompait.

Il avait vu l'appartement de Lara à la lumière du jour, or il devait le voir de nuit, parce que c'était de nuit que le kidnappeur avait agi.

S'il voulait saisir son parcours mental, il lui incombait de reproduire exactement les conditions de l'enlèvement.

Fort de cette nouvelle conviction, Marcus enfila son imperméable et quitta sa mansarde. Il devait retourner à l'appartement de la via dei Coronari.

UN AN PLUS TÔT
Paris

Le chasseur connaissait la valeur du temps. Sa plus grande qualité était la patience. Il savait la calibrer et se préparer, pour mieux savourer le goût de la victoire.

Le vent souleva la nappe, les verres sur la table voisine tintèrent. Le chasseur porta son pastis à ses lèvres. Il profitait des derniers rayons de soleil de l'après-midi en regardant passer les voitures, anonyme.

Il portait un costume bleu foncé, une chemise bleu ciel et une cravate desserrée de façon à ressembler à un employé buvant un verre en sortant du bureau. Les personnes seules attirant l'attention, il avait posé sur la chaise à côté de lui un sac en papier d'où dépassaient une baguette, un bouquet de persil et un paquet de bonbons colorés : comme s'il avait une famille. En plus, il portait une alliance.

Mais il n'avait personne.

Au fil des ans, il avait réduit ses besoins au minimum et menait une existence austère. Il se plaisait à se considérer comme un ascète. Il avait renoncé à toute aspiration qui ne servît pas son but unique, évitant la distraction du désir. Une seule chose lui était nécessaire.

Une proie.

Après avoir suivi en vain la dernière en date, il l'avait repérée dans cette ville, alors il s'y était installé sans attendre. Pour voir ce qu'elle voyait, marcher dans les mêmes rues, éprouver l'étrange sensation de pouvoir la croiser d'un moment à l'autre, même sans la reconnaître. Il avait besoin de savoir qu'ils vivaient sous le même ciel. Cela lui donnait de l'énergie, lui laissait croire que, tôt ou tard, il réussirait à la débusquer.

Pour faire profil bas il avait changé de logement toutes les trois semaines, choisissant des petits hôtels ou des chambres à louer, pour sillonner des zones de plus en plus vastes de la ville. Il avait placé des hameçons, mais rien de plus, confiant dans le fait que sa proie révélerait elle-même sa présence.

Puis il avait attendu.

Depuis peu il logeait à l'hôtel des Saints-Pères, dans le VIe arrondissement. Il conservait des piles de journaux accumulés pendant cette longue période, tous fébrilement annotés à la recherche d'un détail qui ouvrît une brèche dans cet insupportable mur d'obscurité et de silence.

Il était là depuis presque neuf mois, mais il n'avait pas avancé d'un pouce. Sa confiance avait vacillé. Un jour l'événement qu'il attendait s'était produit. Un signe. Quelque chose que lui seul était en mesure de déchiffrer. Il avait résisté, s'en était tenu aux règles qu'il s'était imposées. Et il avait été récompensé.

Vingt-quatre heures plus tôt, en creusant sur un chantier de la rue Malmaison, à Bagnolet, des ouvriers avaient retrouvé un corps.

Un homme âgé d'une trentaine d'années, sans vêtements ni objet personnel. La mort remontait à environ un an. En attendant les résultats de l'autopsie, personne ne s'était posé trop de questions sur ce cadavre. Étant donné le temps écoulé, pour la police cette affaire était de l'histoire ancienne. Les preuves – si preuves il y avait – étaient désormais trop anciennes et compromises.

Tout laissait penser qu'il s'agissait d'un règlement de comptes entre des bandes régissant un trafic de drogue. Pour ne pas attirer l'attention des autorités, ils avaient pris la peine de faire disparaître le cadavre.

Selon les policiers, cette hypothèse était plus que certaine. Aussi le détail macabre qui aurait dû les mettre en alerte n'éveilla pas leurs soupçons.

L'homme retrouvé n'avait pas de visage.

Cela n'avait pas été un acte de pure cruauté, ni l'outrage final pratiqué sur un ennemi. Tous les muscles et les os du visage avaient été méticuleusement détruits. Quiconque se donne autant de mal a forcément une motivation.

Le chasseur était attentif à de tels détails.

Depuis qu'il était arrivé en ville, il contrôlait les arrivées dans les morgues des grands hôpitaux. C'était ainsi qu'il avait été au courant de cette découverte. Une heure plus tard, il avait volé une blouse et s'était introduit dans la chambre froide de l'hôpital Saint-Antoine. Il avait relevé les empreintes digitales du cadavre avec un tampon. De retour à l'hôtel, il les avait scannées et insérées dans un logiciel pirate qui sondait les bases de données du gouvernement. Le chasseur savait que quand on émet une information sur Internet, il n'est plus possible de la retirer. Internet est comme l'esprit humain : un détail suffit pour réveiller une chaîne de synapses qui ramènent à la mémoire quelque chose qu'on croyait oublié.

Le réseau n'oublie pas.

Le chasseur avait attendu le verdict assis dans le noir, priant et repensant à son macabre itinéraire. Sept années avaient passé depuis le premier cadavre défiguré à Memphis. Après, il y avait eu Buenos Aires, Toronto, Panamá. Puis l'Europe : Turin, Vienne, Budapest. Et enfin Paris.

Du moins, ceux-ci étaient les cas qu'il avait pu identifier. Il y en avait peut-être d'autres, qui ne seraient jamais découverts. Ces homicides avaient eu lieu dans des endroits éloignés les uns des autres et à des moments si différents que personne, à part lui, n'avait fait le lien entre eux.

Sa proie était elle-même un prédateur.

Au début, le chasseur avait pensé qu'il s'agissait d'un « pèlerin », c'est-à-dire un tueur en série qui voyage pour occulter ses crimes. Généralement un Occidental, résidant dans une grande ville. Les pèlerins étaient des individus socialement intégrés ayant une famille, des enfants et un certain confort économique leur permettant de voyager fréquemment. Ils étaient intelligents, prudents, ils prétextaient des déplacements professionnels pour passer à l'action.

Il avait ensuite remarqué un détail dans la chaîne de crimes, qui au début lui avait échappé. Celui qui avait éclairé l'ensemble sous un jour nouveau : les victimes étaient de plus en plus âgées.

Il avait compris que l'esprit criminel auquel il avait affaire était très complexe et terrifiant.

Il ne tuait pas pour repartir. Il tuait pour rester.

Voilà pourquoi Paris serait soit la bonne occasion, soit le énième échec. Au bout de quelques heures, il tenait une réponse.

Le cadavre sans visage avait un casier judiciaire.

Ce n'était pas un dealer, mais un homme normal qui avait commis une erreur de jeunesse : à seize ans, il avait volé un modèle réduit Bugatti dans un magasin pour collectionneurs. La plainte avait été retirée et l'affaire close, mais à l'époque la police relevait les empreintes digitales des mineurs. Ainsi, bien que ne figurant pas dans son casier judiciaire, elles avaient été archivées par une agence gouvernementale qui menait des enquêtes statistiques sur les délits des adolescents.

Cette fois, sa proie avait commis une imprudence. Le cadavre sans visage avait un nom.

Jean Duez.

Le chasseur n'avait eu aucun mal à découvrir le reste : trente-trois ans, célibataire, ses deux parents morts dans un accident de la route, aucune famille à part une tante en Avignon, atteinte de la maladie d'Alzheimer. L'homme avait monté une petite activité sur Internet, il travaillait de chez lui : ses revenus provenaient de la vente de modèles réduits de voitures à des collectionneurs. Relations humaines réduites au minimum, pas de compagne ni de compagnon, pas d'amis. Une passion : les voitures de course miniatures.

Jean Duez était parfait. Il ne manquerait à personne. Et surtout, personne ne le chercherait.

Le chasseur imagina que ce profil était en tout point semblable à celui des victimes précédentes. Aspect quelconque, aucun signe particulier. Un emploi ne nécessitant aucune qualité ou talent spécifique. Une vie retirée, aucune connaissance, très peu de contacts humains, proche de la misanthropie ou même de la sociophobie. Pas de famille.

Le chasseur se félicita de l'astuce de sa proie. Il péchait par orgueil, mais il était content quand le défi augmentait.

Il regarda sa montre : presque 19 heures. Dans le bistrot, il voyait arriver les premiers clients ayant réservé pour le dîner. Il fit signe à une serveuse qu'il voulait régler la note. Un jeune garçon vendait la dernière édition du journal du soir. Le chasseur en acheta un, mais il savait que la nouvelle de la découverte du corps de Jean Duez ne paraîtrait que le lendemain, ce qui lui laissait un avantage sur sa proie. Il était excité, l'attente prenait fin. La meilleure partie de la chasse allait débuter. Il n'avait besoin que d'une confirmation. C'était pour cela qu'il était assis dans ce café.

De nouveau, une brise légère balaya la rue, soulevant un nuage de pollens colorés provenant de l'étalage d'un fleuriste. Il ne se rappelait pas que le printemps à Paris était si beau.

Il frissonna. Quelques secondes plus tard, il vit sa proie émerger du métro, au milieu de la foule. L'homme portait un coupe-vent bleu, un pantalon de velours gris, des chaussures de sport et une casquette. Il le suivit du regard tandis qu'il avançait sur le trottoir opposé, les yeux baissés et les mains dans les poches. Il n'imaginait pas que quelqu'un le pistait, aussi ne prenait-il pas de précautions particulières. *Parfait*, se dit le chasseur tandis que la proie se dirigeait tranquillement vers une porte cochère verte de la rue Lamarck.

La serveuse approcha avec l'addition.

— Cela a été ?

— Oui, parfait.

Le chasseur glissa sa main dans son pantalon à la recherche de son portefeuille au moment précis où Jean Duez rentrait chez lui.

Les victimes étaient de plus en plus âgées. Le chasseur était tombé sur sa proie presque par hasard : en reliant entre eux ces corps sans visage épars dans le monde, il avait compris qu'au fil des ans quelqu'un avait endossé leurs existences. Plus l'assassin vieillissait, plus l'âge des victimes croissait, comme la taille d'un costume.

La proie était un tueur caméléon.

Il ne connaissait pas encore la raison de ce comportement, mais il aurait bientôt – très bientôt – une explication.

Le chasseur se posta à quelques mètres de la porte verte, son sac de courses à la main, attendant qu'un occupant de l'immeuble sorte pour s'introduire à l'intérieur.

Bientôt, un vieil homme apparut sur le seuil, tenant en laisse un cocker marron. Il portait un manteau, un chapeau à large bord et des lunettes de vue à verres épais. Il était distrait par son chien qui l'entraînait vers le jardin. Le chasseur bloqua la fermeture de la porte et entra sans se faire remarquer du vieil homme.

La cage d'escalier était sombre et étroite. Il écouta. Les voix et les bruits provenant des appartements se mêlaient en un écho unique. Il regarda les boîtes aux lettres : Jean Duez habitait au 3Q.

Il posa son sac de courses sur la première marche, souleva la baguette et le persil et récupéra au fond son Beretta M92F, modifié en pistolet anesthésiant pour l'armée américaine, et acheté à un mercenaire à Jérusalem. Pour que le sédatif agisse immédiatement, il fallait viser la tête, le cœur ou l'aine. Retirer la cartouche et recharger prenait cinq secondes. Trop long. Le premier coup devait être précis. Sa proie avait probablement une arme avec de vraies balles. Le chasseur ne s'en inquiétait pas : son pistolet anesthésiant lui suffisait.

Il le voulait vivant.

Il avait eu le temps d'étudier ses habitudes. Avec les années, il avait compris que sa règle était la continuité. Sa proie ne s'écartait jamais de la vie qu'elle s'était assignée. Quand on répète scrupuleusement ses actes selon un ordre préétabli, on a plus de chances pour que nul ne s'aperçoive de sa présence, et de surcroît on peut contrôler la situation : le chasseur l'avait appris en observant sa proie, qui était devenue pour lui une sorte d'exemple. Elle lui enseignait les valeurs de la discipline et de l'abnégation. Elle s'adaptait aux circonstances, même les plus hostiles. Comme ces organismes qui habitent les abysses des océans, où la lumière n'arrive jamais, où le froid et la pression tueraient un homme sur-le-champ. Il ne devrait y avoir aucune vie, là-bas, ces créatures constituent un défi. La proie était ainsi. Le chasseur l'admirait, en un sens. Dans le fond, elle luttait pour sa survie.

Son pistolet anesthésiant au poing, il monta au troisième étage. Il ouvrit sans peine la porte de Jean Duez. Les aiguilles d'une pendule retentissaient dans le silence. L'appartement était un trois pièces de 80 mètres carrés. Devant lui partait un petit couloir.

Une lueur filtrait sous la seule porte fermée.

Le chasseur avança sans bruit. Arrivé devant la première pièce, il fit irruption sur le seuil, arme au poing. La cuisine était vide. Tout était propre et rangé. La porcelaine dans le buffet, le grille-pain, le torchon accroché à la poignée du four. Il ressentit une émotion étrange, en se retrouvant dans le repaire de sa proie, en contact avec son monde. Il continua jusqu'à la salle de bains. Personne non plus. Carrelage en damier, noir et blanc. Une unique brosse à dents. Un peigne en fausse écaille. Dans la pièce suivante trônait un lit à deux places décoré d'une courtepointe en satin bordeaux. Un verre d'eau sur la table de nuit. Des pantoufles en cuir. Et un mur recouvert d'étagères croulant sous des voitures de collection : la passion de Jean Duez.

Le chasseur quitta la chambre et se retrouva devant la porte fermée, d'où ne filtrait aucun son. Il baissa les yeux. La lueur dorée s'étendait à ses pieds, mais aucune ombre ne vint l'interrompre. Pourtant, au sol, il aperçut un signe nouveau.

Une couronne de petites taches brunes. Du sang.

Sa proie était complexe et sans pitié, il ne devait pas l'oublier. Bien que fasciné par elle, il savait que l'abîme creusé dans son âme n'offrait aucun salut : il ne voulait pas se mesurer à cette créature palpitante.

La seule possibilité était d'agir le premier, la prendre par surprise. Le moment était venu. La chasse touchait à sa fin. Ensuite, tout ferait sens.

Il recula d'un pas puis défonça la porte d'un coup de pied. Il pointa son pistolet anesthésiant, espérant atteindre immédiatement sa cible. Mais il ne vit rien. La porte rebondit, il dut l'arrêter de la main. Il entra et regarda autour de lui.

Personne.

Une planche à repasser. Un meuble avec une vieille radio et une lampe allumée. Un portemanteau.

Comment était-ce possible? Les vêtements qui y étaient accrochés étaient ceux que la proie portait quand il l'avait vue entrer dans l'immeuble. Coupe-vent bleu, pantalon de velours gris, chaussures de sport et casquette. Le chasseur aperçut la gamelle posée dans un coin.

Fédor, lut-il sur le bord. Il repensa au vieux qui sortait promener son cocker.

Malédiction. Quand il comprit la ruse dont il avait été victime, il éclata de rire, en admiration devant le système que le transformiste avait mis au point pour se protéger. Chaque jour il rentrait chez lui et se déguisait pour emmener son chien au jardin. De là, il surveillait son appartement.

Ce qui voulait dire que Jean Duez – ou plutôt l'être immonde qui avait pris sa place – connaissait maintenant son existence.

IL Y A QUATRE JOURS

Après l'orage, les chiens errants régnaient en maîtres sur les rues du centre historique. Ils se déplaçaient en meute, en silence, rasant les murs. Marcus les rencontra via dei Coronari, ils venaient vers lui, guidés par un bâtard au poil roux, borgne. Leurs regards se croisèrent, ils se reconnurent. Puis ils poursuivirent chacun leur chemin, s'ignorant de nouveau.

Quelques minutes plus tard, il franchit le seuil de l'appartement de Lara dans l'immeuble géré par l'organisme universitaire.

Dans le noir, exactement comme Jeremiah Smith.

Il tendit une main pour allumer l'interrupteur, mais changea d'avis. Le kidnappeur disposait probablement d'une lampe torche. Il utilisa donc celle qu'il avait dans sa poche. Le faisceau de lumière fit émerger de l'ombre les meubles et les objets.

Il ne savait pas exactement ce qu'il cherchait, mais il était convaincu qu'il existait un lien entre l'étudiante et Jeremiah. Lara était bien plus qu'une simple victime, elle était l'objet de son désir. Marcus devait remonter à cette connexion pour découvrir le lieu où la jeune fille était emprisonnée. Ce n'étaient que des hypothèses mêlées à des espoirs, mais pour le moment il ne voulait écarter aucune piste.

Au loin, il entendait les hurlements des chiens.

Il démarra son exploration par la petite salle de bains où se trouvait la trappe par laquelle le kidnappeur s'était introduit. Près de la douche, des flacons de savon, shampoing et après-shampoing étaient parfaitement rangés par taille sur une étagère. On retrouvait la même précision dans la disposition des produits d'entretien à côté de la machine à laver. Le miroir au-dessus du lavabo cachait un petit placard qui contenait des produits cosmétiques et des médicaments. Le calendrier accroché à la porte indiquait le dernier jour du mois.

Dehors, les hurlements augmentèrent, comme si les chiens se battaient entre eux.

Marcus retourna au petit salon ouvert sur la cuisine. Avant de monter à l'étage, Jeremiah Smith avait pris la peine de vider le sucrier posé au centre de la table et le pot sur l'étagère portant l'inscription *Sugar*, pour faire disparaître les traces de narcotique. Il avait exécuté chaque tâche avec calme. Il ne courait aucun risque, tant que Lara dormait.

Tu es fort, tu n'as commis aucune erreur, mais je vais bien trouver quelque chose. Marcus savait que l'histoire des tueurs en série qui lancent des défis à ceux qui les cherchent était un conte pour les médias, visant à attirer l'attention du public. Le tueur en série aime ce qu'il fait. Il veut le faire le plus longtemps possible. La notoriété ne l'intéresse pas. Toutefois, il lui arrive parfois de laisser un signe de son passage. Il ne veut pas communiquer, il veut partager.

Que m'as-tu laissé ? se demanda Marcus.

Il pointa sa torche sur les étagères de la cuisine. Sur l'une d'elles étaient disposés des livres de recettes. Quand elle habitait avec ses parents, Lara n'avait probablement jamais cuisiné. Depuis qu'elle s'était installée à Rome, elle avait appris à s'occuper d'elle-même. Or un volume noir détonnait parmi les volumes colorés. Marcus pencha la tête pour en lire le titre : la Bible.

Anomalie, pensa-t-il.

Il l'ouvrit à l'emplacement du marque-page en tissu noir. C'était l'épître de saint Paul aux Thessaloniciens.

« Le jour du Seigneur viendra comme un voleur dans la nuit. »

Une macabre ironie, certainement pas liée au hasard. Quelqu'un avait-il placé ce livre ici ? Ces paroles se référaient au jour du Jugement, mais elles décrivaient bien ce qui était arrivé à Lara. Quelqu'un l'avait enlevée. Cette fois, le voleur avait emporté une personne. La jeune étudiante n'avait pas senti la présence de Jeremiah Smith ni son ombre planer sur elle. Marcus regarda autour de lui : le canapé, la télévision, les revues sur la table, le frigo avec ses aimants, le vieux parquet usé. Ce petit appartement était le lieu où Lara se sentait le plus en sécurité, mais cela n'avait pas suffi à la protéger. Comment aurait-elle pu se rendre compte ? Comment aurait-elle pu savoir ? *Les hommes sont naturellement optimistes*, pensa-t-il. *Il est fondamental pour la survie des espèces de passer outre les dangers potentiels, de se concentrer uniquement sur les plus probables.*

On ne peut pas vivre dans la peur.

Une vision positive est celle qui nous fait avancer malgré l'adversité et la douleur qui émaillent l'existence. Elle présente un seul inconvénient : souvent, le mal s'y cache.

À ce moment-là, les chiens errants cessèrent d'aboyer. Un frisson glacial lui saisit la nuque, parce qu'il entendit un autre bruit : un grincement presque imperceptible, provoqué par des lattes du plancher.

Le jour du Seigneur viendra comme un voleur dans la nuit, se rappela-t-il en se disant qu'il avait eu tort de ne pas contrôler d'abord l'étage du dessus.

— Éteins ta lampe.

La voix venait de l'escalier derrière lui. Il obéit sans se retourner. L'homme était arrivé avant lui. Marcus se concentra sur le silence qui l'entourait. L'homme se trouvait au maximum à deux mètres de lui et l'observait sans doute depuis un bon moment.

— Tourne-toi, ordonna la voix.

Marcus s'exécuta lentement. La lueur de la cour filtrait faiblement par les barreaux de la fenêtre, projetant leur ombre sur le mur telle une cage, silhouette sombre et menaçante. Une ombre dans l'ombre. L'homme, robuste, était plus grand que lui d'au moins une vingtaine de centimètres. Ils restèrent un long moment sans parler. Puis la voix sortit à nouveau de l'obscurité.

— C'est toi ?

Il était sans doute très jeune. Dans son ton Marcus sentit de la rage, mais aussi de la crainte.

— C'est toi, fils de pute.

Il ne savait pas s'il était armé. Il se tut.

— Je t'ai vu entrer ici avec l'autre type, hier matin, affirma-t-il en évoquant sa première visite avec

Clemente. Cela fait deux jours que je surveille cet endroit. Qu'est-ce que vous me voulez ?

Marcus tenta de déchiffrer ses paroles, mais en vain.

— Vous essayez de me rouler ?

L'homme avança vers lui. Marcus aperçut ses mains, qui ne tenaient pas d'arme.

— Je ne sais pas à quoi tu fais allusion, hasarda-t-il.

— Tu te fous de moi.

— Peut-être vaudrait-il mieux en discuter tranquillement, hors d'ici.

— Parlons-en maintenant.

— Tu es ici à cause de la fille qui a disparu ?

— Je ne sais rien de la fille, je n'ai rien à voir là-dedans. Tu veux me coincer, connard ?

Marcus sentit que l'autre était sérieux : s'il s'agissait d'un complice de Jeremiah Smith, pourquoi prendre le risque de revenir ?

Soudain, l'inconnu se jeta sur lui, le saisit par le col et le poussa contre le mur. Tout en le maintenant immobile, il lui agita une enveloppe sous le nez.

— C'est toi qui m'as écrit cette putain de lettre ?

— Non, ce n'est pas moi.

— Alors que fais-tu ici ?

Avant tout, Marcus voulait comprendre le rapport avec la disparition de Lara.

— Parlons de cette lettre, si tu veux.

Or l'autre n'avait aucune intention de le laisser contrôler la situation.

— C'est Ranieri qui t'envoie ? Tu peux dire à ce salaud que c'est terminé.

— Je ne connais aucun Ranieri.

Il tenta de se dégager, mais le jeune homme le maintenait fermement. Il n'en avait pas fini avec lui.

— Tu es de la police ?

— Non.

— Et le symbole, alors ? Personne ne connaissait le symbole.

— Quel symbole ?

— Celui de la lettre, connard.

La lettre et le symbole : Marcus emmagasina ces informations. Ce n'était pas grand-chose, mais elles pourraient l'aider à comprendre les intentions du jeune homme. Ou peut-être délirait-il. En tout cas, il lui fallait sortir de cette situation.

— Arrête avec cette histoire de lettre. Je ne sais rien.

— Qui es-tu ?

Marcus ne répondit pas, espérant que l'autre se calmerait. À l'inverse, sans s'en rendre compte il se retrouva au sol, écrasé par le poids de son agresseur. Il tenta de se défendre, mais le jeune homme lui comprimait le thorax et frappait avec force. Il leva les bras pour se protéger le visage, mais les coups de poing l'étourdirent. Il sentit le goût du sang lui remplir la bouche. Il crut perdre connaissance, puis la fureur de son adversaire se tarit. Il l'aperçut qui ouvrait la porte de l'appartement. Il l'entendit s'éloigner rapidement.

Il attendit un peu avant d'essayer de se relever. Sa tête tournait et ses oreilles sifflaient. Il ne sentait pas la douleur. Pas encore. Cela arriverait d'un coup, il le savait, mais dans un petit moment. C'était toujours ainsi. Il aurait mal partout, même là où il n'avait pas reçu de coups. Il ne se rappelait pas exactement de quelle expérience passée il tenait ce souvenir, mais il savait.

Il s'assit, tenta de mettre de l'ordre dans ses pensées. Il l'avait laissé s'échapper, alors qu'il aurait dû trouver un moyen pour le retenir. Il se consola en se disant qu'il n'aurait pas réussi à le raisonner. En tout cas, il avait obtenu au moins un résultat.

Dans la lutte, il s'était emparé de la lettre.

Il chercha sa lampe torche à tâtons et éclaira l'enveloppe.

L'expéditeur était anonyme, mais elle était adressée à un certain Raffaele Altieri. Elle datait de trois jours auparavant. À l'intérieur, un papier où était imprimée l'adresse de l'appartement de Lara, via dei Coronari. Mais ce qui le frappa fut le symbole en guise de signature.

Trois petits points rouges qui formaient un triangle.

6 heures

Elle n'avait pas pu dormir. Après l'appel de Shalber, elle s'était retournée dans son lit pendant des heures. Quand le radio-réveil s'était déclenché, à 5 heures, Sandra s'était levée.

Elle s'était préparée rapidement et avait appelé un taxi pour se rendre à la préfecture de police ; elle ne voulait pas qu'un de ses collègues remarquât sa voiture. Personne ne lui aurait demandé d'explication, mais elle n'aimait pas leur façon de la regarder. La veuve. Était-ce ainsi qu'ils l'appelaient ? En tout cas, c'était ainsi qu'ils pensaient à elle. Elle ressentait leur compassion chaque fois qu'elle les croisait. Désormais, elle collectionnait les phrases de circonstance. La plus prisée était : « Courage, ton mari aurait voulu que tu sois forte. » Elle aurait souhaité toutes les enregistrer pour prouver au monde qu'il existe pire que l'indifférence à la douleur d'autrui : la banalité avec laquelle on cherche à la soulager.

Or tout cela ne dépendait probablement que d'elle et de son irritabilité. En tout cas, elle voulait être au dépôt au moment du remplacement de l'agent de nuit.

Elle mit vingt minutes pour arriver à destination. Elle passa d'abord au bar acheter un cappuccino et un croissant à emporter, puis elle se présenta à son collègue qui s'apprêtait à rentrer chez lui.

— Salut, Vega, lui dit-il. Que fais-tu ici à cette heure ?

— Je t'ai apporté le petit déjeuner, annonça Sandra avec un sourire le plus naturel possible.

— Tu es une vraie amie. Cette nuit il y a eu du mouvement : on a arrêté une bande de Colombiens qui dealait devant la gare de Lambrate.

— Je voudrais retirer les effets que j'ai laissés il y a cinq mois, poursuivit-elle en allant droit au but.

— Je vais te les chercher, répondit son collègue, étonné.

Il s'enfonça dans les couloirs du dépôt. Sandra l'entendait parler tout seul. Elle était impatiente mais essayait de se contrôler. Ces derniers temps, tout l'agaçait. Sa sœur disait qu'elle traversait l'une des quatre phases qui suivent un deuil. Elle avait trouvé cette explication dans un livre mais elle ne se rappelait pas bien la séquence, aussi elle ne pouvait lui en dire plus sur cette phase, ni si elle en sortirait bientôt. Sandra la laissait parler. Idem pour le reste de sa famille, personne ne se souciait réellement de ce qu'elle vivait. Non par insensibilité, mais parce qu'il n'existait aucun conseil adapté à une veuve de vingt-neuf ans. Ils lui rapportaient donc ce qu'ils lisaient dans les revues ou lui citaient les expériences de leurs connaissances. Cela leur donnait bonne conscience, et Sandra ne s'en portait pas plus mal.

Cinq minutes plus tard, son collègue revint avec les deux gros sacs de David.

Il les portait par leurs anses, pas en bandoulière, comme lui, un à droite, l'autre à gauche, ce qui lui donnait une allure vacillante.

— Tu as l'air d'un âne, Fred.

— Mais je te plais quand même, Ginger.

En voyant ces sacs, Sandra reçut comme un coup de poing en pleine poitrine. Elle avait redouté ce moment. Ils contenaient son David, tout son monde. Elle les aurait laissés au dépôt jusqu'à ce que quelqu'un les mette au pilon. Or Shalber avait donné du poids et de la substance à une nébuleuse d'interrogations qui faisaient régulièrement irruption dans son cœur depuis qu'elle avait appris que David lui avait menti. Elle ne pouvait permettre que quelqu'un doute de son homme. Mais, surtout, elle avait compris qu'elle ne pouvait se le permettre à elle-même.

— Voilà, annonça son collègue en posant les sacs sur le comptoir.

Elle n'avait pas de reçu à signer, dans le fond ils lui avaient rendu service en les gardant. Ils étaient arrivés de la préfecture de police de Rome après l'accident. Elle s'était contentée de ne pas les retirer.

— Tu veux vérifier s'il manque quelque chose?

— Non, merci, ça va.

Son collègue la fixait d'un air triste.

Ne dis rien, implora-t-elle en silence. Mais il parla.

— Courage, Vega, Daniel aurait voulu que tu sois forte.

Qui est donc ce Daniel? se demanda-t-elle en s'efforçant de sourire. Elle le remercia et emporta les sacs de David.

Une demi-heure plus tard, elle posait les sacs dans l'entrée de son appartement. Pendant quelque temps, elle se contenta de les observer comme un chien errant qui tourne autour de la nourriture qui lui est offerte avant de décider s'il peut s'y fier. Sandra cherchait le courage pour affronter cet examen. Elle se prépara un thé et observa les sacs depuis le canapé. Pour la première fois, elle réfléchit à ce qu'elle venait de faire.

Elle avait ramené David à la maison.

Peut-être que durant ces derniers mois une partie d'elle avait espéré, imaginé, cru que tôt ou tard il reviendrait. L'idée qu'ils ne feraient plus l'amour la rendait folle. Parfois elle oubliait qu'il était mort, elle avait une idée et se disait « il faut que j'en parle à David ». L'instant d'après la vérité l'assaillait, et l'amertume avec.

David ne reviendrait plus.

Sandra repensa au jour où elle avait pris conscience de cette réalité. C'était juste avant de sortir de chez elle, un matin tranquille comme celui-ci. Elle avait laissé les deux agents qui l'accompagnaient à la porte, convaincue que tant qu'ils restaient là, tant qu'ils ne franchissaient pas cette limite, la mort de David ne se matérialiserait pas. Elle n'aurait pas à affronter l'ouragan qui dévasterait tout, bien que laissant chaque chose intacte.

Et pourtant, me voici, se dit-elle. *Si Shalber s'intéresse à ces bagages, il y a forcément une raison.*

Elle posa sa tasse par terre et se dirigea vers les sacs. Elle commença par le moins lourd, qui ne contenait que des vêtements. Elle le renversa sur le sol. Les chemises, les pantalons et les pulls s'éparpillèrent partout. L'odeur de la peau de David la saisit, mais elle tenta de l'ignorer.

Tu me manques, Fred.

Elle s'empêcha de pleurer. Elle fouilla dans les habits avec une frénésie désespérée. Elle voyait des images de David portant les effets qu'elle touchait. Des moments passés ensemble. Elle ressentit de la nostalgie, de la rage, puis de la colère.

Il n'y avait rien parmi ces affaires. Elle vérifia les poches intérieures et extérieures. Rien.

Elle était épuisée, mais le plus dur était fait. Maintenant, il restait le sac de travail.

Il existait une liste de son contenu, qui se trouvait dans le tiroir de la table de nuit de David. Il l'utilisait comme pense-bête des choses à emporter, quand il préparait ses bagages. Sandra alla la chercher et démarra l'opération de vérification.

Elle sortit d'abord le second Reflex de David. Le premier avait été détruit dans la chute. C'était un Canon, alors que Sandra préférait les Nikon. Ils avaient eu des discussions animées sur le sujet.

Elle l'alluma. La mémoire était vide.

Elle raya l'appareil sur la liste et poursuivit. Elle brancha les dispositifs électroniques, parce que les batteries s'étaient déchargées pendant ces mois d'inactivité. Le dernier appel du téléphone satellitaire remontait à trop de temps auparavant, il n'avait aucun intérêt. Elle avait déjà contrôlé le portable quand elle s'était rendue à Rome pour l'identification du cadavre. David ne l'avait utilisé que pour appeler des taxis et sa femme – *Ici, à Oslo, il fait un froid de canard*. Pour le reste, c'était comme s'il était coupé du monde.

Elle démarra l'ordinateur, espérant y trouver quelque chose, mais il ne contenait que de vieux fichiers insignifiants. Même dans le courrier électronique, rien d'intéressant ni de nouveau. Nulle part David n'évoquait la raison pour laquelle il se trouvait à Rome.

Pourquoi maintenir un tel niveau de discrétion? s'interrogea-t-elle. Elle fut à nouveau saisie par le doute qui l'avait tenue éveillée toute la nuit.

Aurait-elle pu jurer de l'honnêteté de son mari, ou bien cette histoire cachait-elle quelque chose de louche?

Au diable Shalber, se répétait-elle en repensant à l'homme qui avait fait naître en elle cette incertitude.

Elle poursuivit son tri, écartant ce qui pour l'instant n'avait aucun intérêt pour elle, comme les téléobjectifs, et tomba sur un agenda à la couverture en cuir. Il était très vieux et usé sur les bords. Chaque année, David ne remplaçait que les pages centrales. Il lui était impossible de se séparer de cet objet. Comme ses sandales marron à la semelle abîmée, ou ce pull feutré qu'il portait quand il travaillait à l'ordinateur. Sandra avait essayé mille fois de les faire disparaître. Il faisait semblant de ne pas s'en apercevoir pendant quelques jours, mais il finissait par les débusquer de leur cachette.

Elle sourit à ce souvenir. David était comme ça. Un autre homme aurait protesté avec vigueur, or il ne contestait jamais ses petites prévarications. Ce qui ne l'empêchait pas de faire comme il l'entendait.

Sandra ouvrit l'agenda. Sur les pages correspondant à la période où David était à Rome, quelques adresses étaient notées. Elle les retrouva indiquées sur un plan de la ville. Une vingtaine en tout.

Elle aperçut alors dans le sac un objet nouveau, qui ne figurait pas sur la liste. Une radio CB. Elle contrôla instinctivement la fréquence. Canal 81. Cela ne lui disait rien.

Que faisait David avec un émetteur-récepteur ?

En cherchant parmi les objets restants, elle comprit qu'il manquait quelque chose : un petit enregistreur vocal que David avait toujours sur lui. Il l'appelait sa mémoire de secours. Or il ne l'avait pas au moment de sa chute. Il pouvait s'être égaré de mille façons.

Avant de poursuivre, elle récapitula rapidement le résultat de la perquisition.

Elle avait trouvé des adresses notées dans un agenda et reportées sur une carte de Rome ; un émetteur-récepteur réglé sur une fréquence mystérieuse. Enfin, il manquait l'enregistreur que David utilisait pour prendre des notes.

Tandis qu'elle réfléchissait à ces éléments, cherchant une logique qui les reliât, elle fut saisie d'une gêne soudaine. Après l'accident, elle avait demandé à Reuters et à l'Associated Press – les agences avec lesquelles son mari collaborait le plus souvent – si par hasard il effectuait un travail pour elles à Rome. Elles lui avaient répondu par la négative. Il était seul. Certes, ce n'était pas la première fois qu'il réalisait un reportage ou une enquête avec la perspective de les proposer ensuite au mieux offrant. Mais Sandra avait le sentiment trouble que cette fois il s'agissait d'autre chose. Quelque chose qu'elle n'était pas certaine de vouloir découvrir.

Pour chasser ces mauvaises pensées, elle se replongea dans le contenu du sac.

Elle récupéra le Leica I. C'était un appareil de 1925, créé par Oskar Barnack et perfectionné par Ernst Leitz. Pour la première fois, il permettait de photographier les mains libres. Étant donné sa grande maniabilité, il avait constitué une véritable révolution pour la photographie de guerre.

La mécanique était parfaite. Obturateur horizontal en tissu, temps de pose de 1/20e à 1/500e de seconde, objectif fixe de 50 millimètres. Un véritable bijou de collectionneur.

Sandra l'avait offert à David pour leur premier anniversaire de mariage. Elle se rappelait encore sa surprise quand il avait déballé le paquet. Avec ce qu'ils gagnaient, ils n'auraient pu se le permettre. Mais Sandra l'avait hérité de son grand-père qui lui avait transmis sa passion pour la photographie.

C'était une sorte de relique de famille et David ne s'en séparait jamais. Il disait que c'était son porte-bonheur.

Mais il ne lui a pas sauvé la vie, pensa Sandra.

Elle le sortit de son étui en cuir, sur lequel elle avait fait graver les initiales *DL*. Elle l'observa en essayant de reproduire le regard de David, dont les yeux brillaient chaque fois qu'il s'en servait. Elle s'apprêtait à le ranger quand elle s'aperçut que la vis qui actionnait le déclencheur était armée. Il y avait une pellicule dans l'appareil.

David avait pris des photos avec.

Dans le jargon, on les appelait des « relais ». C'étaient des appartements sécurisés situés dans toute la ville qui servaient de soutien logistique, de refuge temporaire ou même simplement à se restaurer ou se reposer un peu. Sur la sonnette figuraient généralement des noms génériques de sociétés d'affaires fictives.

Marcus entra dans un appartement relais qu'il connaissait pour s'y être rendu une fois avec Clemente, qui lui avait révélé qu'ils possédaient d'innombrables propriétés à Rome. La clé était cachée dans un interstice à côté de la porte.

Comme prévu, la douleur était arrivée avec l'aube. Marcus portait sur lui les signes de son passage à tabac. Il avait des bleus à la hauteur des côtes qui lui rappelaient à chaque inspiration les événements de la nuit, une lèvre fendue et une pommette tuméfiée. Qui s'ajoutaient à sa cicatrice sur la tempe.

Dans ces appartements relais, on trouvait de la nourriture, un lit, de l'eau chaude, une trousse de premiers secours, des faux papiers et un ordinateur sécurisé pour se connecter à Internet. Mais celui que Marcus avait choisi était vide. Il n'y avait pas de meuble et les stores étaient baissés. Dans l'une des pièces, un téléphone était posé à même le sol. La ligne était active.

Cet appareil était l'objet clé du lieu.

Clemente lui avait expliqué qu'il n'était pas opportun pour eux de posséder un téléphone portable. Marcus ne laissait pas de traces derrière lui.

Je n'existe pas, se dit-il avant d'appeler un service d'annuaire téléphonique.

Au bout de quelques instants, une opératrice polie lui donna l'adresse et le numéro de Raffaele Altieri, l'homme qui l'avait surpris chez Lara. Marcus raccrocha et appela le jeune homme. Il insista pour s'assurer qu'il n'y avait personne. Quand il en fut certain, il se dirigea vers chez lui pour lui rendre sa visite de la nuit.

Un peu plus tard, il se posta sous une pluie battante au coin de la via Rubens, dans le quartier bourgeois des Parioli, pour faire le guet devant un immeuble de quatre étages.

Il entra par le garage. L'appartement qui l'intéressait était au troisième. Marcus écouta à la porte. Il n'entendit aucun bruit, aussi il se risqua : il voulait savoir qui était son agresseur.

Il força la serrure et entra.

L'habitation était grande. Les meubles témoignaient d'un bon goût et d'une aisance financière certains. Des antiquités et des tableaux de valeur décoraient les pièces et les murs. Les sols étaient en marbre clair, les portes laquées de blanc. L'ensemble n'avait rien d'intéressant, hormis le fait de ne pas ressembler à l'intérieur d'un voyou.

Marcus étudia hâtivement les lieux.

Une chambre avait été transformée en salle de sport. Y trônaient un banc de body-building avec des poids, un espalier suédois, un tapis roulant et d'autres accessoires de gymnastique. Marcus les avait largement pratiqués.

À observer la cuisine, on savait qu'il vivait seul. Le frigo ne contenait que du lait écrémé et des boissons énergétiques. Dans les placards, des boîtes de vitamines et de compléments alimentaires.

La troisième pièce lui en apprit autant sur le mode de vie du jeune homme : un lit une place, défait, aux draps Star Wars ; au-dessus de la tête de lit, un poster de Bruce Lee. D'autres, de groupes de rock et de motos de course, accrochés aux murs. Sur une étagère une chaîne hi-fi, et dans un coin une guitare électrique.

On aurait dit une chambre d'adolescent.

Quel âge pouvait avoir Raffaele ? se demanda Marcus. La réponse arriva quand il franchit le seuil de la quatrième pièce.

Une chaise et un bureau étaient posés contre le mur. C'étaient les seuls meubles. En face, un collage d'articles de journaux. Le papier était jauni, mais ils étaient bien conservés.

Ils remontaient à dix-neuf ans auparavant.

Marcus s'approcha pour les lire. Ils étaient disposés selon un ordre méticuleux, par date, de gauche à droite et de haut en bas.

Un double homicide avait été commis. Les victimes étaient Valeria Altieri, la mère de Raffaele, et son amant.

Marcus s'arrêta sur les photos illustrant les articles parus dans les quotidiens mais aussi dans les magazines de l'époque. Certains avaient réduit ce terrible crime à une sorte de ragot mondain.

Dans le fond, tous les ingrédients étaient réunis.

Valeria Altieri était belle, élégante, gâtée et menait grand train. Son mari était Guido Altieri, célèbre avocat d'affaires, qui voyageait souvent à l'étranger. Riche, sans scrupule et très puissant. Marcus vit sa photo à l'enterrement de sa femme, sérieux et digne malgré le scandale dans lequel il était pris, regardant le cercueil en tenant par la main son fils Raffaele, âgé de trois ans. L'amant occasionnel de Valeria était un skipper connu, vainqueur de nombreuses régates. Une sorte de gigolo, de quelques années plus jeune qu'elle.

Le crime avait fait du bruit à cause de la notoriété des protagonistes, mais aussi de par ses modalités. Les amants avaient été surpris au lit ensemble. L'enquête avait établi que les assassins étaient au moins deux, mais il n'y avait eu ni arrestations ni suspects. Leur identité était restée inconnue.

Puis Marcus nota un détail qui lui avait échappé à la première lecture. L'homicide avait eu lieu ici, dans l'appartement que Raffaele habitait encore, à vingt-deux ans.

Pendant qu'on trucidait sa mère, il dormait dans son lit.

Les assassins ne s'étaient pas aperçus de sa présence, ou alors ils avaient décidé de l'épargner. Mais le lendemain matin le petit garçon s'était réveillé. Il était entré dans la chambre à coucher et avait découvert les deux corps troués de plus de soixante-dix coups de couteau. Marcus imagina qu'il avait éclaté en sanglots désespérés devant cette scène que son jeune âge ne lui permettait pas de déchiffrer. Valeria avait donné congé aux domestiques pour recevoir son amant, et l'homicide avait été découvert par l'avocat Altieri qui était rentré chez lui après un voyage d'affaires à Londres.

Le petit garçon était resté seul avec les cadavres pendant deux jours entiers.

Marcus ne pouvait imaginer pire cauchemar. Quelque chose émergea des profondeurs de sa mémoire. Une sensation de solitude et d'abandon.

Il ne savait pas à quand elle remontait, mais elle était présente en lui. Ses parents n'étaient plus en vie pour qu'il leur demandât d'où provenait ce souvenir. Il avait même oublié la douleur de les avoir perdus. C'était probablement l'un des aspects positifs de l'amnésie.

Il reporta son attention sur son travail, s'intéressa au bureau.

Des fascicules y étaient empilés. Marcus aurait voulu s'asseoir pour examiner tous ces documents, mais il n'avait pas le temps. Il était de plus en plus risqué de rester dans l'appartement. Il se contenta de les feuilleter rapidement.

Il y avait des photos, des copies des procès-verbaux de la police, des listes de preuves et de suspects. Ces documents n'auraient jamais dû se trouver là. Il découvrit également des notes en tout genre, des réflexions écrites à la main par Raffaele Altieri, et aussi les résultats d'enquêtes privées. Il trouva la carte de visite d'un détective privé.

Ranieri, lut-il.

« C'est Ranieri qui t'envoie ? Tu peux dire à ce salaud que c'est terminé », avait dit Raffaele.

Marcus glissa la carte dans sa poche puis se concentra à nouveau sur le mur des articles, tentant d'embrasser le tout d'un coup d'œil.

Combien d'argent un détective privé malin pouvait-il soutirer à un jeune homme poursuivi par une idée fixe ?

Trouver les assassins de sa mère.

Ces coupures de journaux, ces rapports, ces documents prouvaient son obsession. Raffaele voulait donner un visage aux monstres qui avaient profané son enfance. *Les enfants ont des ennemis faits d'air, poussière et ombre, l'ogre ou le grand méchant loup*, pensa Marcus. Ces adversaires vivent dans les fables et n'en sortent que quand les enfants font des caprices, invoqués par les parents. Mais ensuite ils disparaissent, ils retournent à l'ombre qui les a générés.

Ceux de Raffaele étaient restés.

Marcus voulait clarifier un dernier détail, la question du symbole : les trois petits points rouges au bas de la lettre qui avait attiré le jeune homme à l'appartement de Lara.

« Et le symbole, alors ? Personne ne connaissait le symbole », avait dit Raffaele.

Marcus retrouva le document de la préfecture qui en parlait. Il y avait une explication : les enquêteurs cachaient souvent certains détails d'une affaire à la presse, pour démasquer de faux témoignages ou d'éventuels mythomanes, mais aussi pour faire croire aux coupables qu'ils ne savaient rien. Dans le cas du meurtre de Valeria Altieri, on avait trouvé un élément important sur la scène de crime, et que la police avait choisi de taire.

Marcus ne comprenait pas le rapport entre cette histoire, Jeremiah Smith et la disparition de Lara. Le crime datait de dix-neuf ans et, si certains indices n'avaient pas été retrouvés par les forces de l'ordre, ils étaient désormais irrécupérables.

La scène de crime avait disparu.

Il regarda l'heure : il était là depuis vingt minutes et il voulait éviter un nouveau face-à-face avec Raffaele. Mais il décida qu'il valait la peine de jeter au moins un coup d'œil à la chambre où avait été tuée Valeria Altieri. Il se demandait ce qu'elle contenait, maintenant.

Quand il franchit le seuil, il comprit qu'il s'était trompé.

La première chose qu'il vit fut le sang.

Le lit double aux draps bleu ciel en était trempé. Il y en avait tellement qu'on pouvait deviner la position des victimes durant le massacre. Le matelas et les oreillers conservaient la mémoire de la forme des corps. L'un à côté de l'autre, serrés dans une étreinte désespérée.

Du lit, le sang avait coulé comme de la lave sur la moquette blanche. Il s'était répandu lentement, il avait imprégné les fibres pour les colorer d'un rouge si étincelant, si magnifique que cela détonnait avec l'idée de la mort.

Les éclaboussures, disséminées par l'élan de la main qui brandissait la lame tandis qu'elle s'abattait sur la chair désarmée, dessinaient sur les murs de la rage, de la rapidité et de la fatigue. Le plus impressionnant était la disposition ordonnée et cohérente des gouttes. Une harmonie sacrilège qui découlait d'une haine forcenée.

Une partie de ce sang avait ensuite été utilisée pour écrire sur le mur au-dessus du lit. Un seul mot.

EVIL.

En anglais, le mal.

Tout était fixe, immobile. Mais tout était trop vivant, trop réel. Comme si l'homicide venait d'avoir lieu, Marcus eut l'impression d'avoir voyagé dans le temps, en ouvrant cette porte.

C'est impossible, pensa-t-il.

De même qu'il n'était pas plausible que la chambre ait été conservée telle quelle depuis ce jour tragique, dix-neuf ans plus tôt.

Il n'y avait qu'une explication, il en trouva la confirmation dans les seaux de peinture rangés dans un coin avec des pinceaux et les photos de la police scientifique que Raffaele s'était procurées et qui représentaient la scène authentique. Celle qu'avait découverte celui qui avait franchi ce seuil le premier.

L'avocat Guido Altieri, de retour chez lui par une matinée tranquille de mars.

Par la suite, tout avait été altéré. Par l'intervention de la police, mais aussi par ceux qui avaient tout nettoyé, tentant de rendre à la pièce son état d'origine, pour effacer l'anamnèse de l'horreur.

Cela se produit souvent en cas de mort violente. Les cadavres sont enlevés, le sang nettoyé. Les gens fréquentent à nouveau les lieux, sans savoir. La vie reprend les espaces qui lui ont été soustraits.

Personne ne voudrait garder de tels souvenirs. Moi non plus, se dit-il.

Pourtant, Raffaele Altieri avait choisi de reproduire fidèlement la scène de crime. Donnant libre cours à son obsession, il avait réalisé un sanctuaire de l'horreur. Tentant d'y enfermer le mal, il y était resté lui-même prisonnier.

Maintenant, Marcus pouvait profiter de cette mise en scène pour tirer des conclusions et chercher, quelles qu'elles soient, les anomalies. Il fit le signe de croix et entra dans la pièce.

En s'approchant de ce qui ressemblait à un autel sacrificiel, il comprit que les agresseurs étaient au moins deux.

Les victimes n'avaient eu aucune chance de salut.

Il imagina Valeria Altieri et son amant, cueillis dans leur sommeil par un accès de violence humaine. La femme avait-elle hurlé ou s'était-elle retenue pour ne pas réveiller son fils qui dormait dans la pièce à côté? Pour qu'il n'accoure pas et ne voie pas. Pour le sauver.

Au pied du lit, sur la droite, une mare de sang s'était accumulée. À gauche, Marcus remarqua trois petits signes circulaires.

Il se pencha pour mieux voir. Ils formaient un triangle équilatéral parfait d'environ 50 centimètres de côté.

Le symbole.

Il réfléchissait à ses significations possibles quand, levant un instant les yeux, il vit ce qui lui avait d'abord échappé.

Imprimées sur la moquette, des reproductions minutieuses d'empreintes de petits pieds nus.

Il imagina Raffaele, trois ans, passer la tête par la porte le lendemain du drame. Découvrir cette horreur sans en saisir le sens. Courir vers le lit, tachant ses pieds de sang. Secouer désespérément sa mère pour la réveiller. Marcus imaginait même la forme de son petit corps sur les draps ensanglantés : après avoir pleuré pendant des heures, il s'était sans doute lové à côté du cadavre de la femme, puis s'était endormi.

Il avait passé deux jours dans cette maison, avant que son père le trouve et l'emmène. Deux longues nuits, affrontant seul l'obscurité.

Les enfants n'ont pas besoin de souvenirs, ils apprennent en oubliant.

Ces quarante-huit heures, en revanche, avaient marqué l'existence de Raffaele Altieri.

Marcus était transi. Il respira profondément, craignant une attaque de panique. Était-ce son talent ? Comprendre le message obscur que le mal semait dans les choses. Écouter la voix silencieuse des morts. Assister, impuissant, au spectacle de la cruauté des hommes.

Les chiens sont daltoniens.

Lui seul avait compris ce que le monde ignorait sur Raffaele. Cet enfant de trois ans demandait encore à être sauvé.

09 h 04

— Il faut voir certaines choses de ses propres yeux, Ginger, répétait David chaque fois qu'ils parlaient des risques inhérents à son métier.

Pour Sandra, l'appareil photo était un rempart contre la violence de la réalité. Pour lui, ce n'était qu'un instrument.

Elle avait pensé à cette différence de point de vue en installant une chambre noire de fortune dans la salle de bains, comme elle avait vu David le faire si souvent.

Elle avait scellé porte et fenêtres, remplacé l'ampoule au-dessus du lavabo par une autre émettant une lumière rouge inactinique. Elle avait récupéré au grenier son agrandisseur ainsi que le matériel pour développer et fixer les négatifs. Pour le reste, elle avait improvisé. Les trois bassines pour le traitement étaient celles qu'elle utilisait pour rincer ses sous-vêtements. Elle avait trouvé des pinces, des ciseaux et une louche à la cuisine. Quant au papier photo et aux produits chimiques, ceux qu'elle conservait n'étaient pas encore périmés.

Le Leica I contenait une pellicule 135-35 millimètres. Sandra la rembobina.

Elle avait besoin du noir absolu. Après avoir enfilé des gants, elle sortit la pellicule. Elle coupa la partie initiale en arrondissant les angles puis la glissa dans la spirale de la cuve. Elle versa le liquide de développement et calcula les temps. Elle répéta l'opération avec le liquide fixant, puis rinça le tout à l'eau, versa quelques gouttes de shampoing neutre dans la cuve parce qu'elle n'avait pas d'absorbant, et enfin mit le film à sécher au-dessus de la baignoire.

Elle lança le chronomètre de sa montre et s'adossa au mur. Elle soupira. Cette attente dans l'obscurité était stressante. Elle se demanda pourquoi David avait utilisé ce vieil appareil pour prendre des photos. Une partie d'elle espérait qu'il ne contenait rien de significatif, que tout cela n'était qu'une illusion, le fruit de son incapacité à se résigner à une mort insensée.

Sandra voulait se sentir stupide.

David a utilisé le Leica pour l'essayer, se dit-elle. Bien que la photo soit leur passion et leur travail à tous les deux, ils n'avaient pas de cliché où ils apparaissaient tous les deux. Parfois elle y réfléchissait. Cela n'avait rien d'étrange quand son mari était en vie. *Nous n'en avions pas besoin*, se répétait-elle. Quand le présent est si intense, le passé est inutile. Elle n'imaginait pas qu'accumuler les souvenirs lui servirait un jour à survivre. Mais plus elle avançait, plus sa réserve s'épuisait. Ils avaient passé trop peu de temps ensemble par rapport à celui que, statistiquement, il lui restait à vivre. Que ferait-elle de toutes ces journées ? Éprouverait-elle à nouveau ce qu'elle avait ressenti pour lui ?

Le chronomètre la sortit de ses pensées. Elle pouvait enfin allumer la lumière rouge. Elle visionna le film à contre-jour.

David avait pris cinq photos.

Pour le moment, leur contenu était flou. Elle entreprit de les développer. Elle prépara les trois récipients. Le premier avec le révélateur, le deuxième avec de l'eau et de l'acide acétique pour le bain d'arrêt, le troisième avec le fixateur dilué dans l'eau.

Grâce à l'agrandisseur, elle projeta les négatifs sur le papier photo pour les imprimer. Puis elle plongea la première feuille dans le révélateur. Elle l'agita doucement et, peu à peu, l'image se forma dans le liquide.

Elle était sombre.

Elle pensa à un cliché pris par erreur mais le plongea tout de même dans les deux autres bassines et l'accrocha au-dessus de la baignoire avec une pince à linge. Elle poursuivit l'opération avec les autres négatifs.

Sur la deuxième photo, on voyait le reflet de David torse nu dans un miroir. D'une main, il tenait son appareil photo devant son visage, de l'autre il saluait. Mais il ne souriait pas, il était très sérieux. Derrière lui se trouvait un calendrier qui indiquait le mois où il était mort. Sandra se dit que c'était probablement la dernière photo de lui vivant.

Le triste adieu d'un fantôme.

La troisième était un chantier. On reconnaissait les piliers nus d'un édifice en construction. Autour, tout était vide. Sandra supposa qu'elle avait été prise dans l'immeuble dont David était tombé. Mais avant, évidemment.

Pourquoi s'était-il rendu là-bas avec son Leica?

L'accident de David avait eu lieu de nuit. Cette image, en revanche, avait été prise de jour. Peut-être quand il était venu faire des repérages.

La quatrième photo était très étrange. Il s'agissait d'un tableau qui semblait dater du XVIIᵉ siècle. Or Sandra était certaine qu'elle n'immortalisait qu'un détail de la toile : un enfant, le buste tourné de trois quarts, incapable de détourner le regard d'un spectacle qui l'attirait et le terrorisait en même temps. Il avait l'air bouleversé, la bouche grande ouverte de stupeur.

Sandra était convaincue d'avoir déjà vu cette scène, mais ne pouvait se rappeler de quelle toile il s'agissait. Elle se rappela la passion de l'inspecteur De Michelis pour l'art et en particulier la peinture : elle le sonderait à ce sujet.

Elle était certaine que ce tableau se trouvait à Rome. Et qu'il lui fallait s'y rendre.

Elle prenait son service à 14 heures, mais demande-rait quelques jours de congé. Dans le fond, après la mort de David, elle n'avait pas utilisé son congé pour raisons familiales. En prenant un train express, elle serait dans la capitale en moins de trois heures. Elle voulait voir de ses propres yeux, exactement comme disait David. Elle avait besoin de comprendre, parce qu'elle savait désormais qu'il y avait une explication.

Elle programmait son voyage dans sa tête tout en développant la dernière photo. Les quatre premières ne contenaient que des questions qui s'ajoutaient à toutes celles qu'elle avait accumulées jusque-là.

Peut-être la cinquième offrirait-elle une réponse.

L'image apparut sur le papier. Une tache sombre sur fond clair. Les détails apparurent un à un, comme une épave qui émerge progressivement des abysses où elle a passé des décennies dans l'obscurité absolue.

Un visage.

Un profil, pris en cachette, sans que la personne ait eu conscience qu'on la photographiait. Cette personne avait-elle un rapport avec ce que David faisait à Rome ? Était-elle impliquée dans sa mort ? Sandra décida de trouver cet individu.

Cheveux noirs comme les vêtements qu'il portait, yeux fuyants et mélancoliques.

Une cicatrice sur la tempe.

09 h 56

Marcus laissait son regard se perdre dans le spectacle de Rome depuis la terrasse du château. Derrière lui se détachait l'archange Michel qui, ailes dépliées et épée au poing, veillait sur les créatures humaines et sur leurs misères infinies. À gauche de la statue de bronze, la cloche de la miséricorde, dont les coups annonçaient les condamnés à mort à l'époque trouble où le château Saint-Ange était la prison de la papauté.

Ce lieu de supplice et de désespoir était devenu un monument touristique. On y prenait des photos en profitant du rayon de soleil qui s'était frayé un chemin entre les nuages et faisait briller la ville mouillée de pluie.

Clemente rejoignit Marcus et se posta à côté de lui sans quitter le paysage des yeux.

— Que se passe-t-il ?

Ils utilisaient une boîte vocale pour se donner rendez-vous. Quand l'un des deux voulait voir l'autre, il laissait un message en indiquant un lieu et un horaire. L'autre était toujours présent.

— Le meurtre de Valeria Altieri.

Avant de répondre, Clemente scruta le visage tuméfié de son ami.

— Qui t'a fait ça ?

— Cette nuit j'ai fait la connaissance de son fils Raffaele.

— Sale histoire. Le crime n'a pas été élucidé.

Il le dit comme s'il connaissait bien l'affaire, ce qui sembla étrange à Marcus, étant donné qu'à l'époque des faits son ami avait à peine plus de dix ans. Il n'existait qu'une seule explication : ils s'en étaient occupés.

— On a quelque chose dans les archives ?

— Prudence, dit Clemente qui n'aimait pas qu'on en parle en public.

— C'est très important. Que sais-tu ?

— Deux pistes ont été suivies, toutes deux incriminant Guido Altieri. En cas d'adultère, le premier suspect est le mari. L'avocat avait suffisamment de connaissances et de ressources pour avoir commandé ce massacre.

Si Guido Altieri était coupable, il avait consciemment laissé son fils avec les cadavres pendant deux jours, uniquement pour renforcer son alibi. Marcus n'y croyait pas.

— La deuxième piste ?

— Altieri est un magouilleur et, à l'époque, il était à Londres pour conclure une importante fusion entre sociétés. En réalité, l'opération n'était pas nette. Des intérêts de très haut niveau étaient en jeu, liés notamment au pétrole et au trafic d'armes. Le mot anglais *EVIL*, écrit au-dessus du lit du drame, pouvait être interprété comme un message pour l'avocat.

— Une menace.

— Dans le fond, les assassins ont épargné son fils.

Des enfants passèrent en courant à côté de Marcus qui les suivit du regard, enviant la légèreté de leur rapport au monde.

— Aucune des deux pistes n'a abouti, donc ?

— En ce qui concerne la première, Guido et Valeria Altieri étaient en instance de divorce. Elle était trop libérée, le skipper n'était pas son premier amant. L'avocat n'a sans doute pas trop souffert de sa mort, étant donné qu'il s'est remarié quelques mois plus tard. Depuis il a une autre famille, d'autres enfants. Et puis, si un type comme Altieri avait voulu se débarrasser de sa femme, il aurait choisi une façon moins cruelle.

— Et Raffaele ?

116

— Cela fait des années qu'il ne lui parle plus. Le jeune homme est un peu dérangé, il séjourne régulièrement en clinique psychiatrique. Il tient son père pour responsable de la tragédie.

— Et la thèse du complot international ?

— Elle a tenu un moment, mais on manquait de preuves.

— Il n'y avait pas d'empreintes, aucun indice, sur les lieux du crime ?

— C'était une véritable boucherie, pourtant les assassins ont été très méticuleux.

Même si ce n'avait pas été le cas, Marcus se dit que le crime avait été commis à une époque où les enquêteurs n'avaient à disposition que du matériel rudimentaire. L'analyse de l'ADN était entrée plus tard dans les méthodes de la police scientifique. En plus, la scène de crime avait été « polluée » par la présence de l'enfant pendant quarante-huit heures, puis effacée. Il repensa à la reproduction que Raffaele avait réalisée dans l'espoir de trouver une réponse. Dix-neuf ans auparavant, le fait que l'on n'ait pas identifié les criminels dès le début avait fini par compromettre irrémédiablement les résultats de l'enquête. Il avait été encore plus difficile de comprendre le mobile.

— Il y avait une troisième piste, n'est-ce pas ?

Marcus en avait eu l'intuition : c'était la raison pour laquelle ils s'étaient intéressés à l'affaire, autrefois. Il ne comprenait pas pourquoi son ami n'y avait pas fait allusion. Clemente tenta de changer de sujet.

— Quel rapport a cette affaire avec Jeremiah Smith et la disparition de Lara ?

— Je ne le sais pas encore. Raffaele Altieri se trouvait hier soir dans l'appartement de l'étudiante, quelqu'un l'y avait convoqué par courrier.

— Quelqu'un ? Qui ?

— Je n'en ai aucune idée, mais chez Lara une bible se trouvait parmi les livres de cuisine. Cette anomalie m'avait échappé la première fois. Parfois l'obscurité permet de mieux voir les choses : c'est pour cela que j'y suis retourné cette nuit. Je voulais reproduire les mêmes conditions que celles dans lesquelles Jeremiah Smith a agi.

— Une bible ?

— Un marque-page indiquait la première épître de saint Paul aux Thessaloniciens : « Le jour du Seigneur viendra comme un voleur dans la nuit... » Si ce n'était pas absurde, je dirais que quelqu'un a placé ce message-là pour nous, pour que nous rencontrions Raffaele Altieri.

— Personne ne connaît notre existence.

— C'est vrai, dit Marcus.

— Nous n'avons pas beaucoup de temps pour sauver Lara, tu le sais.

— Tu m'as dit de suivre mon instinct, parce que moi seul peux la trouver. C'est ce que je fais. Maintenant, parle-moi de l'autre piste. Sur la scène de crime, en plus de l'inscription *EVIL*, il y avait trois marques circulaires tracées avec le sang des victimes, formant les sommets d'un triangle.

Clemente se tourna vers l'archange de bronze, comme s'il invoquait sa protection pour ce qu'il s'apprêtait à dire.

— C'est un symbole ésotérique.

Marcus ne s'étonna pas que la police ait décidé d'omettre ce détail dans les procès-verbaux. Les flics sont des gens pratiques, ils n'aiment pas qu'une enquête dévie vers les sphères occultes. Ce sont des arguments difficiles à soutenir devant un tribunal, qui peuvent même fournir aux accusés une échappatoire en plaidant la folie. Et puis, il y a toujours le risque de faire mauvaise figure.

Toutefois, Clemente prenait cette hypothèse au sérieux.

— Certains soutiennent qu'un rituel a été célébré dans cette chambre à coucher.

Les crimes à caractère rituel faisaient partie des *anomalies* dont ils s'occupaient. Hédonisme et sexe s'y mêlaient. Trop impatient de comprendre la signification du symbole triangulaire pour attendre que Clemente se procure aux archives le dossier sur l'affaire Altieri, Marcus se rendit là où il trouverait la réponse.

La bibliothèque Angélique était située dans l'ancien couvent des augustiniens, piazza Sant'Agostino. Depuis le XVIIe siècle, les frères avaient rassemblé, catalogué et préservé environ deux cent mille précieux volumes, anciens et modernes. Elle avait été la première bibliothèque ouverte à la consultation publique.

Marcus était assis à une table du salon de lecture – dit « chapiteau Vanvitelliano », du nom de l'architecte qui avait restructuré le bâtiment au XVIIIe siècle –, entouré de rayonnages en bois croulant sous les livres. On y accédait par un vestibule décoré de tableaux d'écrivains illustres où l'on pouvait consulter les catalogues.

Un peu plus loin se trouvait la pièce blindée qui contenait les miniatures les plus précieuses.

Au cours des siècles, la bibliothèque Angélique avait été le théâtre de maintes controverses à caractère religieux, parce qu'elle abritait de nombreux textes censurés. Ces derniers, justement, intéressaient Marcus, qui avait demandé à examiner plusieurs livres sur la symbolique.

Il portait un gant de coton blanc pour tourner les pages, parce que le contact avec les acides de la peau aurait pu les abîmer. Il produisait un son semblable au battement d'ailes d'un papillon, brisant le silence de la salle. Au temps de la Sainte Inquisition, Marcus aurait payé de sa vie le seul fait de lire ces textes. En une heure, il remonta à l'origine du symbole triangulaire.

Né en opposition à la croix chrétienne, il était devenu l'emblème de certains cultes sataniques. Sa création remontait à l'époque de la conversion de l'empereur Constantin. Les chrétiens, ayant cessé d'être persécutés, avaient abandonné les catacombes. Les païens s'y réfugièrent.

Marcus découvrit avec étonnement que le satanisme moderne dérivait de ce paganisme. Au fil des siècles, la figure de Satan avait remplacé les autres divinités, en tant qu'antagoniste principale du Dieu des chrétiens. Les adeptes de ces sectes étaient considérés comme hors la loi. Ils se réunissaient dans des endroits isolés, généralement en plein air. Avec un bâton, ils traçaient les murs de leur temple sur la terre, ce qui était facile à effacer si on les surprenait sur le fait. Les meurtres d'innocents servaient à sceller des pactes de sang entre les adeptes. Cependant, en plus de leur aspect rituel, ils avaient un but pratique.

Si tu verses du sang à mon instigation, tu es lié à moi pour la vie, conclut Marcus. Quiconque abandonnait la secte risquait d'être dénoncé pour homicide.

Dans le catalogue de la bibliothèque, il avait trouvé des ouvrages expliquant l'évolution de ces pratiques jusqu'à l'époque moderne. S'agissant de publications récentes, Marcus retira son gant de consultation et se plongea dans la lecture d'un traité de criminologie.

La matrice satanique était présente dans de nombreux crimes, mais le plus souvent elle n'était qu'un prétexte pour laisser libre cours à des perversions de nature sexuelle. Certains assassins psychopathes étaient convaincus qu'une entité supérieure cherchait à communiquer avec eux. Perpétrer un acte sanguinaire était une façon de répondre à cet appel. Les cadavres devenaient des messagers.

L'affaire la plus célèbre impliquait David Richard Berkowitz – plus connu sous le nom de « Fils de Sam » –, un tueur en série qui avait terrorisé New York à la fin des années 70. À la police, il déclara qu'une présence démoniaque lui parlait à travers le chien de son voisin pour lui ordonner de tuer.

Marcus excluait que le meurtre de Valeria Altieri fût l'œuvre d'un malade. Les assassins étaient plusieurs, ce qui supposait une parfaite possession de leurs capacités mentales.

Pourtant, les crimes en réunion étaient une constante dans les affaires de satanisme. C'était justement dans la multitude que les individus trouvaient le courage d'accomplir des actes répréhensibles dont ils auraient été incapables autrement. L'union aidait à dépasser les freins inhibiteurs et la dilution de la responsabilité n'engendrait pas de culpabilité.

Il existait un satanisme « acide » selon lequel les adeptes consommaient des drogues, ce qui les rendait encore plus manœuvrables. Ils étaient reconnaissables à leur accoutrement où dominaient la couleur noire et les symboles d'obédience satanique. Plus que des textes sacrilèges, ils s'inspiraient de la musique heavy metal.

L'inscription *EVIL* sur le mur de la chambre à coucher de Valeria Altieri pouvait renvoyer à ce genre de groupes. Toutefois, ils tuaient rarement des êtres humains et s'en tenaient le plus souvent à des messes noires et des sacrifices d'animaux.

Un vrai rituel satanique n'aurait jamais été aussi grossier. Il était fondé sur le secret le plus absolu. Il n'y avait aucune preuve de son existence, on ne trouvait que des indices trompeurs et contradictoires. En effet, il existait très peu de cas de crimes sataniques non attribuables à des fanatiques ou des malades mentaux. Le plus célèbre était italien, c'était le Monstre de Florence.

Marcus lut avec attention un résumé de cette histoire. Huit doubles homicides, survenus entre 1974 et 1985, n'étaient pas l'œuvre d'une seule main mais d'un groupe d'assassins. Après l'avoir compris, les enquêteurs avaient arrêté les coupables sans aller plus loin, bien qu'on soupçonnât l'existence de mandataires, reliés à une secte jamais identifiée. Les crimes auraient été commandités pour se procurer des organes humains nécessaires lors de certaines cérémonies.

122

Marcus repéra un passage qui pouvait s'avérer utile. Il se référait à la raison pour laquelle le Monstre de Florence tuait toujours de jeunes couples qui s'étaient isolés dans la campagne. La mort la plus favorable était celle qui advient durant l'orgasme, également appelée *mors justi*. On croyait que, à ce moment précis, on pouvait capturer des énergies capables de renforcer les effets d'un rite maléfique.

Les crimes avaient toujours lieu suivant un calendrier précis, des veilles de fêtes chrétiennes, avec une préférence pour les nuits de nouvelle lune.

Marcus vérifia la date de l'assassinat de Valeria Altieri et de son amant. Il avait eu lieu la nuit du 24 mars, la veille de la célébration de l'Annonciation. Le moment où, selon les Évangiles, l'archange Gabriel informe la Vierge Marie qu'elle concevra le fils de Dieu. Et la lune était nouvelle.

Les éléments d'un crime satanique étaient tous réunis. Maintenant, il s'agissait de faire repartir dans cette direction une enquête arrêtée depuis quasiment vingt ans. Marcus était convaincu que quelqu'un savait, mais qu'il s'était tu. Il sortit de sa poche la carte de visite de Ranieri qu'il avait dérobée sur le bureau de Raffaele.

Il décida de commencer par le détective privé.

Le bureau de Ranieri était situé au premier étage d'un petit immeuble du quartier Prati. Il le vit descendre d'une Subaru verte. Il était bien plus vieux que sur la photo du site Internet de son agence. Marcus avait trouvé étrange de rendre son visage public quand on exerçait une activité fondée sur la discrétion. Mais cela n'avait pas dérangé Raffaele.

Avant de le suivre à l'intérieur de l'immeuble, il remarqua que la voiture de l'homme était pleine de boue. Malgré la pluie incessante des dernières heures, elle n'avait pu se salir ainsi à Rome. Il en déduisit que le détective était sorti de la ville.

Le gardien de l'immeuble était absorbé par son journal ; Marcus passa sans encombre. Ranieri avait évité l'ascenseur, visiblement pressé.

Il entra dans son bureau. Marcus s'arrêta à l'étage, où il se cacha dans un renfoncement pour attendre que l'homme ressorte. Ensuite, il pourrait s'introduire dans l'appartement et découvrir la raison de cette hâte.

Pendant qu'il était à la bibliothèque ce matin-là, Clemente lui avait déniché le dossier de l'affaire – code : *c.g. 796-74-8*. Il contenait un rapport détaillé sur toutes les personnes impliquées. Il l'avait déposé dans une boîte aux lettres d'un grand immeuble populaire. Ils utilisaient souvent ce moyen pour s'échanger des documents.

Marcus avait bien étudié la personnalité de Ranieri en attendant son arrivée.

Le détective privé n'avait pas bonne réputation, ce qui n'avait rien d'étonnant. Il avait été provisoirement interdit d'exercer pour mauvaises pratiques. Dans le passé, il avait participé à des escroqueries et même écopé d'une condamnation pour une histoire de chèques en bois. Son meilleur client était Raffaele Altieri, à qui il avait soutiré de grosses sommes d'argent au fil des ans. Toutefois, leur relation s'était interrompue brusquement. Son bureau du quartier Prati n'était qu'une façade pour attirer les clients. Il n'avait même pas de secrétaire.

Sortant Marcus de ses pensées, un cri de femme résonna dans la cage d'escalier. Il semblait provenir du premier étage.

Il avait des instructions claires : dans de telles situations, il devait s'en aller immédiatement. Une fois en sécurité, il pouvait alerter les forces de l'ordre. Le plus important était de préserver son anonymat.

Je n'existe pas, se rappela-t-il.

Il attendit de voir si un occupant de l'immeuble avait entendu quelque chose, mais personne ne sortit. Or si une femme était en danger, Marcus ne se pardonnerait pas de ne pas être intervenu. Il s'apprêtait à entrer quand Ranieri ouvrit la porte de son bureau. Marcus se cacha dans le renfoncement et l'homme passa à côté de lui sans le remarquer. Il portait une sacoche en cuir.

Quand il fut certain que le détective avait quitté l'immeuble, Marcus poussa d'un coup de pied la porte du bureau et se retrouva dans une petite salle d'attente. Un étroit couloir desservait une unique pièce. Il se posta sur le seuil et attendit. Il entendit des coups. Il se pencha prudemment à l'intérieur et ne vit qu'une fenêtre ouverte qui battait à cause du vent.

Aucune femme.

Il aperçut une seconde porte, fermée. Il l'ouvrit brusquement, certain de découvrir un spectacle horrible. Mais ce n'était qu'une petite salle de bains, vide.

Où était la femme qu'il avait entendue hurler ?

Les médecins lui avaient parlé d'hallucinations auditives. Un symptôme lié à son amnésie. Cela lui était déjà arrivé. Une fois, il lui avait semblé entendre un téléphone sonner dans sa mansarde de la via dei Serpenti. Mais il n'avait pas le téléphone. Une autre fois, il avait entendu Devok l'appeler. Il ne savait pas si c'était vraiment sa voix, il l'avait oubliée. Toutefois, il avait relié ce son à son visage, preuve qu'il existait un espoir pour qu'un jour les souvenirs reviennent. Les médecins disaient que l'amnésie survenue après une lésion au cerveau est toujours irréversible et n'a rien de psychologique. Cependant, il était possible de récupérer une mémoire secrète et ancestrale.

Il inspira profondément, tentant d'occulter le cri. Il voulait comprendre ce qui s'était passé dans cette pièce.

Il se pencha par la fenêtre ouverte : la Subaru verte avait disparu. Le détective privé ne rentrerait pas avant un moment, il avait un peu de temps.

Il aperçut une tache d'huile sur l'asphalte. Marcus ajouta ce détail à la boue sur la carrosserie et en déduisit que ce matin-là Ranieri avait visité un lieu accidenté, où il avait sali et abîmé sa Subaru.

Il referma la fenêtre et entreprit d'analyser la pièce.

Le détective y était resté une dizaine de minutes. Qu'était-il venu y faire ?

Marcus se rappela une leçon de Clemente au sujet de ce que les criminologues et les *profilers* appellent « l'énigme de la pièce vide ». Ils partaient du présupposé que tout événement, même le plus insignifiant, laisse des traces qui perdent leur latence au fil des minutes.

Ainsi, même si le lieu pouvait sembler vide, il ne l'était pas. Il contenait de nombreuses informations.

Mais Marcus disposait de peu de temps pour les identifier et reconstituer les événements.

La première approche était visuelle, aussi il regarda autour de lui. Une bibliothèque à moitié vide contenant des revues de balistique et des livres de droit. Ils étaient recouverts de poussière, ce qui laissait penser qu'ils étaient surtout décoratifs. Un canapé élimé et deux petits fauteuils faisant face à un bureau derrière lequel trônait une chaise pivotante.

Il remarqua la combinaison anachronique entre un téléviseur à écran plasma et un vieux magnétoscope. Il se dit que cet appareil tomberait bientôt en désuétude. Mais ce qui le frappa fut l'absence de cassettes vidéo dans la pièce.

Il enregistra le détail et poursuivit. Au mur étaient accrochés un diplôme attestant la participation à un stage de spécialisation en techniques d'enquête et une licence obsolète, dont le cadre était penché. Marcus l'écarta et découvrit un petit coffre-fort dont la porte n'était que poussée. Il était vide.

Il repensa au sac en cuir que Ranieri portait en sortant de son bureau. Il pouvait avoir emporté quelque chose. De l'argent ? Voulait-il fuir ? Mais quoi, ou qui ?

Il s'interrogea ensuite sur l'état des lieux. Quand il était arrivé, la fenêtre était ouverte. Pourquoi le détective l'avait-il laissée ainsi ?

Pour aérer la pièce, se dit-il avant de procéder à un examen olfactif. Il sentit une odeur légère mais caractéristique de brûlé. De la chlorophylle. Il se dirigea vers la corbeille à papiers.

Il n'y avait qu'une feuille, froissée par le feu.

Ranieri était venu chercher un objet, mais il s'était également débarrassé de quelque chose. Marcus récupéra ce qui restait du papier et le déposa avec soin sur le bureau. Il retourna à la salle de bains chercher un savon liquide, après avoir contrôlé son étiquette. Il y plongea le bout de son doigt et le passa sur la partie la plus sombre de la feuille, qu'il avait dépliée du mieux possible, là où il lui semblait que quelque chose était écrit. Puis il prit une allumette dans une boîte posée sur la table et se prépara à mettre à nouveau le feu à la feuille. Auparavant, il se concentra un instant. Il n'avait qu'une chance, ensuite les informations seraient effacées.

Hormis les migraines, les hallucinations auditives et la sensation de désorientation, l'amnésie avait du bon : grâce à elle, il avait développé des aptitudes mnémotechniques remarquables. Marcus était convaincu que sa capacité à apprendre vite dépendait de l'espace disponible dans le cerveau. Il possédait également une excellente mémoire photographique.

Espérons que cela fonctionne, se dit-il.

Il frotta l'allumette, prit la feuille et la passa sur la flamme dans le sens de la lecture, de gauche à droite.

L'encre réagit à la glycérine contenue dans le savon. Elle brûla plus lentement que le reste, ce qui produisit une sorte de contraste. Des lettres écrites à la main se recomposèrent à la hâte. Ses yeux couraient sur le papier pour capturer les lettres et les chiffres qui apparaissaient. L'effet ne dura que quelques instants et se dissipa avec une fumée grise. Marcus avait la réponse. Le texte était une adresse : *19 via delle Comete*. Toutefois, avant que tout s'évanouisse, il avait distingué les trois points qui formaient le symbole du triangle.

À part le lieu indiqué, le billet était identique à celui qu'avait reçu Raffaele Altieri.

— Je pense que ce n'était pas une bonne idée.

Au téléphone, De Michelis fut assez direct. Sandra s'en voulut presque de l'avoir mis au courant. La circulation dans Rome était ralentie par la pluie et le taxi qu'elle avait pris à la gare avançait par à-coups.

L'inspecteur était disposé à l'aider, mais il ne comprenait pas la nécessité de se rendre sur place en personne.

— Es-tu certaine de bien faire ?

Sandra avait mis dans une valise des affaires pour quelques jours mais aussi les photos du Leica, l'agenda de son mari et l'émetteur-récepteur qu'elle avait trouvé dans son sac.

— David exerçait un métier dangereux. D'un commun accord, nous avions décidé qu'il ne me dévoilerait jamais la destination de ses voyages.

Son mari soutenait qu'il voulait lui épargner ce qu'il appelait « l'angoisse de la femme du soldat au front ».

— Alors pourquoi me mentir sur mon répondeur ? Quel besoin y avait-il d'affirmer être à Oslo ? J'y ai pensé : j'ai été idiote. Il ne voulait pas me cacher quelque chose mais attirer mon attention.

— D'accord, peut-être avait-il découvert quelque chose et voulait-il te protéger, mais là tu te mets en danger toute seule.

— Je ne crois pas. David savait qu'il courait des risques et s'il lui arrivait quelque chose il voulait que j'enquête. C'est pour cela qu'il m'a laissé des indices.

— Tu fais allusion au contenu du vieil appareil photo ?

— À propos, as-tu déjà trouvé de quel tableau est tiré le détail de l'enfant qui fuit ?

— Comme ça, ça ne me dit rien. Il faudrait que je voie l'image.

— Je te l'ai envoyée par mail.

— Tu sais, moi, l'ordinateur... Bon, je vais demander à un des jeunes de me la montrer et je te tiendrai rapidement au courant.

Sandra savait qu'elle pouvait compter sur lui. Il avait mis cinq mois à lui dire qu'il était désolé pour la mort de David, mais dans le fond c'était un brave homme.

— Inspecteur...

— Oui ?

— Depuis combien d'années es-tu marié ?

— Vingt-cinq. Pourquoi ?

Sandra avait repensé aux paroles de Shalber.

— Je sais que c'est personnel, mais... As-tu déjà douté de ta femme ?

— Un après-midi, Barbara m'a dit qu'elle allait chez une amie. Mais je savais qu'elle mentait. Tu sais, le sixième sens des flics ?

— Oui, je vois ce que tu veux dire ! Mais tu n'es pas obligé de me raconter.

— Eh bien, poursuivit De Michelis, j'ai décidé de la suivre comme s'il s'agissait d'un criminel. Elle ne s'est aperçue de rien. Mais à un moment, je me suis arrêté et j'ai pensé à ce que j'étais en train de faire. J'ai renoncé. Tu peux appeler ça de la peur, je ne sais pas. En fait, je me fichais qu'elle m'ait menti. Si j'avais découvert qu'elle allait bien chez son amie, j'aurais eu l'impression de l'avoir trahie. Si j'avais droit à une femme fidèle, Barbara méritait un mari qui lui fasse confiance.

Sandra comprit que son collègue avait partagé avec elle quelque chose qu'il n'avait probablement jamais confié à personne, alors elle trouva le courage de poursuivre.

— De Michelis, j'aurais un autre service à te demander.

— Qu'y a-t-il, encore ? réagit-il, faussement agacé.

— Hier soir, j'ai reçu un appel d'un certain Shalber, d'Interpol. Il pense que David était impliqué dans une histoire louche et il m'a semblé assez casse-pieds.

— J'ai compris : je me renseignerai sur son compte. C'est tout ?

— Oui, merci.

— D'accord, mais dis-moi : où vas-tu maintenant ?

Là où tout a pris fin, aurait voulu dire Sandra.

— À l'immeuble en construction où David est tombé.

L'idée d'emménager ensemble venait d'elle, mais David l'avait acceptée avec enthousiasme. Du moins c'est ce qu'elle avait cru. Ils se connaissaient depuis quelques mois, et elle n'était pas encore certaine de savoir interpréter les réactions de l'homme qu'elle aimait. Parfois, il était compliqué. Contrairement à elle, il n'exprimait jamais ses émotions clairement. Quand ils étaient en désaccord, c'était toujours elle qui haussait la voix. Il avait une attitude vaguement conciliante et, surtout, distraite. En un sens, on pouvait dire qu'elle se disputait toute seule. Sandra ne pouvait s'empêcher de penser que la conduite de David n'était pas désintéressée mais stratégique : d'abord il la laissait se défouler, ensuite il l'amenait à renoncer à ses récriminations par exaspération.

La démonstration la plus probante de sa théorie avait eu lieu un mois après qu'il s'était installé dans son appartement.

Depuis une semaine, David était d'une humeur étrange, il parlait peu et Sandra avait l'impression qu'il l'évitait, même quand ils étaient seuls à la maison. Il ne travaillait pas à ce moment-là, mais il était toujours très occupé. Il s'enfermait dans son bureau, ou alors il réparait une prise électrique ou encore débouchait un évier. Sandra sentait que quelque chose n'allait pas mais elle avait peur de demander quoi. Elle se disait qu'il fallait lui laisser du temps, que David n'était pas habitué à avoir un chez-lui et aussi qu'il avait peu l'expérience de la vie en couple. Pourtant, en même temps que la peur de le perdre, elle sentait monter de la rage devant cette attitude fuyante. Elle était sur le point d'exploser.

Cela se produisit une nuit, pendant qu'ils dormaient. Elle sentit une main la secouer pour la réveiller. Après avoir pris conscience qu'il était 3 heures du matin, étourdie par le sommeil, elle lui demanda ce que, diable, il voulait. David alluma la lumière et s'assit dans le lit. Son regard errait dans la pièce tandis qu'il cherchait les mots pour lui dire ce qui lui trottait dans la tête. C'est-à-dire qu'ils ne pouvaient pas continuer ainsi, qu'il se sentait mal à l'aise, que la situation ne lui convenait pas.

Sandra s'efforça de comprendre le sens de ce discours, mais la seule explication qui lui venait en tête était : ce salaud est en train de me larguer. Blessée dans son orgueil et indignée qu'il n'ait pu attendre le lendemain matin pour la quitter, elle s'était levée, furieuse, et s'était mise à l'invectiver et à l'insulter. Dans sa colère, elle jetait par terre les objets qui étaient à portée de sa main, dont la télécommande qui, en tombant, avait allumé la télévision. À cette heure, ils ne passaient que de vieux films en noir et blanc : ils découvrirent Fred Astaire et Ginger Rogers en plein duo musical dans *Le Danseur du dessus*.

La douce mélodie, combinée à l'hystérie de Sandra, créait une scène surréaliste.

David ne répondait pas, ce qui empirait la situation. Il subissait les reproches la tête baissée. Pourtant, au pire moment, Sandra l'avait vu glisser sa main sous son oreiller pour saisir un étui en velours bleu, qu'il avait posé de son côté du lit avec un sourire sournois. Subitement muette, elle avait observé l'objet, sachant bien ce qu'il contenait. Elle se sentait stupide.

— Donc, avait repris David, je voulais dire que nous ne pouvons pas continuer comme ça et que, à mon humble avis, nous devrions nous marier. Parce que je t'aime, Ginger.

Il le lui dit – c'était la première fois qu'il l'appelait ainsi et qu'il dévoilait ses sentiments – sur les notes de Fred qui chantait *Cheek to Cheek*.

Heaven, I'm in heaven,
And my heart beats so that I can hardly speak;
And I seem to find the happiness I seek
When we're out together dancing, cheek to
    cheek[1].

Sandra s'était mise à pleurer, sans même s'en apercevoir. Elle s'était jetée dans ses bras. Sanglotant contre son torse, elle s'était déshabillée, mue par l'urgence de faire l'amour avec lui. Ils avaient continué jusqu'à l'aube. Aucun mot ne pouvait décrire la joie pure qu'elle avait ressentie cette nuit-là.

Avec le temps, elle avait compris qu'avec David la vie ne serait jamais tranquille. Qu'ils avaient tous deux besoin de vivre fougueusement. Pourtant, elle craignait déjà au fond d'elle-même que, justement à cause de ça, leur relation puisse brûler comme un feu de paille.

Ce qui était arrivé.

Trois ans, cinq mois et quelques jours après cette nuit unique, Sandra se trouvait dans le chantier abandonné d'un immeuble en construction, à l'endroit exact où le corps de David – *son* David – s'était écrasé. Les intempéries avaient lavé le sang. Elle aurait voulu apporter une fleur, mais elle ne voulait pas se laisser submerger par l'émotion. Elle était venue avant tout pour comprendre.

Après sa chute, David avait passé la nuit agonisant. Jusqu'à ce qu'un homme à vélo qui passait par hasard

---

1. Irving Berlin, *Cheek to Cheek* © Irving Berlin Music Company.

le remarque et appelle des secours. Trop tard. Il était mort à l'hôpital.

Quand ses collègues de Rome lui avaient relaté les circonstances du décès, Sandra ne s'était pas posé de questions. Par exemple, elle ne s'était pas demandé combien de temps il était resté conscient. Elle aurait préféré savoir qu'il était mort sur le coup et pas à cause de ses nombreuses fractures et hémorragies internes. Mais, surtout, elle avait refoulé dans un coin de son esprit la plus terrible des interrogations.

Si quelqu'un l'avait trouvé plus tôt, David aurait-il pu être sauvé ?

La lente agonie avalisait la thèse de l'accident, et avec elle la présomption absurde qu'un assassin aurait certainement achevé son travail.

Sandra aperçut un escalier sur la droite. Elle laissa son bagage et monta avec précaution, parce qu'il n'y avait pas de rampe. Au cinquième étage, aucun mur de séparation n'avait encore été construit. Seuls des piliers émergeaient des sols. Elle avança jusqu'au parapet où David avait glissé. Il était venu de nuit. Elle se rappela sa conversation avec Shalber, la veille au soir.

— D'après la police, M. Leoni se trouvait dans cet immeuble en construction parce que la vue était excellente pour prendre une photo.

— Oui, c'est bien ça.

— Vous avez vu cet endroit ?

— Non, avait-elle répondu, agacée.

— Eh bien, moi, j'y suis allé.

— Que voulez-vous dire ?

Shalber avait ajouté, sarcastique :

— Le Canon de votre mari a été détruit dans la chute. Dommage que nous ne puissions jamais voir cette photo.

Quand Sandra vit ce que David avait devant lui cette nuit-là, elle comprit le sens du sarcasme de son collègue d'Interpol. Elle ne voyait qu'une énorme place asphaltée, entourée d'immeubles. À quoi bon prendre une photo ? Dans le noir, en plus.

Elle avait apporté un des cinq clichés contenus dans la pellicule du Leica. Elle ne s'était pas trompée : il représentait bien ce chantier, mais de jour. Après l'avoir développé, elle avait pensé qu'il était venu faire un repérage.

Sandra regarda autour d'elle : il devait y avoir un sens. Cet endroit était abandonné, il ne semblait avoir aucune importance, du moins en apparence.

Alors pourquoi David était-il venu ici ?

Elle devait raisonner en d'autres termes, changer de focale, comme lui répétait son formateur à l'école de police scientifique.

La vérité est dans les détails.

C'était dans les détails qu'elle devait chercher la réponse. Elle se prépara comme elle le faisait sur les scènes de crime qu'elle explorait avec son appareil photo. Elle devait lire la scène. De bas en haut. Du général au particulier. Pour point de comparaison, elle avait la photo prise par David avec le Leica.

Je dois contrôler tous les éléments présents sur l'image, se dit-elle. *Comme un jeu où il faut trouver les différences entre deux images apparemment identiques.*

Elle partit du sol, procédant mètre par mètre. Elle posa les yeux sur ce qu'elle avait devant elle, puis remonta. Elle cherchait un signe, quelque chose qui soit gravé dans le ciment. Mais en vain.

Elle passa en revue la forêt de piliers. Un par un. Certains étaient un peu abîmés parce qu'ils n'étaient pas recouverts de plâtre et donc plus exposés à l'usure du temps.

Le plus à gauche, du côté du parapet, différait par rapport à la photo. C'était un petit détail, mais qui pouvait s'avérer d'importance. À l'époque où David avait effectué le repérage, le pilier présentait un interstice horizontal à la base, qui était maintenant recouvert.

Sandra se pencha pour observer plus attentivement. En effet, une bande de Placoplâtre l'obstruait, qui semblait avoir été créée exprès pour y dissimuler quelque chose. Sandra la retira et resta interdite.

Dans la fente se trouvait l'enregistreur vocal de David. Celui qu'elle n'avait pas trouvé dans son sac, bien que figurant sur l'inventaire de son mari.

Sandra souffla dessus pour enlever la poussière. Il mesurait une dizaine de centimètres, il était fin et doté d'une mémoire digitale. Ce modèle avait remplacé les vieux magnétocassettes.

En l'observant, Sandra s'aperçut qu'elle avait peur. Dieu seul savait ce qu'il contenait. Peut-être David l'avait-il placé là et avait-il pris la photo pour en indiquer la cachette. Puis il était revenu le prendre et il était tombé. Ou bien il avait enregistré quelque chose sur place. Peut-être le soir où il était mort. D'ailleurs, Sandra se rappela qu'il pouvait être actionné à distance, grâce à un bruit préétabli.

Elle devait décider sans attendre. Mais elle savait que ce qu'elle allait entendre pourrait altérer sa certitude que David était mort d'un accident. Le prix à payer pouvait être qu'elle ne se résignerait plus. Qu'elle chercherait la vérité. Le risque était de ne jamais la trouver.

Elle enclencha le mécanisme et attendit.

Quelqu'un toussant deux fois. Sans doute pour lancer l'enregistrement à distance. Puis la voix de David, lointaine, assombrie par le bruit de fond. Et fragmentée.

« … être seuls… j'attends depuis ce moment… »

Son ton était calme, mais Sandra se sentit gênée en écoutant cette voix après tant de temps. Elle s'était habituée à l'idée qu'il ne lui parlerait plus. Repousser l'émotion, elle devait rester lucide. Elle fit un effort en se disant qu'il ne s'agissait que d'une enquête et qu'elle devait agir en professionnelle.

« … cela n'existe pas… j'aurais dû l'imaginer… déception… »

Les phrases étaient trop morcelées pour permettre de comprendre le sens général.

« … je suis au courant… chaque chose… tout ce temps… ce n'est pas possible… »

Ces informations n'avaient aucun sens. Mais ensuite, elle entendit une phrase complète :

« … je l'ai cherché longtemps, j'ai fini par le trouver… »

De quoi parlait David, et avec qui ? Elle ne comprenait pas.

Elle pourrait faire écouter l'enregistrement à un technicien du son qui nettoierait le bruit de fond. C'était sa seule chance. Elle s'apprêtait à éteindre l'appareil quand elle entendit une autre voix.

« … oui, c'est moi… »

Sandra frissonna. Elle avait la confirmation que David n'était pas seul. C'était pour cela qu'il avait voulu enregistrer ce dialogue. Le reste n'était que phrases décousues. Pourtant, la situation avait changé. Le ton de son mari était terrorisé.

« … attends… ce n'est pas possible… crois vraiment… moi je ne… ce que je peux… non… non… non ! »

Un bruit de lutte. Des corps qui roulent à terre.

« … attends… attends !… attends ! »

Puis un cri désespéré qui s'éloignait en se prolongeant, jusqu'à s'éteindre dans le silence.

Sandra lâcha l'enregistreur et posa les mains sur le ciment. Elle fut saisie d'une violente nausée et vomit. Une, deux fois.

David avait été tué. Quelqu'un l'avait poussé.

Sandra aurait voulu hurler. Elle aurait voulu être ailleurs. Elle aurait voulu ne pas connaître David, ne rien savoir de lui. Ne pas l'avoir aimé. C'était terrible, mais c'était la vérité.

Des bruits de pas qui approchent.

Sandra se tourna vers l'appareil. Il n'avait pas terminé, il réclamait encore son attention. On aurait dit que l'assassin connaissait l'emplacement du micro.

Les pas s'arrêtèrent.

Quelques secondes, puis à nouveau cette voix. Mais cette fois elle chantait.

Heaven, I'm in heaven,
And my heart beats so that I can hardly speak;

And I seem to find the happiness I seek
When we're out together dancing, cheek to cheek.

La via delle Comete était en banlieue. Marcus mit un certain temps à s'y rendre en transports en commun. L'autobus le déposa non loin, puis il parcourut à pied les 200 mètres restants. Autour de lui, des terrains vagues et des hangars industriels. Les immeubles d'habitation populaires formaient un archipel de ciment. Au milieu se détachait une église à l'architecture moderne, si loin de la grâce de celles du centre-ville. De grandes avenues canalisaient la circulation, scandée par les feux rouges.

Le numéro 19 était un entrepôt industriel qui semblait abandonné. Avant d'entrer, Marcus marqua une pause. Il ne voulait prendre aucun risque inutile. De l'autre côté de la rue se trouvait une station-service avec un bar. Des clients allaient et venaient en permanence. Personne ne s'intéressait à l'ancienne usine. Marcus s'approcha de la pompe à essence en faisant semblant d'attendre quelqu'un. Il observa pendant une bonne demi-heure pour s'assurer que le lieu n'était pas surveillé.

Un parvis couvert de terre s'étendait devant le hangar. La pluie l'avait transformé en marécage. On voyait encore des traces de pneus. *Probablement ceux de la Subaru verte de Ranieri*, songea Marcus en se rappelant qu'elle était tachée de boue.

Le détective était venu ici. Puis il était retourné à toute vitesse à son bureau pour détruire le billet. Enfin, il était sorti en emportant quelque chose de son coffre-fort.

Marcus tenta de rassembler les éléments pour dresser un tableau complet, mais il ne pouvait s'empêcher de penser à la hâte de Ranieri.

Seul un homme qui a peur prend autant de précautions, pensa-t-il. *Qu'a-t-il vu qui l'a effrayé à ce point ?*

Marcus n'entra pas par la porte principale du hangar. Il se fraya un chemin entre les broussailles qui entouraient le bâtiment bas et rectangulaire. Il trouva une porte coupe-feu sur le côté. Peut-être Ranieri était-il lui aussi passé par ici, parce qu'elle n'était que poussée. Il l'ouvrit.

À l'intérieur, une lumière poussiéreuse éclairait un énorme espace vide, à l'exception de quelques machines entassées et de poulies qui pendaient du plafond. La pluie qui filtrait du toit stagnait en flaques sombres.

Les pas de Marcus résonnaient. Au fond, un escalier métallique conduisait à un étage où se trouvait un petit bureau. Un détail lui sauta aux yeux : il n'y avait pas de poussière sur la rampe. Quelqu'un l'avait nettoyée, peut-être pour effacer ses empreintes.

Quoi que contînt cet endroit, cela se trouvait à l'étage.

Il monta avec précaution. À mi-chemin, il fut saisi par l'odeur. Unique. Quand on l'a sentie une fois, on la reconnaît entre toutes. Marcus ne se rappelait pas où et quand avait eu lieu son premier contact avec cet effluve, mais une partie de lui ne l'avait pas oublié. L'amnésie ne manque pas d'humour. Il aurait pu se souvenir de l'odeur des roses ou du sein de sa mère. Mais c'était celle du cadavre.

Il se couvrit le nez et la bouche avec la manche de son imperméable et monta les dernières marches. Il entrevit les corps depuis la porte du bureau. Ils étaient proches. Un sur le dos, l'autre à quatre pattes. Leurs crânes avaient été transpercés par une balle. Une exécution en bonne et due forme.

Le feu avait empiré leur état de décomposition déjà avancé. On avait essayé de les brûler avec de l'alcool ou de l'essence, mais les flammes n'avaient agressé que la partie supérieure des corps, laissant l'autre intacte. On les avait rendus méconnaissables. Marcus comprit à un détail qu'il devait s'agir de repris de justice : s'ils n'étaient pas fichés, pourquoi prendre la peine de leur couper les mains ?

Se retenant de vomir, il approcha.

Elles avaient été sectionnées au niveau des poignets, les tissus semblaient arrachés, mais on voyait sur les os des rayures régulières. Laissées par un instrument dentelé, sans doute une scie.

Il releva le pantalon de l'un des deux pour découvrir sa cheville. La peau n'était pas brûlée à cet endroit. Grâce à sa couleur, il établit que la mort remontait à un peu moins d'une semaine. Les cadavres étaient gonflés mais aussi un peu empâtés : la physionomie de deux hommes ayant passé la cinquantaine.

Il ne savait pas qui ils étaient, il ne le saurait probablement jamais. Mais il se doutait que les hommes qui gisaient devant lui étaient les assassins de Valeria Altieri et de son amant.

Il s'agissait de comprendre qui les avait tués et pourquoi après un si long temps.

De même que Raffaele avait été invité par une lettre anonyme à se rendre à l'appartement de Lara, Ranieri avait été convoqué dans cette usine par le billet que Marcus avait retrouvé dans son bureau.

Le détective avait trouvé les deux hommes, peut-être conduits jusque-là par un message analogue, et il les avait tués.

Cela ne tenait pas debout.

Ranieri était passé quelques heures plus tôt, et si ces deux-là étaient morts depuis une semaine, qu'était-il revenu y faire ? Peut-être mettre le feu et leur couper les mains, ou bien contrôler la situation. Mais pourquoi aurait-il pris un aussi gros risque ? Et puis, pourquoi avait-il peur ? Pourquoi fuyait-il, et qui ?

Non, quelqu'un d'autre les a tués, pensa Marcus. *Et s'il ne s'est pas débarrassé des cadavres, c'est qu'il voulait que Ranieri les trouve.*

Ces deux hommes étaient sans doute de simples exécutants. Marcus repensa à la possibilité que le crime Altieri ait été commandité. Il ne l'excluait pas, mais cette dernière hypothèse ne lui plaisait pas. Il préférait celle de la secte, à cause du rituel pratiqué dans la chambre à coucher. Un groupe occulte capable d'éliminer toute trace pouvant révéler son existence, même si pour cela il fallait tuer deux de ses complices.

Marcus sentait que deux entités opposées opéraient en même temps. L'une visant à dévoiler le mystère à travers l'envoi de lettres anonymes. L'autre, au contraire, protégeant son anonymat et ses desseins.

Le chaînon ne pouvait être que Ranieri. Le détective privé savait quelque chose, Marcus en était certain. De même qu'il était convaincu qu'il finirait par trouver un lien entre Jeremiah Smith et la disparition de Lara.

Des forces obscures et étranges étaient de la partie. Marcus se sentait comme un pion sur un échiquier. Il devait définir son propre rôle, et pour cela il était nécessaire d'affronter Ranieri.

Il en avait assez de la puanteur des cadavres. Avant de partir, il eut le réflexe de se signer, mais se retint. Ces deux hommes ne le méritaient pas.

Ranieri avait été convoqué dans le hangar par une lettre anonyme. Il s'y était rendu ce matin-là et avait vu les cadavres. Puis il était retourné à son bureau pour détruire la missive. Ensuite, il était sorti au pas de course en emportant quelque chose qu'il conservait jusqu'alors dans son coffre-fort.

Plus Marcus réfléchissait à cette séquence d'événements, plus il sentait qu'il manquait un passage fondamental.

Il s'était remis à pleuvoir. Il sortit de l'usine. En parcourant l'esplanade, il remarqua un détail : une tache sombre, et un peu plus loin une autre. Elles étaient semblables à celle qu'il avait vue en bas de l'immeuble de Ranieri, sur l'asphalte où était garée la Subaru verte.

Si la pluie ne la lavait pas, alors il s'agissait d'une substance huileuse. Marcus se pencha pour vérifier : du lubrifiant.

De toute évidence, la voiture du détective avait stationné devant l'usine abandonnée. Il l'avait déjà compris à la boue sur la carrosserie. Au départ, Marcus avait cru que les deux éléments étaient liés, que Ranieri avait abîmé et sali sa voiture au même moment. Mais il regarda autour de lui et ne vit ni trous ni cailloux susceptibles de causer des dégâts. Le véhicule avait été endommagé ailleurs.

Où était allé Ranieri avant de venir ici ?

Marcus porta la main à sa cicatrice. Il sentait la migraine monter. Il avait besoin d'un antidouleur et de manger. Il était dans une impasse et il devait trouver un moyen pour avancer. Quand il vit son bus approcher, il accéléra le pas et l'attrapa de justesse. Il s'installa au fond, à côté d'une femme âgée encombrée de sacs de courses, qui observa sa pommette gonflée et sa lèvre fendue, fruit de l'agression de Raffaele Altieri. Marcus l'ignora, croisa les bras et étendit ses jambes sous le siège face à lui. Il ferma les yeux, tentant d'éloigner le marteau qui lui tapait dans la tête. Il glissa dans un sommeil léger. Les voix et les bruits autour lui permettaient de flotter dans un demi-sommeil, mais surtout ils l'empêchaient de rêver. Combien de fois s'était-il endormi dans un bus ou dans un métro ? Allant de terminus en terminus, sans but, pour se reposer en échappant au rêve récurrent où il mourait avec Devok. Les transports en commun le berçaient. Il lui semblait qu'une force invisible s'occupait de lui, qu'il était en sécurité.

Il rouvrit les yeux ; depuis quelques minutes il ne sentait plus l'agréable roulis et les passagers qui l'entouraient étaient soudain agités.

En effet, le bus était arrêté et les gens se plaignaient de la lenteur du trafic. Marcus regarda par la fenêtre pour comprendre où ils se trouvaient. Il reconnut les immeubles tous identiques qui bordaient le boulevard périphérique. Il se leva et se dirigea vers le chauffeur, qui n'avait pas éteint le moteur.

— Que se passe-t-il?

— Un accident. Je crois que ça va être long.

Marcus regarda les véhicules qui les précédaient. Ils transitaient un par un sur le côté de la chaussée longeant l'accident qui semblait avoir impliqué plusieurs véhicules.

L'autobus avançait par à-coups. Quand vint enfin leur tour, un agent de police leur indiqua avec sa palette de se dépêcher. Le chauffeur s'engagea dans l'étroit passage. Marcus était debout à côté de lui quand ils passèrent devant l'amas de tôle tordue et brûlée. Les pompiers achevaient d'éteindre l'incendie.

Il reconnut la Subaru verte de Ranieri à une portion de coffre épargnée par les flammes. À l'intérieur, le corps du conducteur avait été recouvert d'un drap.

Marcus comprit la raison des taches de lubrifiant que la voiture du détective avait disséminées partout où elle s'était arrêtée. Il s'était trompé : elles n'étaient pas liées à un lieu visité par Ranieri où il aurait abîmé sa Subaru. Il s'agissait de l'huile des freins, que quelqu'un avait trafiqués.

L'accident ne pouvait être le fruit du hasard.

17 h 07

La chanson était pour elle. Un message clair. « Renonce. N'enquête pas. Cela vaut mieux pour toi. » Ou bien le contraire. « Viens me chercher. »

L'eau de la douche ruisselait sur sa nuque. Sandra était immobile, les yeux fermés, les mains posées sur le carrelage. Dans sa tête résonnait la mélodie de *Cheek to Cheek* mêlée aux derniers mots de David gravés sur l'enregistreur.

« Attends ! Attends ! Attends ! »

Elle avait décidé de ne plus pleurer jusqu'à la fin de cette histoire. Elle avait peur, mais elle ne reculerait pas. Maintenant, elle savait.

Quelqu'un était responsable de la mort de son mari.

Depuis qu'elle savait cela, son cœur meurtri lui soufflait qu'il existait un moyen de revenir en arrière. Bizarrement, l'idée de pouvoir agir, de remédier au moins en partie à une perte absurde et injuste, la consolait.

Elle s'était installée dans un petit hôtel une étoile près de la gare Termini, fréquenté surtout par des groupes de pèlerins venus visiter les hauts lieux de la chrétienté.

David y avait logé lors de son séjour à Rome. Sandra avait demandé la même chambre, qui heureusement était disponible. Pour mener son enquête, elle souhaitait reproduire les conditions dans lesquelles il avait agi.

Pourquoi, après la découverte de l'enregistrement, n'avait-elle pas couru dénoncer les faits à la police ? Pas par méfiance envers ses collègues, elle en était certaine. Le mari de l'une d'entre eux avait été assassiné, ils auraient fait de l'affaire une priorité. C'était la pratique, une sorte de code d'honneur. Elle aurait au moins pu en toucher un mot à De Michelis. En fait, elle préférait réunir assez de preuves pour leur faciliter le travail.

Elle sortit de la douche et s'enroula dans une grande serviette. Dégoulinante, elle retourna dans la chambre, posa sa valise sur le lit et la vida jusqu'à ce qu'elle trouvât ce qu'elle avait rangé tout au fond.

Son arme de service. Elle vérifia le chargeur et le cran de sûreté, puis la posa sur sa table de nuit. À partir de maintenant, elle la porterait toujours sur elle.

Elle enfila une culotte et rangea ses affaires. Elle retira le téléviseur de l'étagère où il était posé pour y placer l'émetteur-récepteur, l'agenda de David et l'enregistreur vocal. Elle scotcha au mur les cinq photos qu'elle avait développées. La première était celle du chantier, elle l'avait déjà utilisée. Venait ensuite celle qui était complètement noire, mais elle décida de la garder tout de même. Puis celle de l'homme avec la cicatrice sur la tempe. Le détail du tableau et, enfin, l'image de son mari qui saluait torse nu devant un miroir.

La dernière avait été prise dans la salle de bains où Sandra venait de se doucher.

À première vue, cela aurait pu passer pour une blague, comme quand il lui avait envoyé les photos d'un déjeuner à base d'anaconda rôti à Bornéo, ou cette autre où il était couvert de sangsues dans un marais australien.

Or, à la différence des fois précédente, David ne souriait pas.

Ce qu'elle avait pris pour le triste salut d'un fantôme cachait en fait un autre message pour elle. Il fallait peut-être chercher dans cette chambre, David aurait pu y dissimuler quelque chose.

Elle commença l'inspection. Elle bougea les meubles, regarda sous le lit et dans l'armoire. Elle palpa le matelas et les coussins. Elle démonta le téléphone et le téléviseur. Enfin, elle inspecta la salle de bains.

À part les preuves que le ménage était mal fait, elle ne trouva rien.

Cinq mois avaient passé, peut-être l'objet avait-il été déplacé ou enlevé. Elle se maudit intérieurement d'avoir tant attendu avant d'ouvrir les sacs de David.

Assise par terre, toujours à moitié nue, elle eut un frisson. Elle tira le couvre-lit usé sur elle et resta immobile, essayant de ne pas laisser la frustration prendre le dessus sur le raisonnement. Son portable vibra.

— Alors, vous avez suivi mes conseils, agent Vega ?

— Shalber, j'espérais justement que vous appelleriez.

— Les bagages de votre mari sont toujours au dépôt, ou bien je peux y jeter un coup d'œil ?

— S'il y a une enquête en cours, adressez la demande à un juge.

— Vous savez mieux que moi qu'Interpol ne peut que seconder les forces de l'ordre officielles d'un pays. Je ne voudrais pas incommoder vos collègues ni vous mettre dans l'embarras.

— Je n'ai rien à cacher.

Cet homme lui tapait vraiment sur les nerfs.

— Où êtes-vous, Sandra ? Je peux vous appeler Sandra, n'est-ce pas ?

— Non, et cela ne vous regarde pas.

— Je suis à Milan. Nous pourrions boire un café, ou ce que vous préférez.

Sandra devait absolument éviter qu'il découvre qu'elle était à Rome.

— Pourquoi pas ? Que diriez-vous de demain après-midi ? Au moins nous tirerons cette affaire au clair.

— Je crois que nous allons très bien nous entendre, répondit Shalber en éclatant de rire.

— Ne vous faites pas d'illusions. Je n'aime pas vos manières.

— J'imagine que vous avez déjà demandé à l'un de vos supérieurs de vous renseigner sur moi.

Sandra se tut.

— Vous avez bien fait. On vous dira que je ne lâche pas facilement.

Cette phrase sonnait comme une menace, or Sandra ne voulait pas se laisser intimider.

— Dites-moi, Shalber, comment avez-vous atterri à Interpol ?

— Je travaillais à la police de Vienne. Brigade criminelle, antiterrorisme, drogue : un peu de tout. Je me suis fait remarquer et Interpol m'a appelé.

— Et pour eux, de quoi vous occupez-vous ?

— Je m'occupe des menteurs, dit-il, soudain sérieux.

Sandra secoua la tête, amusée.

— Vous savez quoi ? Je devrais vous raccrocher au nez, mais vous avez titillé ma curiosité.

— Je veux vous raconter une histoire.

— Si vraiment c'est indispensable…

— À Vienne j'avais un collègue. Nous enquêtions sur un réseau de contrebandiers slaves, mais il avait la mauvaise habitude de taire les informations, parce qu'il était obsédé par sa carrière. Un jour, il a pris une semaine de vacances, en prétendant emmener sa femme en croisière. En fait, il s'est infiltré parmi ces criminels, mais ils l'ont démasqué. Ils l'ont torturé pendant trois jours et trois nuits, certains que personne ne viendrait le chercher, puis ils l'ont tué. S'il m'avait fait confiance, il serait sans doute encore en vie.

— Quelle histoire ! Je parie que vous la racontez toujours pour impressionner les filles.

— Nous avons tous besoin de quelqu'un, réfléchissez-y. Je vous rappelle demain pour le café.

Il raccrocha. Sandra se demanda ce qu'il avait voulu dire, avec cette dernière phrase. La seule personne dont elle avait besoin n'était plus. Et David ? De qui avait-il eu besoin ? Était-elle certaine d'être la destinataire des indices qu'il avait disséminés avant de mourir ?

Quand il était encore vivant, il l'avait tenue à l'écart, il ne lui avait pas laissé entendre qu'il courait des risques. Mais était-il seul à Rome ? Sur son portable n'apparaissait aucun appel passé ou reçu de numéros inconnus. Comme s'il n'était en contact avec personne. Et s'il avait reçu de l'aide, quelle qu'elle fût ?

Ce doute gagna en épaisseur quand ses yeux se posèrent sur l'émetteur-récepteur. Quel usage David en faisait-il ? L'utilisait-il pour communiquer avec quelqu'un ?

Elle prit la radio et l'observa sous un jour nouveau. Elle était syntonisée sur le canal 81. Peut-être que si elle la laissait allumée quelqu'un tenterait de la contacter ?

Elle l'alluma, monta le son puis retourna à sa valise pour prendre des vêtements.

À ce moment-là, une transmission démarra.

Une femme rapportait d'une voix froide et monocorde que des dealers se bagarraient via Nomentana. Les patrouilles de la zone étaient invitées à intervenir.

La radio était réglée sur la fréquence utilisée par le central de la police de Rome pour communiquer avec les patrouilles.

Elle comprit le sens des adresses notées sur l'agenda de David.

19 h 47

Marcus retourna à la mansarde de la via dei Serpenti. Sans allumer la lumière ni retirer son imperméable, il s'allongea sur le lit en position fœtale, les mains entre les genoux. La fatigue de la nuit sans sommeil le gagnait et il sentait la migraine monter.

La mort du détective privé représentait un échec. Tous ses efforts n'avaient servi à rien.

Qu'avait pris Ranieri dans son coffre-fort ce matin-là ?

Dans tous les cas, cela avait été détruit quand la Subaru avait brûlé. Marcus sortit de sa poche le dossier de l'affaire *c.g. 796-74-8*. Il n'en avait plus besoin. Il le jeta par terre, les feuilles s'éparpillèrent. La lune éclaira les visages des personnes impliquées dans cet homicide de presque vingt ans auparavant. *Trop longtemps pour accéder à la vérité*, pensa-t-il. Pourtant, il aurait préféré la vérité à la justice. Maintenant, il devait repartir de zéro. Sa priorité était Lara.

Valeria Altieri l'observait depuis une coupure de journal. Elle souriait, lors d'un réveillon de Nouvel An, très élégante. Ses cheveux blonds, ses formes mises en valeur par sa robe. Ses yeux dotés d'un magnétisme unique.

Elle avait payé sa beauté de sa vie.

Si elle avait été moins flamboyante, peut-être que sa mort n'aurait intéressé personne.

Marcus réfléchit aux raisons pour lesquelles les assassins l'avaient choisie. Exactement comme Lara, qui pour une raison obscure avait été désignée par Jeremiah Smith.

Jusque-là, il avait pensé à Valeria comme à la mère de Raffaele. Après avoir vu les empreintes ensanglantées de ses petits pieds sur la moquette blanche de la chambre à coucher, il n'avait pas réussi à se concentrer sur elle.

L'inscription *EVIL* sur le mur derrière le lit. Les nombreux coups de couteau. Le crime commis au domicile de la victime. Tout pour se faire remarquer. L'affaire avait été éclatante non seulement parce qu'elle concernait un membre de la haute société et son amant tout aussi notoire, mais aussi pour la façon dont elle s'était déroulée.

On aurait dit un meurtre calibré pour la presse à scandale, même si aucun paparazzi n'avait immortalisé la scène de crime.

Un spectacle de l'horreur.

Marcus s'assit sur le lit. Une idée germait dans son esprit. *Anomalie.* Il alluma la lumière et ramassa le portrait de Valeria Altieri. Ce nom de famille était celui de son mari, son nom de jeune fille était Colmetti : un nom peu adapté à la jet-set. Elle avait fait des études d'institutrice, mais son véritable atout était sa beauté. Sa propension naturelle à faire perdre la tête aux hommes. À vingt ans, elle avait tenté de percer comme actrice de cinéma, mais elle n'avait obtenu que quelques figurations. Marcus imagina combien de producteurs avaient tenté de coucher avec elle en lui promettant un rôle important. Peut-être Valeria avait-elle marché, au début. Combien de compliments à double sens, combien de mains baladeuses, combien de rapports sexuels sans plaisir avait-elle dû supporter pour réaliser son rêve ?

Et puis, un jour, Guido Altieri était entré dans sa vie. Bel homme, un peu plus âgé qu'elle, issu d'une famille riche et respectable. Avocat promis à une belle carrière. Valeria se savait incapable d'aimer quelqu'un de façon exclusive. Au fond de lui, Guido était conscient que cette femme n'appartiendrait jamais à personne – trop égoïste, elle se sentait trop belle pour un seul homme –, pourtant il l'avait demandée en mariage.

C'est là que tout a commencé, songea Marcus en se levant pour prendre un papier et un crayon. Son mariage était le premier maillon d'une chaîne d'événements en apparence heureux et enviables, mais qui conduisaient inévitablement au massacre de la chambre à coucher.

Sur la première feuille de son bloc-notes, il dessina le symbole du triangle. Sur la seconde, il écrivit *EVIL*.

Valeria Altieri représentait tout ce que les hommes convoitent, mais que personne ne peut avoir. Le désir, surtout quand il est incontrôlable, nous porte à accomplir des gestes dont nous ne nous pensions pas capables. Il corrompt, altère, et parfois devient un mobile pour tuer. En particulier quand il se transforme en danger.

Une obsession, se dit Marcus en pensant au mal qui affligeait Raffaele Altieri.

Si le jeune homme était poursuivi par l'image de sa mère qu'il avait à peine connue, alors peut-être quelqu'un d'autre avait-il ressenti la même chose. Et quelle est la seule solution dans ce cas-là ? Marcus eut peur de répondre. Il prononça le mot à voix basse.

— Destruction.

Anéantir l'objet de l'obsession, le rendre incapable de nous blesser encore. Et s'assurer que c'est définitif. Parfois, la mort ne suffit pas.

Marcus détacha les deux premières pages du bloc-notes. Il en tint une dans chaque main, ses yeux allant de l'une à l'autre, tentant de trouver la clé de ce mystère.

Il sentit un regard insistant dans son dos. En se retournant, il vit son reflet dans le carreau de la fenêtre. Toutefois, l'homme qui détestait se voir ne bougea pas.

Il lut l'inscription – *EVIL*, le mal –, mais à l'envers. *Un spectacle de l'horreur*, se répéta-t-il. Il comprit que le cri de femme qu'il avait cru entendre chez Ranieri n'était pas une hallucination auditive. Il était réel.

La grande villa de deux étages en brique rouge était immergée dans le calme et la verdure du prestigieux quartier de l'Olgiata. Autour, un jardin avec pelouse et piscine.

Marcus parcourut l'allée. Les privilégiés franchissant le portail de cette demeure étaient peu nombreux. Toutefois, ni alarme ni vigile ne l'arrêtèrent. Ce qui ne pouvait signifier qu'une chose.

Quelqu'un, à l'intérieur, attendait une visite.

La porte vitrée était ouverte. Il entra et se retrouva dans un élégant séjour. Il n'entendait pas de voix, aucun bruit. Sur sa droite, un escalier. Il monta. Au fond du couloir, on apercevait la lueur d'un feu. Marcus la suivit.

L'homme était dans son bureau. Assis dans un fauteuil en cuir, dos à la porte, un verre de cognac à la main. À côté de lui, une cheminée. Devant lui – comme dans le bureau de Ranieri –, l'étrange association entre un écran plasma et un magnétoscope.

— J'ai donné congé à tout le monde. Il n'y a personne d'autre dans la maison, annonça Guido Altieri, prêt à affronter son destin avec pragmatisme. Combien voulez-vous ?

— Je ne veux pas d'argent.

— Qui êtes-vous ? demanda l'avocat en faisant mine de se tourner vers lui.

— Si cela ne vous dérange pas, l'interrompit Marcus, je préférerais que vous ne voyiez pas mon visage.

— Vous ne voulez pas me dire qui vous êtes mais vous n'êtes pas ici pour l'argent. Alors qu'est-ce qui vous amène chez moi ?

— Je veux comprendre.

— Si vous êtes arrivé jusqu'ici, vous savez déjà tout.

— Pas encore. Avez-vous l'intention de m'aider ?

— Pourquoi ?

— Parce que, en plus de votre vie, vous pouvez sauver celle d'une innocente.

— Je vous écoute.

— Vous aussi, vous avez reçu un message anonyme, n'est-ce pas ? Ranieri est mort, les deux tueurs ont été refroidis à coups de pistolet puis brûlés. Et maintenant, vous vous demandez si c'est moi qui ai envoyé ces lettres.

— Celle que j'ai reçue prévoyait une visite pour ce soir.

— Elle n'est pas de moi, et je ne suis pas ici pour vous faire du mal.

Le verre en cristal dans la main d'Altieri renvoyait le reflet des flammes. Marcus marqua une pause avant d'en venir au fait.

— En cas d'adultère, le premier suspect est le mari, dit-il, même si au départ ce mobile lui avait paru trop élémentaire. Un crime une veille de fête religieuse, une nuit de nouvelle lune... Des coïncidences.

Parfois les hommes se laissent guider par leurs superstitions, pensa-t-il. *Pour conjurer l'angoisse du doute, ils sont prêts à croire à n'importe quoi.*

— Pas de rituel, pas de secte. L'inscription derrière le lit, *EVIL*, n'était pas une menace mais une promesse... Lue à l'envers cela donne *LIVE*, « vivant ». Une blague ? Peut-être... Un message qui devait arriver jusqu'à Londres, où vous vous trouviez : le travail était terminé, vous pouviez rentrer chez vous... Ces traces sur la moquette, le triangle ésotérique, ne formaient pas un symbole. Quelque chose avait été posé sur la flaque de sang au centre du lit puis déplacé de l'autre côté. Tout simplement. Un être à trois pattes et un seul œil. Une caméra vidéo sur un trépied.

Marcus repensa au cri de femme qu'il avait entendu, provenant du bureau de Ranieri. Ce n'était pas une hallucination auditive, c'était Valeria Altieri. Le cri provenait de la cassette vidéo que le détective privé gardait dans son coffre-fort et qu'il avait visionnée avant de l'emporter dans son sac en cuir.

— Ranieri a organisé l'homicide, vous n'étiez que le commanditaire. Cependant, après la lettre anonyme et les cadavres, le détective était certain que quelqu'un savait la vérité. Il se sentait traqué, il était en pleine paranoïa. Il est revenu à toute vitesse à son bureau, il a brûlé le billet. Si quelqu'un avait retrouvé les tueurs vingt ans plus tard, il aurait pu subtiliser la cassette qui se trouvait dans le coffre-fort. Il s'en est assuré avant de l'emporter… Dites-moi, maître : la cassette du détective était-elle une copie ou l'originale ?

— Pourquoi me le demandez-vous ?

— Parce qu'elle a été détruite dans l'incendie de sa voiture. Sans elle, justice ne sera jamais faite.

— Une triste fatalité, commenta Altieri avec sarcasme.

Marcus observa le magnétoscope placé sous le téléviseur à écran plasma.

— C'est vous qui l'avez demandé, pas vrai ? Vous ne pouviez pas vous contenter de la mort de votre femme. Non, vous vouliez y assister. Même au risque d'être la risée de tous : le mari trompé alors qu'il est en voyage à l'étranger, sous son propre toit, dans le lit conjugal. Tout le monde se moquerait de vous, mais au final vous auriez votre vengeance.

— Vous ne comprenez pas.

— Je pense pouvoir vous étonner. Pour vous, Valeria était une obsession. Le divorce ne vous aurait pas suffi. Vous n'auriez pas pu l'oublier.

— C'était une de ces femmes qui font perdre la raison. Certains hommes sont attirés par de telles créatures. Même s'ils savent qu'ils seront condamnés à l'autodestruction. Elles ont l'air douces et amoureuses quand elles nous concèdent quelques miettes de leur attention. À un moment, on comprend qu'on peut encore se sauver, avoir à ses côtés une femme qui nous aime vraiment, des enfants, une famille. Mais cela a un prix, c'est soit nous, soit elle.

— Pourquoi avez-vous tenu à assister au crime ?

— Parce que c'était comme si je la tuais moi-même. C'était cela que je voulais ressentir.

Pour qu'elle ne revienne pas comme l'écho d'un souvenir désagréable, comme un regret sinistre, pensa Marcus.

— Ainsi, de temps à autre, quand vous étiez seul chez vous, vous vous asseyiez dans ce beau fauteuil, vous vous serviez un cognac et vous regardiez la vidéo.

— Les obsessions cessent difficilement.

— Et chaque fois, que ressentiez-vous ? Du plaisir ?

— Chaque fois, je me repentais…, avoua Guido Altieri en baissant les yeux, de ne pas l'avoir fait moi-même.

Marcus secoua la tête. Il se sentait plein de rage et cela ne lui plaisait pas.

— Ranieri a soudoyé les exécutants, probablement deux pauvres hères, tueurs à l'occasion. L'inscription avec le sang était un truc de dilettante, mais le symbole sur la moquette en revanche a été un coup de chance. Une erreur qui a failli révéler la présence de la caméra mais qui s'est transformée à votre avantage, compliquant tout.

Marcus rit d'avoir pensé au satanisme pour expliquer cette histoire, alors que la réalité était autrement plus banale.

— Les chiens sont daltoniens, le saviez-vous ?

— Bien sûr, mais quel rapport ?

— Un chien ne peut pas voir un arc-en-ciel. Personne ne pourra jamais lui expliquer ce que sont les couleurs. Mais vous savez aussi bien que moi qu'il existe du rouge, du jaune ou du bleu. Qui nous dit que ceci ne vaut pas aussi pour les personnes ? Peut-être existe-t-il des choses que nous ne pouvons voir. Comme le mal. Nous l'identifions uniquement quand il s'est manifesté, quand il est trop tard.

— Vous connaissez le mal ?

— Je connais les hommes. Et j'en vois les signes.

— Lesquels ?

— Des petits pieds nus qui marchent dans le sang…

— Raffaele n'aurait pas dû être là, expliqua l'avocat avec irritation. Il aurait dû aller chez la mère de Valeria, qui était malade. Je ne le savais pas.

— Mais il était dans la maison. Il y est resté pendant deux jours. Seul.

L'avocat demeura silencieux et Marcus comprit que la vérité lui faisait mal. Il était content qu'une partie de lui puisse encore éprouver un sentiment humain.

— Pendant toutes ces années, Ranieri a été chargé de brouiller les pistes de votre fils qui enquêtait sur la mort de sa mère. Or à un moment, Raffaele a reçu d'étranges lettres anonymes qui promettaient de le conduire à la vérité.

Il m'en a apporté une, pensa Marcus, bien qu'il ne sût pas pourquoi il avait été impliqué dans cette histoire.

— Pour commencer, votre fils a licencié le détective privé. Il y a une semaine, il a trouvé les assassins, il les a attirés dans une usine désaffectée et il les a tués. Il

160

a sans doute également trafiqué la voiture de Ranieri. C'est donc lui qui viendra ici ce soir. Je l'ai simplement précédé.

— Si ce n'est pas vous, alors qui a tout organisé ?

— Je ne sais pas, mais il y a moins de vingt-quatre heures un tueur en série du nom de Jeremiah Smith a été trouvé agonisant avec une inscription sur le thorax : *Tue-moi.* Dans l'équipe de l'ambulance qui l'a secouru se trouvait la sœur de l'une de ses victimes. Elle aurait pu rendre justice toute seule. Je pense qu'on a offert la même possibilité à Raffaele.

— Pourquoi êtes-vous si inquiet de me sauver la vie ?

— Pas seulement la vôtre. Ce tueur en série a enlevé une étudiante prénommée Lara. Il la retient prisonnière quelque part, mais il est dans le coma et ne pourra plus parler.

— C'est elle, l'innocente à qui vous faisiez allusion tout à l'heure ?

— Si je trouve qui a organisé tout ceci, je peux encore la sauver.

Guido Altieri porta son verre à ses lèvres.

— Je ne sais pas comment vous aider.

— Bientôt Raffaele sera ici, probablement en quête de vengeance. Appelez la police et rendez-vous. J'attendrai votre fils et je tenterai de le convaincre de me parler. Il sait probablement quelque chose qui me sera utile.

— Vous voulez que j'avoue tout à la police ? demanda l'avocat sur un ton qui indiquait clairement qu'il n'en avait aucune intention. Qui êtes-vous ? Pourquoi devrais-je vous faire confiance ?

Marcus fut tenté de répondre. Si c'était le seul moyen, il pouvait déroger à la règle. Il s'apprêtait à parler quand le coup partit. Il se retourna. Raffaele pointait son arme sur le fauteuil où était assis son père. La balle avait perforé le cuir et le rembourrage. Altieri s'écroula vers l'avant, laissant tomber son verre de cognac.

Marcus aurait voulu demander au jeune homme pourquoi il avait tiré, mais il était évident qu'il avait préféré la vengeance à la justice.

— Merci de l'avoir fait parler, dit Raffaele.

Marcus comprit quel avait été son rôle dans toute l'affaire. La raison pour laquelle on les avait réunis chez Lara.

Il devait lui fournir la pièce manquante : l'aveu du père.

Marcus espérait remonter au lien entre cette histoire vieille de vingt ans et la disparition de Lara. Mais avant de parler, il perçut un son au loin. Raffaele sourit. C'étaient les sirènes de la police. C'était lui qui l'avait appelée, mais il ne bougea pas. Cette fois justice serait faite. En cela aussi, il voulait être différent de son père.

Marcus savait qu'il ne lui restait que quelques minutes. Il avait une foule de questions, mais il devait partir. On ne pouvait le trouver ici.

Personne ne devait savoir qu'il existait.

20 h 35

Après avoir mis dans son sac ce dont elle avait besoin, Sandra prit un taxi du côté de la via Giolitti.

162

Elle donna l'adresse au chauffeur puis se repassa mentalement le plan qu'elle avait échafaudé. Elle courait un risque énorme. Si on découvrait son véritable dessein, elle serait certainement suspendue.

La voiture passa la piazza della Repubblica et prit la via Nazionale. Elle connaissait peu Rome. Pour elle, née dans le Nord et y ayant toujours vécu, la capitale était un mystère. Trop de beauté, peut-être. Un peu comme Venise, qui lui donnait l'impression de n'être peuplée que de touristes. Il était difficile de penser que des gens vivaient dans de tels endroits. Qu'ils y travaillaient, y faisaient leurs courses, accompagnaient leurs enfants à l'école, au lieu de passer leur temps à s'émerveiller de la magnificence alentour.

Le taxi tourna dans la via San Vitale. Sandra descendit devant la préfecture de police.

Tout va bien se passer, se rassura-t-elle.

Elle montra son insigne au planton et demanda à parler avec une personne des archives. Elle s'installa dans une salle d'attente. Au bout de vingt minutes, elle fut accueillie par un collègue aux cheveux roux, en chemisette et la bouche pleine.

— Que puis-je faire pour vous, agent Vega ?

Sandra lui servit son sourire le plus charmeur.

— Je sais qu'il est tard, mais mon supérieur m'a envoyée à Rome cet après-midi. J'aurais dû prévenir, je n'ai pas eu le temps.

— D'accord, de quoi s'agit-il ?

— Une recherche.

— Une affaire spécifique ou…

— Une étude statistique sur l'incidence des crimes violents sur le tissu social et la capacité d'intervention

des forces de police, mettant l'accent sur les différences d'approche entre Milan et Rome, annonça-t-elle
d'un trait.

L'homme fronça les sourcils. D'un côté, il ne
l'enviait pas : c'était le genre de mission qui dissimulait une mesure punitive ou vexatoire de la part d'un
supérieur. De l'autre côté, il ne comprenait pas quelle
en était la finalité.

— Mais qui cela peut-il intéresser ?

— Aucune idée, mais le préfet doit participer à un
congrès dans quelques jours. Il en a sans doute besoin
pour son intervention.

Le policier avait compris que cette histoire prendrait
du temps. Il n'avait aucune envie d'y passer sa soirée.
Sandra le lut sur son visage.

— Puis-je voir votre ordre de service, agent Vega ?

Elle avait prévu cette question. Elle lui parla à voix
basse, sur un ton confidentiel.

— Écoutez, collègue, entre nous je n'ai pas du tout
envie de passer la nuit aux archives pour faire plaisir à
mon connard de chef, l'inspecteur De Michelis.

Ces paroles désobligeantes lui coûtaient mais, sans
ordre de service, elle avait besoin de citer un supérieur.

— Voilà ce qu'on va faire : je vous laisse une liste
de choses à chercher et vous, quand vous avez le temps,
vous vous en occupez.

Sandra lui tendit une feuille imprimée. En réalité,
c'était une liste des attractions touristiques de la ville,
préparée par le portier de son hôtel. Elle misait sur le
fait que son collègue, en en voyant la longueur, cesse-

rait de lui mettre des bâtons dans les roues. En effet, il lui rendit la liste.

— Je ne saurais pas par où commencer. À ce que j'ai compris, il s'agit d'une recherche délicate. Je pense que vous êtes plus qualifiée.

— Mais je ne connais pas votre système de classement.

— Aucun problème, je vais vous expliquer : c'est très simple.

Sandra fit mine d'être agacée, levant les yeux au ciel et secouant la tête.

— D'accord, mais je voudrais repartir pour Milan demain matin, au plus tard demain après-midi. Si ça ne vous dérange pas, je vais commencer tout de suite.

— Mais certainement, accepta-t-il, soudain coopératif.

Il lui indiqua le chemin.

Un salon décoré de fresques avec de hauts plafonds damassés, où étaient disposés six bureaux et autant d'ordinateurs : les archives. Le fichier papier avait été transféré sur une base de données qui se trouvait deux étages plus bas, au sous-sol.

L'édifice qui abritait la préfecture remontait au XIXe siècle. C'était comme travailler à l'intérieur d'une œuvre d'art. L'un des avantages de Rome, considéra Sandra en admirant le plafond.

Elle s'assit à un bureau, les autres étaient vides. La seule lumière provenait de la lampe à côté d'elle, autour c'était la pénombre. Dans ce silence, les bruits résonnaient contre les murs, et dehors on entendait les premiers grondements d'un orage.

Elle se concentra sur son écran. Son collègue aux cheveux roux lui avait expliqué en quelques minutes comment accéder au système. Après lui avoir fourni des codes de sécurité provisoires, il s'était volatilisé.

Sandra sortit de son sac le vieil agenda de David à la couverture en cuir. Son mari avait passé trois semaines à Rome et, dans les pages correspondant à cette période, on comptait une vingtaine d'adresses notées puis reportées sur un plan de la ville. C'était à cela que lui servait la radio branchée sur la fréquence de la police. Chaque fois que le central signalait un crime aux patrouilles, David se rendait sur les lieux.

Pourquoi ? Que cherchait-il ?

Sandra introduisit la première adresse et la date de l'intervention dans le moteur de recherche des archives. Au bout de quelques secondes, le verdict apparut à l'écran.

Via Erode Attico. Homicide d'une femme par son compagnon.

Elle ouvrit le fichier et lut le résumé du procès-verbal. Il s'agissait d'une dispute ayant dégénéré. L'homme, un Italien, avait tué sa compagne péruvienne à coups de couteau avant de s'enfuir. Il était toujours en cavale. Sans chercher à comprendre pourquoi David s'était intéressé à cette histoire, Sandra inséra une autre adresse, avec la date, dans le moteur de recherche.

Via dell'Assunzione. Vol et homicide involontaire.

Une vieille femme avait été agressée chez elle. Les voleurs l'avaient attachée et bâillonnée. La femme était morte étouffée. Sandra ne faisait pas le lien avec l'affaire de la via Erode Attico. Les lieux et les protagonistes étaient différents, de même que les circonstances de ces morts violentes. Elle continua : autre adresse, autre date.

Corso Trieste. Homicide à la suite d'une rixe.

Cela s'était passé de nuit, à un arrêt d'autobus. Deux étrangers en étaient venus aux mains pour une raison futile. Puis l'un d'eux avait sorti un couteau.

Quel rapport ? se demanda-t-elle, de plus en plus frustrée.

Elle ne trouva aucun lien entre les épisodes suivants non plus. Il s'agissait toujours de faits sanglants avec une ou plusieurs victimes. Une étrange carte du crime. Certains avaient été élucidés, d'autres pas encore.

Pourtant, tous avaient fait l'objet d'un relevé photographique.

Son métier était de comprendre la scène de crime en se basant sur les images, elle avait du mal à étudier les dossiers en lisant des documents écrits. Elle préférait l'approche visuelle et, étant donné qu'il existait du matériel photographique relatif à chaque affaire, elle se concentra sur les clichés pris par ses collègues.

L'examen n'était pas simple : vingt homicides signifiaient des centaines de photos. Elle les passa en revue sur l'écran. Sans pouvoir fixer l'objet de la recherche, il lui faudrait des jours, et David n'avait laissé aucune autre indication.

Zut, Fred, pourquoi tout ce mystère ? Tu n'aurais pas pu écrire une lettre avec des instructions ? Cela te coûtait trop, mon chéri ?

Elle était nerveuse, affamée, elle n'avait pas dormi depuis plus de vingt-quatre heures et elle avait envie de faire pipi. La veille, un fonctionnaire d'Interpol avait miné sa confiance en son mari, elle avait découvert que

David n'était pas mort d'un accident mais assassiné, le meurtrier l'avait menacée en transformant la chanson du plus beau souvenir de sa vie en un chant funèbre macabre.

Cela faisait vraiment trop pour une seule journée.

Dehors il se remit à pleuvoir. Sandra se laissa aller, la tête sur la table. Elle ferma les yeux et arrêta de penser. Elle sentait peser sur elle une énorme responsabilité. Rendre justice n'était jamais simple, c'était pour cela qu'elle avait choisi son métier. Mais faire partie de l'engrenage, contribuer à la mécanique judiciaire par son propre travail, était chose facile. En revanche, si le résultat dépendait uniquement d'elle, c'était une autre paire de manches.

Je n'y arriverai pas, se dit-elle.

Au même instant, son portable vibra. Le bruit résonna dans la salle vide, la faisant sursauter.

— C'est De Michelis. Je sais tout.

Une seconde, elle craignit que son supérieur ait été informé qu'elle avait utilisé son nom frauduleusement et qu'elle se trouvait là sans raison officielle.

— Je peux t'expliquer.

— Quoi ?... Non, attends, laisse-moi parler. J'ai trouvé le tableau ! déclara-t-il, euphorique. L'enfant qui fuit est l'un des personnages d'un tableau du Caravage, le *Martyre de saint Matthieu*.

Sandra avait espéré que ce détail lui révélerait quelque chose. Elle attendait plus, mais elle n'eut pas le courage d'éteindre l'enthousiasme de De Michelis.

— Il a été peint entre 1600 et 1601. On lui avait commandé une fresque, mais l'artiste a opté pour une huile sur toile. Il fait partie d'un cycle sur saint

Matthieu, avec l'*Inspiration* et la *Vocation*. Les trois tableaux sont à Rome, dans la chapelle Contarelli, à l'intérieur de l'église Saint-Louis-des-Français.

Mais rien de tout ceci ne l'aidait, ce n'était pas suffisant. Elle avait besoin d'en savoir plus. Elle ouvrit le navigateur et chercha le tableau dans les images de Google.

Il s'afficha à l'écran.

Il représentait la scène où saint Matthieu était tué. Son bourreau le regardait avec haine en brandissant une épée. Le saint était à terre. Il essayait d'arrêter son assassin avec un bras, mais l'autre était le long de son corps, comme s'il acceptait le martyre qui l'attendait. Autour de lui il y avait d'autres personnages, dont l'enfant horrifié.

— Ah, et curiosité du genre, dit encore De Michelis, le Caravage s'est représenté parmi ceux qui assistent à la scène.

Sandra reconnut l'autoportrait de l'artiste, en haut à gauche. Soudain, elle eut une intuition.

La scène du tableau est une scène de crime.

— De Michelis, il faut que je te laisse.

— Comment ça, tu ne me racontes même pas comment ça se passe ?

— Tout va bien, rassure-toi. Je t'appelle demain. Et merci, tu es un vrai ami.

Elle raccrocha sans attendre sa réponse. C'était trop important. Maintenant, elle savait quoi chercher.

La procédure de relevé photographique prévoit, en plus de la scène de crime, d'immortaliser d'autres situations. L'état des lieux et, surtout dans les cas où le responsable n'a pas encore été identifié, la foule de curieux qui se regroupe généralement derrière le cordon de police. En effet, il arrive que l'auteur du délit, anonyme parmi les autres citoyens, vienne contrôler le déroulement de l'enquête.

La maxime selon laquelle l'assassin revient toujours sur les lieux de son crime se vérifie parfois. La police en arrête un certain nombre ainsi.

Sandra tria les photos des vingt crimes signalés par David et se concentra sur ces clichés, cherchant un visage parmi les curieux. Quelqu'un qui, comme le Caravage sur le tableau, cachait son identité dans la multitude.

Elle s'arrêta sur l'homicide d'une prostituée : la photo correspondait au moment où son corps était repêché dans le petit lac du quartier de l'Eur. Les vêtements minimalistes et colorés de la femme détonnaient avec le gris de la mort qui teintait sa peau semblable à une patine. Sur son visage, Sandra crut déceler de l'embarras et de la honte d'être ainsi exposée à la lumière du jour et aux regards de quelques spectateurs. Sandra imaginait leurs commentaires. « Elle l'a bien cherché. Si elle avait choisi une autre vie, elle n'aurait pas fini ainsi. »

Puis elle le vit. L'homme était un peu à l'écart sur le trottoir. Son regard neutre était dirigé vers le centre de la scène, tandis que le personnel de la morgue s'apprêtait à emmener le cadavre.

Sandra reconnut immédiatement son visage. L'homme de la cinquième photo du Leica. Vêtu de sombre, une cicatrice sur la tempe.

C'est toi, fils de pute ? C'est toi qui as poussé David dans le vide ?

Elle le repéra sur trois autres photos. Toujours parmi la foule, toujours un peu à l'écart.

David espérait le voir là où un crime avait eu lieu. D'où la radio syntonisée sur la fréquence de la police, les adresses sur l'agenda et sur le plan de la ville.

Pourquoi enquêtait-il sur lui ? Qui était cet homme ? De quelle façon était-il impliqué dans ces morts sanglantes ? Et dans celle de David ?

Maintenant Sandra savait quoi faire : elle devait le trouver. Mais où ? Peut-être grâce à la même méthode : attendre les appels du central aux patrouilles et se précipiter sur place.

Soudain, elle pensa à un aspect nouveau. La question n'avait a priori aucun rapport, mais c'était tout de même un doute qui exigeait une réponse.

David n'avait pas photographié tout le tableau du Caravage mais seulement un détail. Cela n'avait pas de sens : s'il la guidait, pourquoi lui compliquer la vie ?

Sandra réactiva l'écran où apparaissait le tableau. David aurait pu le récupérer sur Internet, voire photographier l'écran. En revanche, en immortalisant le détail de l'enfant, il avait voulu lui dire qu'il y était allé en personne.

« Il faut voir certaines choses de ses propres yeux, Ginger. »

Elle se rappela ce que lui avait dit De Michelis. Le tableau était à Rome, dans l'église Saint-Louis-des-Français.

La première fois qu'il s'était rendu avec Clemente sur une scène de crime, c'était justement à Rome, à l'Eur. La première victime qu'il avait regardée dans les yeux était une prostituée repêchée dans un lac. Depuis il y avait eu d'autres cadavres, qui avaient tous en commun ce regard. Il recelait une question.

Pourquoi moi ?

Ils avaient tous ressenti la même surprise, la même stupeur. De l'incrédulité accompagnée du désir irréalisable de revenir en arrière, rembobiner la bande, obtenir une seconde chance.

Marcus en était certain, l'émerveillement ne concernait pas la mort mais l'intuition de son irréversibilité. Ces victimes ne pensaient jamais *Mon Dieu, je meurs*, mais plutôt *Mon Dieu, je meurs et je ne peux rien y faire*.

Peut-être l'idée l'avait-elle effleuré, lui aussi, quand on lui avait tiré dessus dans la chambre d'hôtel de Prague. Avait-il ressenti de la peur ou seulement un sentiment confortable d'inéluctabilité ? L'amnésie avait tout effacé en remontant dans le temps, en commençant par son dernier souvenir. La première image qui s'était fixée dans sa nouvelle mémoire était le crucifix en bois sur le mur blanc devant son lit d'hôpital. Il l'avait observé pendant des jours, se demandant ce qui se passait autour de lui, entre-temps. La balle n'avait pas atteint la zone du cerveau où sont situés les centres du langage ou du mouvement. Il était donc capable de parler et de marcher. Mais il ne savait pas quoi dire ni où aller. Puis Clemente était arrivé. Son sourire, son visage jeune et glabre, ses cheveux bruns avec la raie sur le côté, ses yeux gentils.

— Je t'ai trouvé, Marcus.

Ces premiers mots. Un espoir, et son nom.

Clemente ne l'avait pas reconnu à son visage, parce qu'il ne l'avait jamais vu auparavant. Seul Devok connaissait son identité, c'était la règle. Clemente avait simplement suivi sa trace jusqu'à Prague. Son ami et mentor l'avait sauvé, même mort. Ceci était la nouvelle la plus amère que Marcus avait apprise. Il ne se rappelait rien de Devok, mais maintenant il savait qu'il avait été tué. À cette occasion, Marcus avait compris que la douleur est la seule émotion humaine qui n'a pas besoin d'être reliée à un souvenir. Un enfant souffrira toujours de la perte d'un de ses parents, même si elle advient avant sa naissance ou quand il est trop petit pour comprendre ce qu'est la mort. Raffaele Altieri en était l'exemple.

Nous avons besoin de la mémoire pour être heureux, avait pensé Marcus.

Clemente avait fait preuve d'une grande patience avec lui. Il avait attendu qu'il se remette, puis il l'avait ramené à Rome. Durant les mois suivants, il l'avait instruit sur le peu de choses qu'il savait de son passé. Sur son pays d'origine, l'Argentine. Sur ses parents, désormais décédés. Sur la raison pour laquelle il se trouvait en Italie et, enfin, sur sa mission. Clemente ne l'appelait pas « travail ».

Il l'avait dressé, exactement comme Devok des années auparavant. Cela n'avait pas été difficile, il avait suffi de lui faire comprendre que certaines choses étaient déjà présentes en lui, ne demandant qu'à émerger.

— C'est ton talent, disait-il.

Parfois Marcus aurait voulu ne pas être ce qu'il était. Parfois il aurait voulu être normal. Mais quand il se regardait dans un miroir, il comprenait qu'il ne le serait jamais, c'est pourquoi il les évitait. Sa cicatrice le ramenait à la réalité. Celui qui avait essayé de le tuer lui avait laissé ce souvenir sur la tempe, parce que la mort était la seule chose qu'il ne pourrait jamais oublier. Chaque fois que Marcus voyait une victime, il savait qu'il avait été dans le même état. Il se sentait semblable à elle, condamné à ressentir la même solitude.

La prostituée repêchée dans le lac était le miroir auquel il tentait d'échapper.

Elle lui avait rappelé un tableau du Caravage. La *Mort de la Vierge*. Il représentait la Madone sans vie, allongée sur ce qui ressemblait à une table de la morgue. Il n'y avait aucun symbole religieux autour d'elle, elle n'était pas enveloppée d'une aura mystique. Loin des représentations où elle apparaissait générale-ment comme une créature suspendue entre le divin et l'humain, Marie était un corps abandonné, pâle, le ventre gonflé. On disait que l'artiste s'était inspiré du cadavre d'une prostituée repêchée dans un fleuve, et pour cette raison le tableau avait été refusé par son commanditaire.

Le Caravage avait pris une scène d'horreur quoti-dienne et y avait superposé une signification sacrée. En donnant un rôle différent aux personnages, il les trans-formait en saints ou vierges mourants.

Quand Clemente conduisit Marcus pour la pre-mière fois à Saint-Louis-des-Français, il lui demanda d'observer le *Martyre de saint Matthieu*. Puis il l'invita à dépouiller les personnages de toute sacralité, comme s'il s'agissait de gens ordinaires impliqués dans une scène de crime.

— Et maintenant, que vois-tu ?

— Un homicide.

Ce fut sa première leçon. L'instruction, pour les gens comme lui, commençait toujours devant ce tableau.

— Les chiens sont daltoniens, dit son nouveau maître. Nous voyons trop de couleurs. Enlève-les, ne garde que le noir et le blanc. Le bien et le mal.

Très vite, Marcus s'aperçut qu'il voyait bien d'autres nuances. Des tonalités que ni les chiens ni les hommes ne percevaient. C'était là son véritable talent.

En y repensant, il fut saisi d'une soudaine nostalgie, sans savoir pourquoi. Parfois, il éprouvait des sensations inexplicables.

Il était tard, mais il ne voulait pas rentrer chez lui. Il ne voulait pas s'endormir et affronter de nouveau le rêve qui le ramenait à Prague, au moment où il était mort.

Je meurs chaque nuit.

Il voulait retourner dans cette église qui était devenue son refuge secret. Il y revenait souvent.

Ce soir-là, il n'était pas seul. Il attendit avec un groupe de gens qu'il cessât de pleuvoir. Un concert d'instruments à cordes venait de se terminer, mais les prêtres et les gardiens n'avaient pas osé mettre à la porte le public restant. Les musiciens avaient entonné pour eux de nouvelles mélodies, prolongeant la douceur de cette soirée. Alors que l'orage battait son plein, les notes s'opposaient au fracas du tonnerre, emplissant tous les présents d'allégresse.

Marcus se tenait à l'écart, comme toujours. Pour lui, Saint-Louis-des-Français offrait aussi le spectacle du *Martyre de saint Matthieu*. Pour une fois, il s'autorisa à le regarder avec les yeux d'un homme normal. Dans la pénombre de cette chapelle latérale, il remarqua que la lueur qui éclairait la scène était déjà contenue dans le tableau. Il envia le talent du Caravage : apercevoir la lumière là où les autres voyaient les ténèbres. Exactement le contraire de lui.

Soudain, il regarda vers la gauche.

Au fond de la nef, une jeune femme trempée par la pluie l'observait.

Quelque chose s'exprima à l'intérieur de lui. Pour la première fois, quelqu'un violait son invisibilité.

Il détourna les yeux et se dirigea à grands pas vers la sacristie. Elle le suivit. Il devait la semer. Il se rappelait qu'il y avait une autre sortie de ce côté. Il accéléra, mais il entendait les semelles de gomme de la femme grincer sur le sol en marbre. Un coup de tonnerre retentit, lui faisant perdre tous ses repères sonores. Que lui voulait-elle ? Il entra dans le vestibule qui donnait sur l'arrière de l'église et vit la porte. Il l'ouvrit et s'apprêta à affronter la pluie quand elle parla.

— Arrêtez-vous, dit-elle sans crier, avec froideur.

Marcus s'arrêta.

— Maintenant, retournez-vous.

Il s'exécuta. L'unique éclairage, celui des réverbères de la rue, filtrait à peine à l'intérieur. Mais assez pour qu'il vît qu'elle tenait un pistolet.

— Vous me connaissez ? Vous savez qui je suis ?

— Non, dit Marcus après réflexion.

— Et mon mari, vous le connaissiez? reprit-elle avec colère. C'est vous qui l'avez tué? Si vous savez quelque chose, dites-le-moi. Sinon, je jure que je vous tuerai.

Elle était sincère.

Marcus se tut, immobile, les bras le long du corps. Il la fixait, il n'avait pas peur d'elle. Il ressentait de la compassion, plutôt.

Les yeux de la femme brillèrent.

— Qui êtes-vous?

À ce moment-là, un éclair très proche annonça l'arrivée d'un coup de tonnerre plus fort que les autres, assourdissant. Les lampadaires clignotèrent un instant, puis s'éteignirent. La rue et la sacristie furent plongées dans l'obscurité.

Mais Marcus ne s'enfuit pas tout de suite.

— Je suis un prêtre.

Quand les réverbères se rallumèrent, il n'était plus là.

UN AN PLUS TÔT
Mexico

Le taxi avançait au ralenti dans la circulation congestionnée de l'heure de pointe. La musique latine de la radio se mêlait à celle provenant des autres voitures, dont les vitres étaient baissées à cause de la chaleur. L'ensemble produisait une cacophonie insupportable, mais le chasseur remarqua que les conducteurs distinguaient tout de même leur propre mélodie. Il avait demandé à mettre la climatisation, mais le chauffeur lui avait répondu qu'elle était cassée.

Il faisait 30 °C à Mexico et il était prévu que le taux d'humidité augmente encore pendant la nuit. La situation était aggravée par le nuage de pollution qui recouvrait la métropole. L'homme n'avait pas l'intention de rester longtemps. Il mènerait à bien sa mission et repartirait aussitôt. Malgré tout, il était excité d'être là.

Il voulait voir de ses propres yeux.

À Paris, sa proie lui avait échappé de peu, puis, comme c'était prévisible, elle avait effacé toutes ses traces. Mais là, il avait un espoir. S'il voulait reprendre la chasse, il devait comprendre à qui il avait affaire.

Le taxi le laissa devant l'entrée principale de l'asile de Santa Lucía. Le chasseur regarda le bâtiment de cinq étages, blanc et délabré. Malgré son architecture coloniale agréable, les barreaux aux fenêtres ne laissaient aucun doute sur la fonction de cet endroit.

Dans le fond, c'est la vocation des hôpitaux psychiatriques, pensa-t-il. *Quand on y entre, on n'en sort plus.*

Le docteur Florinda Valdés vint l'accueillir. Ils avaient échangé quelques e-mails où il avait utilisé pour la première fois la fausse identité d'un professeur de psychologie de Cambridge.

— Bonjour, docteur Foster, dit-elle en lui tendant la main.

— Bonjour, Florinda… Nous pouvons nous tutoyer, non ?

Le chasseur avait compris que cette petite femme rondelette, la quarantaine, se laisserait flatter par les manières élégantes et affables du docteur Foster. D'ailleurs, elle était en quête d'un mari. Il avait mené une enquête poussée avant de la contacter.

— Alors, tu as fait bon voyage ?

— J'ai toujours rêvé de visiter le Mexique.

— C'est parfait : j'ai concocté un itinéraire parfait pour notre week-end.

— Bien ! s'exclama-t-il faussement enthousiaste. Alors mieux vaut nous mettre au travail, comme ça nous aurons plus de temps pour le reste.

— Oui, bien sûr. Je vais te montrer le chemin.

Le chasseur avait pris contact avec Florinda Valdés après avoir visionné sur YouTube son intervention à un congrès de psychiatrie à Miami. Il était tombé sur son nom lors d'une recherche sur les troubles de la personnalité. C'était l'un de ces coups de chance qui lui laissaient penser qu'il finirait par atteindre son but et qui justifiaient son abnégation.

L'intervention du docteur Valdés était intitulée « Le cas de la jeune fille au miroir ».

— Bien sûr, nous n'autorisons pas n'importe qui à la voir, précisa-t-elle tandis qu'ils parcouraient les couloirs de l'hôpital, lui laissant entendre qu'elle s'attendait à une récompense tout aussi spéciale de sa part.

— Tu sais, ma curiosité scientifique a primé sur tout : j'ai déposé mes bagages à l'hôtel et j'ai accouru. Si cela ne te dérange pas, nous pourrions y repasser ensemble avant d'aller dîner ?

— Oui, bien sûr.

Elle rougit, imaginant un certain développement de la soirée. Mais il n'avait pas de chambre d'hôtel. Son vol était à 20 heures.

La joie de la femme contrastait avec les lamentations qui provenaient des chambres des patients. En passant, le chasseur jeta un coup d'œil à l'intérieur. Leurs occupants n'avaient plus rien d'humain. Les visages aussi blancs que leurs vêtements, le crâne rasé à cause des poux, sous l'effet des sédatifs, ils erraient nu-pieds, se cognant les uns aux autres comme des épaves à la dérive, chacun avec son bagage d'angoisse et de poison pharmaceutique. D'autres étaient attachés par des sangles de cuir à des lits trempés de sueur. Ils se démenaient en hurlant avec la voix des démons. Ou bien ils restaient immobiles, attendant une mort qui tardait. Il y avait des vieux qui ressemblaient à des enfants, ou peut-être des enfants qui avaient vieilli trop vite.

Tandis que le chasseur traversait leur enfer, le mal obscur qui les gardait enfermés en eux-mêmes le scrutait à travers leurs yeux écarquillés.

Ils arrivèrent à ce que le docteur Valdés appela « le service spécial ». C'était une aile isolée des autres où les patients étaient au maximum deux par chambre.

— Nous y gardons les sujets violents, mais aussi les cas cliniques les plus intéressants… dont Angelina, ajouta la psychiatre avec orgueil.

Devant une porte métallique semblable à celle d'une cellule, Florinda fit signe à une infirmière d'ouvrir. Il faisait sombre à l'intérieur, seule une petite fenêtre en hauteur éclairait l'endroit et le chasseur mit un moment à distinguer le corps frêle recroquevillé dans un coin entre le lit et le mur. La jeune fille avait vingt ans tout au plus. Derrière ses traits durcis par la souffrance, on distinguait encore une certaine grâce.

— Voici Angelina, annonça le médecin.

Le chasseur avança, anxieux de se retrouver face à ce qui l'avait poussé à venir ici. Mais la patiente ne semblait pas s'apercevoir de leur présence.

— La police l'a découverte en faisant une descente dans un bordel dans un village proche de Tijuana. Ils cherchaient un trafiquant de drogue, mais ils n'ont trouvé qu'elle. Ses parents étaient alcooliques, et son père l'a vendue comme prostituée quand elle avait cinq ans.

Au départ, elle devait être un article précieux réservé aux clients disposés à payer cher leur vice, pensa le chasseur.

— En grandissant, elle a perdu de sa valeur et les hommes pouvaient l'avoir pour quelques pesos.

Au bordel, on la gardait pour les paysans ivres et les camionneurs. Elle avait jusqu'à plusieurs dizaines de rapports par jour.

— Une esclave.

— Elle n'est jamais sortie de cet endroit. La femme qui s'occupait d'elle la maltraitait. Elle n'a jamais parlé, je doute qu'elle ait compris ce qui se passait autour d'elle. Elle était comme en catatonie.

« Parfaite pour défouler les pires instincts de ces dépravés », faillit commenter le chasseur. Mais il se retint. Son intérêt devait passer pour purement professionnel.

— Raconte-moi quand vous vous êtes aperçus de son… talent.

— Quand on l'a amenée ici, elle partageait une chambre avec une patiente âgée. Nous les avons mises ensemble parce qu'elles étaient toutes deux déconnectées du monde. Elles ne communiquaient pas entre elles.

— Et ensuite, que s'est-il passé ?

— Au début, Angelina a développé d'étranges symptômes moteurs. Ses articulations étaient rigides et douloureuses, elle avait du mal à bouger. Nous avons pensé à une forme d'arthrite. Mais ensuite, elle a commencé à perdre ses dents.

— Ses dents ?

— Et pas seulement : nous l'avons soumise à des examens et nous avons découvert une grosse fatigue des organes internes.

— Quand avez-vous compris ?

Une ombre passa sur le visage de Florinda Valdés.

— Lorsque ses cheveux ont blanchi.

Le chasseur observa plus attentivement la patiente. Sa chevelure, presque intégralement rasée, était d'un noir de jais.

— Pour faire cesser les symptômes, il a suffi de la séparer de la femme âgée.

Le chasseur détailla la jeune fille, tentant de déceler un reste d'humanité au fond de son regard inexpressif.

— Syndrome du caméléon ou du miroir, conclut-il.

Longtemps, Angelina avait été contrainte à être ce que les hommes qui la violaient voulaient qu'elle fût. L'objet de leur plaisir, rien d'autre. Elle s'était adaptée. Elle s'était perdue elle-même. Petit bout par petit bout, ils l'avaient emportée. Des années et des années d'abus avaient extirpé de cette créature toute identité propre. Ainsi, elle l'empruntait aux gens qui l'entouraient.

— Nous ne sommes pas en présence d'un cas de personnalité multiple ou d'un malade mental qui se prend pour Napoléon ou pour la reine d'Angleterre, comme on en voit dans les bandes dessinées, plaisanta la psychiatre. Les sujets atteints du syndrome du caméléon imitent parfaitement quiconque se trouve avec eux. Devant un médecin, ils deviennent médecin, face à un chef, ils affirmeront savoir cuisiner. Interrogés sur leur profession, ils répondent de façon générique mais adaptée.

Le chasseur se souvenait d'un patient qui s'identifiait au cardiologue avec qui il parlait ; quand ce dernier lui avait posé des questions pièges sur le diagnostic de telle ou telle anomalie cardiaque, le patient avait répondu qu'il ne pouvait se prononcer sans un examen clinique approfondi.

— Mais Angelina ne se limite pas à de la simple imitation, précisa Florinda. Quand elle était en contact avec la femme âgée, un processus tangible de vieillissement s'est enclenché chez elle. Son esprit modifiait son physique de façon réelle.

Une transformiste, pensa le chasseur.

— Y a-t-il d'autres manifestations ?

— Plusieurs, mais insignifiantes et très brèves, pas plus de quelques minutes. Les sujets sont atteints du syndrome parce qu'ils ont subi un dommage cérébral ou, comme dans le cas d'Angelina, un traumatisme ayant les mêmes effets.

Le chasseur était troublé, mais aussi incontestablement fasciné par les aptitudes de la jeune fille. Elle lui prouvait qu'il ne s'était pas trompé. Ses théories sur sa proie se vérifiaient.

Les tueurs en série sont toujours mus par une crise d'identité : au moment où ils tuent, ils se regardent dans la victime et se reconnaissent, ils n'ont plus besoin de faire semblant. Le temps du meurtre, le monstre qui les habite jaillit sur leur visage. Or l'homme qu'il traquait – sa proie – se distinguait de ses semblables. Il lui manquait une identité véritable ; il devait continuellement en emprunter une aux autres. C'était un exemplaire unique, un cas rarissime en psychiatrie.

Un tueur en série transformiste.

Il ne se contentait pas d'imiter une série de comportements, il se transformait lui-même. Personne, à part lui, ne l'avait identifié. Son but ultime n'était pas de prendre la place de quelqu'un mais de *devenir* cette personne.

Il était impossible de prévoir ses actes. Le transformiste avait une extraordinaire capacité d'apprentissage, surtout des langues et des accents. Au fil des ans, il avait perfectionné sa méthode. D'abord, choisir un individu adapté. Un homme qui lui ressemblât : traits peu marqués, même taille, signes particuliers facilement imitables. Exactement comme Jean Duez à Paris. Mais surtout, un homme sans passé, sans attaches, avec une routine plate et ordinaire, de préférence travaillant à domicile.

Le transformiste s'incarnait dans sa vie.

Le mode opératoire était toujours le même. Il le tuait et il effaçait son visage, comme pour gommer son passage sur terre, en appliquant la loi du plus fort.

Il sélectionnait lui-même son espèce.

Angelina ne représentait pas uniquement une confirmation. Elle était un deuxième exemplaire. En la regardant, le chasseur comprit qu'il avait vu juste, mais il lui fallait une preuve supplémentaire, car le défi le plus difficile était ailleurs.

Essayer d'imaginer un tel talent combiné à un instinct meurtrier.

Le portable de Florinda Valdés vibra. Elle s'excusa et sortit de la pièce. C'était l'occasion que le chasseur attendait.

Il s'était renseigné avant de venir. Angelina avait un petit frère. Ils n'avaient pas vécu longtemps ensemble puisque à cinq ans elle avait été vendue. Mais peut-être cela avait-il suffi pour qu'il reste en elle une trace d'affection.

C'était la clé pour entrer dans la prison de son esprit.

Seul avec la jeune fille, il se plaça devant elle et se baissa pour qu'elle voie bien son visage. Puis il parla à voix basse.

— Angelina, je veux que tu m'écoutes. J'ai enlevé ton frère. Le petit Pedro, tu te rappelles ? Il est très mignon, mais maintenant je vais le tuer.

La jeune fille n'eut aucune réaction.

— Tu as entendu ce que j'ai dit ? Je vais le tuer, Angelina. Je lui arracherai le cœur et je le laisserai battre dans ma main jusqu'à ce qu'il cesse, dit-il en tendant sa paume ouverte vers elle. Tu entends comme il bat ? Pedro va mourir, et personne ne le sauvera. Je lui ferai très mal, je le jure. Il mourra, mais d'abord il subira des souffrances terribles.

Soudain, la jeune fille fit un bond en avant et mordit la main que le chasseur tendait vers elle. Celui-ci perdit l'équilibre. Angelina se jeta sur lui et lui comprima le thorax. Elle n'était pas lourde, il la bouscula et dégagea sa main. Elle se recroquevilla à nouveau dans son coin. Dans sa bouche pleine de sang, il aperçut les gencives qui avaient broyé sa chair. La jeune fille n'avait pas de dents, mais elle l'avait tout de même blessé.

Le docteur Valdés revint. Angelina avait l'air calme, tandis que son hôte essayait de contenir son hémorragie à la main.

— Que s'est-il passé ?

— Elle m'a agressé. Mais ce n'est pas grave, je n'aurai besoin que de quelques points de suture.

— C'est la première fois qu'elle fait ça.

— Je ne sais pas quoi dire. Je me suis seulement approché pour lui parler.

Florinda Valdés se contenta de cette explication, sans approfondir, peut-être par crainte de perdre sa chance d'une aventure avec le docteur Foster. Quant au chasseur, il n'avait plus aucune raison de rester : en provoquant la jeune fille, il avait élucidé un mystère.

— Je ferais peut-être mieux de voir un médecin, dit-il en exagérant sa grimace de douleur.

Florinda était chamboulée, elle ne voulait pas qu'il parte ainsi mais elle ne savait pas comment le retenir. Elle proposa de l'accompagner aux urgences, il refusa gentiment.

— Il faut que je te parle de l'autre cas…, cria-t-elle désespérée.

La phrase produisit l'effet escompté : le chasseur s'arrêta sur le seuil.

— Quel autre cas ?

— Cela s'est passé il y a des années, en Ukraine. Un enfant nommé Dima.

IL Y A TROIS JOURS

Le cadavre se mit à hurler.

Quand ses poumons se vidèrent et qu'il fut contraint de reprendre son souffle, il comprit qu'il avait refait le rêve. Devok avait été tué, encore. Combien de fois aurait-il à assister à sa fin ? Son plus ancien souvenir était une séquence de mort, qui se répétait chaque fois qu'il fermait les yeux pour s'endormir.

Marcus saisit le feutre sous son coussin et écrivit sur le mur : *Trois coups de feu.*

Un autre reflux amer de son passé, qui changeait beaucoup de choses. Comme la veille, quand il s'était remémoré le bris du verre, sa perception avait été auditive. Mais il était convaincu que cette fois c'était vraiment important.

Il avait entendu trois détonations distinctes. Jusque-là, il avait toujours compté deux coups de feu. Un pour lui, l'autre pour Devok. Or, dans la dernière version du rêve, il y avait un troisième coup.

Cela pouvait être un caprice de son inconscient qui modifiait à loisir la scène de l'hôtel de Prague. Parfois, il insérait des sons ou des objets invraisemblables, ou

193

bien qui n'avaient aucun rapport, comme un juke-box ou un morceau de funk. Marcus ne pouvait pas contrôler ces fantaisies.

Mais cette fois, c'était une évidence.

Le détail du troisième coup de feu s'inscrivait parfaitement parmi les fragments de la scène. Il était certain que cela l'aiderait à se rappeler le déroulement des événements et, surtout, à revoir le visage de l'homme qui avait tué son maître et qui l'avait contraint à s'oublier lui-même.

Trois coups de feu.

Quelques heures plus tôt, Marcus s'était à nouveau retrouvé sous la menace d'un pistolet. Mais il n'avait pas eu peur. La femme à Saint-Louis-des-Français aurait appuyé sur la détente, il en était certain. Pourtant, il n'y avait pas de haine dans son regard, plutôt du désespoir. Le black-out momentané l'avait sauvé de sa détermination. Il aurait pu s'enfuir, mais il avait pris le temps de lui révéler qui il était.

Je suis un prêtre.

Pourquoi ce besoin de le lui dire ? Il avait voulu lui donner quelque chose, une sorte de compensation pour sa souffrance. L'identité était son plus grand secret, il aurait dû la défendre même si cela lui avait coûté la vie. Le monde n'aurait pas compris. Clemente lui servait cette litanie depuis le premier jour. Il avait dérogé à la règle. Avec une inconnue, en plus. Cette femme, qui qu'elle fût, avait une raison de le tuer – elle était convaincue qu'il avait assassiné l'homme qu'elle aimait. Pourtant, Marcus n'avait pas réussi à la considérer comme une ennemie.

194

Qui était-elle ? Pourquoi son chemin avait-il croisé celui de cette femme et de son mari, dans sa vie d'avant ? Et si elle détenait des réponses sur son passé ?

Je devrais peut-être chercher à lui parler, se dit-il.

Mais ce n'était pas prudent, et il ne savait rien d'elle.

Il n'en parlerait pas à Clemente. Il était certain qu'il n'aurait pas apprécié sa décision impulsive. Ils étaient tous deux au service d'une mission sacrée, mais de façon différente. Son jeune ami était un prêtre loyal et pieux, tandis que dans l'âme de Marcus s'agitaient des démons qu'il ne comprenait pas.

Il regarda l'heure. Il lui avait laissé un message sur la boîte vocale habituelle. Ils devaient se rencontrer avant l'aube. Quelques heures auparavant, la police avait suspendu la perquisition de la villa de Jeremiah Smith.

C'était leur tour d'aller visiter la maison.

La route serpentait sur les collines à l'ouest de Rome. La côte de Fiumicino et l'impétueuse embouchure du Tibre n'étaient qu'à quelques kilomètres. La vieille Fiat Panda montait avec difficulté, ses phares épuisés n'éclairaient qu'une faible portion de la chaussée. La campagne alentour se réveillait doucement, annonçant l'aube.

Clemente conduisait penché sur le volant pour mieux contrôler la direction. Depuis qu'il était monté dans la voiture, près du Ponte Milvio, Marcus lui avait résumé le drame de la veille chez Guido Altieri. Son ami s'inquiétait des reportages télévisés, or personne n'avait fait allusion à la présence d'un troisième homme lors de l'assassinat du célèbre avocat par son fils. Cela le rassurait : pour l'instant, leur secret était bien gardé.

Marcus ne parla évidemment pas de l'épisode de la femme armée à Saint-Louis-des-Français. À la place, il lui rapporta les dernières révélations sur la disparition de Lara.

— Jeremiah Smith n'a pas eu d'infarctus. Il a été empoisonné.

— Les examens toxicologiques n'ont révélé la présence d'aucune substance suspecte dans son sang, répondit Clemente.

— Pourtant, je suis convaincu que c'est ce qui s'est passé. Il n'y a pas d'autre explication.

— Alors quelqu'un a dû prendre au pied de la lettre son tatouage.

Tue-moi. Quelqu'un agissant dans l'ombre avait offert à Monica, la sœur de la première victime de Jeremiah Smith, de même qu'à Raffaele Altieri, l'occasion de se venger du deuil violent qu'ils avaient subi.

— Quand la justice n'est plus possible, il ne reste qu'un choix : pardon ou vengeance.

— Œil pour œil, ajouta Clemente.

— Oui, mais il y a autre chose.

Marcus marqua une pause avant de formuler l'idée qui mûrissait en lui depuis la veille au soir.

— Quelqu'un s'attendait à notre intervention. Tu te rappelles la bible avec le marque-page en satin noir que j'ai trouvée chez Lara ?

— Il indiquait l'épître de saint Paul aux Thessaloniciens : « Le jour du Seigneur viendra comme un voleur dans la nuit. »

— Je te le répète : quelqu'un connaît notre existence, Clemente, affirma Marcus avec conviction. Réfléchis. Il a envoyé une lettre anonyme à Raffaele, mais pour nous il a choisi les Écritures. Un message adapté à des hommes de foi. J'ai été mêlé à cette histoire délibérément, autrement je ne vois pas pourquoi ce jeune homme aurait été convoqué chez Lara. Au final, c'est moi qui l'ai conduit à la vérité sur son père. C'est de ma faute si maître Altieri a été tué.

— Qui peut avoir organisé tout cela ?

— Je ne sais pas. Mais il met les victimes en contact avec leurs bourreaux et, en même temps, il tente de nous impliquer.

Clemente savait que ce n'était pas une simple hypothèse, ce qui n'était pas pour le rassurer. Visiter la villa de Jeremiah Smith était désormais d'une importance capitale. Ils étaient convaincus qu'ils trouveraient un signe qui les conduirait au niveau suivant du labyrinthe. Le tout avec l'espoir de sauver Lara. Sans cet objectif, ils auraient été moins motivés. Et l'auteur de cette énigme le savait, c'était pour cela qu'il avait mis en danger la vie de l'étudiante.

Une patrouille stationnait devant le portail, mais la propriété était trop vaste pour être intégralement surveillée. Clemente gara la Panda dans une ruelle à un kilomètre de distance puis ils poursuivirent à pied, en se fondant dans l'obscurité.

— Nous avons peu de temps, dans deux ou trois heures l'équipe de la police scientifique reviendra poursuivre la perquisition, le prévint Clemente en accélérant le pas sur le terrain accidenté.

Ils s'introduisirent dans la villa par une fenêtre donnant sur l'arrière, dont ils ôtèrent les scellés. Ils en avaient d'autres, des faux, qu'ils recolleraient en partant. Personne ne soupçonnerait l'intrusion. Ils portaient des surchaussures et des gants en latex. Ils allumèrent leurs lampes torches, tout en couvrant partiellement le faisceau de lumière avec la paume de leur main, pour s'orienter sans être remarqués.

La maison était de style Art nouveau, avec quelques concessions modernes. Ils étaient entrés directement dans un bureau. L'ameublement, une table en acajou et une grande bibliothèque, témoignait d'une aisance financière certaine. Jeremiah avait grandi dans une famille bourgeoise, ses parents avaient bâti une fortune discrète avec leur commerce de tissu. Toutefois, ils s'étaient trop consacrés aux affaires pour avoir plus d'un enfant. Ils comptaient sans doute sur lui pour reprendre l'entreprise et faire honneur aux Smith. Mais ils avaient vite compris que leur unique héritier était incapable de poursuivre leurs efforts.

Marcus éclaira une série de cadres alignés sur une table en rouvre. L'histoire de la famille y était condensée. Un pique-nique dans un pré, Jeremiah sur les genoux de sa mère, son père qui les entoure de son bras protecteur. Sur le terrain de tennis de la villa, leurs tenues immaculées, tenant des raquettes en bois. À Noël, vêtus de rouge, posant devant le sapin décoré. Attendant sagement que le déclencheur automatique fasse son travail, toujours disposés en parfait triptyque, comme les fantômes d'une autre époque.

À un moment certaines de ces images perdirent un protagoniste. Jeremiah adolescent et sa mère n'ont plus exhibé alors que de tristes sourires : le chef de famille les avait quittés après une brève maladie et ils maintenaient la tradition, non pas pour entretenir un souvenir mais plutôt pour éloigner l'ombre de la mort.

Un cliché retint l'attention de Marcus, à cause de sa mise en scène un peu macabre. Mère et fils se tenaient à côté d'une grande cheminée de grès, au-dessus de laquelle se détachait une peinture à l'huile représentant le père dans une pose austère.

— Ils n'ont pas établi de lien entre Jeremiah Smith et Lara, annonça Clemente.

Dans la pièce, les signes de la perquisition de la police ne manquaient pas. Les objets avaient été déplacés, les meubles fouillés.

— Donc ils ne savent pas encore que c'est lui qui l'a kidnappée. Ils ne la chercheront pas.

— Arrête, dit Clemente avec une dureté soudaine.

Marcus était étonné : cela ne lui ressemblait pas.

— Je n'en reviens pas que tu n'aies pas encore compris. Tu ne t'es pas improvisé enquêteur, cela ne t'aurait pas été autorisé. Tu as été préparé pour affronter tout ceci. Tu veux savoir la vérité ? Il est possible que la fille meure. Je dirais même que c'est plus que probable. Mais ça ne dépendra pas de nous. Alors arrête de te sentir coupable.

Marcus se concentra à nouveau sur la photo de Jeremiah Smith posant devant le portrait de son père, si sérieux à vingt ans.

— Par où veux-tu commencer ? demanda Clemente.

— Par la pièce où ils l'ont trouvé agonisant.

Dans le séjour, on voyait encore les lampes halogènes des techniciens de la police scientifique, des résidus de réactifs pour les liquides organiques, des empreintes un peu partout et même des panneaux alphanumériques marquant la position des objets qui avaient été photographiés puis emportés.

Ils avaient trouvé un ruban à cheveux bleu ciel, un bracelet en corail, une écharpe rose et un patin à roulettes rouge, qui appartenaient aux quatre victimes de Jeremiah Smith. Ces fétiches constituaient la preuve irréfutable de sa culpabilité, il avait pris un gros risque en les conservant. Mais Marcus imaginait comment l'assassin se sentait chaque fois qu'il caressait ses trophées. Ils symbolisaient son succès : tuer. En les manipulant, il retrouvait cette énergie obscure : une secousse vitale, comme si la mort violente avait le pouvoir de revigorer celui qui la donne. Le frisson d'un plaisir secret.

Jeremiah les gardait dans le salon, près de lui. Comme si les jeunes filles étaient là, elles aussi. Des âmes en peine, prisonnières de cette maison avec lui.

Toutefois, parmi ces objets, il manquait quelque chose appartenant à Lara.

Marcus entra dans la pièce. Les meubles étaient recouverts de draps blancs. Sauf le fauteuil placé au centre, face à un vieux téléviseur. Une table basse était renversée et sur le sol gisaient un bol brisé, une tache claire désormais sèche et des biscuits en miettes.

Jeremiah les avait lâchés quand il s'était senti mal. Le soir, il dînait de lait et de biscuits devant la télévision. Cette image reflétait sa solitude. Le monstre ne se cachait pas. Son meilleur refuge était l'indifférence des autres. Si le monde avait pris plus soin de lui, il se serait sans doute arrêté plus tôt.

Jeremiah était asocial, pourtant il se transformait pour appâter ses victimes. *Il les a toutes enlevées de jour, sauf Lara*, se rappela Marcus. Quelle était sa technique pour les approcher et gagner leur confiance ? Il était convaincant, les filles ne le craignaient pas. Pourquoi n'utilisait-il pas ses trucs pour se faire des amis ? Son but était de tuer. Le mérite revenait au mal. Le mal le faisait passer pour un homme bon, digne de confiance. Mais Jeremiah Smith n'avait pas tout prévu : il y a toujours un prix à payer. La plus grande peur de tout être humain, même de celui qui a choisi de vivre en ermite, n'est pas de mourir. C'est de mourir seul. On ne le saisit vraiment que quand cela se produit.

L'idée que personne ne nous pleurera, que personne ne souffrira de notre absence ni ne se souviendra de nous. *C'est ce que je vivais*, pensa Marcus.

Il observa l'endroit où l'équipe de l'ambulance avait tenté de réanimer l'homme : il aperçut des gants stériles, des morceaux de gaze, des seringues et des canules. Rien n'avait bougé depuis ces moments frénétiques.

Marcus tenta de comprendre comment Jeremiah Smith avait ressenti les symptômes de l'empoisonnement.

— Qui que ce soit, il connaissait ses habitudes. Il s'est comporté exactement comme Jeremiah avec Lara. Il s'est introduit dans sa vie et dans sa maison pour l'observer. Il n'a pas choisi le sucre pour cacher la drogue, peut-être le lait. Une sorte de loi du talion.

Clemente observait son élève se caler dans la psyché de celui qui avait tout organisé.

— Jeremiah se sent mal, il appelle les urgences.

— L'hôpital Gemelli est le plus proche, il est normal qu'il l'ait appelé. Celui qui a empoisonné Jeremiah savait parfaitement que Monica, la sœur de la première victime, était de garde hier soir et monterait dans l'ambulance en cas de code rouge.

Marcus était frappé par l'ingéniosité de celui qui avait orchestré cette occasion de vengeance, qui n'agissait pas au hasard. Il avait démonté la scène de crime. Pièce par pièce, il en avait dévoilé la trame cachée, les fils de Nylon, la toile de fond en carton-pâte, le truc du magicien.

— D'accord, dit-il en s'adressant à son adversaire comme s'il était présent, tu es fort. Et maintenant, voyons ce que tu nous as réservé...

— Tu crois qu'il y a des indices conduisant au lieu où Lara est prisonnière ? intervint Clemente.

— Non, il est trop malin. Même s'il y en avait, il les aurait effacés. La jeune fille est une récompense, ne l'oublie pas. Nous devons la mériter.

Marcus allait et venait dans la pièce, certain qu'un détail lui échappait.

— Que devrions-nous chercher, d'après toi ?

— Quelque chose qui n'a rien à voir avec le reste. Pour tromper les relevés de la police, il a sans doute laissé un signe que nous seuls pouvons recueillir.

Trouver le point de départ d'observation de la scène lui permettrait de détecter l'anomalie sans difficulté. Le plus logique était la place de Jeremiah inanimé.

— Les volets, dit-il à Clemente qui alla fermer ceux des deux grandes fenêtres donnant sur l'arrière de la maison.

Marcus libéra le faisceau de sa torche, balayant toute la pièce. Les ombres des objets se levaient tour à tour, comme des soldats obéissants. Les canapés, le buffet, la table, le fauteuil, la cheminée, le tableau représentant des tulipes. Marcus eut une sensation de déjà-vu. Il revint en arrière et éclaira à nouveau la peinture.

— Ce tableau ne devrait pas être ici.

Clemente ne comprit pas. Mais Marcus se rappelait parfaitement la cheminée en grès, parce qu'elle figurait sur la photo qu'il avait observée dans le bureau : Jeremiah et sa mère sous le portrait du chef de famille défunt. Il n'était plus dans la pièce.

— Il a été déplacé.

Marcus s'approcha du tableau aux tulipes, bougea le cadre et constata en effet que l'empreinte laissée sur le mur au fil des ans était différente. Il s'apprêtait à le remettre en place quand il s'aperçut qu'au dos, en bas à gauche de la toile, figurait le numéro « 1 ».

— Je l'ai trouvé.

Clemente l'appelait depuis le couloir. Le portrait du père de Jeremiah se trouvait à côté de la porte.

— Les tableaux ont été inversés.

Marcus vérifia à nouveau l'arrière du tableau : il portait le numéro « 2 ». Ils regardèrent autour d'eux, la même idée en tête. Ils se séparèrent et décrochèrent tous les tableaux du mur pour trouver le troisième.

— Le voilà ! annonça Clemente.

Il s'agissait d'un paysage bucolique accroché au fond du couloir, en bas de l'escalier. Ils montèrent et trouvèrent le quatrième à mi-hauteur, ce qui leur confirma qu'ils étaient sur la bonne piste.

— Il nous indique un parcours… dit Marcus.

Ils trouvèrent le cinquième tableau sur le palier du premier étage. Puis le sixième dans un petit vestibule, le septième dans le couloir qui conduisait aux chambres à coucher. Le huitième était tout petit. La peinture à la détrempe représentait un tigre indien qui semblait sorti d'une nouvelle de Salgari. Il se trouvait à côté d'une petite porte dans ce qui devait être la chambre d'enfant de Jeremiah Smith. Des soldats de plomb étaient alignés sur une étagère. Ils virent aussi une boîte de Meccano, un lance-pierres et un cheval à bascule.

On a tendance à oublier que les monstres ont été des enfants, constata Marcus. *Nous gardons tous certaines choses de l'enfance. Mais d'où vient le besoin de tuer ?*

Clemente ouvrit la petite porte, qui donnait sur un escalier escarpé menant vraisemblablement au grenier.

— Peut-être que les policiers n'ont pas encore regardé là-haut.

Ils étaient certains que le neuvième tableau serait le dernier de la série. Ils montèrent les marches irrégulières avec prudence, le plafond était bas, les contraignant à se courber. Ils arrivèrent dans une grande pièce où étaient entassés de vieux meubles, des livres et des malles. Des oiseaux avaient fait leurs nids entre les poutres des combles. Effrayés par leur présence, ils leurs tournèrent autour et se débattirent en cherchant une issue. Ils trouvèrent une lucarne ouverte.

— Nous ne pouvons pas rester longtemps, l'aube va bientôt poindre, prévint Clemente en regardant l'heure.

Ils se mirent à la recherche du tableau. Dans un coin étaient entassées plusieurs toiles.

— Rien, annonça Clemente en secouant la poussière sur ses vêtements.

Une frise dorée dépassait derrière un bahut. Marcus la tira et découvrit un cadre richement décoré, accroché au mur. Il n'eut pas besoin de le tourner pour vérifier qu'il s'agissait du neuvième tableau. Le contenu était assez insolite pour lui confirmer que leur chasse au trésor touchait à son terme.

Un dessin d'enfant.

Réalisé avec des crayons de couleurs sur une page de cahier, il avait été placé dans ce cadre trop fastueux de façon à attirer l'attention de l'observateur.

Il représentait une journée d'hiver ou de printemps, le soleil veillait en souriant sur la nature luxuriante. Des arbres, des hirondelles, des fleurs et un petit cours d'eau. Les personnages étaient deux enfants, une fillette portant une robe à pois rouges et un petit garçon qui tenait quelque chose dans sa main. Malgré la gaieté des couleurs et l'innocence absolue du sujet, Marcus eut une drôle de sensation.

Il y avait quelque chose de dérangeant dans ce dessin.

Il avança pour mieux l'observer, et s'aperçut que la robe de la fillette n'était pas parsemée de pois mais tachée de blessures sanguinolentes. Et que le petit garçon brandissait une paire de ciseaux.

Il lut la date griffonnée en marge : le dessin datait de vingt ans auparavant. Jeremiah Smith était déjà trop adulte pour en être l'auteur. Il appartenait à l'imagination malade de quelqu'un d'autre. Il pensa au *Martyre de saint Matthieu*, du Caravage : il avait devant lui la représentation d'une scène de crime. Mais, quand elle avait été dessinée, l'horreur ne s'était pas encore produite.

Les monstres aussi ont été des enfants, se répéta-t-il. Celui du dessin avait grandi, depuis. Marcus devait le retrouver.

06 h 04

Le premier jour, à la police scientifique, on apprend qu'il n'y a pas de coïncidences sur une scène de crime. Puis on l'entend répéter à tout bout de champ, au cas où on l'aurait malencontreusement oublié. On explique que non seulement elles sont trompeuses, mais qu'en plus elles peuvent se révéler nocives ou contre-productives. On cite différents cas où une coïncidence a irrémédiablement compromis l'enquête.

Aussi, Sandra n'accordait pas beaucoup de crédit aux coïncidences. Pourtant, dans la vraie vie, elle admettait que ces connexions accidentelles entre événements sont parfois utiles, du moins pour attirer son attention sur des choses qu'autrement elle n'aurait pas vues.

Celles qui ne nous touchent pas, avaient-elle conclu, nous les balayons comme de « simples coïncidences ». D'autres, en revanche, semblent destinées à marquer notre vie. Alors nous les rebaptisons « signes ». Ces signes nous laissent penser que nous sommes les destinataires d'un message exclusif, comme si le cosmos ou une entité supérieure nous avait choisis. En d'autres termes, ils nous permettent de nous sentir uniques.

Carl Gustav Jung parlait de synchronicité en évoquant ce type de coïncidences, et il leur attribuait trois caractéristiques fondamentales. Elles n'étaient absolument pas fortuites, mais reliées par un lien de cause à effet. Elles avaient une résonance émotionnelle forte. Et, enfin, elles possédaient une forte valeur symbolique.

Jung soutenait que certains individus passent leur vie à chercher un sens profond à tout événement extraordinaire qui leur arrive.

Sandra n'était pas ainsi par nature, mais elle avait changé. Le récit de David concernant l'incroyable chaîne d'événements qui avait déterminé leur rencontre y avait contribué.

Un 13 août, il se trouvait à Berlin et était censé rejoindre des amis à Mykonos pour une croisière en voilier dans les îles grecques. Or ce matin-là son réveil n'ayant pas sonné, il était arrivé à l'aéroport alors que l'enregistrement était clos. Il avait pensé : Quelle poisse ! Sans savoir ce qui l'attendait.

Pour arriver à destination, il prit une correspondance à Rome. Toutefois, avant qu'il embarque sur le second vol, la compagnie l'avait informé que son bagage s'était perdu à Berlin.

Il n'avait aucune intention de renoncer à son voyage, alors il avait acheté une valise et des vêtements à l'aéroport avant de se présenter à l'enregistrement du vol pour Athènes. Et de découvrir que, à cause du nombre de vacanciers, il était en surbooking.

À 23 heures, au lieu de se trouver à la poupe d'un trois-mâts, sirotant de l'ouzo en compagnie d'un superbe mannequin indien rencontré deux semaines plus tôt à Milan, il remplissait un formulaire de réclamation pour son bagage dans un aéroport noir de touristes.

Il aurait pu prendre le premier vol du lendemain, mais il avait loué une voiture avec l'intention de se rendre au port de Brindisi et d'embarquer dans un ferry pour la Grèce.

Après avoir conduit toute la nuit et parcouru 500 kilomètres, il avait vu le soleil se lever sur la côte apulienne. D'après les panneaux sa destination était proche, mais sa voiture avait commencé à montrer des signes de faiblesse : une perte progressive de puissance, qui avait culminé avec l'arrêt du moteur.

Abandonné par le destin au bord d'une nationale, David était descendu de voiture et, plutôt que de pester contre la guigne, il avait regardé le paysage qui l'entourait. À sa droite, une ville blanche perchée sur un plateau. De l'autre côté, à quelques centaines de mètres, la mer.

Il avait marché jusqu'à la plage, déserte à cette heure matinale. Il avait fumé une cigarette à l'anis en célébrant le soleil levant.

C'est alors qu'il avait remarqué des petites traces de pas, harmonieuses et parfaitement symétriques sur le sable mouillé. Il les avait instinctivement attribuées à une femme faisant du jogging. Dans cette direction, la côte se perdait en petites criques, aussi la personne avait déjà disparu de sa vue. Pourtant, il était certain qu'elle était passée peu de temps auparavant, sinon le ressac aurait déjà effacé ses empreintes.

Quand il racontait cette histoire, il butait toujours sur ce qui lui avait traversé l'esprit à ce moment-là. Il avait tout simplement éprouvé le besoin de suivre ces traces. Alors il s'était mis à courir.

À ce point du récit, Sandra lui demandait toujours comment il avait compris qu'il s'agissait d'une femme.

— En effet, je ne le savais pas, je ne pouvais que l'espérer. Tu imagines si je m'étais retrouvé nez à nez avec un petit garçon, ou bien un homme de petite taille ?

Elle n'était pas totalement convaincue par cette explication. Elle insistait :

— Comment pouvais-tu savoir que la personne faisait du jogging ?

— Les traces dans le sable étaient plus profondes au niveau des orteils, donc la personne courait, répondait David, préparé.

— D'accord, c'est crédible.

David reprenait son histoire là où il l'avait interrompue. Il avait parcouru une centaine de mètres et, après avoir escaladé une dune, il avait aperçu une silhouette de femme. Elle portait un short, un tee-shirt moulant et des chaussures de sport. Ses cheveux blonds étaient attachés en queue-de-cheval. Il ne voyait pas son visage mais il avait eu envie de l'appeler. Une pensée absurde, étant donné qu'il ne connaissait pas son nom.

Il avait accéléré le pas. Que lui dirait-il ? Plus il approchait, plus il se rendait compte qu'il devait trouver une idée pour ne pas passer pour un fou. Mais rien ne lui venait.

Non sans peine, il l'avait rattrapée. Elle était très belle. À ce stade, en général Sandra souriait. Il s'était excusé, la priant de s'arrêter. L'inconnue s'était exécutée de mauvaise grâce, dévisageant ce dingue qui essayait de reprendre son souffle. Il n'avait pas dû lui faire bonne impression. Il ne s'était pas changé depuis vingt-quatre heures, il n'avait pas dormi, il était en nage et ne sentait pas la rose.

— Bonjour, je m'appelle David, lui avait-il dit en lui tendant la main.

Elle l'avait fixée sans la lui serrer, la mine dégoûtée, comme s'il s'agissait d'un poisson pourri. Puis il avait ajouté :

— Vous savez ce que Carl Gustav Jung disait des coïncidences ?

Et de lui déballer, sans raison apparente, toutes ses péripéties depuis qu'il était parti de Berlin la veille. Elle l'avait écouté sans prononcer un mot, en essayant de comprendre où il voulait en venir.

Elle l'avait laissé terminer, puis elle avait répondu qu'on ne pouvait pas vraiment parler de coïncidence, dans le cas présent. Parce que, malgré la chaîne d'événements indépendants de sa volonté qui l'avait conduit sur cette plage, il avait décidé de suivre ses traces. La théorie de la synchronicité ne pouvait donc s'appliquer à leur rencontre.

David avait trouvé son objection excellente, il en était resté sans voix. Ne sachant pas quoi ajouter, il l'avait saluée pour revenir tristement sur ses pas. Sur le chemin du retour, il s'était dit qu'il aurait adoré que cette fille soit une femme spéciale, peut-être même la femme de sa vie. Ç'aurait fait une histoire d'amour extraordinaire et la série de petites mésaventures se serait transformée en grande épopée sentimentale.

Tout ça pour une valise perdue.

La fille ne lui avait pas couru après pour lui dire qu'elle avait changé d'avis. Il ne connaissait même pas son prénom. En revanche, après avoir attendu pendant un mois que la compagnie aérienne retrouve son bagage, il s'était rendu à la préfecture de police pour déposer une plainte pour vol. Là, devant une machine à café, il avait rencontré Sandra pour la première fois, ils avaient échangé quelques mots, ils s'étaient plu et quelque temps plus tard ils emménageaient ensemble.

Même après s'être réveillée dans sa chambre d'hôtel, une boule dans le ventre, même après avoir découvert que David avait été tué et malgré son désir de retrouver son assassin, Sandra ne pouvait s'empêcher de sourire en repensant à toutes les péripéties qui avaient conduit à leur rencontre.

Chaque fois que David se lançait dans son récit, son nouvel auditeur supposait dès le départ qu'elle était la fille de la plage. En fait, la beauté de l'histoire était que la vie se sert des parcours les plus banals pour nous offrir les plus beaux cadeaux. Parce que le cœur d'un homme ou d'une femme n'a pas besoin de cueillir des « signes ».

Parfois, il suffit de se trouver parmi des milliards d'individus.

Devant cette machine à café, si elle n'avait pas eu un billet de 5 euros et David quelques pièces de monnaie, ils n'auraient peut-être pas engagé la conversation. Et, après s'être à peine effleurés, en attendant leurs boissons respectives, ils se seraient éloignés comme deux étrangers, ignorant l'amour qu'ils auraient pu vivre ensemble et, fait vraiment incroyable, sans jamais en souffrir.

Combien de fois par jour cela nous arrive-t-il à notre insu ? Combien d'êtres rencontrons-nous par hasard et laissons-nous partir comme si de rien n'était, sans savoir que nous sommes faits l'un pour l'autre ?

Pour cela et, bien que David soit mort, elle se sentait privilégiée.

Et hier soir, que s'est-il passé ? se demanda-t-elle. De la rencontre avec l'homme à la cicatrice sur la tempe, elle ne gardait qu'une stupeur dont elle ne savait que faire. Elle pensait se retrouver face à un assassin, mais elle avait appris qu'il s'agissait d'un prêtre. Elle ne doutait pas de sa sincérité. Il aurait pu profiter du blackout pour s'enfuir immédiatement, or il était resté pour lui dire qui il était. Devant cette révélation inattendue, elle avait perdu le courage d'appuyer sur la détente. À croire qu'elle avait entendu la voix de sa mère lui dire : « Sandra, ma chérie, tu ne peux pas tirer sur un prêtre. Ça ne se fait pas. » C'était ridicule.

Coïncidences.

Mais elle n'avait aucun moyen d'en savoir plus sur le lien entre David et ce type. Sandra se leva pour observer sa photo tirée du Leica. Qu'est-ce qu'un prêtre avait à voir avec l'enquête ? Au lieu de l'éclairer, cette image compliquait tout.

Son estomac grogna, en plus elle se sentait épuisée. Elle n'avait pas mangé depuis des heures et elle avait de la fièvre. Cette nuit, elle était rentrée à l'hôtel trempée par la pluie.

Dans la sacristie de Saint-Louis-des-Français, elle avait compris qu'elle n'avait pas uniquement soif de justice. Elle avait une exigence obscure à satisfaire. La souffrance a des effets étranges. Elle affaiblit, elle fragilise, mais en même temps elle renforce une volonté qu'on croyait pouvoir tenir à distance. Le désir d'infliger la même douleur aux autres. Comme si la vengeance était le seul remède pour calmer la sienne.

Sandra découvrait une part sombre d'elle-même dont elle ne soupçonnait pas l'existence. Mais elle craignait que quelque chose ait changé.

Elle mit de côté la photo du prêtre à la cicatrice et se concentra sur celles qu'il lui restait à comprendre.

Une image noire. Et celle de David devant le miroir, qui salue tristement en levant la main.

Elle chercha un lien entre les deux, mais elles ne lui suggéraient rien. Soudain, elle baissa les yeux et son regard resta rivé au sol.

Il y avait un billet sous la porte.

Elle l'observa pendant quelques secondes, immobile. Puis elle se décida à le prendre, d'un geste vif, comme si elle avait peur. Quelqu'un l'avait glissé pendant la nuit, pendant son sommeil. C'était une image pieuse représentant un frère dominicain.

San Raimondo di Peñafort.

Le nom était imprimé au verso avec une prière en latin à réciter pour obtenir l'intercession de saint Raymond. Certaines phrases étaient illisibles car recouvertes par une inscription à l'encre rouge qui fit frissonner Sandra. Un mot. Une signature.

Fred.

7 heures

Il voulait un endroit bondé. Le McDonald's de la piazza di Spagna, à cette heure-là, était idéal. La clientèle était essentiellement composée de touristes étrangers, incapables de se contenter de la douce inconsistance d'un petit déjeuner à l'italienne.

Marcus recherchait un cadre qui le rassure. Savoir que le monde était capable d'avancer malgré les horreurs dont il était témoin chaque jour. Avoir la certitude de ne pas être seul dans cette lutte, parce que les familles qui l'entouraient – celles qui mettaient au monde des enfants, les élevaient avec amour et qui les préparaient à faire de même dans l'avenir – jouaient un rôle dans la sauvegarde du genre humain.

Il écarta son café allongé, qu'il n'avait même pas touché, et posa au centre de la table la chemise qu'il avait récupérée dans un confessionnal une demi-heure plus tôt, autre cachette que Clemente et lui utilisaient comme boîte aux lettres.

Le dessin du petit garçon aux ciseaux, trouvé dans le grenier de Jeremiah Smith, avait rappelé à Clemente une histoire survenue trois ans auparavant. Il la lui avait résumée, avant de quitter la villa pour courir aux archives. Le code sur la couverture était *c.g. 554-33-1*, mais l'affaire était plus connue sous le nom d'« affaire Figaro », comme les médias avaient surnommé – avec une efficacité indéniable, mais sans la moindre délicatesse envers les victimes – l'auteur de ce crime.

Marcus se plongea dans la lecture du dossier.

La scène qui attendait les policiers dans une petite maison du quartier Nuovo Salario, un vendredi soir, était horrible : un jeune homme de vingt-sept ans à moitié évanoui dans son vomi, au pied de l'escalier conduisant à l'étage, et non loin de lui, son fauteuil roulant, endommagé. Federico Noni était paraplégique et, au début, les agents avaient pensé qu'il était tombé accidentellement. Mais au premier, ils avaient fait une macabre découverte.

Dans l'une des chambres gisait le cadavre mutilé de sa sœur, Giorgia Noni.

La jeune fille de vingt-cinq ans était nue et présentait de profondes entailles sur tout le corps. Le coup fatal lui avait déchiré le ventre.

En analysant les lésions, le médecin légiste avait établi que l'arme du crime était une paire de ciseaux. L'objet était tristement connu des forces de l'ordre depuis que trois femmes avaient été agressées par un maniaque avec des ciseaux – d'où le surnom de Figaro. Elles s'en étaient tirées. Mais, de toute évidence, Figaro avait décidé de jouer dans la cour des grands, se transformant en assassin.

« Maniaque » était un terme impropre, pensa Marcus. Parce que cet individu était bien plus. Dans son imaginaire distordu et malade, ce qu'il faisait avec les ciseaux lui procurait du plaisir. Il voulait sentir l'odeur de la peur de ses victimes, mêlée à celle du sang qui coulait des blessures.

Marcus leva un instant les yeux, pour prendre une bouffée de normalité. Il la trouva dans une fillette qui, quelques tables plus loin, ouvrait avec soin un Happy Meal, la langue sur les lèvres et les yeux brillants d'excitation.

Comment change-t-on ? se demanda-t-il. *Quand le cours d'une existence se modifie-t-il de façon irréversible ? Parfois cela ne se produit pas. Parfois, tout se passe comme prévu.*

La vue de la fillette lui redonna un peu confiance en l'humanité. Il se replongea dans son dossier.

Le rapport de police détaillait le déroulement des événements. L'assassin s'était introduit par la porte d'entrée, que Giorgia Noni n'avait pas refermée quand elle était rentrée des courses. Figaro choisissait ses victimes dans les hypermarchés, puis les suivait jusque chez elles. Les autres étaient seules au moment de l'agression. Giorgia était avec son frère Federico. Il avait été un sportif de haut niveau, mais un accident de moto avait mis fin à sa carrière et l'avait privé de l'usage de ses jambes. D'après le jeune homme, Figaro l'avait surpris de dos. Il avait renversé son fauteuil roulant, l'envoyant au sol, inconscient. Puis il avait traîné Giorgia en haut, où il l'avait soumise au traitement qu'il réservait à ses femmes.

Federico avait repris connaissance et constaté que son fauteuil roulant était cassé. Aux cris de sa sœur, il avait compris qu'il se passait quelque chose de terrifiant à l'étage. Après avoir appelé à l'aide, il avait tenté de se hisser dans l'escalier. Mais il n'était plus l'athlète d'autrefois, et il était encore étourdi par sa chute, aussi avait-il échoué.

De là où il était, il avait tout entendu, incapable de secourir la personne qu'il aimait le plus au monde. Sa sœur s'occupait de lui, et l'aurait probablement fait pour le restant de ses jours. Il avait hurlé, fou de rage et impuissant, au pied de ce maudit escalier.

C'était une voisine qui avait donné l'alerte à cause des cris. En entendant la sirène de la voiture de police, l'assassin s'était enfui par une porte qui donnait sur le jardin. Les empreintes de ses chaussures étaient imprimées sur une plate-bande.

Quand il acheva sa lecture, Marcus s'aperçut que la fillette partageait un muffin au chocolat avec son petit frère, sous le regard bienveillant de leurs parents. Les doutes embuèrent sa vision du cadre familial idyllique.

Cette fois, était-ce Federico Noni la victime désignée pour accomplir sa vengeance ? Quelqu'un l'aidait-il à trouver l'assassin de sa sœur ? Son devoir à lui était-il d'arrêter le jeune homme ?

Marcus trouva une note à la fin du dossier. Un détail que son ami Clemente ne connaissait probablement pas, parce qu'il l'avait omis dans son récit chez Jeremiah Smith.

Aucune vengeance n'était possible, parce que Figaro avait un nom. L'affaire s'était conclue par une arrestation.

07 h 26

Elle avait passé au moins vingt minutes à observer l'image avec la signature *Fred*. D'abord, il y avait eu la sinistre interprétation de la chanson qui symbolisait leur amour conjugal, sur l'enregistreur caché dans le chantier abandonné, la voix de l'homme qui l'avait tué. Maintenant, une partie de leur intimité était profanée. Le surnom affectueux qu'elle donnait à David ne lui appartenait plus exclusivement.

C'est son assassin, s'était-elle dit en contemplant l'image. *Il sait que je suis ici. Que me veut-il ?*

Dans sa chambre d'hôtel, Sandra tentait de trouver une explication rassurante. Sur l'image pieuse de saint Raymond de Peñafort, en plus de la prière, était indiqué le lieu de culte dédié au frère dominicain.

Une chapelle dans la basilique de Santa Maria Sopra Minerva.

Sandra décida d'appeler De Michelis pour lui demander des informations, mais elle s'aperçut que son portable était déchargé. Elle le rebrancha et opta pour le téléphone de la chambre. Toutefois, elle s'arrêta avant de composer le numéro et observa le combiné.

Après avoir découvert que David était venu à Rome pour mener une enquête délicate, elle s'était demandé s'il avait contacté qui que ce soit pendant son séjour. Pourtant, son ordinateur et son téléphone portables n'indiquaient ni e-mails ni appels, pendant toute la période.

Cet isolement lui avait semblé étrange.

C'est alors que Sandra se rendit compte qu'elle n'avait pas contrôlé le téléphone de l'hôtel.

On est tellement habitués à ces excès de technologie, pensa-t-elle, *qu'on ne raisonne plus en termes élémentaires*.

Elle raccrocha et composa le 9 pour appeler la réception. Elle demanda à parler au directeur, à qui elle réclama la liste des appels passés par David lors de son séjour à l'hôtel. Une fois encore, elle se servit de son autorité de fonctionnaire, expliquant qu'elle enquêtait sur la mort de son mari. Un peu plus tard, un coursier lui apporta une liste où ne figurait qu'un seul numéro.

Elle avait vu juste : David avait appelé un portable plusieurs fois. Sandra aurait voulu vérifier à qui il appartenait, mais les derniers chiffres étaient cryptés.

Il était normal que le central de l'hôtel, pour des raisons de confidentialité, n'enregistre pas l'intégralité des numéros des appels entrants ou sortants. Dans le fond, ce système servait seulement de support à la facturation des appels.

Toutefois, si David avait décidé d'appeler ce numéro depuis sa chambre d'hôtel, cela voulait dire qu'il ne craignait pas celui qui était à l'autre bout du fil. Alors pourquoi aurait-elle dû avoir peur ?

Elle observa une nouvelle fois l'image pieuse.

Et si ce n'était pas l'assassin de son mari qui la lui avait envoyée ? Si c'était l'œuvre d'un mystérieux allié ? L'hypothèse était séduisante. Qui que ce soit, il devait se sentir en danger après la mort de David. Il était donc normal qu'il se montre prudent. Peut-être était-ce une invitation à se rendre à la basilique Santa Maria Sopra Minerva. Il avait signé *Fred* pour la rassurer sur le fait qu'il connaissait David. Au fond, si quelqu'un avait voulu lui faire du mal, il serait resté dans l'ombre pour frapper par surprise, il ne lui aurait pas laissé de message.

Pour Sandra, il n'y avait jamais de certitudes, mais des doutes qui s'ajoutent à des questions. Elle comprit qu'elle se trouvait à la croisée des chemins. Elle pouvait prendre le premier train pour Milan et tenter d'oublier cette histoire. Ou bien choisir de continuer, à n'importe quel prix.

Elle décida de poursuivre l'enquête. Pour commencer, elle allait découvrir ce qui l'attendait dans la chapelle de San Raimondo di Peñafort.

La basilique Santa Maria Sopra Minerva, édifiée en 1280, se trouvait à quelques pas du Panthéon, près de l'ancien temple consacré à Minerve Chalcidique.

Sandra s'y rendit en taxi. Au centre de la place trônait un obélisque égyptien, placé par Bernini sur les épaules d'un petit éléphant. Une légende racontait que l'architecte des papes avait voulu que le pachyderme de pierre tournât le dos au couvent tout proche des frères dominicains, pour se moquer de leur stupidité.

Sandra portait un jean et un sweat-shirt à capuche gris, pratique en cas de pluie. L'orage de la nuit semblait loin, les rues avaient séché. Le chauffeur du taxi s'était excusé pour l'interminable succession de jours de mauvais temps, lui jurant qu'à Rome il faisait toujours beau. Pourtant, des nuages noirs se dessinaient à nouveau dans le ciel.

Sandra franchit le portail. La façade où se mêlaient l'art roman et la Renaissance contrastait avec l'intérieur, de style gothique avec quelques ajouts baroques discutables. Elle observa les voûtes ornées de fresques bleues et peuplées de figures d'apôtres, prophètes et docteurs de l'Église.

La basilique venait d'ouvrir ses portes aux fidèles. Selon le calendrier affiché à l'entrée, la première messe du matin serait célébrée à 10 heures. À part une religieuse qui disposait des fleurs sur l'autel principal, Sandra était la seule visiteuse. La présence de la religieuse la rassurait.

Elle prit l'image de San Raimondo di Peñafort et partit à la recherche du tableau. Elle longea les chapelles des nefs. L'église en abritait une vingtaine. Toutes fastueuses. Ornées de jaspe rouge veiné qui semblait vivant et de marbre polychrome, qui tombait parfois comme un drap en formant de douces courbes de pierre, ou encore s'incarnait dans des sculptures sacrées à la peau d'ivoire, lisse et lumineuse.

La chapelle qui l'intéressait était la dernière, au fond à droite. La plus modeste.

Privée de décorations, coincée dans un recoin sombre, elle mesurait au plus 15 mètres carrés. Les murs étaient nus et noirs de suie. Elle ne contenait qu'une série de monuments funéraires.

Sandra prit son portable pour la photographier, comme lors d'un relevé. Du général au particulier. De bas en haut. Elle se concentra sur les œuvres.

Saint Raymond de Peñafort, en habit dominicain, était peint aux côtés de saint Paul dans le retable dominant l'autel central. Sur la gauche, une peinture à l'huile représentait sainte Lucie et sainte Agathe. Mais Sandra fut surtout frappée par la fresque qui se trouvait sur la droite de la chapelle.

Christ juge entre deux anges.

Au-dessous s'amassaient des cierges votifs. Des petites flammes qui dansaient à l'unisson, sollicitées par la moindre brise, dispensant une lumière rougeâtre.

Sandra photographiait ces œuvres avec l'espoir d'y trouver la réponse qui lui avait été promise, comme avec le *Martyre de saint Matthieu* à Saint-Louis-des-Français. Elle était certaine que tout serait plus clair à travers le filtre d'un objectif. Comme lorsqu'elle intervenait avec l'équipe scientifique sur une scène de crime. Mais là, le mystère lui résistait. C'était la deuxième fois ce matin, après la découverte du numéro de portable mémorisé par le central de l'hôtel, dont elle ne possédait pas les derniers chiffres. Elle se savait proche de la vérité mais ne pouvait faire le dernier pas, c'était décourageant.

Était-il possible que parmi les photos de David rien ne renvoie à cet endroit ?

Elle repensa aux deux images restantes, excluant la sombre et se concentrant sur celle de David torse nu devant le miroir de sa chambre d'hôtel. Sa pose aurait pu passer pour gaie, mais son expression sérieuse la contredisait.

Elle cessa de prendre des photos et regarda l'objet qu'elle tenait dans ses mains. Portable et photos, jusqu'ici elle n'avait pas fait le rapprochement. Photos et portable. *Non*, se dit-elle, comme si elle avait eu la plus stupide des intuitions. *Ce n'est pas possible.* Elle avait la solution à portée de main et elle ne l'avait pas vue plus tôt. Elle chercha dans son sac le numéro de portable que lui avait indiqué l'hôtel.

0039 328 39 56 7 XXX

David ne saluait pas le miroir. Avec sa main levée, il lui communiquait un chiffre. Sandra composa la séquence sur son portable, substituant les X par des 5.

Elle attendit.

Dehors, le ciel était couvert. Une lumière trouble entrait dans la basilique et en remplissait chaque recoin, chaque anfractuosité.

La ligne était libre : cela sonnait.

Juste après, elle entendit un portable résonner dans l'église.

Il ne pouvait pas s'agir d'un synchronisme fortuit. Il était là. Il l'observait.

Au bout de trois coups, l'appel fut rejeté. Sandra se tourna vers l'autel principal, mais elle n'entendait plus la sonnerie. Elle regarda autour d'elle, attendant que quelqu'un se manifestât, en vain. Elle perçut le danger un instant avant qu'un sifflement ne fende l'air au-dessus de sa tête, finissant sur le mur. Elle reconnut le bruit d'un coup de feu tiré avec un silencieux et s'accroupit, une main sur son arme de service. Tous ses sens étaient en alerte, mais elle ne pouvait empêcher son cœur de battre à tout rompre. Un deuxième projectile la manqua de quelques mètres. Elle ne pouvait établir la position du tireur, mais elle eut la certitude de se trouver hors d'atteinte. Toutefois, fort de son invisibilité, l'autre n'avait qu'à se déplacer pour l'avoir dans sa ligne de mire.

Elle devait filer.

Elle tendit son arme devant elle et tourna les talons, comme elle l'avait appris à l'école de police, couvant les alentours du regard. Elle découvrit une autre sortie non loin. Elle pouvait l'atteindre en profitant de la protection que lui offraient les colonnes de la nef.

Elle avait eu tort de se fier à l'image pieuse. Comment avait-elle pu se montrer si légère, alors que l'assassin de David était toujours libre ?

Elle se donna dix secondes pour gagner la sortie. Elle compta tout en avançant. Un – pas de coup de feu. Deux – elle avait déjà deux mètres d'avance. Trois – elle fut éclairée un instant par la lueur filtrant des vitraux. Quatre – elle était de nouveau protégée par la pénombre. Cinq – il ne manquait que quelques pas. Six et sept – elle se sentit attrapée par les épaules, quelqu'un la tira depuis une des chapelles. Huit, neuf et dix – c'était une force impressionnante, elle n'arrivait pas à opposer de résistance. Onze, douze et treize – elle se démena, lutta, tenta de se dégager. Quatorze – elle y réussit, mais de peu. Son pistolet tomba et, dans une tentative désespérée de se remettre à courir, elle glissa. Quinze – elle se cogna la tête contre le marbre et, grâce à une sorte de sixième sens, elle sentit la douleur avant de toucher le sol. Elle tendit les bras pour amortir la chute, mais en vain. Elle put seulement tourner la tête de sorte à atterrir sur le côté de son visage. Sa joue heurta le sol froid, qui se teignit immédiatement de rouge. Elle fut parcourue par quelque chose qui ressemblait à une décharge électrique. Seize – ses yeux étaient ouverts, mais elle sentit qu'elle était évanouie. C'était une situation étrange, elle était absente et pourtant présente à elle-même. Dix-sept – elle perçut deux mains qui l'attrapaient par les épaules.

Elle cessa de compter et l'obscurité vint.

9 heures

À l'origine, la prison de Regina Coeli était un couvent. Son édification remontait à la seconde moitié du XVIIe siècle. En 1881, elle avait été transformée en structure de détention. Cependant, elle conservait son nom initial, en hommage à la Madone.

La prison pouvait héberger environ neuf cents détenus, répartis en plusieurs sections selon les crimes commis. Dans la numéro 8 étaient regroupés les « borderline » : des individus qui avaient vécu normalement pendant des années, qui avaient travaillé, construit des relations, parfois une famille, puis, soudain, avaient commis un crime atroce sans mobile précis, remettant en question leur santé psychique. Ils ne présentaient pas les signes d'une maladie mentale, leur « anormalité » ne se révélait qu'à travers leur conduite criminelle et ne résultait pas de manifestations psychiques morbides : dans ces cas-là, le seul élément malsain était le crime. Dans l'attente qu'un tribunal se prononçât sur leurs capacités d'entendement et leurs intentions, ils jouissaient d'un traitement différent du reste de la population carcérale.

Depuis plus d'un an, la section 8 était le domicile de Nicola Costa, alias Figaro.

Après avoir passé les contrôles d'usage, Marcus franchit le portail et avança dans un long couloir entrecoupé par des grilles qui régulaient l'accès au cœur du pénitencier comme une lente descente aux Enfers.

Pour l'occasion, il portait la soutane. Il n'était pas habitué au col blanc qui lui serrait la gorge, ni à la tunique qui voletait à chacun de ses pas. Pour lui qui ne l'avait jamais porté, cet uniforme de prêtre était un déguisement.

Quelques heures auparavant, après avoir appris que l'agresseur en série était derrière les barreaux, il avait mis au point un stratagème avec Clemente pour le rencontrer. Nicola Costa attendait qu'un juge décide s'il devait continuer à purger sa peine en prison ou dans un hôpital psychiatrique. Entre-temps, il avait pris le chemin de la conversion et du repentir. Tous les matins, il se faisait accompagner par les gardiens dans la petite église de la prison. Il se confessait et assistait à la messe, seul. Ce jour-là, l'aumônier avait été convoqué de toute urgence par la curie pour un motif non précisé. Il lui faudrait un moment pour comprendre qu'il s'agissait d'une erreur. Clemente avait tout organisé, y compris l'autorisation pour Marcus de le remplacer temporairement et donc d'accéder à Regina Coeli sans être inquiété.

Cette supercherie risquait de mettre à mal leur anonymat, mais le dessin trouvé dans le grenier de Jeremiah Smith avait rouvert le champ des possibles. L'affaire Figaro n'était sans doute pas terminée. Marcus était là pour le comprendre.

Il déboucha dans une salle octogonale tout en hauteur sur laquelle donnaient les trois étages qui abritaient les cellules. Les balcons étaient fermés par des grilles montant jusqu'au plafond pour empêcher les tentatives de suicide.

Un geôlier l'accompagna à la petite église et le laissa se préparer. L'un de ses devoirs était de célébrer l'eucharistie : les prêtres étaient tenus de dire la messe quotidiennement. Marcus faisait partie de ceux qui, de par la spécificité de leur ministère, en étaient dispensés. Après les événements de Prague, il avait célébré plusieurs messes sous la houlette de Clemente, afin de renouer avec le rituel. Il était prêt.

Il n'avait pas étudié de façon approfondie la personnalité de l'homme qu'il allait rencontrer. Mais l'appellation « borderline » indiquait que ces prisonniers n'étaient séparés du mal que par un diaphragme. Parfois, cette frontière était élastique, elle permettait de brèves incursions dans leur côté obscur, maintenant la possibilité de retour en arrière. Quand on la forçait, cette barrière pouvait se briser, ouvrant une brèche dangereuse par laquelle certains individus transitaient avec habileté. Ils semblaient parfaitement normaux, mais il suffisait d'un pas de l'autre côté pour qu'ils se transforment en une force meurtrière insoupçonnable.

Selon les psychiatres, Nicola Costa relevait de cette catégorie.

Marcus préparait l'autel, dos aux bancs vides. Il entendit le cliquetis des menottes qui lui enserraient les poignets. Costa entra dans l'église, escorté par ses geôliers, avançant d'un pas gauche. Il portait un jean et une chemise blanche boutonnée jusqu'au cou. Il était glabre et chauve, à part quelques mèches qui poussaient çà et là sur son crâne. Mais le plus marquant était son bec-de-lièvre, qui contraignait sa bouche à s'étirer en un perpétuel sourire sinistre.

Le détenu se traîna jusqu'à un banc. Les agents l'aidèrent à s'asseoir en le tenant par les bras, puis allèrent se placer à l'extérieur. Ils restaient sur le seuil pour ne pas gêner son recueillement.

Marcus attendit quelques instants puis se retourna. Il lut la surprise dans le regard de l'homme.

— Où est l'aumônier ? demanda le détenu, perdu.

— Il ne se sentait pas bien.

Costa acquiesça sans rien ajouter. Il tenait un rosaire et répétait à voix basse une litanie incompréhensible. De temps en temps, il sortait un mouchoir de la poche de sa chemise pour essuyer la salive qui coulait de sa fissure à la lèvre.

— Avant la messe, souhaites-tu te confesser ?

— Avec l'autre prêtre, je faisais une sorte de parcours spirituel. Je lui parlais de mes angoisses, de mes doutes, et il me répondait avec l'Évangile. Peut-être vaut-il mieux que j'attende son retour.

Il était docile comme un agneau. Ou alors il jouait bien son rôle, songea Marcus.

— Excuse-moi, je pensais que ça te plaisait, dit-il en lui tournant le dos.

— Quoi donc ?

— Confesser tes fautes.

— Que se passe-t-il ? Je ne comprends pas, déclara Costa, méfiant.

— Rien, sois tranquille.

Il sembla se calmer et se remit à prier. Marcus passa son étole pour commencer la célébration.

— Je suppose qu'un homme comme toi ne pleure jamais ses propres victimes. Avec cette malformation, ce serait grotesque.

Ces paroles frappèrent Costa de plein fouet, mais il encaissa.

— Je croyais que les prêtres étaient gentils.

Marcus approcha son visage à quelques centimètres du sien.

— De toute façon, je sais comment ça s'est passé, murmura-t-il.

Le visage de Costa devint un masque de cire. Son faux sourire détonnait avec la dureté de son regard.

— J'ai avoué mes crimes et je suis prêt à payer. Je ne m'attends pas à de la reconnaissance, je sais que j'ai fait du mal. Mais ayez au moins un peu de respect.

— C'est vrai, convint Marcus, sarcastique. Tu as fait des aveux complets et détaillés des agressions ainsi que de l'homicide de Giorgia Noni. Mais aucune des victimes n'a pu fournir un seul détail sur toi.

— Je portais un passe-montagne, se justifia Costa. Et puis, le frère de Giorgia Noni m'a identifié.

— Il n'a reconnu que ta voix.

— Il a dit que l'agresseur avait des troubles de l'élocution.

— Ce garçon était en état de choc.

— Ce n'est pas vrai, c'était à cause de mon...

— Ton quoi ? Ton bec-de-lièvre ?

— Oui, dit l'homme à grand-peine, blessé par l'agressivité du prêtre.

— C'est toujours la même histoire, pas vrai, Nicola ? Rien n'a changé depuis que tu étais petit. Comment t'appelaient tes camarades d'école ? Ils t'avaient affublé d'un surnom, pas vrai ?

— « Face-de-lièvre », répondit Costa amusé. Ce n'était pas terrible, ils auraient pu trouver mieux.

— Tu as raison : mieux vaut « Figaro », le provoqua Marcus.

Agacé, l'homme se nettoya nerveusement la bouche avec son mouchoir.

— Moi, je ne t'absoudrai jamais pour tes péchés, Costa.

— Je veux m'en aller.

Il se tourna pour appeler les geôliers, mais Marcus s'approcha pour lui poser une main sur l'épaule et le regarder droit dans les yeux.

— Quand on a toujours été traité de monstre, on s'habitue plus vite à cette idée. Avec le temps, on comprend que, dans le fond, c'est la seule chose qui nous distingue du commun : on n'est plus nul. Ta tête est dans les journaux. Quand tu t'assieds dans la salle du tribunal, les gens t'observent. Ne plaire à personne, c'est une chose, mais faire peur en est une autre. Tu étais habitué à l'indifférence ou au mépris, maintenant tout le monde est forcé de te voir. Les gens ne détournent pas les yeux parce qu'ils ont besoin de regarder ce qu'ils craignent le plus. Pas toi, mais être comme toi. Plus ils te dévisagent, plus ils se sentent différents. Tu es devenu leur alibi pour se croire meilleurs. C'est d'ailleurs à cela que servent les monstres.

Marcus sortit de la poche de sa tunique le dessin du grenier. Il le déplia soigneusement et le posa devant Nicola. Le petit garçon et la fillette souriant au milieu de la nature verdoyante. Elle avec sa robe tachée de sang, lui ses ciseaux à la main.

— Qui l'a dessiné ?

— Le véritable Figaro.

— C'est moi, le véritable Figaro.

— Non, toi, tu es un mythomane. Tu n'as avoué que pour donner un sens à ta vie. Tu as été fort, tu as bien appris les détails. Bonne idée, la conversion religieuse, ça te donne de la crédibilité. Et je pense que les policiers avaient très envie de classer une affaire qui risquait de leur brûler les mains : trois agressions, un meurtre et pas de coupable.

— Alors comment expliques-tu qu'il n'y ait pas eu d'autre victime depuis mon arrestation ? demanda Costa, certain d'avoir marqué un point.

Marcus avait prévu l'objection.

— Cela fait à peine un an. C'est une question de temps, il frappera à nouveau. Pour l'instant, ça l'arrange que tu sois à l'ombre. Je parie qu'il a même eu l'idée d'arrêter, mais il ne résistera pas longtemps.

— Je ne sais pas qui tu es, prêtre, ni pourquoi tu es venu ici aujourd'hui. Mais personne ne te croira.

— Admets-le : tu n'es pas assez courageux pour être un monstre. Tu t'attribues le mérite de quelqu'un d'autre.

Costa semblait sur le point d'exploser.

— Qu'est-ce qui te fait croire ça ? Pourquoi ça ne pourrait pas être moi, l'enfant sur le dessin ?

— Regarde son sourire et tu comprendras.

Nicola Costa posa les yeux sur la feuille et sur le visage sans malformation du petit garçon.

— Cela ne prouve rien, dit-il avec un filet de voix.

— Je sais, répondit Marcus. Mais moi, ça me suffit.

10 h 04

Elle fut réveillée par une intense douleur à la joue droite. Elle ouvrit lentement les yeux, terrorisée. Elle était allongée sur un lit recouvert d'une courtepointe rouge. Autour d'elle, des meubles Ikea et une fenêtre aux volets fermés d'où filtrait un peu de lumière, signe qu'il faisait encore jour.

Elle n'était pas attachée, comme elle s'y attendait. Elle portait encore son jean et son sweat-shirt, mais quelqu'un lui avait enlevé ses baskets.

Elle aperçut une porte au fond de la salle, qui était poussée mais pas fermée. C'était une marque d'attention : on ne voulait pas la déranger.

Elle tâta sa hanche en quête de son pistolet : l'étui était vide.

Elle tenta de s'asseoir et fut prise de vertiges. Elle se laissa retomber et fixa le plafond jusqu'à ce que les meubles et les objets arrêtent de tourner.

Il faut que je sorte d'ici.

Elle poussa ses jambes jusqu'au bord du lit, les baissa l'une après l'autre et toucha le sol. Quand elle fut certaine d'avoir posé les deux pieds, elle essaya de s'appuyer sur ses bras pour se mettre en position verticale. Elle gardait les yeux ouverts pour ne pas perdre l'équilibre. Elle parvint à s'asseoir. Elle se tint au mur et se servit de la table de nuit pour prendre son élan. Elle était debout. Mais cela ne dura pas. Elle sentit ses genoux céder. Elle lutta, en vain. Elle ferma les yeux et allait tomber quand quelqu'un la saisit par-derrière et la réinstalla sur le lit.

— Pas encore, dit l'homme.

Sandra s'agrippa à ses bras puissants. Il sentait bon. Elle se retrouva sur le ventre, la tête dans un coussin.

— Laissez-moi partir, murmura-t-elle.

— Vous n'êtes pas prête. Depuis combien de temps n'avez-vous rien mangé ?

Sandra se retourna. Elle scruta l'homme dans la pénombre. Cheveux blond cendré, longs jusqu'au cou. Traits fins mais masculins. Elle était certaine qu'il avait les yeux verts, parce qu'ils dégageaient une lumière particulière, comme les chats. Elle se demanda si c'était un ange, mais il lui avait semblé reconnaître l'insupportable voix de petit garçon et l'accent allemand.

— Shalber, s'écria-t-elle, déçue.

— Je suis désolé, je n'ai pas pu vous retenir, vous avez glissé.

— Alors c'était vous, dans l'église !

— J'ai essayé de vous le dire, mais vous bottiez en touche.

— Je bottais en touche ? demanda-t-elle rageusement.

— Le tireur vous aurait eue si je n'étais pas intervenu : vous alliez passer juste devant lui et constituer une cible parfaite.

— Qui était-ce ?

— Je n'en ai pas la moindre idée. Heureusement que je vous suivais.

Elle était furibonde.

— Vous me suiviez ? Et depuis quand ?

— Je suis arrivé en ville hier soir. Ce matin, je suis allé à l'hôtel où séjournait David, certain de vous y trouver. Je vous ai vue sortir et prendre un taxi.

— Alors, notre rendez-vous à Milan pour aujourd'hui…

— C'était du bluff : je savais que vous iriez à Rome.

— D'où vos appels répétés, votre insistance pour que j'ouvre les sacs de David… Vous m'avez eue sur toute la ligne.

— J'étais obligé, soupira Shalber en s'asseyant à côté d'elle sur le lit.

Sandra comprit qu'elle avait été manipulée par Interpol.

— Qu'est-ce qui se cache derrière tout cela ?

— Avant de vous expliquer, j'ai besoin de vous poser quelques questions.

— Non. Vous allez tout me dire immédiatement.

— Je vous jure que je le ferai, mais il faut que je comprenne si nous sommes encore en danger.

Sandra regarda autour d'elle, identifiant ce qui ressemblait à un soutien-gorge — sûrement pas le sien — posé sur le bras d'un fauteuil.

— Une seconde : où sommes-nous ? Quel est cet endroit ?

Shalber jeta un œil dans la même direction et alla retirer le sous-vêtement.

— Pardonnez le désordre. C'est un appartement de fonction d'Interpol. Les gens vont et viennent en permanence. Mais ne vous en faites pas, nous sommes en sécurité.

— Comment sommes-nous arrivés ici ?

— J'ai dû tirer quelques coups, je ne pense pas avoir eu notre homme mais nous avons pu sortir de la basilique, sains et saufs. Vous porter jusqu'à l'extérieur a été ardu. Heureusement, il pleuvait des cordes et j'ai pu vous installer dans la voiture sans me faire remarquer. J'aurais eu du mal à fournir des explications à un policier.

— C'est donc votre seule préoccupation ? s'exclamat-elle avant de réfléchir. Un instant : pourquoi serionsnous encore en danger ?

— Parce que celui qui a cherché à vous tuer réessayera, sans aucun doute.

— Quelqu'un m'a laissé une image pieuse avec un message sous la porte de ma chambre d'hôtel. Qu'y a-t-il d'important dans la chapelle de San Raimondo di Peñafort ?

— Rien, ce n'était qu'un piège.

— Comment le savez-vous ?

— David y faisait référence dans les indices qu'il vous a laissés.

Cette affirmation freina toute objection possible de Sandra. Elle était surprise.

— Vous êtes au courant de l'enquête de David ?

— Chaque chose en son temps.

Shalber sortit de la pièce. Sandra l'entendit manipuler de la vaisselle. Il revint avec un plateau contenant des œufs brouillés, de la confiture, des toasts et une cafetière fumante.

— Il faut vous mettre quelque chose dans le ventre, sinon vous ne récupérerez pas.

En effet, elle n'avait pas mangé depuis plus de vingt-quatre heures. La vue de la nourriture lui ouvrit l'appétit. Shalber l'aida à s'asseoir, le dos contre des coussins, puis posa le plateau sur ses jambes. Il resta près d'elle pendant qu'elle mangeait. Quelques heures plus tôt leurs rapports étaient formels, à présent Shalber et Sandra semblaient en confiance. Le côté envahissant de l'homme la gênait, mais elle ne dit rien.

— Vous avez risqué gros, ce matin. Vous avez été sauvée parce que le tireur a été distrait par la sonnerie de mon portable.

— Alors c'était vous…, dit-elle la bouche pleine.

— Comment avez-vous eu ce numéro ? Je vous ai toujours appelée d'un autre.

— Je l'ai découvert parce que David vous avait appelé de l'hôtel.

— Votre mari était têtu et il ne me plaisait pas du tout.

— Vous ne le connaissiez pas, répondit Sandra, agacée.

— C'était un casse-pieds, insista-t-il. S'il m'avait écouté, il serait encore en vie.

Énervée, Sandra posa le plateau et fit mine de se lever. La colère lui avait fait oublier ses vertiges.

— Où allez-vous ?

— Je ne peux supporter qu'un étranger dise certaines choses.

Elle alla ramasser ses chaussures en titubant.

— D'accord, vous êtes libre de vous en aller, dit-il en indiquant la porte. Mais donnez-moi les indices que David vous a laissés.

— Je ne vous donnerai rien du tout !

— David a été tué parce qu'il avait démasqué quelqu'un.

— Je pense l'avoir rencontré.

— Que voulez-vous dire ?

— Hier soir.

— Où ça ?

— Quelle question ! L'endroit où l'on a le plus de chances de rencontrer un prêtre est une église.

— Cet homme n'est pas un simple prêtre, déclara Shalber, captant à nouveau l'attention de Sandra. C'est un *pénitencier*.

Shalber ouvrit les volets sur les nuages noirs qui assaillaient Rome à nouveau.

— D'après vous, où se trouvent les plus grandes archives criminelles du monde ? lui demanda-t-il.

— Je ne sais pas… répondit Sandra, stupéfaite. Interpol, je suppose.

— Faux, reprit Shalber avec un sourire satisfait.

— Au FBI ?

— Non plus. Elles sont en Italie. Au Vatican, pour être précis.

Sandra ne comprenait toujours pas.

— Pourquoi l'Église catholique a-t-elle des archives criminelles ?

Shalber l'invita à se rasseoir.

— La religion catholique a érigé la confession en sacrement : les hommes racontent leurs péchés à un ministre du culte en échange de son pardon. Pourtant, parfois le péché est si grave qu'un simple prêtre ne peut accorder l'absolution. C'est le cas des péchés mortels, c'est-à-dire graves et accomplis en toute connaissance de cause.

— Comme l'homicide, par exemple.

— Exactement. Dans ces cas-là, le prêtre consigne la confession et la transmet à une autorité supérieure : un collège de hauts prélats qui est appelé à Rome pour juger.

— Un organe de jugement pour les péchés des hommes, résuma Sandra avec étonnement.

— Le Tribunal des âmes.

La gravité de la tâche résonne dans ce nom, pensa Sandra. Combien de secrets avaient dû transiter par cette institution ! Elle comprit enfin ce qui avait poussé David à enquêter.

— Il a été institué au XIIᵉ siècle sous le nom de *Paenitentiaria Apostolica*, la pénitencerie apostolique, avec un but mineur : à cette époque, on assistait à un extraordinaire afflux de pèlerins qui accouraient dans la

Ville éternelle pour en visiter les basiliques, mais aussi pour obtenir l'absolution de leurs fautes.

— Correspondant à la période de l'essor des indulgences, je suppose.

— En effet. Certaines censures étaient réservées exclusivement au souverain pontife, de même que certaines dispenses et grâces ne peuvent être concédées que par la plus haute autorité de l'Église. Mais pour le pape, c'était un travail énorme. Il le délégua donc à une poignée de cardinaux, qui donnèrent vie au ministère de la pénitencerie.

— Je ne comprends pas le rapport avec notre époque…

— Au début, une fois que le tribunal avait émis son avis, les textes des confessions étaient brûlés. Mais au bout de quelques années, les pénitenciers décidèrent de créer des archives secrètes… Et leur œuvre se poursuit de nos jours.

Sandra commençait à comprendre la portée de cette entreprise.

— Depuis presque mille ans, poursuivit Shalber, les pires péchés commis par l'humanité y sont gardés. Parfois il s'agit de crimes ignorés de tous. Il faut également préciser que la confession est un acte non provoqué, elle doit venir spontanément du pénitent pour être sincère. Par conséquent, la *Paenitentiaria Apostolica* n'est pas une simple base de données où est cataloguée une casuistique, comme dans n'importe quelle police du monde.

— Alors de quoi s'agit-il ?

Les yeux verts de Shalber brillaient.

— Ce sont les archives du mal les plus vastes et documentées.

Sandra demeurait sceptique.

— Ça a à voir avec le diable ? Qui sont ces prêtres ? Des exorcistes ?

— Non, vous vous trompez. Les pénitenciers ne s'intéressent pas à l'existence du démon. Ils ont une approche scientifique : ce sont de véritables *profilers*. Leur expérience a mûri avec les années et grâce aux archives. Avec le temps, en plus des confessions des pénitents, ils ont établi une base de données détaillée de tous les événements criminels. Ils les étudient, les analysent et essayent de les déchiffrer, comme des criminologues modernes.

— Vous voulez dire qu'ils résolvent des affaires ?

— Cela peut arriver.

— Et la police ne sait rien…

— Ils sont forts pour protéger leur secret ; dans le fond, ils y parviennent depuis des siècles.

Sandra se servit une grande tasse de café.

— Comment opèrent-ils ?

— Quand ils parviennent à élucider un mystère, ils se débrouillent pour le communiquer aux autorités de façon anonyme. D'autres fois, ils interviennent.

Shalber alla chercher un attaché-case qui se trouvait dans un coin de la pièce et fouilla à l'intérieur. Sandra repensa aux adresses dans l'agenda de David, notées en écoutant la fréquence de la police : son mari cherchait le prêtre sur les scènes de crime.

— Voilà, annonça le fonctionnaire d'Interpol. L'affaire du petit Matthieu Ginestra, à Turin. L'enfant avait disparu, sa mère pensait que son père l'avait enlevé : ils étaient séparés et son mari récusait le jugement concernant la garde. Au début l'homme était introuvable, ensuite il a nié avoir caché son fils pour l'enlever à sa mère.

— Qui était-ce, alors ?

— Pendant que les policiers s'entêtaient sur cette piste, l'enfant réapparut, sain et sauf. On découvrit qu'il avait été enlevé par un groupe d'enfants plus âgés, tous de bonne famille. Ils le cachaient dans une maison abandonnée, ils avaient l'intention de le tuer. Juste pour s'amuser, ou par curiosité. L'enfant raconta qu'il avait été sauvé par un inconnu.

— Il pouvait s'agir de n'importe qui. Pourquoi un prêtre ?

— Non loin de la maison abandonnée, on a retrouvé le compte-rendu écrit et détaillé des faits. Un des adolescents impliqués avait eu des remords et il s'était confié au curé de sa paroisse. Sur ces feuilles figurait sa confession, quelqu'un les avait égarées, expliqua Shalber en lui tendant le document. Lis ce qu'il y a écrit dans la marge.

— Il y a un code : *c.g. 764-9-44*. Qu'est-ce que c'est ?

— La méthode de classement des pénitenciers. Les numéros sont standards, mais ces lettres signifient *culpa gravis*.

— Je ne comprends pas : comment David a songé à faire une enquête sur eux ?

— Reuters l'avait invité à Turin pour un reportage sur ces événements. Il est celui qui a retrouvé ces documents. Tout est parti de là.

— Et quel est le rôle d'Interpol ?

— Même si cela peut sembler utile, ce que font les pénitenciers est illégal. Leur activité n'a ni limites ni règles.

Sandra se versa une autre tasse de café et la but en observant Shalber. Il semblait s'attendre à ce qu'elle l'interroge.

— C'est David qui vous a mis sur la piste, n'est-ce pas ?

— Nous nous sommes rencontrés il y a des années, à Vienne : il faisait un reportage, moi, je lui passais des tuyaux. Quand il a commencé à enquêter sur les pénitenciers, il s'est aperçu que leur activité dépassait les frontières italiennes, et que cela pouvait donc intéresser Interpol. Il m'a appelé quelques fois de Rome pour me faire part de ses progrès. Et puis il est mort. Mais s'il a fait en sorte que vous puissiez remonter à mon numéro de téléphone, cela veut dire qu'il voulait nous réunir. Je peux mener son travail à terme. Alors, où sont les indices ?

Sandra était certaine que Shalber l'avait fouillée quand elle était inconsciente, de même qu'il lui avait pris son pistolet. Il savait donc qu'elle ne les avait pas sur elle. Mais elle ne voulait pas les lui céder aussi facilement.

— Nous devons continuer ensemble.

— Impossible. Vous prendrez le premier train pour Milan. Quelqu'un veut votre mort, vous n'êtes pas en sécurité dans cette ville.

— Je suis agent de police : je sais veiller sur moi-même et je sais mener une enquête, si c'est ce qui vous inquiète.

— Je préfère agir seul.

— Cette fois, il faudra revoir vos méthodes.

— Têtue, dit-il en se plaçant devant elle, l'index dressé. À une seule condition.

— Oui, je sais, dit Sandra en levant les yeux au ciel : vous êtes le chef, on fait ce que vous dites.

— Comment avez-vous…

— Je connais les effets de la testostérone sur l'ego masculin. Alors, par où commence-t-on ?

Shalber sortit son pistolet d'un tiroir et le lui rendit.

— Ils s'intéressent aux scènes de crime, n'est-ce pas ? Quand je suis arrivé en ville hier soir, je me suis rendu dans une villa où une perquisition de police était en cours. J'ai placé des micros, en espérant que les pénitenciers se manifestent dès que la police scientifique aurait vidé les lieux. Avant l'aube, j'ai enregistré une conversation. Ils étaient deux, je ne sais pas qui ils sont. Ils faisaient référence à l'affaire d'un agresseur en série dénommé Figaro.

— D'accord, je vous montrerai les indices de David. Ensuite, nous tenterons de découvrir qui est ce Figaro.

— C'est un excellent plan.

Sandra regarda Shalber, il n'était plus sur la défensive.

— Quelqu'un a assassiné mon mari et a tenté de m'éliminer à mon tour ce matin. Je ne comprends pas si c'est la même personne et quel est le lien avec les pénitenciers. Peut-être David était-il déjà arrivé plus loin, avec son enquête ?

— Si nous les trouvons, ils nous le diront.

242

Les seuls compagnons de Pietro Zini étaient les chats. Il en possédait six. Ils se tenaient à l'ombre d'un oranger, ou bien ils se promenaient entre les pots de fleurs ou sur les plates-bandes, ou encore dans le petit potager de son habitation, au cœur du Trastevere. Ce quartier était comme un petit village qui s'était retrouvé un jour cerné par une grande ville.

Par la porte-fenêtre ouverte de son bureau arrivaient les notes d'un vieux tourne-disque. La *Sérénade pour cordes* d'Antonín Dvořák parvenait à faire danser les rideaux. Mais Zini ne pouvait pas le savoir. Étendu sur une chaise longue, il profitait de la musique et d'un rayon de soleil qui semblait avoir traversé les nuages seulement pour lui. La soixantaine, robuste, son ventre proéminent rappelait celui des costauds du début du XXe siècle. Ses grandes mains étaient posées sur ses jambes. Sa canne blanche traînait à ses pieds. Ses lunettes noires reflétaient une réalité désormais superflue.

Le jour où il avait cessé de voir, il avait renoncé à toute relation humaine. Il passait ses journées entre son potager et sa maison, plongé dans la béatitude de ses disques. Il craignait plus le silence que l'obscurité.

Un chat grimpa sur la chaise longue et se lova contre lui. Zini faisait courir ses doigts sur son poil fourni et l'animal lui exprimait sa gratitude en vibrant à chaque caresse.

— Belle musique, n'est-ce pas, Socrate ? Je sais, tu es comme moi : tu préfères les mélodies déchirantes. Mais ton frère aime ce prétentieux de Mozart.

Il était gris et marron, avec une tache blanche sur le museau. Quelque chose attira son attention, il releva la tête et aperçut une grosse mouche. Très vite, il retourna aux caresses de son maître.

— Allez, posez votre question.

Zini avait l'air tranquille. Il tendit la main pour attraper un verre de limonade posé sur une table à côté de lui et en but une gorgée.

— Je sais que vous êtes là. Je l'ai compris depuis que vous êtes arrivé. Je me demandais quand vous vous décideriez à parler. Alors ?

L'un des chats alla se frotter contre la cheville de l'intrus. En effet, Marcus était là depuis une vingtaine de minutes. Il s'était introduit par une porte de service et avait observé Zini, cherchant la meilleure façon de l'approcher. Il était doué pour analyser les gens, mais il ne savait pas communiquer avec eux. Il pensait qu'il lui serait plus simple de parler au policier à la retraite du fait qu'il avait perdu la vue. En plus il était certain de rester invisible, l'homme ne pourrait pas reconnaître son visage. Pourtant, il le percevait mieux que quiconque.

— Ne vous laissez pas berner : je ne suis pas devenu aveugle. C'est le monde qui s'est éteint autour de moi.

Cet homme inspirait confiance et semblait solide.

— Je suis venu pour Nicola Costa.

Zini acquiesça, s'assombrit puis sourit.

— Vous êtes des leurs, pas vrai ? Non, ne cherchez pas de réponse, je sais que vous ne pouvez pas me le dire.

Que l'ancien policier connaisse leur existence stupéfiait Marcus.

— Des bruits courent, chez les flics. Certains pensent que ce sont des légendes, mais moi j'y crois. Il y a des années, on m'a confié une affaire. Une mère de famille avait été kidnappée et tuée ; l'assassin s'était défoulé sur elle avec une cruauté inédite et inexplicable. Un soir, j'ai reçu un appel d'un homme qui m'a expliqué qu'on s'était trompé en traquant un voleur et qui m'a indiqué comment chercher le vrai coupable. Ce n'était pas un coup de fil anonyme classique, il était convaincant. La femme avait été tuée par un soupirant éconduit. Nous l'avons arrêté.

— Figaro est toujours libre, le pressa Marcus.

Mais l'homme divaguait.

— Vous saviez que dans 94 % des cas la victime connaît son assassin ? On a plus de chances d'être tué par un parent proche ou par un ami de longue date que par un étranger.

— Pourquoi ne me répondez-vous pas, Zini ? Vous voulez tirer un trait sur le passé ?

Le morceau de Dvořák prit fin, la pointe du tourne-disque rebondit sur le dernier sillon du vinyle. Zini se pencha, contraignant Socrate à glisser sur le sol et rejoindre ses compagnons. Le policier croisa les mains.

— Les médecins m'ont prévenu à l'avance que je deviendrais aveugle. J'ai eu le temps de m'habituer à cette idée. Je me suis dit : quand la maladie interférera avec mon travail, je le quitterai sur-le-champ. En attendant, j'ai étudié le braille, parfois je déambulais chez moi les yeux fermés pour m'entraîner à reconnaître les objets au toucher, ou bien je me promenais avec une canne blanche. Je ne voulais pas dépendre des autres. Et puis, un jour, ma vue s'est troublée. Des détails s'évanouissaient, d'autres devenaient incroyablement évidents. La lumière faiblissait dans les coins et certaines silhouettes ressortaient. C'était insupportable. J'ai prié pour que l'obscurité arrive. Il y a un an, j'ai été exaucé, expliqua Zini en retirant ses lunettes noires, découvrant ses pupilles immobiles, insensibles à la lumière du soleil. Je croyais que je serais seul. Mais vous savez quoi ? Je ne suis pas seul. Dans le noir, il y a tous ceux que je n'ai pas pu sauver au cours de ma carrière, les visages des victimes qui me fixent, allongées dans leur sang et dans leur merde, chez elles ou dans la rue, dans un terrain vague ou sur une table de la morgue. Je les ai trouvées ici, elles m'attendaient. Et maintenant elles vivent avec moi, comme des fantômes.

— Je parie que Giorgia Noni en fait partie. Que fait-elle, elle vous parle ? Ou bien observe-t-elle en se taisant, pour que vous ayez honte de vous-même ?

Zini jeta par terre son verre de limonade.

— Vous ne pouvez pas comprendre.

— Je sais que vous avez maquillé l'enquête.

— C'est la dernière affaire dont je me suis occupé. Je devais faire vite, il ne me restait pas beaucoup de temps. Son frère Federico méritait un coupable.

— C'est pour ça que vous avez envoyé un innocent en prison ?

Le policier tourna la tête vers Marcus, comme s'il pouvait le voir.

— C'est là que vous vous trompez : Costa n'est pas innocent. Il avait des antécédents pour harcèlement. Chez lui, nous avons trouvé de la pornographie hard, des trucs illégaux téléchargés sur Internet. Le thème était toujours le même : la violence faite aux femmes.

— Les fantasmes ne suffisent pas à condamner un homme.

— Il se préparait à agir. Vous savez comment a eu lieu son arrestation ? Il était sur la liste des suspects de l'affaire Figaro, nous l'avions à l'œil. Un soir, nous l'avons vu suivre une femme à la sortie d'un super-marché, il portait un sac de sport. Nous avions besoin de preuves, mais nous devions décider vite. Nous pou-vions le laisser agir, avec le risque qu'il lui fasse du mal, ou bien l'arrêter immédiatement. J'ai choisi la deuxième option. Et j'ai eu raison.

— Y avait-il des ciseaux dans le sac ?

— Non, juste des vêtements de rechange, admit Zini. Mais ils étaient parfaitement identiques à ceux qu'il portait sur lui. Et vous savez pourquoi ?

— Pour ne pas attirer l'attention s'il s'était taché de sang.

La logique du plan était parfaite.

— Ensuite, il a avoué, fourni des réponses : moi, cela m'a suffi.

— Aucune des victimes n'a fourni d'éléments utiles pour l'identifier. Elles ont juste confirmé a posteriori que c'était lui. Les femmes agressées sont souvent tellement bouleversées qu'elles disent oui quand la police leur montre un suspect. Elles ne mentent pas, elles veulent y croire, elles sont convaincues de dire la vérité. Elles ne pourraient pas vivre en sachant que le monstre qui leur a fait du mal est encore en circulation : la peur que tout se répète est plus forte que le désir de justice. Alors un coupable en vaut un autre.

— Federico Noni a reconnu Costa à sa voix.

— Vraiment ? s'emporta Marcus. Ce garçon était-il serein en pointant le doigt sur lui ? Pensez à tous les traumatismes qu'il a subis dans les dernières années.

Pietro Zini ne sut que répondre. Son tempérament n'avait pas changé, mais quelque chose s'était brisé dans son âme. L'homme qui autrefois intimidait un délinquant d'un regard dégageait maintenant une immense fragilité. Pas seulement à cause de son handicap – au contraire, celui-ci l'avait rendu plus sage. Marcus était convaincu qu'il savait quelque chose et qu'il n'avait qu'à le laisser parler, comme souvent, d'ailleurs.

— Du jour où on m'a dit que je deviendrais aveugle, je n'ai plus raté un coucher de soleil. Parfois je montais sur l'esplanade du Gianicolo pour profiter des derniers instants de lumière. Nous tenons certaines choses pour acquises, nous ne les observons plus, même si parfois elles nous étonnent. Les étoiles, par exemple. Je me rappelle que, enfant, j'aimais m'allonger dans l'herbe et imaginer tous ces mondes lointains. Avant ma cécité, je l'ai refait, mais ce n'était plus la même chose. Mes yeux avaient vu trop d'horreurs. Parmi les dernières, le cadavre de Giorgia Noni. Il est difficile de croire que quelqu'un nous a mis au monde uniquement pour nous voir souffrir. On dit que si Dieu est bon, alors Il ne peut être tout-puissant, et vice versa. Un Dieu bon ne ferait pas souffrir Ses fils, alors cela veut dire qu'il n'est pas en mesure de l'empêcher. S'Il a tout prévu, alors Il n'est pas aussi bon qu'Il veut nous le faire croire.

— Je voudrais pouvoir vous dire que c'est un dessein qui nous échappe. Qu'un seul homme ne peut comprendre le sens des choses. Mais la vérité est que je ne connais pas la réponse.

— Cela me semble honnête de votre part. J'apprécie beaucoup, dit Zini en se levant. Venez, je veux vous montrer quelque chose.

Il prit sa canne et entra dans son bureau. Marcus le suivit. La pièce était rangée et propre, signe que Zini était vraiment autonome. Le policier enleva le disque de Dvořák du tourne-disque. Marcus remarqua une corde de 2 mètres de long, jetée dans un coin de la pièce. Combien de fois le policier avait-il été tenté de l'utiliser ?

— Mon erreur a été de restituer mon permis de port d'arme, dit Zini comme s'il avait lu dans les pensées de son hôte.

Il alla s'asseoir à un bureau sur lequel était posé un ordinateur doté d'un écran braille et de haut-parleurs.

— Ce que vous allez entendre ne va pas vous plaire.

Marcus se douta de quoi il pouvait s'agir.

— D'abord, je veux vous dire que ce garçon, Federico Noni, a déjà assez souffert. Il y a des années, il a perdu l'usage de ses jambes, lui, un athlète. On peut accepter de devenir aveugle à mon âge, mais pas ça. Ensuite, on a tué sa sœur, pratiquement sous ses yeux. Vous imaginez ? Il a dû se sentir si impuissant… Je me demande à quel point il se sent coupable, même s'il n'a rien fait de mal.

— Quel rapport avec ce que vous allez me révéler ?

— Federico a droit à la justice. Quelle qu'elle soit.

Pietro Zini se tut, attendant que Marcus lui prouve qu'il avait compris.

— On peut vivre avec un handicap. On ne peut pas vivre avec un doute.

Cela suffisait. Le policier pianota sur le clavier. La technologie était d'une grande aide pour les non-voyants. Zini pouvait surfer sur Internet, chatter, envoyer et recevoir des courriels. Personne ne remarquait sa cécité sur le réseau. Dans le cyberespace, les différences s'effacent.

— J'ai reçu un e-mail il y a quelques jours, annonça le policier. Je vais vous le faire écouter.

Zini avait sur son ordinateur un logiciel de synthèse vocale. L'homme alluma les haut-parleurs et s'assit confortablement dans son fauteuil. La voix électronique déclina d'abord une adresse Yahoo anonyme. Le courriel était sans objet. Puis la voix scanda le texte.

« Il-n'est-pas-comme-toi… cherche-dans-le-parc-de-villa-Glo-ri. »

Marcus était troublé : l'auteur du message ne pouvait être que le guide inconnu qui l'avait conduit jusqu'ici. Pourquoi s'était-il adressé à un policier aveugle ?

— Que signifie « Il n'est pas comme toi » ?

— Franchement, je trouve la seconde partie plus intéressante : « Cherche dans le parc de villa Glori. »

Zini se leva, prit Marcus par le bras et le supplia :

— Moi je ne peux pas y aller. Maintenant, vous savez ce qu'il vous reste à faire. Allez voir ce qu'il y a dans ce parc.

14 h 12

Les mois suivant la mort de David, la solitude avait constitué un refuge précieux. Ce n'était pas un état, c'était un lieu. L'endroit où elle continuait à parler avec lui, sans pour autant se sentir folle. Sandra était enfermée dans cette bulle invisible de tristesse, contre laquelle rebondissait tout ce qui venait vers elle. Rien ni personne ne pouvait la toucher, tant qu'elle y restait. Paradoxalement, la douleur avait le pouvoir de la protéger.

Il en alla ainsi jusqu'aux coups de pistolet qui l'avaient manquée de peu ce matin-là dans la chapelle de San Raimondo di Peñafort.

Elle avait eu peur de mourir. Depuis ce moment, la bulle avait disparu, et elle se sentait coupable envers David. Pendant cinq mois, son existence avait été comme suspendue. Le temps passait, mais elle restait immobile. Désormais elle se demandait jusqu'à quel point une femme doit être solidaire de son mari. Était-ce injuste d'avoir envie de vivre alors qu'il était mort ? Pouvait-on le considérer comme une sorte de trahison ? C'était une pensée stupide, elle le savait. Mais, pour la première fois, elle s'était éloignée de David.

— Très intéressant.

La voix de Shalber brisa le silence enchanté de ses réflexions. Ils se trouvaient dans la chambre d'hôtel de Sandra ; le fonctionnaire d'Interpol était assis sur le lit, les photos prises avec le Leica dans les mains. Il les avait longuement observées.

— Il n'y en a que quatre ? Il n'y en avait pas d'autres ?

Sandra craignit qu'il n'ait compris sa petite ruse : elle ne lui avait pas montré celle du prêtre à la cicatrice sur la tempe. Shalber restait un policier, et elle savait comment raisonnent les policiers. Ils ne laissent jamais le bénéfice au doute.

« Même si ça peut sembler une bonne chose, ce que font les pénitenciers est illégal. Leur activité n'a ni limites ni règles », avait-il affirmé.

Pour Shalber, cet homme enfreignait la loi. Rien ne le ferait changer d'avis.

À l'école de police, on lui avait appris la présomption de culpabilité, pas l'inverse. En outre, il ne fallait jamais croire personne. Ainsi, durant un interrogatoire, un bon flic devait tout contester. Une fois, elle avait dû cuisiner un randonneur qui avait retrouvé le cadavre d'une femme dans un fossé. Il était évident que l'homme était étranger à l'affaire, il avait juste signalé le corps. Mais elle l'avait bombardé de questions insignifiantes. Elle lui avait fait répéter les réponses, feignant de ne pas comprendre, avec l'intention de le faire se contredire. Le malheureux s'était soumis à son jeu en pensant naïvement que cela pouvait servir à résoudre le mystère, sans savoir qu'à la moindre hésitation il aurait fini à l'ombre.

Je sais à quoi tu penses, Shalber. Et je ne te laisserai pas faire. Du moins jusqu'à ce que je sois sûre de pouvoir te faire confiance.

— Quatre photos, confirma Sandra.

L'homme la fixa un long moment, réfléchissant à la réponse ou espérant qu'elle se trahisse. Il soutint son regard avec désinvolture. Ensuite, il se concentra à nouveau sur les clichés. Elle pensait avoir passé l'examen, mais elle se trompait.

— Tout à l'heure, vous avez dit qu'hier soir vous avez rencontré l'un des leurs. Je me demande comment vous avez pu le reconnaître, puisque vous ne l'aviez jamais vu.

Sandra comprit son erreur. Elle regretta de lui avoir fourni spontanément cette information.

— Je suis allée à Saint-Louis-des-Français vérifier la photo de David représentant le détail du tableau du Caravage.

— Ça, vous me l'avez déjà dit.

— J'ai vu cet homme devant, je ne savais pas qui c'était. C'est lui qui m'a reconnue et il s'est éloigné immédiatement, mentit-elle. Je l'ai suivi et je l'ai menacé de mon arme, jusqu'à ce qu'il me dise qu'il était prêtre.

— Vous voulez dire qu'il savait qui vous étiez?

— Je ne sais pas comment c'est possible, cependant il a donné l'impression de me connaître.

— Je comprends, acquiesça Shalber.

Sandra aurait parié qu'il ne croyait pas un mot de ce qu'elle lui avait dit, mais pour le moment elle préférait ne pas insister. Dans tous les cas, cela le contraignait à ne pas l'exclure de l'enquête. Elle tenta de changer de sujet.

— D'après vous, que signifie la photo sombre?

— Je ne sais pas. Pour l'instant, je n'en ai aucune idée.

— D'accord, alors maintenant comment procédons-nous?

Shalber lui rendit les photos.

— Figaro, dit-il. Il a été arrêté. Mais si l'affaire intéresse les pénitenciers, il doit y avoir une raison.

— Que comptez-vous faire?

— L'agresseur est devenu un assassin : sa dernière victime est morte.

— Vous voulez commencer par elle ?

— Par son frère : il était présent pendant le crime.

— Les médecins étaient convaincus que je remarcherais bientôt.

Les mains de Federico Noni étaient posées sur ses cuisses, il avait les yeux baissés. Il n'était pas rasé et ses cheveux étaient longs. Sous son tee-shirt vert, on apercevait les muscles de l'athlète qu'il avait été. Mais ses jambes étaient maigres et immobiles dans son pantalon de survêtement. Ses pieds étaient en appui sur les cales de son fauteuil roulant. Il portait une paire de Nike à la semelle immaculée.

En l'observant, Sandra enregistrait ces détails. Ces chaussures de sport résumaient son drame. Elles avaient l'air neuf, mais il les possédait peut-être depuis très longtemps.

Shalber et elle s'étaient présentés à la porte de la petite villa du quartier Nuovo Salario quelques minutes plus tôt. Ils avaient sonné à plusieurs reprises. Federico Noni vivait comme un ermite et ne voulait voir personne. Pour le persuader, Shalber s'était fait passer pour un inspecteur, lui montrant un insigne de la police italienne à travers le visiophone. Sandra avait menti aussi, à contrecœur. Elle détestait les méthodes de cet homme, son arrogance et sa façon d'utiliser les autres pour arriver à ses fins.

La maison était en désordre. Elle sentait le renfermé et les stores n'avaient pas été relevés depuis longtemps. Les meubles étaient disposés de façon à laisser au fauteuil la place de circuler. Par terre, on voyait les marques des roues.

Sandra et Shalber étaient assis sur un canapé. Federico se tenait devant eux. Derrière lui, l'escalier montait à l'étage. Giorgia Noni avait été tuée là-haut. Mais de toute évidence son frère n'y allait plus. Un lit pliant était installé dans le séjour.

— L'intervention avait réussi. On m'avait assuré qu'avec des séances de kiné je pourrais me remettre. Cela aurait été dur, mais je l'aurais fait. J'étais habitué à l'effort physique, cela ne me faisait pas peur. Cependant…

Federico tentait de répondre à une question désagréable de Shalber sur les causes de sa paraplégie. Le fonctionnaire d'Interpol avait commencé exprès par le sujet le plus douloureux. Sandra connaissait cette technique, certains de ses collègues l'utilisaient quand ils interrogeaient les victimes d'un crime. La compassion les faisait souvent se refermer sur eux-mêmes. Pour obtenir des réponses utiles, il fallait se montrer indifférent.

— Au moment de l'accident, vous rouliez vite ?

— Pas du tout. C'était une chute ridicule. Je me rappelle qu'au début, malgré les fractures, je pouvais bouger les jambes. Au bout de quelques heures, je ne les sentais plus.

Sur un meuble trônait une photo de Federico Noni en tenue de moto, posant à côté d'une Ducati rouge vif. Il tenait son casque intégral dans ses mains et souriait. Un beau garçon, jeune et heureux. *De ceux qui font perdre la tête aux femmes*, pensa Sandra.

— Ainsi vous étiez athlète. Vous aviez une spécialité ?

— Le saut en longueur.

— Vous étiez bon ?

— Jugez vous-mêmes, dit Federico en indiquant les trophées dans une vitrine.

Bien évidemment, ils les avaient remarqués en arrivant. Mais Shalber utilisait ce truc pour gagner du temps. Il voulait titiller le garçon. Il avait un plan, même si Sandra ne voyait pas encore où il voulait en venir.

— Giorgia devait être fière de vous.

En entendant le nom de sa sœur, Federico se raidit.

— Elle était tout ce qui me restait.

— Et vos parents ?

Le jeune homme avait du mal à en parler, il liquida la question en vitesse.

— Ma mère est partie de la maison quand nous étions encore petits. C'est mon père qui nous a élevés. Mais il l'aimait trop. Il est mort quand j'avais quinze ans.

— Quel genre de personne était votre sœur ?

— La personne la plus gaie que je connaisse : rien ne l'affectait et sa bonne humeur était contagieuse. Après l'accident, elle s'est occupée de moi. Je savais qu'avec le temps je deviendrais un poids et qu'il était injuste qu'elle s'en charge, mais elle a insisté. Elle a renoncé à tout, pour moi.

— Elle était vétérinaire…

— Oui. Son petit ami l'a quittée quand il a découvert la responsabilité qu'elle avait prise. Cela va vous sembler banal, vous avez dû l'entendre plus d'une fois, mais Giorgia ne méritait pas de mourir.

Sandra se demanda quel dessein divin se cachait derrière les circonstances tragiques qui avaient détruit la vie de deux gentils jeunes gens. Abandonnés par leur mère, orphelins de père, lui en fauteuil roulant, elle brutalisée et tuée. Bizarrement, elle pensa à la fille sur la plage dans l'histoire de David. Cette rencontre au terme d'une série de mésaventures – valise perdue, vol en surbooking, voiture de location qui tombe en panne à quelques kilomètres du but – aurait pu se conclure différemment. Si l'inconnue qui faisait du jogging avait trouvé David intéressant ou à son goût, Sandra ne l'aurait jamais rencontré. Aujourd'hui, une autre le pleurerait à sa place. Parfois, le destin s'acharne, et cela a souvent un sens. Mais dans le cas de Federico et Giorgia Noni, elle ne voyait pas lequel.

Le jeune homme essaya de changer de sujet, les souvenirs le blessaient trop.

— Je ne comprends pas bien la raison de votre visite.

— L'assassin de votre sœur pourrait obtenir une remise de peine considérable.

— Je croyais qu'il avait avoué, dit-il bouleversé.

— Oui, mais apparemment Nicola Costa a l'intention de plaider la folie, mentit Shalber. Pour cette raison, nous avons besoin de prouver qu'il a toujours agi en pleine possession de ses moyens. Pendant les trois agressions, et surtout pendant l'homicide.

Le jeune homme secoua la tête et serra les poings. Sandra eut de la peine pour lui. Elle était indignée par la façon dont ils se jouaient de lui. Elle n'avait pas dit un mot, mais sa présence avalisait tous les mensonges de Shalber, elle en était complice.

Federico leva sur eux des yeux pleins de rage.

— En quoi puis-je vous aider ?

— En nous racontant comment cela s'est passé.

— Encore ? Le temps pourrait avoir altéré mes souvenirs.

— Nous en sommes conscients. Mais nous n'avons pas le choix, monsieur Noni. Costa essayera de modifier sa version des faits, nous ne pouvons pas le lui permettre. C'est vous qui l'avez identifié.

— Il portait un passe-montagne, je n'ai reconnu que sa voix.

— Vous êtes le seul témoin. Vous vous rendez compte ?

Shalber sortit un carnet et un crayon. Federico passa une main sur sa barbe hirsute. Il inspira profondément deux ou trois fois. Son thorax se levait et se baissait, comme en hyperventilation.

— Il était 19 heures, Giorgia rentrait toujours à cette heure-là. Elle avait fait les courses : elle avait acheté les ingrédients pour préparer un gâteau. J'aime beaucoup les gâteaux. J'écoutais de la musique dans mon casque, je ne l'ai pas saluée. Elle disait que j'étais dans ma période ours, qu'elle attendait un peu et qu'ensuite elle me ferait sortir de ma léthargie, de gré ou de force… À l'époque, je refusais les séances de kiné et j'avais perdu l'espoir de remarcher.

— Ensuite que s'est-il passé ?

— Je me rappelle seulement le choc contre le sol qui m'a fait perdre connaissance. Ce salaud est arrivé dans mon dos et a renversé mon fauteuil.

— Vous ne vous étiez pas aperçu que quelqu'un était entré dans la maison ?

— Non.

C'était le point critique. À partir de là, le récit devint plus difficile.

— Je vous en prie, continuez.

— Quand j'ai repris connaissance, j'étais étourdi. Je n'arrivais pas à garder les yeux ouverts et j'avais mal au dos. Je n'ai pas compris tout de suite, mais après j'ai entendu les hurlements qui venaient du premier étage… J'étais par terre, mon fauteuil à deux mètres de moi, cassé. J'ai essayé d'atteindre le téléphone ; il était posé sur un meuble, trop en hauteur pour moi, dit-il en regardant ses jambes immobiles. Dans mon état, même les choses simples deviennent impossibles.

Mais Shalber ne se laissa pas attendrir.

— Votre portable ?

— Je ne savais pas où il était et je paniquais. Giorgia criait, criait, criait… Elle demandait de l'aide et de la pitié, comme si ce salaud pouvait vraiment lui donner l'une ou l'autre.

— Qu'avez-vous fait ?

— Je me suis traîné jusqu'aux marches, j'ai essayé de monter en m'appuyant sur les bras, mais je n'avais pas assez de force.

— Comment est-ce possible ? demanda Shalber avec un sourire de suffisance. Vous étiez un sportif, entraîné. J'ai du mal à croire qu'il soit si difficile de vous hisser là-haut.

Sandra le foudroya du regard, mais il l'ignora.

— Vous ne pouvez pas savoir comment je me sentais, après m'être cogné la tête contre le sol, répondit durement Federico Noni.

— En effet, excusez-moi.

Shalber avait parlé sans conviction, laissant poindre exprès son scepticisme. Il griffonna dans son calepin mais, en réalité, il attendait que le jeune homme morde à l'hameçon.

— Que voulez-vous dire ?

— Rien, poursuivez.

— L'assassin s'est enfui par une porte de service quand il a entendu la police arriver.

— Vous avez reconnu Nicola Costa à sa voix, n'est-ce pas ?

— Exact.

— Vous avez déclaré que l'assassin avait un trouble de l'élocution, ce qui était parfaitement compatible avec sa malformation du palais.

— Et alors ?

— Pourtant, au début, vous aviez pris l'effet du bec-de-lièvre pour un accent slave.

— Ce sont les policiers qui se sont trompés, pas moi, s'exclama Federico Noni sur la défensive.

— D'accord, merci, au revoir.

Déroutant les deux autres, Shalber tendit la main au jeune homme.

— Attendez un instant.

— Monsieur Noni, je n'ai pas de temps à perdre. Cela n'a aucun sens que je reste ici si vous ne nous dites pas la vérité.

— C'est-à-dire ?

Sandra vit que le jeune homme était bouleversé. Elle ne savait pas à quel jeu jouait Shalber, mais il risquait gros.

— Peut-être devrions-nous nous en aller, en effet.

Il l'ignora à nouveau, se plaça devant Noni et pointa son doigt sur lui.

260

— La vérité est que vous avez entendu la voix de Giorgia, pas celle de l'assassin. Donc, ni accent slave ni défaut de prononciation !

— C'est faux.

— La vérité est que, quand vous êtes revenu à vous, vous auriez pu tenter de la sauver, en grimpant là-haut : vous êtes un athlète, vous auriez réussi.

— C'est faux.

— La vérité est que vous êtes resté en bas pendant que ce monstre prenait ses aises.

— C'est faux ! hurla Federico Noni en pleurant.

Sandra se leva, prit Shalber par le bras et tenta de l'emmener.

— Maintenant ça suffit, laissez-le tranquille.

Mais il insista.

— Pourquoi ne nous dites-vous pas comment se sont réellement déroulés les faits ? Pourquoi n'avez-vous pas secouru Giorgia ?

— Je, je…

— Quoi ? Allez, soyez un homme, cette fois.

— Je…, balbutia Federico Noni entre les larmes. Je ne… Je voulais…

Shalber n'avait aucune pitié.

— Sors tes couilles, pas comme ce soir-là.

— Je vous en prie, Shalber, tenta de le raisonner Sandra.

— Je… j'ai eu peur.

Un silence de plomb tomba, brisé uniquement par les sanglots du jeune homme. Shalber cessa enfin de le tourmenter. Il lui tourna le dos et se dirigea vers la porte. Avant de le suivre, Sandra observa un instant Federico Noni secoué par les pleurs, les yeux baissés sur ses jambes inutiles. Elle aurait voulu le consoler, mais elle ne réussit pas à parler.

— Je suis désolé de ce qui vous est arrivé, monsieur Noni, dit Shalber en sortant. Bonne journée.

Tandis que Shalber se dépêchait vers la voiture, Sandra le força à s'arrêter.

— Qu'est-ce qui vous est passé par la tête ? Vous n'aviez pas besoin de le traiter ainsi.

— Si mes méthodes ne vous plaisent pas, vous pouvez me laisser travailler en paix.

Il était méprisant, elle ne pouvait l'accepter.

— Ne me parlez pas ainsi !

— Je vous l'ai déjà dit : ma spécialité, ce sont les menteurs. Je n'y peux rien, je les déteste.

— Parce que vous avez été honnête, là ? Combien de mensonges avez-vous racontés depuis notre arrivée ? Vous avez perdu le compte ?

— Et la fin justifie les moyens, ça ne vous parle pas ?

— C'était ça, le but, humilier un jeune paraplégique ?

— Écoutez, je suis désolé que le destin se soit acharné sur Federico Noni, il ne le méritait sans doute pas. Mais nous sommes responsables de nos actes. Vous devriez le savoir mieux que les autres.

— À cause de ce qui est arrivé à David ?

— Oui : vous n'utilisez pas sa mort comme un alibi.

— Qu'est-ce que vous en savez ?

— Vous pourriez passer vos journées à pleurer, personne ne vous le reprocherait, mais vous vous battez.

On tue votre mari, on vous tire dessus, mais vous ne reculez pas.

Il se dirigea vers la voiture, il pleuvait à nouveau.

— Vous êtes vraiment dégueulasse, répondit Sandra.

Shalber revint sur ses pas.

— Avec son faux témoignage, cet idiot de Federico Noni a envoyé un innocent en prison. Juste pour ne pas admettre qu'il est un trouillard. Ça ne vous dégoûte pas, ça ?

— J'ai compris : c'est vous qui décidez qui est coupable et qui ne l'est pas. Depuis quand cela fonctionne-t-il ainsi, Shalber ?

— Écoutez, je n'ai pas envie de discuter en plein milieu de la rue. Je regrette d'avoir été dur, mais je suis comme ça. Vous croyez que la mort de David ne me désole pas ? Vous croyez que je ne me sens pas en partie responsable de ne pas l'avoir empêchée ?

Sandra se tut. Elle n'y avait pas pensé. Peut-être avait-elle été vite en besogne

— Nous n'étions pas amis, mais il me faisait confiance, et cela me suffit pour me sentir coupable, conclut-il.

Sandra se calma.

— Qu'est-ce qu'on fait pour Noni ? Il faut informer quelqu'un ?

— Pas maintenant. Nous avons encore beaucoup à faire : nous pouvons supposer que les pénitenciers cherchent le vrai Figaro. Il faut les prendre de vitesse.

Une petite pluie fine et insistante perturbait la circulation romaine. Arrivé à l'entrée du grand jardin, Marcus repensa à l'e-mail reçu par Zini.

Il n'est pas comme toi. Cherche dans le parc de la villa Glori.

Qui était le véritable Figaro? Et à qui reviendrait, cette fois, le rôle du vengeur? Peut-être la réponse se trouvait-elle à quelques pas de lui.

Le parc était l'un des poumons verts de la capitale. Ce n'était pas le plus vaste, mais il s'étendait tout de même sur 25 hectares : trop grand pour être entièrement fouillé avant le coucher du soleil. En plus, Marcus ne savait pas ce qu'il cherchait.

Le message était destiné à un aveugle. Il devait s'agir d'un signe évident, pourquoi pas sonore. En fait, Marcus se corrigea : non, le message était adressé aux pénitenciers. Il avait été envoyé à Zini par hasard.

On nous indique le chemin.

La villa Glori était située sur une colline : après avoir franchi le grand portail noir, il croisa un joggeur courageux, en short et k-way, suivi par un boxer qui tenait parfaitement le rythme. Marcus releva le col de son imperméable, il commençait à faire froid. Il regardait autour de lui, dans l'espoir que quelque chose attirât son attention.

Anomalies.

À la différence des autres parcs de Rome, la végétation était très dense. De grands arbres pointaient vers le ciel, créant des jeux d'ombre et de lumière. Les sousbois étaient constitués de petits arbustes et de buissons, le terrain était jonché de branches et de feuilles mortes.

Une femme blonde était assise sur un banc, un parapluie dans une main, un livre dans l'autre. Un labrador s'agitait autour d'elle. L'animal voulait jouer mais sa maîtresse l'ignorait, plongée dans sa lecture. Marcus tenta d'éviter son regard, toutefois quand il passa à proximité, elle leva les yeux pour comprendre si cet inconnu représentait un danger. Il ne ralentit pas, le chien le suivit en agitant la queue. Marcus s'arrêta pour le laisser approcher, il lui caressa la tête.

— Allez, retourne voir ta maîtresse.

Le labrador fit demi-tour.

Il avait besoin d'un indice pour orienter ses recherches, qui ne pouvait être caché que dans la nature de cet endroit.

Un bois à la végétation plus dense que les autres parcs de Rome. Pas adapté aux pique-niques, mais idéal pour courir ou faire du vélo… et parfait pour promener les chiens.

Les chiens détenaient la réponse. *S'il y a quelque chose ici, ils l'ont forcément flairé*, se dit Marcus.

Il se dirigea vers le sommet de la colline en scrutant le terrain qui longeait l'asphalte. Au bout d'une centaine de mètres, il découvrit une sorte de piste sur le terrain boueux.

Elle était tracée par des dizaines d'empreintes de pattes.

Il ne pouvait s'agir du passage d'un seul animal, mais forcément de nombreux chiens venus fouiner dans le bois épais.

Marcus se fraya un chemin entre les arbres. Il n'entendait que la pluie et le bruit de ses pas sur les feuilles trempées. Il poursuivit sur une centaine de mètres, suivant les traces de pattes qui, malgré les orages des derniers jours, restaient bien visibles. Le passage devait être incessant, pensa Marcus. Mais il n'identifiait aucun indice autour de lui.

La piste s'arrêtait net, ensuite les empreintes se dispersaient tout autour, délimitant une zone assez large, comme si les animaux avaient perdu le signal olfactif. Ou comme si cette odeur était tellement forte qu'ils n'en trouvaient pas la source.

Le ciel était couvert. Les bruits et les lumières de la ville s'étaient évanouis derrière le rideau des branches. On aurait dit un lieu très loin de la civilisation, sombre et primitif. Marcus alluma sa lampe de poche. Il balaya son rayon en maudissant sa malchance. Il allait devoir rebrousser chemin et revenir le lendemain matin. Avec le risque qu'il y ait plus de gens dans le parc, ce qui l'empêcherait de mener à bien son travail. Il s'apprêtait à renoncer quand il éclaira un point situé à deux mètres de lui. Au début, il avait cru qu'il s'agissait d'une branche morte. Mais elle était trop droite, trop parfaite. Il regarda plus attentivement et comprit.

Une pelle était appuyée contre un arbre.

Il posa sa torche de façon à ce qu'elle éclairât la portion de terre marquée par la présence de l'outil. Puis il enfila les gants de latex qu'il emportait systématiquement et se mit à creuser.

Les bruits du bois étaient amplifiés par l'obscurité. Tous les sons devenaient menaçants, le frôlant comme des fantômes pour se perdre dans le vent qui agitait les branches. La lame s'enfonçait dans la terre molle. Marcus s'aidait en la poussant avec le pied, puis envoyait derrière lui, à l'aveuglette, le mélange de boue et de feuillages. Il avait hâte de voir ce qui était enterré, mais une partie de lui connaissait déjà la réponse. C'était plus fatigant que prévu. Ses vêtements lui collaient à la peau. Mais il ne s'arrêta pas. Il espérait se tromper.

Seigneur, fais que ça ne soit pas ce que je crois.

L'instant d'après, il sentit l'odeur. Poignante et douceâtre. Elle remplissait ses narines et ses poumons à chaque inspiration. Elle possédait une consistance presque liquide ; il aurait pu la boire. Elle entrait en contact avec ses sucs gastriques, lui donnant envie de vomir. Marcus mit son bras devant sa bouche, filtra un peu d'air pur, puis il se remit au travail. Il avait creusé un petit trou de 50 centimètres de large et de 1 mètre de profondeur. Mais la pelle s'enfonçait toujours dans le sol boueux. Encore un demi-mètre. Cela faisait plus de vingt minutes.

Jusqu'à ce qu'il vît affleurer un liquide sombre et visqueux semblable à du pétrole. Un résidu de la décomposition. Marcus s'agenouilla devant la fosse pour creuser de ses mains. Cette huile foncée tacha ses vêtements, mais peu lui importait. Il sentit quelque chose de plus solide sous ses doigts. Lisse et en partie fibreux. Il touchait un os. Il nettoya autour et découvrit un lambeau de chair livide.

Humaine, sans aucun doute.

Il reprit sa pelle et libéra le corps du mieux qu'il put. Une jambe émergea, puis le bassin. C'était une femme, nue. Même si le processus de décomposition était avancé, le cadavre était plutôt bien conservé. Marcus n'aurait pas pu lui donner un âge, mais elle était jeune.

Elle présentait des blessures profondes sur tout le thorax et d'autres à la hauteur du pubis, sans doute causées par une arme blanche.

Des ciseaux.

Marcus se calma enfin. Il s'accroupit pour contempler cette exposition obscène de mort et de violence, en inspirant profondément.

Il se signa et joignit les mains pour prier pour cette inconnue. Il imagina ses rêves de jeune fille, son envie de vivre. Pour elle, la mort était une notion lointaine et indéfinie. Qui concernait les autres. Marcus supplia Dieu d'accueillir cette âme, sans savoir s'il l'écoutait ou s'il soliloquait. La terrible vérité était que, avec ses souvenirs, l'amnésie du pénitencier avait aussi emporté sa foi. Il ne savait pas comment devait se sentir un homme d'Église, quels sentiments il devait éprouver. Mais la prière pour cette malheureuse âme eut le pouvoir de le réconforter. Parce que l'existence de Dieu, à ce moment-là, était sa seule consolation face au mal.

Marcus ne pouvait déterminer avec certitude à quand remontait la mort. Cependant, étant donné la nature du lieu de sépulture et l'état de conservation du corps, elle ne pouvait être très ancienne. Le cadavre devant lui prouvait que Nicola Costa n'était pas Figaro, parce que l'homme au bec-de-lièvre était déjà en prison quand la fille avait été tuée.

Le coupable est un autre, se dit-il.

Certains individus découvrent par hasard le goût du sang humain et retrouvent un vieil instinct prédateur, héritage de la lutte pour la survie, écho d'un besoin ancestral de tuer qui s'est perdu dans l'évolution. Ainsi l'agresseur en série, en assassinant Giorgia Noni, avait-il ressenti un plaisir neuf, découvrant une attirance qui existait déjà en lui, à son insu.

Marcus en était certain : il tuerait de nouveau.

Il composa le numéro, la ligne était libre. Il appelait depuis l'un des appartements relais non loin de la villa Glori.

— Allô ? dit enfin le vieux Zini.

— C'est ce que je pensais.

— Depuis combien de temps ?

— Un mois, peut-être plus. Je ne peux pas le dire avec certitude, je ne suis pas médecin légiste.

— S'il a pris la peine de cacher le corps, cette fois, il recommencera très vite. Je pense que je devrais en parler à la police.

— Essayons d'abord de comprendre ce qui est arrivé.

Marcus aurait voulu lui révéler ce qu'il savait et lui faire part de ses inquiétudes. Ce qu'ils avaient découvert n'aiderait pas à rendre justice. Celui qui avait envoyé l'e-mail à Zini et placé la pelle à l'endroit où creuser allait accorder à Federico Noni la possibilité de se venger. Ou alors cette chance serait offerte à l'une des trois femmes agressées avant l'homicide de Giorgia. Marcus sentait qu'il restait peu de temps. Devaient-ils en informer la police, de sorte qu'elle contacte les autres victimes pour empêcher le pire ? Il était convaincu que quelqu'un était désormais sur les traces du vrai Figaro.

— Zini, j'ai besoin de savoir une chose. La première partie du message que vous avez reçu : « Il n'est pas comme toi. » Qu'est-ce que cela signifie ?

269

— Je n'en ai pas la moindre idée.

— Ne jouez pas avec moi.

Le policier réfléchit quelques secondes avant de répondre :

— D'accord, venez chez moi ce soir, tard.

— Non, tout de suite.

— Je ne peux pas. Servez-vous du thé, j'arrive tout de suite, ajouta-t-il à l'intention de quelqu'un qui se trouvait chez lui.

— Qui est avec vous ?

— Une policière, dit Zini à voix basse. Elle veut me poser des questions sur Nicola Costa, mais elle ne m'a pas dit toute la vérité.

La situation se compliquait. Qui était cette femme ? Pourquoi cet intérêt soudain pour une affaire censée être close ? Que cherchait-elle réellement ?

— Débarrassez-vous d'elle.

— Je crois qu'elle sait des choses.

— Alors retenez-la et essayez de découvrir le véritable motif de sa visite.

— Je ne sais pas si vous allez être d'accord, mais je pense que vous devriez faire quelque chose. Je peux vous donner un conseil ?

— D'accord, je vous écoute.

17 h 07

Elle se versa une grande tasse de thé qu'elle tint dans ses mains pour se réchauffer. Depuis la cuisine, elle apercevait Pietro Zini de dos qui parlait au téléphone dans l'entrée, sans pour autant entendre la conversation.

Elle avait convaincu Shalber de l'attendre dans l'appartement de fonction d'Interpol, il était plus prudent qu'elle rencontrât seule l'ancien policier. C'était un collègue et il ne tomberait pas dans le piège comme Federico Noni. Il poserait des questions, il devinerait qu'aucune enquête officielle n'était en cours. Et puis, les flics n'aimaient pas Interpol. En arrivant, elle lui avait simplement raconté qu'elle s'occupait d'une affaire analogue à celle de Figaro, à Milan. L'ancien policier l'avait crue.

En attendant qu'il raccroche, Sandra jeta un coup d'œil aux documents que lui avait remis Zini. Il s'agissait d'une copie du dossier officiel sur Nicola Costa. Il avait précisé que, quand il était en service, il avait l'habitude de conserver des copies.

— On ne sait jamais où et quand peut arriver une idée pour résoudre une affaire, avait-il dit pour se justifier. Il faut donc toujours tout avoir à portée de la main.

En le feuilletant, Sandra se rendit compte que Zini était méticuleux. Les annotations étaient nombreuses, mais les derniers procès-verbaux révélaient une certaine hâte. Comme s'il avait voulu accélérer le mouvement, conscient que la cécité arrivait. À certains endroits, notamment concernant la gestion des aveux de Costa, il était approximatif. Les vérifications étaient maigres, et le dispositif probatoire aurait pu s'écrouler comme un château de cartes.

Elle passa ensuite aux images des différentes scènes de crime. D'abord, les agressions qui avaient précédé l'homicide. Les trois victimes avaient été surprises chez elles, seules, en fin d'après-midi. Le maniaque les avait frappées à plusieurs endroits avec ses ciseaux. Les blessures n'étaient jamais assez profondes pour provoquer la mort ; elles se concentraient sur les seins, les jambes et la zone du pubis.

Selon les rapports des psychiatres, l'agression cachait une violence sexuelle. Pourtant, le but du maniaque n'était pas d'atteindre l'orgasme, comme chez certains sadiques qui n'arrivaient à se satisfaire qu'à travers la coercition. Figaro avait une autre finalité : ces femmes ne devaient plus être désirables pour d'autres hommes.

Si je ne peux pas vous avoir, personne ne vous aura.

Tel était son message. Ce comportement était parfaitement compatible avec la personnalité de Nicola Costa. À cause de son bec-de-lièvre, les femmes le repoussaient. C'était pour cela qu'il ne pénétrait pas les victimes. Lors d'un rapport physique obtenu par la force, il aurait tout de même ressenti leur répulsion, ce qui n'aurait fait que réitérer l'expérience du refus. À l'inverse, les ciseaux constituaient un parfait compromis. Ils permettaient de ressentir du plaisir mais, en même temps, de maintenir une distance de sécurité avec les femmes. La gratification de les voir souffrir se substituait à son propre orgasme masculin.

Mais si, comme le soutenait Shalber, Nicola Costa n'était pas Figaro, alors il fallait repenser le profil psychologique du coupable.

Sandra observa les photos du cadavre de Giorgia Noni. Il portait indubitablement les mêmes marques que les autres femmes. Mais ici, le maniaque avait blessé pour tuer.

L'assassin s'était introduit dans la maison, comme les fois précédentes. Or une troisième personne était présente, Federico. Selon la reconstitution, le tueur s'était enfui par la porte de derrière dès qu'il avait entendu les sirènes de la police.

Les empreintes de Figaro s'étalaient sur les plates-bandes du jardin.

L'enquêteur les avait photographiées en gros plans. Sans savoir pourquoi, Sandra repensa à la rencontre de David avec l'inconnue qui faisait du jogging sur la plage.

Des coïncidences, pensa-t-elle.

Guidé par son instinct, son mari avait suivi les pas dans le sable pour découvrir à qui ils appartenaient. Soudain, elle trouva du sens à cette conduite, même si elle ne comprenait pas encore lequel. À ce moment-là, Zini revint à la cuisine.

— Si vous voulez, vous pouvez l'emporter, dit-il en montrant le dossier. Moi, je n'en ai plus besoin.

— Merci. Je vais y aller.

Le policier s'assit en face d'elle, posa les bras sur la table.

— Attendez un instant. Je reçois peu de visites, ça me fait du bien de parler un peu.

Avant le coup de fil, elle avait eu l'impression que Zini voulait se débarrasser d'elle. Maintenant, il lui demandait de prolonger sa visite. Cela ne semblait pas être un simple geste de courtoisie, aussi elle décida de répondre à sa demande pour découvrir ce qu'il avait derrière la tête.

Au diable Shalber, il attendrait encore un peu.

— D'accord, je reste.

Zini lui rappelait l'inspecteur De Michelis, elle sentait qu'elle pouvait faire confiance à cet homme aux grandes mains qui le faisaient ressembler à un arbre.

— Le thé vous a plu ?

— Oui, il était bon.

Le policier aveugle s'en versa une tasse, bien qu'il ne fût plus très chaud.

— J'en buvais toujours avec ma femme. Le dimanche, quand nous rentrions de la messe, elle préparait du thé et nous nous asseyions ici pour bavarder. C'était notre rendez-vous. Je crois qu'en vingt ans de mariage nous ne l'avons jamais manqué.

— De quoi parliez-vous ?

— De tout. De rien en particulier. Nous partagions tout. Parfois nous discutions, nous riions ou bien nous nous abandonnions aux souvenirs. N'ayant pas eu la chance de mettre des enfants au monde, nous savions que nous avions un terrible ennemi à affronter chaque jour. Le silence sait être hostile. Si on n'apprend pas à le tenir à distance, il s'insinue dans la première faille de la relation, il la remplit et l'élargit. Avec le temps, il crée une distance sans qu'on s'en aperçoive.

— J'ai perdu mon mari il y a quelque temps, dit-elle sans y réfléchir. Nous n'avons été mariés que trois ans.

— Je suis désolé, je sais à quel point cela peut être difficile. Malgré tout, je me trouve chanceux. Susy est partie comme elle le voulait, à l'improviste.

— Je me rappelle encore quand j'ai appris la mort de David. On est venu me l'annoncer chez moi. Et vous, comment l'avez-vous appris ?

— Un matin j'ai essayé de la réveiller, dit Zini sans aller plus loin. Cela peut sembler égoïste, mais une maladie est un avantage pour celui qui doit rester. Cela prépare au pire. En revanche, de cette façon…

Sandra comprenait ce qu'il voulait dire. Le vide soudain, l'irréversibilité, ce besoin insatiable de parler, avant que tout devienne définitif. La tentation folle de faire comme si cela n'était pas arrivé.

— Zini, vous croyez en Dieu ?

— Que voulez-vous savoir ?

— Croyez-vous en Dieu ? répéta Sandra. Vous alliez à la messe, donc vous êtes catholique. Vous ne Lui en voulez pas pour la mort de votre femme ?

— Croire en Dieu ne veut pas forcément dire L'aimer.

— Je ne vous suis pas.

— Notre relation à Lui est fondée sur l'espoir qu'il y a quelque chose après la mort. S'il n'y avait pas de vie éternelle, aimerions-nous le Dieu qui nous a créés ? S'il n'y avait pas la rétribution promise, serions-nous capables de nous agenouiller et de louer le Seigneur ?

— Et vous ?

— Moi, je crois qu'il existe un Créateur, mais pas quelque chose après cette vie. C'est pour cela que je me sens autorisé à Le haïr. Cette ville est pleine d'églises. Elles représentent le désir des hommes de lutter contre l'inéluctable et, en même temps, leur échec. Pourtant chacune garde un secret, une légende. Ma préférée est celle de l'église du Sacro Cuore del Suffragio. Peu de gens le savent, mais elle abrite le musée des Âmes du purgatoire. En 1897, quelques années après son édification, il y eut un incendie. Quand les flammes furent domptées, des fidèles s'aperçurent que sur le mur de l'autel était apparu un visage humain, dessiné par la suie. Le bruit courut que cette image appartenait à une âme du purgatoire. Cet événement inexplicable étonna le père Vittore Jouet et le poussa à chercher d'autres traces laissées par les défunts qui errent en peine en tentant désespérément d'accéder au paradis. Ce qu'il a réuni se trouve dans ce musée. Vous êtes enquêtrice photo, vous devriez le visiter, cela vous concerne de près. Vous savez quelle fut sa découverte ?

— Dites-moi, je vous en prie.

— Si une âme essayait d'entrer en contact avec nous, elle ne le ferait pas avec des sons mais avec de la lumière.

Sandra pensa aux photos que David lui avait laissées dans son Leica ; elle frissonna.

Comme elle gardait le silence, Zini s'excusa.

— Je ne voulais pas vous faire peur, pardonnez-moi.

— Cela ne fait rien. Vous avez raison, je devrais y aller.

Le policier devint soudain sérieux.

— Alors mieux vaut que vous vous dépêchiez. Le musée n'ouvre qu'une heure par jour, à la fin des vêpres.

Au ton de Zini, Sandra comprit qu'il ne s'agissait pas d'un simple conseil.

L'eau se déversait des bouches d'égout comme si le ventre de la ville ne pouvait plus la contenir. Trois jours de pluies intenses avaient mis à rude épreuve le système d'évacuation des eaux, mais elles avaient maintenant cessé.

Elles avaient cédé la place au vent.

Il s'était levé sans prévenir et avait balayé les rues du centre. Impétueux et sonore, il avait envahi Rome, ses ruelles et ses places.

Sandra se fraya un chemin parmi une foule invisible, comme si une armée de spectres venait à sa rencontre. Le vent voulait la contraindre à changer de direction, cependant elle poursuivit. Elle sentit son portable vibrer dans son sac et, pendant qu'elle le cherchait, elle se demanda quelle excuse elle pourrait servir à Shalber, certaine que c'était lui. Elle avait eu du mal à le convaincre de rester à l'appartement de fonction, elle imaginait les objections qu'il opposerait à l'idée qu'elle ne rentre pas immédiatement lui raconter l'entretien avec Zini. Mais elle tenait son excuse.

Elle trouva son téléphone dans le désordre de son sac et regarda l'écran. Elle s'était trompée : c'était De Michelis.

— Vega, qu'est-ce que c'est que ce vacarme ?

— Attends un instant.

Sandra se glissa sous un porche pour poursuivre la conversation.

— Tu m'entends mieux ?

— Oui. Comment vas-tu ?

— J'ai du neuf, dit-elle en omettant de dire que quelqu'un, ce matin-là, lui avait tiré dessus. Je ne peux pas t'en dire plus pour l'instant, mais j'assemble les pièces du puzzle. David avait levé un lièvre.

— Quand reviens-tu à Milan ?

— J'ai besoin de deux ou trois jours, peut-être plus.

— Je m'occupe de prolonger ta permission.

— Merci, inspecteur, tu es un ami. Et toi, tu as du nouveau pour moi ?

— Thomas Shalber.

— Alors tu t'es renseigné.

— Bien sûr. J'ai parlé avec une vieille connaissance qui travaillait à Interpol et qui est maintenant à la retraite. Tu sais, ils sont peu expansifs sur leurs collègues. Je ne pouvais pas être direct, alors j'ai dû l'inviter à déjeuner pour ne pas lui dévoiler mes intentions. Bref, une longue histoire.

De Michelis avait la mauvaise habitude de se perdre dans les détails.

— Qu'as-tu découvert ? demanda Sandra.

— Mon ami ne le connaît pas en personne mais, quand il enquêtait pour Interpol, il avait entendu dire que Shalber était un dur. Il a peu d'amis et il travaille seul, ce qui ne plaît pas à sa hiérarchie. Pourtant il obtient des résultats. Obstiné, sale caractère, mais tout le monde lui reconnaît une certaine intégrité. Il ne regarde personne dans les yeux ; il y a deux ans, il a enquêté en interne sur des épisodes de corruption. Inutile de te dire qu'il en est sorti avec une très mauvaise réputation, mais il a coincé un groupe qui se faisait arroser par des trafiquants de drogue. C'est un paladin de l'honnêteté !

La définition ironique et délibérément exagérée de De Michelis la fit réfléchir. Quel rapport existait-il entre un flic comme lui et les pénitenciers ? En effet, d'après son CV, Shalber semblait plus intéressé par les affaires où l'injustice était criante. Pourquoi s'en prendre à des prêtres qui, dans le fond, ne faisaient de mal à personne ?

— Inspecteur, quelle idée t'es-tu faite de Shalber ?

— Il donne l'impression d'être un casse-pieds têtu. Mais je dirais qu'il est digne de confiance.

Les paroles de De Michelis rassurèrent Sandra.

— Merci, j'en tiendrai compte.

— Si tu as encore besoin de moi, n'hésite pas à m'appeler.

Elle raccrocha, réconfortée, et reprit sa marche à contre-courant dans le fleuve invisible du vent.

En prenant congé, Zini lui avait envoyé un message sibyllin. Elle ne pouvait reporter sa visite au musée des Âmes du purgatoire. Sandra ne savait pas à quoi s'attendre, mais elle était certaine d'avoir bien compris le message.

Il y avait quelque chose, et il était nécessaire qu'elle le voie. Tout de suite.

Quelques minutes plus tard, elle se trouvait devant l'église du Sacro Cuore del Suffragio, dont le style néogothique lui rappela celui du Duomo de Milan, même si celle-ci remontait à la fin du XIXe siècle. À l'intérieur, on célébrait le rite de la Lumière, avec la prière baptismale qui clôturait les vêpres. Il y avait peu de monde. Le vent faisait battre les portails, s'engouffrait à l'intérieur et sifflait entre les nefs.

Sandra suivit les pancartes jusqu'au musée des Âmes du purgatoire. Il abritait une dizaine d'étranges reliques, entassées dans un présentoir placé dans le couloir menant à la sacristie. Rien de plus. Des objets qui présentaient des traces d'incendie, dont un vieux livre de prières ouvert à une page où était imprimée l'ombre de cinq doigts appartenant, disait-on, à un défunt. Ou encore des signes laissés en 1864 sur la housse d'un coussin par l'âme tourmentée d'une religieuse morte. Ou ceux présents sur la tunique et la chemise d'une mère abbesse qui avait reçu la visite de l'esprit d'un prêtre en 1731.

Quand elle sentit une main se poser sur son dos, Sandra n'eut pas peur. Elle comprit pourquoi Pietro Zini l'avait envoyée là. Elle se retourna.

— Pourquoi me cherchez-vous ? demanda l'homme à la cicatrice sur la tempe.

— Je suis policière, répondit-elle promptement.

— Ce n'est pas la seule raison. Il n'y a aucune enquête officielle, vous agissez pour votre propre compte. Je l'ai compris après notre rencontre à Saint-Louis-des-Français. Vous ne vouliez pas m'arrêter, vous vouliez me tirer dessus.

Sandra se tut, il était trop évident qu'il avait raison.

— Vous êtes vraiment prêtre, affirma-t-elle.

— Oui.

— Mon mari s'appelait David Leoni, ce nom vous dit quelque chose ?

— Non, dit-il après réflexion.

— Il était reporter photo. Il est mort il y a quelques mois en tombant d'un immeuble. Il a été tué.

— Quel rapport avec moi ?

— Il enquêtait sur les pénitenciers, il vous avait photographié sur une scène de crime.

Le prêtre sursauta.

— C'est pour cela qu'il a été tué ?

— Je ne sais pas, répondit-elle avant de marquer une pause. Vous avez appelé Zini, tout à l'heure. Pourquoi avez-vous tenu à me rencontrer à nouveau ?

— Pour vous demander de laisser tomber.

— Je ne peux pas. Je veux découvrir pourquoi David est mort et trouver l'assassin. Pouvez-vous m'aider ?

L'homme posa ses tristes yeux bleus sur le présentoir, s'arrêtant sur la relique d'une planche de bois où était gravée une croix.

— D'accord. Mais vous devez détruire la photo de moi. Et tout ce que votre mari a découvert sur les pénitenciers.

— Je le ferai dès que j'aurai obtenu les réponses.

— Quelqu'un d'autre est au courant de notre existence ?

— Personne, mentit-elle.

Elle n'avait pas le courage de lui parler de Shalber et d'Interpol. Elle craignait que, sachant son secret menacé, le pénitencier disparaisse.

— Comment saviez-vous que j'enquêtais sur Figaro ?

— La police est au courant, une de vos conversations a été surprise. Mais rassurez-vous, personne n'a compris qui parlait.

— Sauf vous.

— Moi, je savais comment vous chercher. C'est David qui me l'a indiqué.

— Je pense qu'il n'y a rien à ajouter.

— Pourrai-je vous contacter ?

— C'est moi qui vous trouverai.

Il tourna les talons, mais Sandra l'arrêta.

— Comment puis-je être sûre que vous ne vous jouez pas de moi ? Comment puis-je vous faire confiance si je ne sais ni qui vous êtes ni ce que vous faites ?

— C'est de la simple curiosité. Les curieux pèchent par orgueil.

— J'essaye seulement de comprendre, se justifia Sandra.

Le prêtre approcha son visage de la vitrine du musée.

— Ces objets représentent une superstition. Un aperçu d'une dimension qui n'appartient pas aux hommes. Ils veulent tous savoir ce qui leur arrivera quand leur heure sera venue. Mais ils ne comprennent pas que dans toute réponse obtenue subsiste un doute. Même si je vous expliquais ce que je fais, cela ne vous suffirait pas.

— Alors dites-moi au moins pourquoi vous le faites...

Le pénitencier marqua une pause.

— Il existe un lieu où le monde de la lumière rencontre celui des ténèbres. C'est là que tout se produit : dans la terre des ombres, où tout est rare, confus, incertain. Nous sommes les gardiens de cette frontière. Mais parfois, quelque chose réussit à passer. Et moi, je dois le renvoyer dans l'obscurité.

— Je peux peut-être vous aider, pour Figaro.

Elle sentit que le prêtre attendait. Alors elle lui tendit le dossier que lui avait donné Zini.

— Je ne sais pas si cela vous sera utile, mais je pense avoir découvert quelque chose concernant l'homicide de Giorgia Noni.

— Dites-moi, je vous en prie.

— Federico Noni n'est pas le seul témoin des faits. Selon ses dires, l'assassin a continué à frapper jusqu'à ce qu'il entende la sirène de la police. À ce moment-là, il s'est enfui, expliqua-t-elle en lui montrant une photo. Voici les empreintes de pas de Figaro sur la plate-bande du jardin.

Le prêtre se pencha pour observer la photo.

— Qu'y a-t-il d'étrange ?

— Federico Noni et sa sœur ont été les victimes d'une série d'événements tragiques. Leur mère les a abandonnés, leur père les a laissés orphelins, les médecins ont soutenu qu'il remarcherait alors qu'en fait non et, enfin, l'homicide. Trop.

— Quel rapport avec les empreintes ?

— David aimait raconter une histoire. Il était fasciné par les coïncidences ou la « synchronicité » comme disait Jung. Il y croyait tellement qu'une fois, après une série d'incidents stupides qui l'avaient conduit sur une plage, il a suivi les empreintes laissées dans le sable par une jeune femme qui faisait du jogging. Il était convaincu que le sens de tout ce qui lui était arrivé de négatif se trouvait à la fin de ce parcours, et qu'il ne pouvait s'agir que de la femme de sa vie.

— Très romantique.

Il n'était pas sarcastique mais très sérieux. Sandra le sentit à sa façon de la regarder, aussi elle poursuivit son récit.

— David se trompait uniquement sur ce dernier détail. Le reste était vrai.

— Que voulez-vous dire ?

— Que si récemment je n'avais pas repensé à cette histoire, je ne pourrais sans doute pas vous offrir la solution qui vous intéresse tant… Comme tous les policiers, je suis sceptique face aux coïncidences. Aussi, quand David racontait sa petite histoire, j'essayais à tout prix de la lui démonter : « Comment pouvais-tu être certain que les empreintes étaient celles d'une femme ? » Ou bien : « Comment savais-tu qu'elle courait ? » Il me répondait que ces pieds étaient trop petits

283

pour appartenir à un homme, du moins il l'espérait...
et que les empreintes étaient plus profondes à la pointe
qu'au talon, signe qu'elle courait.

Cette dernière affirmation éveilla quelque chose
dans l'esprit du prêtre, comme Sandra s'y attendait. Il
regarda à nouveau la photo du jardin.

Les empreintes semblaient plus profondes au niveau
des talons.

— Il ne fuyait pas... Il marchait.

Il avait compris, lui aussi. Maintenant, Sandra était
certaine de ne pas s'être trompée.

— Il y a deux possibilités. Soit Federico Noni a
menti en disant que l'assassin a pris la fuite en entendant la police...

— Soit quelqu'un, après l'homicide, a eu tout le
temps de préparer la scène de crime pour les policiers.

— Ces empreintes ont été laissées exprès et ne signifient qu'une chose...

— Figaro n'est jamais sorti de cette maison.

20 h 38

Il était pressé. Il arrêta donc un taxi et se fit déposer à une certaine distance de la petite villa du quartier
Nuovo Salario pour poursuivre à pied.

Il repensa aux paroles de la policière, à l'intuition
qui lui avait permis de trouver la solution de l'énigme.
Même s'il espérait se tromper, il était désormais
convaincu que les choses s'étaient passées comme il
l'imaginait.

284

Le vent faisait voleter des papiers et des sacs en plastique, qui l'escortaient jusqu'à sa destination.

Il n'y avait personne devant chez Federico Noni. À l'intérieur, les lumières étaient éteintes. Il attendit quelques minutes avant de s'introduire dans la maison.

Tout était calme. Trop calme.

Il décida de ne pas utiliser sa lampe de poche.

Aucun bruit, aucun son.

Marcus arriva au salon. Les stores étaient baissés. Il alluma une lampe à côté du canapé et la première chose qu'il vit fut le fauteuil roulant, abandonné au milieu de la pièce.

Maintenant, il comprenait ce qui s'était passé. Il était capable d'entrer dans les objets, de s'identifier à leur âme muette et de regarder le passé avec leurs yeux invisibles. Il saisit enfin le sens d'une phrase du courriel anonyme reçu par Zini.

Il n'est pas comme toi.

L'auteur se référait à Federico. Ils n'étaient pas tous deux atteints d'un handicap. Le jeune homme simulait.

Mais où était Figaro ?

Si Federico vivait en ermite, il ne pouvait avoir quitté la maison par la porte principale : les voisins auraient pu le voir. Comment faisait-il pour sortir agresser ses victimes ?

Marcus se dirigea vers les marches menant à l'étage supérieur. Il s'arrêta devant la porte d'une soupente. Il la poussa, révélant un antre sombre. Il franchit le seuil et se cogna contre quelque chose qui pendait du plafond bas. Une ampoule. Il tendit la main et tira la cordelette.

Il se trouvait dans un petit débarras qui sentait la naphtaline. De vieux vêtements y étaient rangés. Sur la gauche des vêtements d'homme, de l'autre côté de femme. Un lugubre défilé de coquilles vides. Marcus pensa qu'ils appartenaient probablement aux parents du jeune homme. Il vit aussi une armoire à chaussures et des boîtes entreposées sur des étagères.

Par terre gisaient une robe bleue et une autre à fleurs rouges qui avaient glissé de leurs cintres. Marcus glissa un bras entre les cintres et découvrit une porte. Il l'ouvrit.

Le débarras était en fait un sas, un passage.

Il alluma sa lampe de poche et éclaira un petit couloir au plâtre écaillé et taché par l'humidité. Il atteignit une pièce où étaient entassés des cartons et de vieux meubles. Le rayon de la torche vint éclairer un objet posé sur une table. Un cahier.

Le prêtre le feuilleta. Les dessins des premières pages étaient ceux d'un enfant. Les scènes représentaient toujours les mêmes éléments.

Des figures féminines, blessées, du sang. Et des ciseaux.

Une page avait été arrachée. Marcus savait que l'une de ces œuvres infantiles macabres était accrochée au mur du grenier de Jeremiah Smith.

Les pages suivantes montraient que cette pratique n'avait pas pris fin avec l'enfance. Les traits étaient dorénavant plus sûrs et précis, les représentations s'étaient améliorées au fil du temps. Les femmes étaient beaucoup plus définies, leurs lésions plus réalistes et cruelles. Signe que le fantasme avait grandi avec le monstre.

Federico Noni avait toujours cultivé ce rêve de mort. Néanmoins, il ne l'avait jamais réalisé, probablement freiné par la peur. De finir en prison, ou de passer pour un monstre. Il s'était créé un masque de bon athlète, de bon garçon, de bon frère.

Puis l'accident de moto.

Cet événement avait tout débloqué. Selon ses médecins, Federico Noni avait des chances de retrouver sa motricité. Mais ensuite, il avait refusé les séances de kiné.

Son handicap constituait le parfait camouflage. Il pouvait enfin laisser libre cours à sa véritable nature.

À la dernière page du cahier, Marcus découvrit une vieille coupure de journal, qu'il déplia. Elle remontait à plus d'un an auparavant et relatait la troisième agression de Figaro. Sur l'article, quelqu'un avait écrit au feutre noir : « Je sais tout. »

Giorgia, pensa Marcus. *C'est pour cela qu'il l'a tuée. Et c'est là que Federico a découvert que ce nouveau jeu lui plaisait encore plus.*

Les agressions avaient démarré juste après son accident. Les trois premières lui avaient servi à se préparer. Un entraînement. Mais sans que Federico en soit conscient. Un autre type de satisfaction l'attendait. Le meurtre.

L'assassinat de sa sœur avait été imprévu mais nécessaire. Giorgia avait tout compris, elle était devenue un obstacle, plus qu'un danger. Federico ne pouvait lui permettre de salir son image proprette, ni de remettre en question son précieux déguisement. Alors il l'avait tuée. Ce qui lui avait également permis de comprendre.

Ôter la vie était beaucoup plus gratifiant qu'une simple agression.

Il n'avait pas pu se retenir. Le cadavre dans le parc de la villa Glori en était la preuve. Mais il avait été prudent, il l'avait enterré.

Federico Noni avait berné tout le monde, à commencer par le vieux policier qui devenait aveugle. Il lui avait suffi de soutenir les aveux d'un mythomane pour s'en sortir ; une enquête bancale, fondée sur la présomption que le coupable était forcément un monstre, avait fait le reste.

Marcus posa le cahier. Il avait aperçu quelque chose derrière une armoire : une porte métallique. Il l'ouvrit.

Le vent s'engouffra dans la pièce. Il se pencha et découvrit que cette entrée donnait sur une petite rue latérale déserte. En passant par là, Federico Noni était invisible.

Où est-il allé, maintenant ? La question résonna à nouveau dans la tête de Marcus.

Il referma la porte et revint en hâte sur ses pas. Il fouilla à nouveau le séjour. Il lui était égal de laisser ses empreintes, il avait surtout peur de ne pas avoir le temps.

Une pochette sur le côté du fauteuil roulant contenait un téléphone portable.

Il est malin, se dit-il. *Il l'a laissé ici parce qu'il sait que, même éteint, il pourrait servir à la police pour le repérer.*

Federico Noni était sorti de chez lui pour passer à l'acte.

Marcus regarda les derniers appels : il en avait reçu un une heure et demie plus tôt. Il reconnut le numéro qu'il avait composé l'après-midi même.

Zini.

Il le rappela, mais cela sonna dans le vide. Marcus raccrocha et, avec un mauvais pressentiment, se précipita hors de la maison.

En se regardant dans le miroir de la salle de bains de l'appartement de fonction d'Interpol, Sandra repensa aux événements de l'après-midi, après sa rencontre avec le pénitencier.

Elle avait erré pendant près d'une heure dans les rues de Rome, se laissant porter par le vent et par ses pensées, sans se soucier du risque qu'elle courait après l'embuscade du tireur ce matin-là. Au milieu des gens, elle se sentait en sécurité. Quand elle en avait eu assez, elle était allée retrouver Shalber. Elle avait attendu un moment sur le palier avant de frapper, cherchant à différer encore un peu le moment des explications, des reproches pour s'être volatilisée. Mais quand il avait ouvert la porte, elle avait lu le soulagement sur son visage. Elle avait été étonnée, elle ne pensait pas qu'il se souciât vraiment d'elle.

— Grâce au ciel, il ne vous est rien arrivé ! s'était-il exclamé.

À sa grande surprise – elle s'attendait à un million de questions –, Shalber s'était contenté d'un bref compte-rendu de sa visite à Pietro Zini. Elle lui avait remis le dossier sur l'affaire Figaro et il l'avait feuilleté à la recherche d'un indice menant aux pénitenciers.

Il ne l'avait pas questionnée sur la raison de son retard.

Il l'avait invitée à se laver les mains, parce que le dîner était bientôt prêt. Ensuite, il était allé déboucher une bouteille de vin à la cuisine.

Sandra fit couler l'eau et contempla son reflet pendant quelques secondes. Elle avait des cernes profonds et ses lèvres étaient craquelées, à force de se les mordiller. Elle passa ses mains dans ses cheveux ébouriffés, puis chercha un peigne. Elle trouva une brosse où étaient piégés des cheveux de femme, châtains et très longs. Elle repensa au soutien-gorge qu'elle avait vu sur le fauteuil de la chambre le matin. Shalber s'était justifié en disant que l'appartement était un lieu de passage, mais elle avait senti sa gêne. Elle était sûre qu'il savait parfaitement d'où venait le sous-vêtement. Elle ne pouvait certes désapprouver qu'une autre ait couché dans ce lit, peut-être seulement quelques heures plus tôt. Ce qui l'énervait était que Shalber ait essayé de se justifier, comme si cela pouvait l'intéresser.

Elle se sentit stupide.

Elle était envieuse, il n'y avait pas d'autre explication. Elle ne supportait pas l'idée que le monde pense au sexe et fasse l'amour. Prononcer ces mots, même dans le secret de son esprit, fut libératoire. *Sexe*, se répéta-t-elle. Peut-être parce qu'elle s'en était privée. Une fois encore, elle crut entendre sa mère : « Ma chérie, qui voudrait coucher avec une veuve ? » En effet, formulé ainsi, cela ressemblait à une perversion.

Chassant ces pensées futiles, elle revint à des considérations pratiques : elle était à la salle de bains depuis trop longtemps, elle devait se dépêcher pour ne pas éveiller les soupçons de Shalber.

Elle avait fait une promesse au prêtre et elle avait l'intention de la tenir. S'il l'aidait à trouver l'assassin de David, elle détruirait les traces conduisant aux pénitenciers.

Pour le moment, mieux valait cacher les indices en lieu sûr.

Dans son sac, elle prit son portable et vérifia qu'il y avait assez d'espace dans la mémoire photographique. Le téléphone contenait les photos qu'elle avait prises à la chapelle de San Raimondo di Peñafort. Elle s'apprêtait à les effacer, mais changea d'avis.

Dans ce lieu, quelqu'un avait essayé de la tuer. Ces images pouvaient lui servir à savoir qui.

Elle sortit de son sac les photos du Leica, y compris celle du prêtre à la cicatrice que Shalber ne connaissait pas. Elle les aligna sur une étagère puis les photographia une à une avec son portable : elle préférait en posséder une copie, par précaution. Elle plaça les cinq photos dans une pochette en plastique transparent dotée d'une fermeture hermétique. Elle retira le couvercle en céramique de la chasse d'eau et plongea la pochette dans l'eau.

Assise depuis dix minutes dans la petite cuisine, elle observait la table dressée et Shalber qui s'affairait aux fourneaux, en manches de chemise, un tablier autour de la taille et un torchon jeté sur l'épaule. Il sifflotait.

— Risotto au vinaigre balsamique, rougets en papillote, salade de chicorée et pommes vertes, annonça-t-il. J'espère que cela vous convient.

— Oui, bien sûr, dit-elle, déconcertée.

Le matin il lui avait préparé le petit déjeuner, mais faire cuire des œufs ne signifiait pas savoir cuisiner. En revanche, ce menu témoignait d'un certain amour pour la bonne chère. Elle était admirative.

— Cette nuit, vous dormez ici, dit-il sur un ton n'admettant pas de réplique. Il n'est pas prudent que vous retourniez à l'hôtel.

— Je ne crois pas qu'il m'arrivera quoi que ce soit. Et puis, j'y ai laissé toutes mes affaires.

— Nous passerons les prendre demain matin. Le canapé est très confortable. Naturellement, c'est moi qui me sacrifierai, ajouta-t-il avec un sourire.

Shalber servit le risotto et ils mangèrent en silence. Sandra apprécia le poisson, et le vin la détendit. Non pas comme quand, depuis la mort de David, elle s'étourdissait le soir en rentrant chez elle, enchaînant les verres de rouge jusqu'à trouver le sommeil. C'était différent. Elle ne pensait pas être encore capable de partager un bon repas avec quelqu'un.

— Qui vous a appris à cuisiner ?

— On apprend beaucoup de choses quand on vit seul.

— Vous n'avez jamais été tenté de vous marier ? Lors de notre première conversation téléphonique, vous m'avez dit que vous n'êtes pas passé loin, deux ou trois fois...

— Le mariage, ce n'est pas pour moi, dit-il en secouant la tête. C'est une question de perspective.

— C'est-à-dire ?

— Nous avons tous une vision de la vie, projetée dans l'avenir. Vous voyez comment ça marche, non ?

Comme dans un tableau : certains éléments sont au premier plan, d'autres au fond. Ces derniers sont aussi nécessaires que les premiers, autrement la perspective ne se réaliserait pas et nous aurions une image aplatie, peu réaliste. Eh bien, les femmes de ma vie sont indispensables, mais pas assez pour mériter le premier plan.

— Et au premier plan, qui y a-t-il ? À part vous, évidemment, le taquina Sandra.

— Ma fille.

Elle ne s'attendait pas à cette réponse. Shalber était rayonnant, devant son silence surpris.

— Vous voulez la voir ?

Il fouilla dans son portefeuille.

— Ne me dites pas que vous êtes un de ces papas qui se baladent avec la photo de leur fille ! Shalber, décidément vous ne cessez de m'étonner, ce soir.

En réalité, elle était plutôt attendrie. La fillette avait des cheveux blond cendré, exactement comme les siens. Elle avait aussi ses yeux verts.

— Quel âge a-t-elle ?

— Huit ans. Elle est magnifique, n'est-ce pas ? Elle s'appelle Maria. Elle adore le ballet, elle fait de la danse classique. À chaque Noël et à chaque anniversaire, elle demande un petit chien. Peut-être que cette année je vais céder.

— Vous arrivez à la voir souvent ?

— Elle vit à Vienne. Sa mère et moi ne sommes pas en très bons termes, elle m'en veut de ne pas l'avoir épousée, plaisanta-t-il. Mais quand j'ai un peu de temps, je vais chercher Maria et je l'emmène faire du cheval. Je lui apprends à monter, comme mon père m'a appris, au même âge.

— C'est beau.

— Quand je la retrouve, j'ai toujours peur que, durant mon absence, nous nous soyons éloignés. Elle est encore petite, mais que se passera-t-il quand elle ne voudra plus voir que ses amis ? Je ne veux pas devenir un poids pour elle.

— Je ne pense pas que cela arrivera, le consola Sandra. En général, les filles réservent ce traitement à leur mère. Ma sœur et moi étions folles de notre père, même si à cause de son travail nous le voyions peu. C'est d'ailleurs pour cela que nous n'avions d'yeux que pour lui. Quand il annonçait son retour, on sentait la joie dans la maison.

Shalber acquiesça, reconnaissant de ce témoignage. Sandra alla mettre les assiettes dans l'évier, mais il l'arrêta.

— Pourquoi n'allez-vous pas vous coucher ? Je m'occupe de tout.

— À deux, cela ira très vite.

— J'insiste, laissez-moi faire.

Ces attentions la pétrifiaient. Quelqu'un prenait à nouveau soin d'elle, elle n'y était plus habituée.

— Quand vous m'avez appelée, je vous ai tout de suite détesté. J'étais loin d'imaginer que deux jours plus tard nous dînerions ensemble, encore moins que vous cuisineriez pour moi.

— Cela signifie-t-il que vous ne me détestez plus ?

Sandra devint écarlate. Il éclata de rire.

— Ne plaisantez pas avec moi, Shalber.

— Je ne voulais pas, croyez-moi.

Il lui parut soudain très sincère. Loin de l'image antipathique qu'elle s'était faite de lui.

— Pourquoi en vouloir autant aux pénitenciers ?

— Ne faites pas cette erreur, vous aussi.

— Que signifie « vous aussi » ?

Il sembla regretter sa formulation et rectifia le tir.

— Je vous l'ai déjà expliqué : ils agissent en dehors de la loi.

— Je suis désolée mais je ne crois pas à cette histoire d'illégalité. Il n'y a pas que ça. Alors ?

Il était évident que Shalber essayait de gagner du temps.

— D'accord… Ce n'est pas une grande révélation, mais je crois que ce que je vais vous raconter vous permettra de comprendre pourquoi votre mari est mort.

— Continuez, ordonna Sandra.

— En réalité, les pénitenciers ne devraient plus exister… Après le concile de Vatican II, l'Église a dissous leur ordre. Dans les années 60, la *Paenitentiaria Apostolica* a été réorganisée avec de nouvelles règles et de nouveaux responsables. Les archives des péchés ont été rendues secrètes. Les prêtres criminologues ont cessé leurs activités. Certains sont rentrés dans les rangs, d'autres se sont opposés et ont été suspendus *a divinis*, les irréductibles ont été excommuniés.

— Alors comment est-il possible que…

— Attendez, laissez-moi finir. Quand tous semblaient les avoir oubliés, les pénitenciers ont réapparu. Au Vatican, on a soupçonné certains d'entre eux d'avoir feint d'obéir au pape pour continuer leur activité dans la clandestinité. Et c'était vrai. Un prêtre croate se trouvait à leur tête : Luka Devok. C'est lui qui a nommé et instruit les nouveaux pénitenciers. Peut-être obéissait-il à quelqu'un des hautes sphères qui avait décidé de reconstituer l'ordre. En tout cas, il était l'unique dépositaire de certains secrets. Par exemple, lui seul connaissait l'identité de tous les pénitenciers. Chacun ne répondait qu'à lui et ignorait qui étaient les autres.

— Pourquoi en parlez-vous au passé ?

— Parce que Luka Devok est mort. Il y a un an, on lui a tiré dessus dans une chambre d'hôtel à Prague. À cette occasion, la vérité a éclaté au grand jour. Le Vatican s'est empressé de reprendre en main une affaire qui pouvait devenir dangereuse et gênante.

— Je ne suis pas surprise : c'est typique de l'Église, d'intervenir pour étouffer les scandales.

— Il ne s'agissait pas uniquement de cela. Tout le monde tremblait à l'idée qu'un cardinal ait couvert Devok pendant toutes ces années. Manquer à un ordre du pontife constitue un schisme irrémédiable, vous comprenez ?

— Alors comment ont-ils repris le contrôle de la situation ?

— Bien, se félicita Shalber, je vois que vous commencez à saisir certains ressorts. Disons qu'ils ont remplacé Devok par un homme de confiance, un Portugais : le père Augusto Clemente. Il est très jeune mais assez expérimenté. Les pénitenciers sont tous dominicains, or Clemente est jésuite. Une autre école de pensée, plus pragmatique et moins encline au sentimentalisme.

— Ainsi ce prêtre est le nouveau chef des pénitenciers.

— Mais son devoir est aussi d'identifier tous les pénitenciers ordonnés par le père Devok, pour les ramener dans le giron de l'Église. Pour l'instant, il n'en a trouvé qu'un : l'homme que vous avez vu à Saint-Louis-des-Français.

— *In fine*, le Vatican veut prétendre qu'il n'y a pas eu de violation des règles, c'est ça ?

— Exact. On cherche toujours à colmater la brèche. Par exemple, c'est le cas avec les lefebvristes, dont le mouvement est en pourparlers avec le Saint-Siège depuis des années. C'est la même chose pour les pénitenciers.

— Le devoir d'un bon pasteur est de ramener la brebis égarée à la bergerie, ironisa Sandra. Mais vous, comment savez-vous tout cela ?

— Je le sais comme le savait David. Mais nos points de vue différaient, c'est pour cela que nous nous sommes disputés. Quand je vous ai priée de ne pas faire « vous aussi » l'erreur de considérer les pénitenciers avec trop d'indulgence, je me référais à ce que pensait David.

— Parce que vous aviez raison et lui tort ?

— Parce que quelqu'un l'a tué à cause de ce qu'il avait découvert, alors que moi je suis encore en vie ! explosa Shalber.

Sandra dut admettre qu'elle était d'accord avec sa vision des faits. En plus, elle se sentait coupable. Cette bonne soirée lui avait permis de se détendre, grâce à Shalber. Non seulement il s'était ouvert à elle en lui confiant des anecdotes personnelles, mais en plus il avait répondu à ses questions sans rien demander en échange, alors qu'elle lui avait menti en ne mentionnant pas sa deuxième rencontre avec le pénitencier.

— Comment se fait-il que vous ne m'ayez pas demandé pourquoi j'ai mis aussi longtemps à revenir de chez Zini?

— Je vous l'ai dit, je n'aime pas les mensonges.

— Vous craigniez que je ne vous dise pas la vérité?

— Les questions offrent un prétexte aux menteurs. Si vous aviez quelque chose à me dire, vous me l'auriez dit. Je n'aime pas forcer les choses, je préfère que vous me fassiez confiance.

Sandra détourna le regard. Elle ouvrit le robinet de l'évier pour rompre le silence. Un instant, elle fut tentée de tout lui raconter. Shalber était moins avancé qu'elle. Elle se préparait à faire la vaisselle quand elle l'entendit approcher. Son ombre se projetait sur elle. Il lui enserra les hanches et posa son thorax sur son dos. Sandra le laissa faire. Son cœur battait vite, elle fut tentée de fermer les yeux. *Si je les ferme, c'est terminé*, se dit-elle. Elle était terrorisée mais elle ne trouvait pas la force de le repousser. Il se pencha sur elle et dégagea des cheveux dans son cou. Elle sentit la chaleur de sa respiration sur sa peau. Instinctivement, elle pencha la tête en arrière, comme pour accueillir cette étreinte. Ses mains étaient immobiles sous le jet d'eau. Sans s'en apercevoir, elle se mit sur la pointe des pieds. Ses paupières cédèrent à la douce torpeur. Les yeux fermés, parcourue de frissons, elle se pencha vers lui à la recherche de ses lèvres.

Pendant les cinq derniers mois, elle avait vécu avec les souvenirs. Pour la première fois, Sandra oublia qu'elle était veuve.

La porte de la maison était ouverte et elle claquait. Ce n'était pas bon signe.

Il prit le temps d'enfiler ses gants en latex et poussa le battant. Les chats de Zini vinrent accueillir le nouvel hôte. Marcus comprit pourquoi le policier aveugle avait choisi des félins pour compagnons. C'étaient les seuls animaux qui pouvaient vivre avec lui dans le noir.

Il referma derrière lui. Après le bruit, il s'attendit au silence, mais il entendit un son électronique strident et intermittent, assez proche.

Il le suivit et aperçut un téléphone sans fil placé sur sa base, à côté du frigo. Le signal venait de l'appareil, qui réclamait de l'attention parce que sa batterie était presque déchargée.

Le même téléphone sonnait dans le vide quand il avait appelé depuis le portable de Federico Noni. Mais ce n'étaient pas les appels insistants qui avaient déchargé l'appareil : quelqu'un avait coupé le courant.

Pour quelle raison Figaro avait-il fait une chose pareille dans la maison d'un aveugle ?

— Zini ! appela Marcus en vain.

Il avança dans le couloir qui menait aux autres pièces. Il fut obligé de prendre sa lampe de poche pour s'orienter. Il découvrit que des meubles bloquaient le passage, comme s'ils avaient été déplacés lors d'une fuite.

Y avait-il eu une poursuite ?

Il tenta de reconstituer les événements. La cécité avait ouvert les yeux à Pietro Zini : le policier avait compris. C'était le courriel anonyme qui l'avait mis sur la bonne piste, réveillant peut-être un vieux soupçon.

Il n'est pas comme toi.

Le cadavre de la villa Glori lui avait apporté la confirmation. Alors il avait téléphoné à Federico Noni, peut-être s'étaient-ils querellés et le policier avait-il menacé de le dénoncer.

Mais pourquoi ne l'avait-il pas fait ? Pourquoi lui avait-il laissé le temps de venir le tuer ?

De toute évidence, Zini avait tenté de s'enfuir, mais Federico – qui était plus fort, en tant qu'ancien athlète, mais surtout parce qu'il voyait – ne lui avait pas laissé d'échappatoire.

Marcus en était persuadé, quelqu'un était mort dans cette maison.

Précédé par les chats, il se dirigea vers le bureau. Il remarqua que pour y entrer les animaux faisaient un petit saut. Il pointa sa lampe et vit un objet briller à quelques centimètres du sol.

Un câble de Nylon était tendu et seuls les chats pouvaient le voir dans le noir. Sans s'en expliquer la présence, il franchit cet obstacle pour entrer dans la pièce.

Le vent soufflait à l'extérieur, cherchant une brèche pour y pénétrer. La torche balaya le bureau, repoussant les ombres qui se cachèrent sous les meubles. Toutes sauf une.

Ce n'était pas une ombre. C'était un homme, étendu à terre, des ciseaux dans une main et d'autres plantés dans le cou. Une de ses joues baignait dans une mare de sang. Marcus se pencha sur Federico Noni qui le fixait de ses yeux inexpressifs, la bouche tordue en une grimace. Soudain, il comprit.

Zini – un homme de justice – avait choisi la vengeance.

C'était lui qui avait insisté pour que Marcus rencontrât la policière. Pendant qu'il était au musée des Âmes du purgatoire, il avait mis son plan en œuvre. Il avait appelé Federico Noni en lui disant qu'il savait la vérité. Dans le fond, il s'agissait d'une invitation. Et l'autre était tombé dans le piège.

En attendant son arrivée, il avait préparé des obstacles et le câble de Nylon. En coupant le courant, il avait remédié à son handicap. Aucun des deux ne pourrait voir l'autre.

Le policier avait agi comme un félin. Federico était la souris à capturer.

Zini était plus gros et plus agile dans le noir. Il connaissait les lieux. Il avait eu le dessus. Après l'avoir fait trébucher, il l'avait transpercé avec les ciseaux.

Une exécution.

Marcus observa encore un moment le regard hypnotique du cadavre. Il avait commis une autre erreur. Une fois encore, c'était lui qui avait fourni la pièce manquante pour la vengeance.

Il s'aperçut alors que les chats s'étaient regroupés devant la porte-fenêtre qui donnait sur le petit potager.

Il y avait quelque chose dehors.

Il ouvrit. Les animaux se précipitèrent vers la chaise longue où était étendu Pietro Zini, comme la première fois qu'il l'avait rencontré.

Marcus pointa sa lampe sur ses yeux absents. Il ne portait pas ses lunettes noires et son visage avait une expression résignée. Sa main posée sur ses jambes tenait encore le pistolet avec lequel il s'était tiré une balle dans la bouche.

Il aurait dû en vouloir à Zini. Dans le fond, il s'était servi de lui et, surtout, il l'avait trompé.

Ce garçon, Federico Noni, a déjà assez souffert. Il y a des années, il a perdu l'usage de ses jambes, lui, un athlète. On peut accepter de devenir aveugle à mon âge, mais pas ça. Ensuite, on a tué sa sœur, pratiquement sous ses yeux. Tu imagines? Il a dû se sentir si impuissant... Je me demande à quel point il se sent coupable, même s'il n'a rien fait de mal.

Le policier aurait pu dénoncer Federico Noni, rétablir la vérité et disculper un innocent enfermé à Regina Coeli. Mais Zini était convaincu que Nicola Costa était sur le point de faire « le grand saut » quand ils l'avaient arrêté. C'était non seulement un mythomane, mais aussi un dangereux psychopathe. L'attention dont il avait été l'objet après son arrestation avait calmé son instinct, mais ce n'était qu'un palliatif. Plusieurs personnalités coexistaient en lui. Le narcissique n'aurait pas longtemps le dessus sur le sanguinaire.

Pour Zini, c'était aussi une question d'orgueil. Federico Noni s'était joué de lui, révélant sa faiblesse. À cause de sa cécité imminente, le policier avait ressenti de l'empathie pour ce garçon. Sa compassion l'avait berné, alors que le premier devoir d'un bon flic est de ne jamais croire personne.

En plus, Federico avait commis le crime le plus outrageant en tuant sa propre sœur. Quel être humain frappe ses proches? Rien n'arrêtait le jeune homme. Selon la loi de Zini, il méritait de mourir.

Marcus referma la porte-fenêtre comme s'il tirait le rideau sur ce spectacle. Dans le bureau, l'écran braille était éclairé malgré la coupure de courant. Il était alimenté par un groupe électrogène.

Il s'agissait d'un signe.

Les enceintes reliées au synthétiseur vocal avaient servi à écouter le contenu de l'e-mail reçu par Zini quelques jours auparavant. Mais Marcus était convaincu que le policier avait interrompu le message avant la fin.

Il actionna de nouveau le mécanisme. La voix électronique froide et impersonnelle répéta les mots mystérieux qu'il était maintenant en mesure de déchiffrer.

« Il-n'est-pas-comme-toi… cherche-dans-le-parc-de-villa-Glo-ri. »

Comme prévu, la suite arriva.

« Le-gar-çon-t'a-ber-né… bien-tôt-tu-au-ras-un-in-vi-té. »

Le second fragment se référait directement à Federico Noni et, indirectement, à Marcus, anticipant sa visite à Zini.

« Ce-la-s'est-déjà-pro-duit… ce-la-se-pro-dui-ra-en-core… *c.g. 925-31-073.* »

Cette dernière partie le frappa plus que les autres. À cause de la prophétie qui s'y trouvait – *cela s'est déjà produit, cela se produira encore* –, à cause du code qui se référait à un de leurs cas d'injustice – *925-31-073* – mais surtout à cause des deux lettres qui précédaient la séquence de chiffres.

Culpa gravis.

Maintenant Marcus savait – *Il existe un lieu où le monde de la lumière rencontre celui des ténèbres. C'est là que tout se produit : dans la terre des ombres, où tout est rare, confus, incertain. Nous sommes les gardiens de cette frontière. Mais parfois, quelque chose réussit à passer. Et moi, je dois le renvoyer dans l'obscurité.*

Celui qui mettait en contact victimes et bourreaux était un pénitencier comme lui.

UN AN PLUS TÔT
Kiev

— Le grand rêve a pris fin quand nous avons troqué notre intégrité contre un peu de consensus, quand nous sommes allés nous coucher avec de l'espoir et que nous nous sommes réveillés avec une pute dont nous ne nous rappelions même pas le prénom.

Voilà comment le docteur Norjenko avait synthétisé la perestroïka, la chute du Mur, l'éclatement des républiques et même la génération des seigneurs du gaz et du pétrole : la nouvelle oligarchie incontestée de l'économie et de la politique. En tout, vingt ans d'histoire soviétique.

— Regardez, dit-il en indiquant la première page du *Khar'kovskii Kurier*. Tout part à vau-l'eau et eux, que disent-ils ? Rien. Alors, à quoi nous sert la liberté ?

Nikolaj Norjenko observa du coin de l'œil son hôte qui acquiesçait, il avait l'air intéressé, mais pas aussi impliqué que le psychologue l'aurait voulu. Il regarda sa main bandée.

— Vous avez dit que vous êtes américain, docteur Foster ?

— En réalité, je suis anglais, répondit le chasseur en tentant de distraire l'homme de sa blessure provoquée par la morsure de la jeune Angelina à l'hôpital psychiatrique de Mexico.

Le bureau où ils se trouvaient était situé au deuxième étage du siège du centre public pour l'Assistance à l'enfance, à l'ouest de Kiev. Une large baie vitrée donnait sur un parc de bouleaux dont les couleurs annonçaient un automne précoce. Pour le mobilier, le Formica faisait fureur : tout en était recouvert, du bureau aux étagères. Sur l'une d'elles, on voyait encore les traces de trois ombres rectangulaires. À leur place, autrefois, avaient trôné les portraits de Lénine et de Staline – les pères de la patrie – ainsi que celui du secrétaire du Parti. La pièce sentait le tabac froid, le cendrier devant Norjenko était rempli de mégots. Il avait la cinquantaine, mais son aspect négligé et la toux malsaine qui entrecoupait ses phrases lui donnaient l'air plus âgé. On sentait en lui un mélange de rancœur et d'humiliation. Le cadre sans photo sur la table basse et les couvertures repliées à l'extrémité du canapé de cuir évoquaient un mariage mal terminé. Sous le régime communiste, il avait dû être un homme respecté. Maintenant, il n'était plus que la parodie mélancolique du fonctionnaire au salaire d'éboueur.

Le psychologue prit la feuille où figuraient les fausses références que le chasseur lui avait montrées en arrivant.

— Je lis que vous êtes le directeur de la *Revue de psychologie judiciaire* de l'université de Cambridge. C'est remarquable à votre âge, docteur Foster, félicitations.

Le chasseur savait que ce détail attirerait son attention, il voulait appâter l'ego blessé de Norjenko et cela avait l'air de fonctionner. Celui-ci, satisfait, reposa la feuille.

— Vous savez, c'est étrange… Jusqu'ici, personne n'est venu me questionner au sujet de Dima.

Il avait contacté Norjenko grâce au docteur Florinda Valdés, qui à Mexico lui avait montré un de ses articles publié en 1989 dans une revue mineure de psychologie. Il traitait du cas d'un enfant : Dimitri Karoliszyn – *Dima*. Le psychologue ukrainien espérait peut-être que cette étude lui ouvrirait des portes pour une nouvelle carrière, alors qu'autour de lui tout se désagrégeait inexorablement. Mais cela n'avait pas été le cas. Cette histoire avait été enterrée avec ses ambitions.

Il était temps de la ressortir.

— Dites-moi, docteur Norjenko, avez-vous connu Dima personnellement ?

— Bien sûr. Au début, on aurait dit un enfant comme les autres, quoique plus fin et très silencieux.

— En quelle année ?

— Au printemps 1986. À l'époque, au centre, nous étions à l'avant-garde de la pédagogie en Ukraine, et sans doute dans toute l'Union soviétique, se félicita Norjenko. Nous donnions un avenir concret aux enfants orphelins, nous ne nous contentions pas de prendre soin d'eux, comme en Occident.

— Tout le monde connaissait vos méthodes, vous avez servi d'exemple.

— Après la catastrophe de Tchernobyl, le gouvernement ukrainien nous a demandé de nous charger des enfants qui avaient perdu leurs parents à cause des radiations. Il était très probable qu'eux aussi développent des pathologies. Notre tâche était de les assister et en même temps de chercher des membres de leurs familles pouvant les accueillir.

— Dima est arrivé avec eux ?

— Six mois après l'accident, si mes souvenirs sont bons. Il était de Pripiat. La ville, située dans la zone d'exclusion autour de la centrale, avait été évacuée. Il avait huit ans.

— Est-il resté longtemps avec vous ?

— Vingt et un mois, affirma Norjenko avant de marquer une pause pour se diriger vers un fichier d'où il sortit un dossier à la couverture beige. Comme tous les enfants de Pripiat, Dimitri Karoliszyn souffrait d'énurésie nocturne et de variations de l'humeur, conséquences de l'état de choc et de l'éloignement forcé. Pour cette raison, il était suivi par une équipe de psychologues. Pendant les entretiens, il parlait de sa famille : de sa mère Anja et de son père Konstantin, qui travaillait comme technicien à la centrale nucléaire. Il décrivait leur vie ensemble avec des détails qui se sont révélés exacts par la suite, souligna-t-il.

— Que s'est-il passé ?

Avant de répondre, Norjenko alluma une cigarette.

— Dima n'avait qu'un parent encore en vie, un frère de son père, Oleg Karoliszyn. Nous l'avons retrouvé au Canada : l'homme était heureux de pouvoir s'occuper de son neveu. Il ne connaissait Dima que par les photos que lui envoyait Konstantin. Ainsi, quand nous lui avons fait parvenir un portrait récent, nous n'imaginions pas ce qui allait se passer. Pour nous, c'était une simple formalité.

— Mais Oleg a affirmé que cet enfant n'était pas son neveu.

— En effet... Pourtant Dima, sans l'avoir jamais rencontré, savait beaucoup de choses sur son oncle, notamment des anecdotes de son enfance avec son père, et il se souvenait des cadeaux qu'il lui avait envoyés chaque année pour son anniversaire.

— Alors qu'avez-vous pensé ?

— Au début, qu'Oleg avait changé d'avis et qu'il ne voulait plus s'occuper de Dima. Mais quand il nous a fait parvenir les photos que son frère lui avait envoyées au fil des ans, nous sommes tombés des nues… Il ne s'agissait pas de la même personne.

Un silence gêné s'installa. Norjenko examina l'expression imperturbable de son interlocuteur, se demandant s'il le prenait pour un fou.

— Vous ne vous en étiez pas aperçus avant…, tenta le chasseur.

— Il n'existait pas de photos de Dima précédant son arrivée au centre, affirma le psychologue. La population de Pripiat avait abandonné la ville précipitamment, n'emportant que le strict nécessaire. À son arrivée, l'enfant n'avait que ses vêtements.

— Alors ?

— Nous ne voyions qu'une explication : cet enfant venu de nulle part avait pris la place du véritable Dima. Mais ce n'était pas tout… Il ne s'agissait pas d'un simple échange de personnes.

Les yeux du chasseur brillèrent, un éclair passa dans le regard de Norjenko. Il aurait parié que c'était de la peur.

— Ces deux enfants n'étaient pas simplement « semblables », précisa le psychologue. Le véritable Dima était myope, l'autre aussi. Ils souffraient tous deux d'une allergie au lactose. Oleg nous expliqua que son neveu avait un déficit auditif à l'oreille droite dû à une otite mal soignée. Nous avons soumis notre enfant à des tests audiométriques, sans lui parler de ce problème au préalable : il était atteint du même problème.

— Il pouvait faire semblant, dans le fond les tests audiométriques se fondent sur les réponses fournies spontanément par le patient. Peut-être que votre Dima le savait.

— Peut-être… Un mois après notre découverte, l'enfant a disparu.

— Il s'est enfui ?

— Je dirais plutôt… évaporé. Nous l'avons cherché pendant des semaines, avec l'aide de la police.

— Et le vrai Dima ?

— Aucune trace de lui, ni de ses parents d'ailleurs : nous savions qu'ils étaient morts parce que notre Dima nous l'avait dit. Dans le chaos de cette époque, il était impossible de vérifier les nouvelles : tout ce qui concernait Tchernobyl était tenu secret, même l'information la plus banale.

— Juste après, vous avez écrit un article sur cette histoire.

— Mais personne n'y a accordé de crédit, dit Norjenko en secouant la tête avec amertume. Cet enfant ne voulait pas simplement se faire passer pour quelqu'un d'autre, croyez-moi : à cet âge-là, l'esprit n'est pas en mesure de structurer un mensonge aussi alambiqué. Non, dans son âme, il était vraiment Dima.

— Quand il a disparu, a-t-il emporté quelque chose ?

— Non, il m'a laissé ceci…

Norjenko ouvrit l'un des tiroirs de son bureau et en sortit une peluche qu'il tendit à son interlocuteur.

Un lapin en tissu.

Il était bleu ciel, sale et abîmé. Sa queue avait été reprisée et il lui manquait un œil. Il souriait, béat et sinistre.

Le chasseur l'observa.

— Ça ne vaut pas grand-chose, comme indice.

— Je suis d'accord avec vous, docteur Foster, admit Norjenko. Mais vous ne savez pas où nous l'avons trouvé.

Après avoir traversé une partie du parc dans l'obscurité, Norjenko conduisit le chasseur dans un autre immeuble du centre.

— Autrefois, c'était le dortoir principal.

Ils se dirigèrent vers le sous-sol. Norjenko actionna une série d'interrupteurs : les néons éclairèrent une vaste pièce. Les murs étaient attaqués par l'humidité et au plafond couraient des tuyaux de toutes les dimensions, dont la plupart étaient usés et réparés avec des moyens rudimentaires.

— Quelque temps après la disparition de l'enfant, une femme de ménage a fait cette trouvaille, dit-il en ménageant la surprise. J'ai tenu à conserver cet endroit exactement comme nous l'avons trouvé. Ne me demandez pas pourquoi, j'ai simplement pensé qu'un jour cela nous aiderait à comprendre. Et puis, personne ne vient jamais ici.

Ils empruntèrent un passage haut et étroit, longeant des portes métalliques d'où arrivait le bruit sourd des chauffe-eau. Ils atteignirent une deuxième salle, servant de dépôt de vieux meubles : des lits et des matelas qui pourrissaient. Norjenko se fraya un chemin en invitant son collègue à le suivre.

— Nous sommes presque arrivés.

Ils se retrouvèrent sous un escalier mal aéré. Il faisait sombre, mais Norjenko alluma le briquet à pétrole qu'il utilisait pour ses cigarettes.

À la lueur de la flamme, son hôte fit un pas en avant, incrédule.

On aurait dit un gigantesque nid d'insectes.

Le chasseur eut un mouvement de recul mais ensuite, en s'approchant, il aperçut une fine trame de petits morceaux de bois, maintenus par des morceaux de tissu de différentes couleurs, des cordes, des pinces à linge, des mines de crayon et des pages de journaux mouillées utilisées comme ciment. Le tout avait été assemblé avec une extrême méticulosité.

C'était le refuge de chiffons d'un enfant.

Lui aussi en avait construit quand il était petit. Mais celui-ci avait quelque chose de différent.

— La peluche se trouvait à l'intérieur, dit Norjenko.

Il vit son hôte se pencher pour examiner quelque chose sur le sol : une petite couronne de taches sombres.

Pour le chasseur, c'était une révélation éclatante. Du sang séché. Le même indice qu'il avait trouvé à Paris, chez Jean Duez.

Le faux Dima était le transformiste.

Contenant son excitation, il demanda, évasif :

— Vous avez une idée de la provenance de ces taches ?

— Non...

— Cela vous dérange si j'en prélève un échantillon ?

— Je vous en prie.

— Je voudrais aussi le lapin en tissu, il pourrait être relié au passé du faux Dima.

Norjenko hésita : il cherchait à comprendre si son collègue était vraiment intéressé par cette histoire. C'était probablement sa dernière chance de changer le cours de son existence.

— Je crois que l'affaire a encore une valeur scientifique, cela vaut la peine d'approfondir, ajouta le chasseur pour le convaincre.

À ces mots, une lueur d'espoir s'alluma dans les yeux du psychologue. Il lança un dernier appel à l'aide.

— Alors, qu'en dites-vous : nous pourrions peut-être écrire un nouvel article ensemble ?

À ce moment-là, Norjenko espérait encore qu'il ne passerait pas le restant de ses jours dans cet institut.

Le chasseur lui répondit avec un sourire :

— Naturellement, docteur Norjenko. Je repars ce soir pour l'Angleterre, je vous contacterai au plus vite.

En réalité, il avait une autre destination en tête : Pripiat, sur les traces de Dima, là où tout avait commencé.

IL Y A DEUX JOURS

Le cadavre dit :

— Non !

Cette exclamation resta en suspens entre le rêve et l'éveil. Elle venait du passé, mais elle avait transité dans le présent un instant avant que le portail qui relie les deux mondes se referme et que Marcus soit à nouveau conscient.

Il avait prononcé ce mot avec fermeté, mais aussi avec peur, devant le canon impassible d'un pistolet. Sachant déjà que cela ne servirait à rien. Comme toujours sous la menace d'une arme. Ce mot est le dernier, barrière inutile face à l'inévitable. L'invocation de ceux qui savent qu'il n'y a pas de salut.

Marcus ne chercha pas immédiatement le feutre avec lequel il écrivait ses bribes de rêve sur le mur à côté de son lit. Il réfléchit – le cœur battant la chamade et la respiration haletante – parce que cette fois il ne voulait pas oublier ce qu'il avait vu.

Il avait encore clairement devant les yeux une image de l'homme sans visage qui avait tiré sur lui et sur Devok. Dans les précédentes versions du rêve, c'était une ombre vaporeuse qui s'évanouissait quand il essayait de faire le point. Maintenant, il connaissait un détail important sur l'assassin. Il avait vu la main qui tenait le pistolet.

Il était gaucher.

Ce n'était pas grand-chose, mais pour Marcus cela constituait un espoir. Peut-être un jour remonterait-il le long de ce bras tendu et regarderait-il dans les yeux l'homme qui l'avait condamné à errer en lui-même à la recherche de sa propre identité. Parce qu'il lui restait la conscience d'être vivant. Rien de plus.

Il repensa à Federico et aux dessins sur le cahier trouvé chez lui. Ils racontaient la genèse d'un monstre. Le fait que les fantasmes violents remontent à l'enfance le troublait. Le fil rouge du doute s'était insinué dans la pelote qu'il essayait de démêler. Naît-on ou devient-on bon ou méchant, cruel ou compatissant ? Comment le cœur d'un enfant pouvait-il cultiver le mal avec autant de lucidité et se laisser infester ?

On aurait pu attribuer la responsabilité à une série d'événements qui avaient creusé des sillons dans l'âme de Federico, comme l'abandon de sa mère ou la mort prématurée de son père. Mais c'était une explication faible et simpliste. Beaucoup d'enfants vivent des drames bien pires sans pour autant devenir des assassins.

En plus, Marcus était conscient que cette question le touchait de près. L'amnésie avait effacé ses souvenirs, pas son passé. Qu'était-il avant ? Le cahier de Federico contenait peut-être un élément de réponse. Dans chaque individu il existe quelque chose d'inné, qui va au-delà de la conscience de soi, de l'expérience accumulée et de l'éducation reçue. Une étincelle propre à chaque être, plus encore que son nom ou que son aspect.

L'une des premières étapes de sa formation avait consisté à se libérer des erreurs induites par l'apparence. Clemente lui avait fait étudier l'affaire Ted Bundy, le tueur en série au visage d'ange. Il avait une petite amie et ses amis le définissaient comme affable et généreux. Pourtant, il avait tué vingt-huit fois. Et, avant d'être identifié, Bundy avait reçu une médaille pour avoir sauvé une petite fille qui se noyait dans un lac.

Nous sommes toujours en pleine bataille, avait pensé Marcus. *Il n'est pas simple de choisir dans quel groupe se ranger. Au bout du compte, le seul arbitre est l'homme lui-même, qui décide au cas par cas de suivre sa propre étincelle, positive ou négative, ou bien de l'ignorer.*

Cela valait pour les coupables, mais aussi pour les victimes.

Les trois derniers jours avaient été très instructifs de ce point de vue. Monica – la sœur de l'une des jeunes filles tuées par Jeremiah Smith –, Raffaele Altieri et Pietro Zini s'étaient retrouvés à un carrefour, et ils avaient choisi. On leur avait offert la vérité, mais aussi la possibilité de choisir entre le pardon et la vengeance. Monica avait choisi le premier, les deux autres la seconde.

Et puis, il y avait la policière qui enquêtait pour trouver l'assassin de son mari. Que cherchait-elle, une vérité libératoire ou la possibilité d'infliger un châtiment ? Marcus n'avait jamais entendu parler de David Leoni qui, selon sa femme, avait été éliminé alors qu'il enquêtait sur les pénitenciers. Il avait promis de l'aider à percer le mystère. Pourquoi ? Il craignait qu'elle aussi n'entre dans ce schéma de vengeance, même s'il ne savait pas encore comment. Et il sentait que quelque chose la reliait au reste.

Toutes les personnes impliquées jusque-là avaient subi un préjudice qui avait changé le cours de leur vie. Le mal ne les avait pas seulement frappées, sur son passage il avait aussi semé des spores. Certaines avaient pris racine, infectant leur vie. Comme un parasite silencieux, le mal avait grandi dans les métastases de la haine et de la rancœur, transformant son hôte. C'était ainsi qu'il accomplissait ses métamorphoses. Des individus qui n'avaient jamais pensé pouvoir enlever la vie à un congénère étaient frappés par un deuil violent et ceci, avec le temps, les transformait à leur tour en tueurs.

Pourtant, une partie de Marcus ne se sentait pas de condamner ceux qui, plutôt que de se contenter de la vérité et d'aller de l'avant, avaient choisi le châtiment. Parce qu'il avait beaucoup de points communs avec ces personnes.

Il se tourna vers le mur et relut les derniers détails qu'il avait notés concernant la scène de l'hôtel de Prague.

Verre brisé. Trois coups de feu. Puis il ajouta : *Gaucher.*

Que ferait-il s'il se retrouvait devant l'assassin de Devok, devant l'homme qui avait essayé de le tuer et qui l'avait privé de sa mémoire ? Il ne pensait pas être un saint homme. Peut-on pardonner ceux qui n'ont pas payé pour leurs fautes ? Il ne désapprouvait pas totalement ceux qui, pour réparer une faute, s'étaient à leur tour mêlés à un crime.

Ces hommes avaient reçu un pouvoir immense. *Et c'était un pénitencier qui le leur avait donné.*

Après cette découverte, Marcus avait ressenti des émotions contradictoires. Il l'avait vécue comme une trahison, mais il avait également été très soulagé d'apprendre qu'il n'était pas le seul à posséder ce talent obscur. Même s'il ne connaissait pas encore les motivations de son camarade de pénitencier, le fait que derrière chaque révélation se cachât un homme de Dieu lui donnait espoir pour Lara.

Il ne la laissera pas mourir, se dit-il.

Toutefois, les rênes de l'enquête lui échappaient. Sa priorité devait être l'étudiante enlevée par Jeremiah Smith, mais il l'avait presque oubliée. Il s'était laissé porter par les événements, certain que la trame de ce plan contenait aussi un dessein pour la jeune fille. Or il repensa au dernier message du mystérieux pénitencier, celui du courriel reçu par Pietro Zini.

Cela s'est déjà produit. Cela se produira encore.

Et si au contraire tout ceci avait été ourdi pour qu'il échoue tout près du but ? Il aurait ensuite à vivre avec le remords de ne pas avoir sauvé Lara. Cela ferait décidément trop pour sa jeune mémoire.

Je dois aller au bout, je n'ai pas d'autre choix. Mais je dois y arriver un instant avant que tout ne se réalise. Ce n'est qu'ainsi que je lui sauverai la vie.

Pour le moment, il devait penser à un danger plus imminent.

C.g. 925-31-073.

Le code qui concluait l'e-mail annonçait un autre crime impuni. Le sang avait été versé sans que personne n'en paie le prix. Quelque part, quelqu'un se préparait à choisir entre rester une victime ou devenir un bourreau.

Deux mois après le début de sa formation, Marcus avait interrogé Clemente sur les archives. Après en avoir tant entendu parler, il était curieux de savoir quand il pourrait les visiter. Un soir, très tard, son ami s'était présenté via dei Serpenti et lui avait annoncé :

— C'est le moment.

Marcus s'était laissé conduire dans les rues de Rome sans poser de questions. Après un long trajet en voiture, ils avaient poursuivi à pied jusqu'à un vieil immeuble du centre. Clemente l'avait invité à descendre au sous-sol. Ils avaient emprunté un couloir orné de fresques, jusqu'à une porte en bois que Clemente avait ouverte avec une clé qu'il portait sur lui. Marcus était mal à l'aise. Devant cette dernière frontière, il ne se sentait pas prêt. En plus, il ne pensait pas qu'il fût si simple d'y arriver. Sans compter que depuis qu'il en connaissait l'existence, ces archives lui inspiraient une certaine crainte. Au fil des siècles, ce lieu avait eu plusieurs noms, suggestifs ou inquiétants. La « Bibliothèque du mal ». La « Mémoire du diable ». Marcus se l'était imaginé comme un labyrinthe d'étagères croulant sous les volumes, où il aurait été facile de se perdre, ou de perdre la raison, à cause de ce qu'il contenait. Quand Clemente avait ouvert la porte, Marcus avait regardé sans comprendre.

Il s'agissait d'une petite pièce aux murs nus et sans fenêtre, avec au centre une chaise et une table. Sur cette dernière, un dossier.

Clemente l'avait invité à s'asseoir pour le lire. Il s'agissait de la confession d'un homme qui avait tué onze fois. Les victimes étaient toutes des fillettes. Il avait commis son premier crime à l'âge de vingt ans. Il ne savait pas expliquer quelle force obscure guidait ses mains tandis qu'il donnait la mort. Il sentait en lui une compulsion inexplicable à réitérer ses actes.

Marcus avait pensé à un tueur en série et avait demandé à Clemente s'il avait été arrêté.

— Oui, l'avait rassuré son ami.

Mais les faits remontaient à plus de mille ans.

Marcus avait toujours cru que les tueurs en série étaient un produit de l'époque moderne. Au XXᵉ siècle, l'humanité avait fait des progrès immenses en termes d'éthique et de morale. Selon lui, l'existence des tueurs en série était l'un des prix de ces avancées. Mais en lisant cette confession, il fut contraint d'y repenser.

Les jours suivants, Clemente l'emmena en soirée dans la petite pièce et lui soumit une nouvelle affaire. Très vite, Marcus se demanda pourquoi. N'aurait-il pas pu lui apporter les dossiers dans sa mansarde? Mais la réponse était simple. Cet isolement était nécessaire pour que Marcus comprenne l'importance des leçons.

— Les archives, c'est moi, dit-il un jour à Clemente.

Celui-ci lui confirma que, outre le lieu secret où étaient conservés les témoignages matériels du mal, les archives étaient les pénitenciers eux-mêmes. Chacun en connaissait une partie différente, il préservait cette expérience et la portait dans le monde.

Or après la mort de Devok, et jusqu'à la veille au soir chez Zini, Marcus avait toujours soupçonné qu'il était seul.

Cette idée le taraudait pendant qu'il déambulait dans le quartier juif vers le portique d'Octavie, situé derrière une grande synagogue. Dans l'Antiquité, elle avait hébergé un temple de Junon Reine puis celui de Jupiter Stator. Un pont moderne de bois et d'acier surplombait les ruines, servant de belvédère sur le cirque Flaminius.

Clemente se tenait à la balustrade. Il savait déjà tout.

— Comment s'appelle-t-il?

— Nous ne savons pas, dit le jeune prêtre sans se retourner.

Cette fois, Marcus ne pouvait se contenter d'une réponse aussi succincte.

— Comment est-il possible que vous n'ayez aucune idée de l'identité du pénitencier?

— Je ne t'ai pas menti quand je t'ai dit que seul le père Devok connaissait vos noms et vos visages.

— Alors quel a été le mensonge?

— Tout ceci a commencé bien avant Jeremiah Smith.

— Donc vous saviez que quelqu'un violait le secret des archives.

Il aurait pu y arriver seul.

— « Ce qui s'est passé, c'est ce qui sera. » Tu voulais savoir ce que cela signifie? Ecclésiaste : chapitre i, verset 9.

— Depuis combien de temps les révélations se succèdent-elles ?

— Depuis des mois. Il y a eu trop de morts, Marcus. Ce n'est pas bon pour l'Église.

Les propos de Clemente le mirent mal à l'aise. Il pensait que tous les efforts étaient pour Lara, mais la réalité était différente.

— Alors c'est ça qui vous intéresse : arrêter l'hémorragie des archives, éviter qu'on sache que si quelqu'un s'est mis à faire justice tout seul c'est en quelque sorte à cause de nous. Et Lara, n'est-ce qu'un simple imprévu ? Sa mort sera-t-elle classée comme un dommage collatéral inévitable ? explosa Marcus, furieux.

— Tu as été appelé pour sauver la jeune fille.

— Ce n'est pas vrai.

— Ce que faisaient les pénitenciers était contraire aux décisions de l'Église. Vous aviez été écartés, votre ordre aboli. Mais quelqu'un a voulu continuer.

— Devok.

— Il soutenait qu'arrêter était une erreur, que les pénitenciers avaient un rôle fondamental à jouer. Toute cette connaissance du mal, provenant des archives, devait rester à la disposition du monde. Il était convaincu de sa propre mission. Toi et les autres prêtres, vous l'avez suivi dans cette folle entreprise.

— Pourquoi était-il venu à Prague me chercher ? Qu'est-ce que je faisais là-bas ?

— Je ne sais pas, je te le jure.

Marcus promena son regard sur les vestiges de la Rome impériale. Il commençait à comprendre son propre rôle.

— Chaque fois qu'il dévoile un secret, le péniten-cier laisse des indices pour ses compagnons. Il veut être arrêté. Vous ne m'avez formé à nouveau que pour le coincer. Vous m'utilisez. La disparition de Lara vous a offert le prétexte pour me faire entrer en scène sans éveiller mes soupçons. En réalité, son sort vous importe peu… tout comme le mien.

— Si, au contraire. Comment peux-tu soutenir une chose pareille ?

Marcus s'approcha de Clemente pour le regarder dans les yeux.

— Si les archives n'avaient pas été en danger, tu m'aurais laissé amnésique dans ce lit d'hôpital.

— Non. Nous t'aurions fourni les souvenirs pour continuer. Je suis allé à Prague parce que Devok était mort. J'ai appris que quand on lui avait tiré dessus, il n'était pas seul. Je n'avais aucune idée de qui l'accom-pagnait, je savais seulement que l'inconnu était à l'hôpital, frappé d'amnésie.

Les premiers temps, Marcus s'était fait raconter l'histoire plusieurs fois, pour se convaincre de sa propre identité. En fouillant dans ses affaires dans la chambre d'hôtel, Clemente avait trouvé un passeport diplomatique du Vatican avec une fausse identité et des notes, une sorte de journal où Marcus parlait en gros de lui, craignant peut-être, s'il mourait, de rester un cadavre sans nom. En tout cas, ce journal avait permis à Clemente de comprendre qui il était. Et il en avait eu la confirmation quand il l'avait conduit sur une scène de crime, à sa sortie de l'hôpital. Marcus avait décrit très en détail le déroulement de l'homicide.

— J'ai communiqué la découverte à mes supérieurs, poursuivit Clemente. Ils voulaient laisser tomber. J'ai insisté, affirmant que tu étais la bonne personne, et je les ai convaincus. Tu n'as jamais été utilisé, si c'est ce qui t'inquiète. Pour nous, tu étais une aubaine.

— Si je trouve le pénitencier qui a trahi, ensuite qu'adviendra-t-il de moi ?

— Tu seras libre, tu comprends ? Pas parce que quelqu'un le décidera : tu peux partir maintenant, si tu veux, cela dépend de toi. Tu n'es lié par aucune obligation. Mais je sais que, au fond de ton cœur, tu ressens le besoin de savoir qui tu es. Et ce que tu fais, même si tu ne l'admets pas, t'aide à le comprendre.

— Quand tout sera terminé, les pénitenciers seront à nouveau de l'histoire ancienne. Et cette fois, vous vous assurerez que cela soit définitif.

— L'ordre a été aboli pour une bonne raison.

— Laquelle ?

— Il y a des choses que ni toi ni moi ne pouvons comprendre. Des décisions qui viennent d'en haut et qui répondent à des exigences précises. Notre devoir d'hommes d'Église est de servir sans nous poser de questions, en pensant qu'au-dessus de nous quelqu'un choisit pour notre bien.

Les oiseaux volaient entre les colonnes antiques en chantant dans l'air vif du matin. La journée était ensoleillée, mais pas l'état d'âme de Marcus. Il était abattu, même si l'idée de pouvoir vivre autrement ne lui déplaisait pas. Depuis qu'il avait découvert son talent, il s'était senti en quelque sorte contraint. Comme s'il détenait la solution à tous les maux. Clemente lui offrait une porte de sortie. Mais il avait raison : ce qu'il faisait lui servait. S'il trouvait Lara et interceptait le pénitencier, il mériterait de raccrocher. Cela deviendrait acceptable.

— Que dois-je faire ?

— Découvre si la fille est encore en vie, et sauve-la.

La seule façon, Marcus le savait, était de suivre les traces du pénitencier.

— Il a réussi à élucider de vieilles affaires non résolues classées dans les archives. Il est fort.

— Toi aussi, tu l'es. Autrement, tu n'aurais pas découvert les mêmes choses. Tu es comme lui.

Marcus ne savait pas si la comparaison le consolait ou l'atterrait. Mais il devait aller de l'avant. Jusqu'au bout.

— Cette fois, le code est *c.g. 925-31-073.*

— Cela ne va pas te plaire, le prévint Clemente en sortant un pli de son imperméable. Quelqu'un est mort, mais nous ne savons pas qui c'est. Son assassin a reconnu son crime, mais nous ne connaissons pas son nom.

Marcus prit le dossier, qui lui sembla trop mince : en effet, il ne contenait qu'une feuille, écrite à la main.

— Qu'est-ce que c'est ?

— La confession d'un suicidé.

07 h 40

Elle fut réveillée par une caresse sur la joue. Elle ouvrit les yeux, s'attendant à trouver Shalber, mais elle était seule. Pourtant, la sensation avait été nette.

Son compagnon de cette étrange nuit s'était déjà levé. Elle entendait l'eau de la douche couler. Tant mieux. Sandra n'était pas certaine de vouloir le voir. Pas encore. Elle avait besoin d'un peu de temps pour elle. La vérité sans pitié du jour lui donnait une perception complètement différente de ce qui s'était passé entre ces draps. Indifférent à sa pudeur et à sa gêne, le soleil filtrait par les volets en mettant en évidence ses sous-vêtements, ses habits et les couvertures en boule sur le sol, et éclairait son corps nu.

Je suis nue, se dit-elle comme pour s'en convaincre.

Elle blâma d'abord le vin, avant de se rendre compte que c'était un bouc émissaire trop faible. De qui se moquait-elle ? Les femmes ne font jamais l'amour par hasard. Les hommes sont ainsi : une occasion se présente, ils la saisissent. Les femmes ont besoin de préparation. Elles veulent être douces au toucher, sentir bon. Même quand elles semblent se lancer dans l'aventure d'une nuit, en réalité elles l'ont programmée. Et même si pendant les six derniers mois elle n'avait pas prévu une telle rencontre, elle l'avait acceptée. Elle avait continué à prendre soin d'elle. Une partie d'elle ne voulait pas s'avouer vaincue par la douleur. Et puis, cela avait encore à voir avec sa mère. Avant l'enterrement de David, elle l'avait envoyée se recoiffer dans sa chambre : « Une femme trouve toujours deux minutes pour se coiffer », avait-elle asséné. Même quand elle souffre et a du mal à respirer. Ce concept n'avait rien à voir avec la beauté ou l'apparence. C'était une question d'identité. Une attention que les hommes auraient trouvée futile et affectée, dans un tel moment.

Maintenant, Sandra avait honte. Shalber pensait peut-être qu'elle s'était offerte trop facilement. Elle craignait son jugement. Mais pas pour elle : par rapport à David. Elle ressentait de la peine pour lui à l'idée que sa veuve avait couché avec un autre homme.

Elle cherchait un prétexte pour le haïr. Shalber avait été attentionné, cette nuit-là. On ne pouvait pas parler de passion dévorante, tout s'était déroulé avec une douceur exaspérante. Il l'avait serrée contre lui, sans parler. De temps à autre, il lui embrassait les cheveux, et elle sentait la chaleur de son souffle.

Elle avait été attirée par lui dès le premier instant, et c'était sans doute cela qui la faisait enrager. Cela avait tout du cliché : d'abord ils se détestent, ensuite ils tombent amoureux. Elle se sentait telle une jeune fille de quinze ans. Il ne manquait plus qu'elle compare son nouveau petit ami à David. Elle chassa cette idée et trouva la force de se lever. Elle ramassa sa culotte et l'enfila en hâte, avant que Shalber sorte de la douche.

Elle s'assit sur le lit en attendant que la salle de bains se libère pour aller se réfugier sous le jet d'eau chaude. Cela serait étrange de passer devant lui tout habillée. Il pourrait se dire qu'elle avait changé d'avis. Mais Sandra ne regrettait rien. Elle aurait voulu pleurer, mais elle ressentait une joie inconsciente.

Elle aimait encore David.

La différence était dans ce « encore ». Ce mot contenait le piège du temps. Il s'était immiscé dans cette phrase à l'insu de Sandra, en plein milieu. Actant, de fait, une séparation. Anticipant l'avenir. Tout change et se transforme, tôt ou tard ce sentiment aussi évoluerait. Que ressentirait-elle pour David dans vingt ou trente ans ? Si elle vivait jusque-là. Elle avait vingt-neuf ans, elle était obligée de poursuivre le chemin. Elle se retournerait de temps à autre et son mari deviendrait de plus en plus petit. Jusqu'à disparaître derrière l'horizon. Ils avaient été ensemble longtemps, mais pas assez par rapport au futur qui l'attendait.

Elle avait peur de l'oublier, elle s'accrochait désespérément aux souvenirs.

Comme là, en se regardant dans le miroir à côté de l'armoire : elle ne voyait plus une veuve mais une jeune femme encore capable de donner son énergie et son amour à un homme. Elle repensa à toutes les fois où elle avait fait l'amour avec David. À deux fois en particulier.

La première fois, qui avait été la moins romantique. Après leur troisième rendez-vous, dans la voiture, alors qu'ils rentraient chez elle où les attendaient un lit confortable et toute l'intimité nécessaire à un tel moment. Mais ils s'étaient garés au bord de la route et s'étaient jetés sur la banquette arrière. Sans détacher leurs lèvres. Ils s'étaient déshabillés mutuellement, frénétiquement. Ils n'avaient su résister à l'urgence de se trouver, comme s'ils savaient qu'ils se perdraient trop vite.

La deuxième fois n'était pas la dernière. D'ailleurs, Sandra n'avait qu'un souvenir flou de celle-ci. Elle avait remarqué une concomitance qui, au lieu de l'attrister, la faisait sourire : chaque fois que meurt une personne chère, les dernières fois deviennent un instrument de torture pour ceux qui restent. « J'aurais pu dire ça, faire ça. » David et elle n'avaient aucun compte à régler. Il savait combien elle l'aimait, et réciproquement. Sandra ne regrettait rien. Mais elle se sentait coupable, justement à cause de cette fois où ils avaient fait l'amour chez eux, quelques mois avant que son mari soit tué. Cette nuit n'avait pas été différente des autres. Ils avaient leur rituel : il lui disait des gentillesses toute la soirée, elle le laissait approcher lentement, lui refusant la récompense jusqu'au bout. Même quand ils le faisaient tous les jours, ils ne perdaient pas cette habitude. Il ne s'agissait pas seulement d'un jeu pour rendre le tout plus intéressant, c'était une façon de renouveler la promesse que rien n'était jamais acquis.

Pourtant, ce jour-là, cela avait été différent. David était rentré d'un déplacement professionnel qui avait duré deux mois. Il ne pouvait pas imaginer ce qui s'était passé pendant son absence, et elle n'avait rien laissé transparaître. Pendant toute la soirée, Sandra avait fait semblant, sans mentir. Un compromis facile à obtenir en répétant une routine. Comme si tout était normal. Y compris l'habitude de faire l'amour.

Elle n'en avait jamais parlé à personne. Elle s'interdisait même d'y penser. David ne le savait pas et, si elle le lui avouait un jour, il la quitterait, elle en était certaine. Un mot définissait sa faute, mais elle ne l'avait jamais prononcé.

— Un péché, dit-elle au miroir.

Elle se demandait si le pénitencier lui aurait pardonné. Mais cette pensée ironique ne soulagea en rien sa gêne envers elle-même.

Elle fixa la porte fermée de la salle de bains. Et maintenant ? Shalber et elle avaient-ils fait l'amour, ou n'était-ce que du sexe ? Que deviendrait leur relation ? Elle n'y avait pas réfléchi. En tout cas, elle ne voulait pas le laisser parler le premier. Elle se sentit soudain embarrassée. S'il se montrait froid, elle ne voulait pas que la déception se lise sur son visage, mais elle ne savait pas comment l'éviter. Elle regarda l'heure. Elle était réveillée depuis vingt minutes et Shalber n'était toujours pas sorti. Elle entendait toujours l'eau couler, mais elle comprit que ce son était constant. Il n'y avait aucune variation, comme quand un corps bouge sous le jet.

Sandra se précipita dans la salle de bains. Elle fut assaillie par un nuage de vapeur. Son pressentiment se concrétisa : dans la cabine de douche, derrière la vitre, aucune ombre. L'eau coulait, mais il n'y avait personne.

Une seule raison pouvait avoir conduit Shalber à échafauder un tel plan. Sandra souleva le couvercle des toilettes et vit l'enveloppe imperméable qu'elle avait cachée dans le réservoir. Elle en vérifia le contenu : au lieu des indices de David, elle contenait un billet de train pour Milan.

Elle s'assit sur le sol embué, la tête dans ses mains. Maintenant, elle avait vraiment envie de pleurer, mais elle n'en fit rien. Elle ne repensa pas à la nuit passée, elle ne se demanda pas si l'affection de Shalber faisait partie du plan. Elle repensa à la fois où elle avait fait l'amour avec David en sachant qu'elle lui cachait quelque chose. Elle avait longtemps essayé de refouler ce souvenir, aujourd'hui il remontait.

Oui, je suis une pécheresse, admit-elle pour contenter sa conscience. *La mort de David est ma punition.*

Elle essaya à plusieurs reprises d'appeler Shalber sur son portable, mais il était sur messagerie. Elle n'en fut pas surprise. Elle n'avait pas le temps de tergiverser : il fallait se remettre en action.

Elle avait passé un accord avec le prêtre à la cicatrice sur la tempe. Mais maintenant que Shalber possédait sa photo, il n'aurait aucun mal à l'identifier. S'il l'arrêtait, pour elle c'était la fin. La piste pour trouver l'assassin de son mari s'était interrompue avec la photo sombre, le pénitencier était son dernier espoir.

Elle devait le prévenir avant qu'il soit trop tard.

Elle ne savait pas comment le contacter et elle ne pouvait attendre qu'il lui fasse signe, comme il le lui avait promis. Elle tourna dans l'appartement en réfléchissant aux derniers événements. La rage ne l'aidait pas, mais elle essayait de la tenir à distance. Ses sentiments pour le fonctionnaire d'Interpol étaient contradictoires.

Il fallait revenir à l'affaire Figaro.

La veille au soir, au musée des Âmes du purgatoire, elle avait fourni au prêtre une solution plausible au mystère. Il l'avait écoutée puis il s'était enfui. Pour seule explication, il lui avait dit qu'il était pressé. Elle n'avait pas insisté.

Elle aurait voulu savoir si la situation avait évolué. La réponse pouvait venir de la télévision. Elle alluma le petit poste de la cuisine et tomba sur un journal. La présentatrice commentait la découverte du corps d'une jeune femme non encore identifiée dans le parc de la villa Glori. Puis elle passa à un autre fait divers et prononça les noms de Federico Noni et Pietro Zini : un crime-suicide dans le Trastevere.

Sandra n'en croyait pas ses oreilles. Quel avait été son rôle dans ce dramatique épilogue ? Avait-elle contribué à ces morts, même indirectement ? Elle fut rassurée en entendant le récit des événements : les horaires ne correspondaient pas. À l'heure du drame, elle conversait avec le pénitencier. Lui non plus n'était pas présent au moment des faits.

L'affaire Figaro était close et ne lui serait plus d'aucune utilité pour entrer en contact avec le pénitencier.

C'était frustrant. Elle ne savait pas par où commencer.

Un instant, se dit-elle. *Comment Shalber a-t-il su qu'ils s'occupaient de Figaro ?*

Elle repensa à ce qu'il lui avait dit de l'affaire. Shalber avait eu vent de l'intérêt du pénitencier en plaçant des micros dans une villa à l'extérieur de Rome, où la police effectuait une perquisition.

Quelle villa ? Et pourquoi ?

Elle prit son portable dans son sac et rappela le dernier numéro. De Michelis répondit à la sixième sonnerie.

— Que puis-je faire pour toi, Vega ?

— Inspecteur, j'ai encore besoin de ton aide.

— Je suis là pour ça, annonça-t-il avec bonne humeur.

— Tu es au courant d'une perquisition de la police dans une villa de Rome ces derniers jours ? Cela doit être relié à une grosse affaire.

Sandra le déduisait du fait que Shalber y avait placé ses micros.

— Tu ne lis pas les journaux ?

— Qu'est-ce que je devrais savoir ?

— Nous avons arrêté un tueur en série. On ne parle que de ça.

Elle avait dû rater cet épisode.

— Raconte-moi.

— Je n'ai pas beaucoup de temps. Donc : Jeremiah Smith, quatre victimes en six ans. Il a eu un infarctus il y a trois jours. Il a été secouru, et à cette occasion on a découvert qu'il était un monstre. Il est à l'hôpital, inconscient. Affaire close.

— D'accord. J'ai besoin d'un service.

— Un autre ?

— Un gros, cette fois.

— Essaye toujours…

— Un ordre de mission pour m'occuper de cette affaire.

— Tu plaisantes, j'espère.

— Tu préfères que j'enquête seule sans autorité ? Tu sais que j'en suis capable.

— Tu m'expliqueras tout un jour ou l'autre, pas vrai ? Sinon, je me sentirai vraiment bête de t'avoir écoutée.

— Tu peux compter sur moi.

— D'accord, je t'envoie l'ordre par fax à la préfecture de police de Rome dans une heure. Je vais faire preuve d'imagination pour inventer une raison plausible.

— Il faut que je te remercie ?

— Bien sûr que non !

Il raccrocha.

Sandra passa sa rage sur le billet de train que Shalber lui avait laissé : elle le déchira en mille morceaux qu'elle éparpilla sur le sol de l'appartement. Elle doutait que Shalber y revînt, elle était convaincue qu'ils ne se reverraient pas. Cette considération lui fit un peu mal. Elle décida de se rendre à la préfecture pour retirer son ordre de mission et demander de la documentation sur Jeremiah Smith. Elle suivait son intuition : si l'affaire intéressait les pénitenciers, c'est qu'elle n'était pas close.

08 h 11

Marcus était assis à une table de la cantine de la Caritas. Aux murs étaient accrochés des crucifix et des posters portant la parole de Dieu. Une odeur pénétrante de bouillon et de friture régnait dans tout le réfectoire. À cette heure matinale, les SDF qui fréquentaient habituellement le lieu étaient partis et les cuisinières préparaient déjà le déjeuner. Ils faisaient la queue dès 5 heures du matin. Vers 7 heures, ils étaient à nouveau dans la rue, sauf quand il pleuvait ou qu'il faisait froid, alors ils restaient un moment. Marcus savait que nombre d'entre eux – mais pas la majorité – n'étaient plus capables de rester enfermés et refusaient tout hébergement, même pour une nuit. C'étaient surtout ceux qui avaient passé du temps en prison ou dans un hôpital psychiatrique. La perte temporaire de leur liberté les avait privés d'orientation. Ils ne savaient plus d'où ils venaient ni où était leur chez-eux.

Don Michele Furente les accueillait avec un grand sourire, leur offrait un repas et de la chaleur humaine. Marcus l'observait donner des indications à ses collaborateurs pour que tout soit en ordre quand la horde de désespérés reviendrait, dans quelques heures. Devant ce prêtre et sa mission, il se sentait défaillant. Trop de choses s'étaient évanouies de sa mémoire, mais aussi de son cœur.

Quand il eut terminé, don Michele s'assit en face de lui.

— Le père Clemente m'a prévenu de votre visite : il m'a juste dit que vous étiez prêtre et que je ne devais pas vous demander votre nom.

— Si cela ne vous dérange pas.

— Cela ne me dérange pas.

Don Michele était un bonhomme bien en chair aux grosses joues rouges, dont la soutane était couverte de miettes et de taches de gras. La quarantaine, il avait de petites mains et les cheveux ébouriffés. Il portait des lunettes rondes à monture noire, des Nike déformées et regardait en permanence la montre en plastique à son poignet.

— Il y a trois ans, vous avez reçu une confession, dit Marcus.

Ce n'était pas une question.

— Depuis, j'en ai entendu bien d'autres.

— Pourtant, je pense que vous vous souvenez de celle-ci. On n'entend pas tous les jours un candidat au suicide.

Toute cordialité disparut du visage de don Michele.

— Comme le prévoit la pratique, j'ai transcrit les paroles du pénitent et je les ai transmises à la pénitencerie. Je n'ai pas pu l'absoudre, son péché était terrible.

— J'en ai lu le compte-rendu, mais je voulais l'entendre de votre bouche.

— Pourquoi ? demanda le prêtre, gêné de revenir sur le sujet.

— Il est important pour moi de me faire une impression par moi-même. J'ai besoin de saisir toutes les nuances de cet entretien.

— Il était 23 heures, nous fermions. Je me rappelle avoir remarqué cet homme, immobile de l'autre côté de la rue. Il était resté là toute la soirée, j'ai compris qu'il cherchait le courage d'entrer. Quand le dernier hôte est sorti du réfectoire, il s'est enfin décidé. Il est venu directement vers moi et m'a demandé de le confesser. Je ne l'avais jamais vu auparavant. Il portait un manteau et un chapeau qu'il n'a pas enlevés, comme s'il était pressé. D'ailleurs, notre conversation fut expéditive. Il ne cherchait ni réconfort ni compréhension, il voulait seulement se soulager d'un poids.

— Que vous a-t-il dit, exactement ?

— J'ai tout de suite compris qu'il pensait à accomplir quelque chose d'extrême. Ses gestes et sa voix étaient tourmentés, ce qui m'a convaincu que ses intentions étaient sérieuses. Il savait qu'il n'y avait pas de pardon pour ce qu'il s'apprêtait à faire, mais il n'était pas venu pour se faire absoudre d'un péché qu'il n'avait pas encore commis, expliqua-t-il avant de s'interrompre un instant. Il ne demandait pas pardon pour la vie qu'il voulait s'ôter, mais pour celle qu'il avait arrachée.

Don Michele Furente était un curé de rue, en contact permanent avec la laideur du monde. Mais Marcus ne blâmait pas sa gêne : dans le fond, il avait écouté la confession d'un péché mortel.

— Qui avait-il tué, et pourquoi ?

— Il ne me l'a pas dit. Quand je le lui ai demandé, il est resté vague. Il justifiait sa réticence en disant qu'il valait mieux que je ne sois pas au courant, pour préserver ma sécurité. Il voulait juste être écouté. Quand je lui ai expliqué qu'un simple curé ne pouvait absoudre une faute aussi grave, il a été très déçu. Il m'a remercié puis est parti sans ajouter un mot.

Bien que court, évasif et sans indices, ce compte-rendu était tout ce dont Marcus disposait. Dans les archives de la pénitencerie, les confessions d'homicides étaient classées dans un secteur particulier. La première fois qu'il y avait mis les pieds, Clemente lui avait fait une seule recommandation : « N'oublie pas que ce que tu vas lire n'est pas un procès-verbal tiré d'une banque de données de la police. Là, l'objectivité est une barrière protectrice. Ici, en revanche, le point de vue sur les faits est subjectif, parce que c'est toujours l'assassin qui raconte. Tu auras parfois l'impression d'être à sa place. Ne te laisse pas berner par le mal, rappelle-toi qu'il s'agit d'une illusion. Cela pourrait être dangereux. » En lisant ces confessions, Marcus était frappé par les détails. Il y avait toujours quelque chose dans ces récits qui semblait échapper au contexte. Par exemple, un assassin se souvenait d'un élément comme les chaussures rouges de la victime, et le prêtre l'avait consigné dans sa transcription. Cela n'avait aucune incidence sur la pénitence à effectuer. Mais c'était comme si, dans un annuaire d'horreurs et de violences, on voulait créer une porte de sortie. Des chaussures rouges : une tache de couleur interrompait un instant la narration, permettant au lecteur de reprendre son souffle. Dans le compte-rendu de Michele, il manquait un détail de ce genre. Et Marcus soupçonnait que la transcription n'ait été que partielle.

— Vous savez qui était le pénitent, n'est-ce pas ?

Le prêtre hésita un instant de trop, indiquant ainsi que c'était le cas, en effet.

— Je l'ai reconnu quelques jours plus tard dans les journaux.

— Mais quand vous avez transcrit la confession, vous n'avez pas mentionné son nom.

— J'ai consulté l'évêque, qui m'a conseillé d'omettre son identité.

— Pourquoi ?

— Parce que tout le monde croyait que c'était un homme bon. Il a construit un grand hôpital en Angola, l'un des pays les plus pauvres du monde. L'évêque m'a persuadé qu'il n'était pas nécessaire de souiller la mémoire d'un bienfaiteur, qu'il fallait en préserver l'exemple. Parce que désormais, il ne nous appartenait plus de le juger.

— Comment s'appelait-il ? insista Marcus.

— Alberto Canestrari, répondit le curé en soupirant.

Marcus sentait que ce n'était pas tout, mais il ne voulait pas le forcer.

— Il y a autre chose, ajouta don Michele sur un ton craintif. Les journaux ont écrit qu'il était mort de mort naturelle.

Alberto Canestrari n'était pas seulement un chirurgien de renommée internationale, une pointure de la médecine et un pionnier dans son domaine. Il était surtout philanthrope.

C'était l'image qui émergeait des plaques accrochées au mur de son cabinet de la via Ludovisi. Mais aussi des articles de presse encadrés qui décrivaient les nombreuses découvertes grâce auxquelles il avait perfectionné la technique chirurgicale et louaient sa générosité pour avoir exporté ses capacités dans les pays du tiers-monde.

Sa plus grande œuvre était l'édification d'un hôpital en Angola, où il se rendait pour opérer des gens.

Les journaux qui le célébraient annonçaient ensuite la nouvelle de sa mort soudaine, de cause naturelle.

Marcus s'était introduit dans ce qui avait été son cabinet, au troisième étage d'un immeuble bourgeois à deux pas de la via Veneto, et il parcourait ces reliques du regard, observant le visage souriant du médecin, la cinquantaine, sur les photos où il posait avec différentes personnalités, mais aussi avec ses patients – la plupart indigents – qui lui devaient la guérison et, dans certains cas, la vie. Ils constituaient sa famille. Ayant consacré toute son existence à sa vocation, le chirurgien ne s'était pas marié.

S'il avait dû juger l'homme au florilège d'adjectifs parsemés sur ce mur, Marcus l'aurait sans hésiter défini comme un bon chrétien. Mais cela pouvait être une façade : l'expérience lui enjoignait d'être prudent dans ses jugements. Surtout à la lumière des mots que le chirurgien avait prononcés quelques jours avant de mourir, pendant son ultime confession.

Pour le monde entier, Alberto Canestrari ne s'était pas suicidé.

Marcus avait du mal à imaginer que l'annonce de son intention d'en finir ait réellement précédé un décès de cause naturelle. *Il y a autre chose*, se dit-il.

Le cabinet était composé d'une salle d'attente spacieuse, d'un secrétariat, d'une pièce avec un grand bureau en acajou entouré d'une foule de livres de médecine, pour la plupart reliés. Une porte coulissante cachait une petite salle équipée d'une table d'examen, de quelques instruments et d'une armoire à pharmacie. Marcus s'arrêta dans le bureau de Canestrari. Il avisa les canapés en cuir assortis au fauteuil pivotant où – toujours selon les médias – on avait retrouvé son cadavre.

Pourquoi suis-je ici ? s'interrogea-t-il.

Si cet homme avait vraiment tué, l'affaire était désormais close. Marcus n'aurait pas dû s'inquiéter. L'assassin était mort et le mystérieux pénitencier n'aurait pu procurer aucune vengeance, cette fois. Mais s'il l'avait conduit jusque-là, la vérité ne pouvait être aussi élémentaire.

Une chose à la fois, se dit-il. Le premier pas était d'accepter les faits et la première anomalie à résoudre était le suicide.

Canestrari n'avait ni femme ni enfants, après son décès ses neveux s'étaient battus pour l'héritage. Le cabinet médical, objet de litige, était resté tel quel pendant les trois dernières années. Les fenêtres de l'appartement étaient fermées et une couche de poussière recouvrait les objets. La même que celle qui flottait dans les étroits rayons de lumière émergeant des persiennes. Bien que conservé par l'indifférence du temps, ce lieu ne ressemblait pas à une scène de crime. Marcus regrettait presque les avantages d'une mort violente, si riche en traces sur lesquelles appuyer ses déductions. Dans le chaos généré par le mal, il lui était plus simple de trouver l'anomalie dont il avait besoin. À l'inverse, dans la fausse quiétude de cet endroit, elle était difficile à débusquer. Cette fois, le défi nécessitait un changement drastique. Il devait s'identifier à Alberto Canestrari.

Qu'est-ce qui compte le plus pour moi? se demanda-t-il. *La célébrité m'intéresse, mais elle n'est pas essentielle : malheureusement, on ne devient pas populaire en sauvant des vies ou en étant charitable. La profession, alors. Mon talent est important pour les autres, mais ce n'est pas ce qui me tient réellement à cœur.*

La solution arriva d'elle-même quand il regarda à nouveau le mur qui célébrait le médecin. *Mon nom, c'est ça qui compte vraiment. La réputation est le bien le plus précieux que je possède.*

Parce que je suis convaincu d'être un homme bon.

Il s'assit sur le fauteuil de Canestrari. Il croisa ses mains sous son menton en se posant une unique question, fondamentale.

Comment puis-je me suicider en faisant croire à tout le monde que je suis mort de mort naturelle ?

Ce que le chirurgien craignait par-dessus tout était le scandale. Il n'aurait pas supporté de laisser un mauvais souvenir de lui. Il avait donc dû trouver un moyen. Marcus était convaincu que la réponse était toute proche.

À portée de main, se dit-il en faisant pivoter le fauteuil vers la bibliothèque derrière lui.

Simuler une mort naturelle n'était pas un problème pour cet homme qui connaissait les secrets de la vie. Il était certain qu'il existait une méthode simple et insoupçonnable. Personne n'enquêterait, personne n'approfondirait, parce qu'il s'agissait de la disparition d'un homme d'une grande intégrité.

Marcus se leva pour consulter les titres des volumes sur les étagères. Au bout d'un moment, il trouva ce qu'il cherchait.

Un précis de toutes les substances toxiques naturelles et artificielles. On y dressait une liste d'essences, toxines, acides minéraux et végétaux, alcalins caustiques, allant de l'arsenic à l'antimoine, de la belladone au nitrobenzène, de la phénacétine au chloroforme. Il vérifia la posologie mortelle des principes actifs, leur emploi et leurs effets secondaires. Jusqu'à trouver ce qui ressemblait à une réponse.

Succinylcholine.

Il s'agissait d'un décontractant musculaire utilisé comme anesthésiant. Canestrari était chirurgien, il le connaissait bien. Il était comparé à une sorte de curare synthétique, parce qu'il avait la capacité de paralyser les patients pendant la durée de l'intervention, afin de prévenir la dangereuse éventualité de spasmes ou mouvements incontrôlés.

En lisant les propriétés de la substance, Marcus conclut qu'une dose de un milligramme aurait suffi à Canestrari pour bloquer ses muscles de la respiration. Il aurait suffoqué en quelques minutes. Une éternité, dans ces circonstances, une mort atroce, la moins préférable, mais très efficace, parce que la paralysie du corps rendait le processus irréversible. Une fois la drogue injectée, on ne pouvait changer d'avis.

Mais le chirurgien l'avait choisie pour une autre raison.

La qualité principale de la succinylcholine est qu'aucun examen toxicologique n'est en mesure de l'identifier en tant que composé d'acide succinique et de choline : des substances normalement présentes dans le corps humain. Et aucun médecin légiste ne chercherait un petit trou de seringue, par exemple entre les orteils.

Son nom ne serait pas entaché.

Oui, mais la seringue ? Si quelqu'un la trouvait à côté du corps, adieu la simulation de mort naturelle. Ce détail ne collait pas avec le reste.

En attendant le dossier de Clemente, avant de venir ici, Marcus avait lu sur Internet que le corps du chirurgien avait été découvert par une infirmière le lendemain matin, à l'heure d'ouverture du cabinet. Il était possible qu'elle se soit débarrassée de la preuve gênante d'une mort non naturelle.

Trop aléatoire, se dit Marcus : la femme aurait pu ne pas le faire. Mais Canestrari était certain que la seringue serait dissimulée. Pourquoi ?

Ce cabinet était le centre de l'univers du médecin, mais ce n'était pas la raison pour laquelle il l'avait choisi. Il était certain que quelqu'un irait au bout de son plan. Quelqu'un qui avait intérêt à faire disparaître la seringue.

Il l'a fait ici parce qu'il se savait observé.

Marcus se leva d'un bond et chercha quelque chose dans la pièce. Où les avait-on placés ? Dans le circuit électrique, fut la réponse.

Il se dirigea vers l'interrupteur fixé au mur et remarqua un petit trou dans la plaque. Pour l'enlever, il utilisa un coupe-papier qui se trouvait sur le bureau. Il défit les vis puis l'arracha.

En un coup d'œil, il reconnut le câble d'un transmetteur mêlé aux fils électriques.

Celui qui avait caché la microcaméra était très malin.

Mais si quelqu'un surveillait le cabinet à l'époque du suicide de Canestrari, pourquoi ce dispositif y était-il encore trois ans plus tard ? Marcus comprit qu'il était en danger. Sa présence dans le cabinet était sans doute déjà signalée.

Ils m'ont laissé me démasquer. Ils sont déjà en route.

Il devait partir sur-le-champ. Il se dirigeait vers la sortie quand il entendit un bruit dans le couloir. Il aperçut un individu en costume qui avait du mal à marcher sans bruit, tellement il était costaud. Marcus s'écarta avant d'être vu. Il n'avait pas d'échappatoire possible : la seule sortie était occupée par cette montagne humaine.

Il regarda autour de lui. Il aurait pu se cacher dans la petite salle d'examen. Si l'homme entrait dans la pièce, il aurait plus de place pour s'enfuir : dans le fond, il était plus agile, il lui suffisait de courir.

L'homme s'arrêta à la porte, cherchant l'intrus. Sa tête tournait lentement sur son cou massif. Deux yeux minuscules fouillaient la pièce sans rien trouver. Puis il remarqua la porte coulissante qui menait à la pièce adjacente. Il glissa ses gros doigts dans la fente. D'un geste sec, il ouvrit et fit irruption dans la salle d'examen. Il n'eut pas le temps de comprendre qu'elle était vide : la porte se referma derrière lui.

Marcus se félicita d'avoir changé de plan au dernier moment. Il s'était caché sous le bureau de Canestrari et, dès que l'homme était entré dans le piège, il avait bondi pour l'enfermer. Malheureusement, la clé ne tournait pas dans la serrure. La porte coulissante se mit à vibrer sous les coups. Marcus lâcha sa prise et se mit à courir. Depuis le couloir, il entendit les pas du lourdaud qui s'était libéré et qui gagnait du terrain. Il atteignit le palier, après avoir claqué la porte de l'appartement derrière lui pour ralentir son poursuivant. Mais en vain. Il s'apprêtait à descendre par l'escalier principal quand il se dit que l'homme pouvait être venu avec un complice qui surveillait peut-être l'entrée de l'immeuble. Il aperçut une sortie de secours et opta pour celle-ci. Les marches étaient plus étroites et les rampes plus courtes, il fut contraint de sauter par-dessus pour conserver son avantage. Mais son poursuivant était beaucoup plus vif qu'il ne le pensait, il se rapprochait dangereusement. Il descendit les trois étages qui menaient à la rue. Derrière la dernière porte se trouvait son salut. Il l'ouvrit et se retrouva non pas dans la rue mais dans un parking souterrain, désert. Au fond, il vit un ascenseur dont les portes s'ouvrirent pour laisser la place à un autre individu en costume qui se lança à sa poursuite. Avec deux types sur ses talons, il ne s'en sortirait pas. Le souffle lui manquait, il craignait de s'écrouler d'un moment à l'autre. Il monta la rampe pour les voitures. Il fut frôlé par deux véhicules qui venaient en sens inverse et protestèrent à coups de klaxon. Quand il sortit du parking, les deux types l'avaient presque rejoint. Mais ils s'arrêtèrent net.

Devant eux, un groupe de touristes chinois s'érigeait en barrage humain.

Marcus s'en servit pour les semer. Ensuite, épuisé, tentant de reprendre son souffle, il observa depuis un recoin caché la mine défaite de ses poursuivants.

Qui étaient ces deux types? Qui les envoyait? Quelqu'un d'autre était-il impliqué dans la mort d'Alberto Canestrari?

Elle se présenta à la patrouille de garde devant le portail de la villa de Jeremiah Smith, son insigne bien en évidence, et elle leur tendit l'ordre de service que lui avait envoyé De Michelis. Les agents contrôlèrent ses lettres de créance avec des regards entendus. Sandra avait l'impression que la gent masculine s'intéressait soudain à nouveau à elle. Et elle savait pourquoi. La nuit passée avec Shalber l'avait débarrassée de son odeur de tristesse. Elle supporta la procédure avec une résignation malicieuse, puis les agents la laissèrent passer en s'excusant de l'avoir retenue.

Elle emprunta l'allée menant à la demeure des Smith. Le jardin était à l'abandon. La mauvaise herbe avait recouvert les jardinières en pierre. Des statues de nymphes et de Vénus trônaient çà et là, certaines sans membres. Elles la saluaient avec des gestes tronqués, mais encore pleins de grâce. Le lierre avait attaqué une fontaine, l'eau verdâtre stagnait dans la vasque. On accédait à la maison, monolithe terni par le temps, par un escalier qui se resserrait en montant. Au lieu d'élancer la façade, il semblait la soutenir comme un contrefort. Plusieurs marches étaient cassées.

Quand Sandra franchit le seuil, la lumière du jour s'évanouit, absorbée par les murs sombres d'un long couloir. Comme si un trou noir avalait tout. Et comme si tout ce qui entrait ne pouvait sortir.

La police scientifique procédait encore à des relevés, mais le gros du travail était terminé. Ses collègues examinaient les meubles. Ils renversaient les tiroirs au sol, puis en passaient le contenu au crible. Ils déhoussaient les canapés, vidaient les coussins, et l'un d'eux auscultait les murs avec un phonendoscope à la recherche d'espaces vides pouvant dissimuler quelque chose.

Un homme grand et maigre aux vêtements criards donnait des instructions aux agents de l'unité cynophile en leur indiquant le jardin. Il remarqua sa présence et lui fit signe de l'attendre. Sandra acquiesça. Les policiers sortirent de la maison avec les chiens, qui les tiraient vers le jardin. L'homme vint à sa rencontre.

— Je suis le commissaire Camusso, dit-il en lui tendant la main.

Il portait un costume pourpre et une chemise rayée de la même couleur, une cravate jaune relevant le tout. Un parfait dandy.

Sandra ne se laissa pas distraire par la mise excentrique de son collègue, même si elle appréciait cette touche de couleur au milieu du noir ambiant.

— Vega.

— Je sais qui vous êtes, j'ai été prévenu. Soyez la bienvenue.

— Je ne veux pas vous gêner.

— Ne vous en faites pas. Nous avons presque terminé. Le cirque démonte son chapiteau dans l'aprèsmidi : vous arrivez un peu tard pour le spectacle.

— Vous avez Jeremiah Smith et des preuves le reliant aux quatre homicides… Que cherchez-vous ?

— Nous ne savons pas où était sa « salle de jeux ». Les filles n'ont pas été tuées ici. Il les gardait prisonnières pendant un mois. Aucune violence sexuelle. Il les attachait, mais on n'a pas de trace de torture sur les cadavres : au bout de trente jours, il les étranglait, c'est tout. Or il avait tout de même besoin d'un coin tranquille où faire ses petites affaires. Nous espérions trouver quelque chose qui nous indiquât le lieu de séquestration, mais rien à faire. Et vous, que cherchez-vous ?

— Mon chef, l'inspecteur De Michelis, veut que je rédige un rapport détaillé sur le tueur en série. Vous savez, on n'en rencontre pas souvent. Pour nous de la police scientifique, c'est une bonne occasion de nous faire la main.

— Je comprends, dit l'autre.

— Que fait l'unité cynophile encore ici ?

— Les chiens à cadavre feront un autre tour dans le jardin : on pourrait découvrir un corps, ça ne serait pas la première fois. Avec la pluie des derniers jours, on n'a pas pu les lâcher. Mais je doute qu'ils trouvent quoi que ce soit : le terrain est humide et emprisonne trop d'odeurs. Les animaux sont comme ivres, ils n'arrivent plus à s'orienter.

Le commissaire fit un signe à l'un de ses subalternes, qui lui apporta un dossier.

— Voilà, c'est pour vous. Vous y trouverez tous les résultats concernant Jeremiah Smith : des rapports, des portraits de l'assassin et des quatre victimes et, évidemment, toutes les photos. Si vous en voulez une copie, il faut adresser une demande au magistrat. Vous me rendrez celui-ci quand vous aurez terminé.

— D'accord, je n'en aurai pas pour longtemps.

— C'est tout, non ? Vous pouvez aller où vous voulez, je pense que vous n'avez pas besoin de guide.

— Je me débrouillerai, merci.

Le commissaire lui tendit des surchaussures et des gants en latex.

— Bon, amusez-vous bien.

— En effet, cet endroit met de bonne humeur.

Sandra attendit que Camusso s'éloignât puis saisit son portable avec l'intention de prendre des photos de la maison. Elle ouvrit le dossier et parcourut le dernier rapport. Il expliquait comment le tueur avait été identifié.

Elle se dirigea vers la pièce où l'équipe de l'ambulance avait trouvé Jeremiah Smith agonisant.

Dans le séjour, les techniciens de la scientifique avaient terminé leur travail depuis longtemps. Sandra se retrouva seule. Elle tenta d'imaginer la scène. Les secours arrivent et trouvent l'homme à terre. Ils essayent de le réanimer, mais c'est très grave. Ils le stabilisent pour l'emmener, mais l'une d'entre eux – le médecin – remarque un objet.

Un patin à roulettes rouge avec des sangles dorées.

Elle s'appelle Monica et sa sœur a été victime d'un tueur en série qui enlève et tue des jeunes filles depuis six ans. Le patin appartenait à sa jumelle. L'autre se trouvait au pied du cadavre. Monica comprend qu'elle se trouve face à l'assassin. L'infirmier qui l'accompagne est au courant de l'histoire, comme tout le personnel de l'hôpital. C'est la même chose dans la police : les collègues deviennent une sorte de deuxième famille, car il n'y a que comme ça que l'on peut affronter la douleur et l'injustice tous les jours. Ce lien crée de nouvelles règles et une sorte de pacte solennel.

À ce moment-là, Monica et l'infirmier pourraient laisser Jeremiah Smith mourir, comme il le mérite. Son état est critique, personne ne pourrait les accuser de négligence. Mais ils décident de le maintenir en vie. Ou plutôt, elle décide de le sauver.

Sandra était certaine que cela s'était passé ainsi, de même que les policiers présents dans la villa le savaient. Même si personne ne le disait.

Le destin avait joué un drôle de jeu, dans cette maison. Le hasard était tellement parfait qu'il lui était impossible d'imaginer une autre dynamique. *On n'organise pas une coïncidence pareille*, se dit-elle. Or certains aspects de l'affaire ne lui revenaient pas.

Le tatouage de Jeremiah Smith.

Sur son thorax étaient inscrits les mots *Tue-moi*. Dans le dossier, une expertise graphologique confirmait qu'il l'avait réalisé lui-même. Cela avait beau symboliser sa perversion sadomasochiste, il était étrange que cette invitation correspondît au choix qui s'était offert à Monica.

Sandra photographia la pièce : le fauteuil de Jeremiah Smith, la tasse de lait brisée sur le sol, le vieux téléviseur. Soudain, elle fut prise d'une crise de claustrophobie. Elle avait l'habitude des scènes sanglantes, mais la mort lui semblait plus palpable et indécente parmi ces objets si familiers.

C'était insupportable : elle sortit de la maison.

Certains objets relient les morts au monde des vivants. Il suffit de les trouver et de les libérer.

Un élastique à cheveux, un bracelet en corail, une écharpe… Et un patin à roulettes.

Sandra passa en revue les fétiches retrouvés par la police chez Jeremiah Smith, qui le rattachaient aux victimes. On pouvait même affirmer que les quatre jeunes filles tuées avaient été identifiées grâce à ces objets.

Elle s'était assise sur un banc en pierre dans le jardin de la villa pour reprendre son souffle, après être passée en courant devant ses collègues. Elle appréciait le soleil du matin et les arbres agités par le vent ; le bruissement des feuilles résonnait comme un rire.

Quatre victimes en six ans. Avec pour point commun une coupure nette de la jugulaire. Une sorte de sourire creusé dans la gorge.

La sœur de Monica s'appelait Teresa. Elle avait vingt et un ans et aimait patiner. Un dimanche après-midi comme tant d'autres, elle avait disparu. En réalité, le patin était une excuse : elle allait voir un garçon qui lui plaisait. Elle l'avait attendu longtemps sur la piste, ce jour-là il ne s'était pas présenté. Peut-être Jeremiah Smith l'avait-il enlevée alors qu'elle était attablée seule à une buvette. Il l'avait approchée sous un prétexte quelconque et lui avait offert un verre. La police scientifique avait trouvé des traces de GHB dans un verre de jus d'orange. Un mois plus tard, Jeremiah avait déposé son corps au bord d'un fleuve, vêtu comme le jour de son kidnapping.

Au fast-food, tout le monde se rappelait le ruban de satin rouge avec lequel Melania – vingt-trois ans – relevait ses cheveux blonds. L'uniforme de la serveuse n'était pas très joli, mais elle aimait se mettre en valeur. Elle le portait en lui donnant une touche années 50, très vintage. L'après-midi où elle avait été enlevée, elle se rendait au travail. La dernière fois qu'elle avait été vue, elle attendait l'autobus. Son corps réapparut trente jours plus tard dans un parking. Morte et rhabillée. Mais sans son ruban.

À dix-sept ans, Vanessa était une mordue de la salle de sport. Elle y allait quotidiennement pour faire du vélo. Elle ne manquait jamais une séance, même quand elle était malade. Le jour de sa disparition, elle était enrhumée. Sa mère l'avait suppliée de ne pas sortir. Sa fille ne se ravisant pas, elle lui avait donné une écharpe en laine pour lui tenir chaud. Vanessa l'avait mise pour lui faire plaisir. Sa mère ne pouvait pas savoir que son écharpe rose ne suffirait pas à la protéger du danger. Cette fois, le narcotique était caché dans sa petite bouteille de complément alimentaire aux sels minéraux.

Cristina détestait son bracelet en corail, mais seule sa sœur le savait. C'était elle qui avait remarqué qu'elle ne l'avait pas au poignet, à la morgue. Mais c'était un cadeau de son fiancé et Cristina le portait quand même. Tous deux âgés de vingt-huit ans, ils allaient se marier. Un peu tendue par les préparatifs, elle avait cherché un moyen pour se détendre rapidement, dans cette période agitée. Boire de l'alcool l'aidait. Elle commençait dès le matin et continuait jusqu'au soir, un peu à la fois, sans s'enivrer complètement. Personne ne s'était rendu compte que cela devenait un problème. Sauf Jeremiah Smith. Il l'avait suivie dans quelques bars et avait vite compris que ça serait plus simple avec elle qu'avec les autres.

Cristina avait été la dernière victime du tueur en série.

Ces portraits avaient été dressés d'après les témoignages des familles, des amis et des fiancés. Chacun avait ajouté un détail intime qui coloriait la froide chronique des faits. Pour que ces jeunes filles apparaissent comme ce qu'elles étaient réellement.

Des personnes, pas des objets, se dit Sandra. Et des objets comme des personnes. Parce qu'un ruban à cheveux, un bracelet en corail, une écharpe et un patin à roulettes avaient remplacé celles qui n'existaient plus que dans le souvenir de leurs proches.

En lisant ces portraits, Sandra remarqua un paradoxe. Ces quatre jeunes filles étaient loin d'être démunies. Elles avaient une famille, des amis, des règles de conduite, des exemples à suivre. Pourtant, elles s'étaient laissé approcher par un homme aussi insignifiant que Jeremiah Smith. Un cinquantenaire, laid, qui avait réussi à leur offrir à boire et à les soumettre. Pourquoi avaient-elles accepté ses attentions ? Il agissait en plein jour et gagnait leur confiance. Comment faisait-il ?

Sandra était convaincue que la réponse ne se trouvait pas dans ces reliques. Elle referma le dossier et se laissa caresser par la brise. Elle aussi avait associé David à un objet, pendant un moment.

Une horrible cravate vert vif.

Sandra sourit en y repensant. Elle était encore plus moche que celle du commissaire qui l'avait accueillie. David ne s'habillait jamais élégamment, il détestait s'accoutrer comme un dandy.

— Tu devrais t'acheter un smoking, le taquinait-elle. Tous les danseurs de claquettes en ont un, Fred.

Il ne possédait que cette cravate. Quand les employés des pompes funèbres lui avaient demandé comment le vêtir dans son cercueil, elle était tombée des nues. À vingt-neuf ans, elle n'avait jamais imaginé devoir répondre à une telle question. Elle devait choisir quelque chose qui représentât David. Elle fouilla désespérément dans son armoire. Elle sélectionna une saharienne, une chemise bleu ciel, un pantalon kaki et des tennis. C'était ainsi que tout le monde se le rappelait. Mais à ce moment-là, elle s'aperçut que la cravate verte avait disparu. Elle ne la trouvait nulle part et elle ne voulait pas s'avouer vaincue. Elle retourna la maison entière. Cela pouvait sembler fou, mais elle avait perdu David et elle ne pouvait supporter de renoncer à autre chose. Même à une horrible cravate verte.

Et puis un jour, elle avait fini par se rappeler son emplacement. Comment avait-elle pu l'oublier ?

Cette cravate était la seule preuve de la fois où elle avait menti à son mari.

À quelques pas de la maison de Jeremiah Smith, Sandra se dit qu'elle ne méritait pas la chaleur du soleil et la caresse du vent. Elle ouvrit les yeux et sentit sur elle le regard d'un ange de pierre. La statue lui rappelait qu'elle avait quelque chose à se faire pardonner. Et que le temps ne nous offre pas toujours l'occasion de remédier à nos erreurs.

Que se serait-il passé si le tireur de la chapelle de San Raimondo di Peñafort l'avait tuée ? Elle serait partie avec ce poids sur la conscience. Quel objet serait resté à sa famille et à ses amis pour se souvenir d'elle ? Dans tous les cas, il aurait caché la vérité. Elle ne méritait pas l'amour de David, parce qu'elle lui avait été infidèle.

Les jeunes filles que Jeremiah Smith a enlevées se sentaient en sécurité, pensa-t-elle. *Comme moi avant d'entrer dans cette église. Voilà pourquoi elles sont mortes. Il a pu les tuer grâce à leur envie de vivre, qui les empêchait de comprendre ce qui les attendait.*

Derrière l'ange de pierre, Sandra aperçut ses collègues de l'unité cynophile occupés à fouiller une partie du jardin avec leurs chiens. Comme Camusso l'avait prévu, les animaux semblaient désorientés par les odeurs du sol. Le commissaire l'avait présentée comme une recherche de routine, une précaution. « On pourrait trouver un corps, ça ne serait pas la première fois », avait-il dit. Mais elle sentait quand un collègue voulait la berner. C'était une attitude préventive que les policiers adoptaient quand ils craignaient de faire fausse route.

Le commissaire se dirigeait justement vers elle.

— Ça va ? demanda-t-il. Je vous ai vue sortir en courant, tout à l'heure…

— J'avais besoin de prendre l'air.

— Vous avez découvert quelque chose d'intéressant ? Je ne voudrais pas que vous repartiez les mains vides.

Il était évident que son collègue essayait d'être gentil, mais Sandra saisit l'occasion au vol.

— Oui, quelque chose d'un peu étrange. Peut-être pouvez-vous m'aider à comprendre…

— Je vous écoute.

Sandra aperçut une ombre d'inquiétude dans ses yeux. Elle ouvrit le dossier et lui montra les portraits des victimes.

— J'ai remarqué que l'assassin frappait en moyenne tous les dix-huit mois. Étant donné que quand vous l'avez trouvé, le délai était quasiment écoulé et que vous savez avec certitude qu'il emmenait les filles ailleurs, je me demandais si par hasard il ne se préparait pas à repasser à l'acte. Comme vous le savez certainement, les intervalles de temps sont cruciaux dans les affaires de tueurs en série. Si on peut diviser chaque période en trois phases – incubation, programmation et action –, alors je dirais que quand il a eu son attaque, Jeremiah devait être en plein dans la troisième, expliqua-t-elle au commissaire qui resta muet. Je me demande donc si quelque part une jeune fille séquestrée attend notre aide.

— C'est possible, reconnut le commissaire à contre-cœur.

Sandra comprit qu'elle n'était pas la seule à avoir formulé cette hypothèse.

— Une autre jeune fille a disparu ?

— Vous connaissez ces affaires, agent Vega : si on fait circuler des informations confidentielles, cela risque de compromettre l'enquête.

— Que craignez-vous ? La pression des journalistes ? L'opinion publique ? Vos supérieurs ?

Le commissaire prit son temps et, convaincu que sa collègue ne lâcherait pas, il finit par admettre :

— Une étudiante en architecture a disparu il y a presque un mois. Au début, on a pensé à un éloignement volontaire.

— Mon Dieu ! s'exclama Sandra qui n'en revenait pas d'avoir deviné.

— Comme vous l'avez dit, les délais coïncident. Mais nous n'avons pas de preuves, uniquement des soupçons. Imaginez le bordel, si on apprend que l'hypothèse de l'enlèvement a été sous-estimée jusqu'à ce qu'on ait retrouvé Jeremiah Smith.

Sandra ne se sentait pas de blâmer ses collègues. Parfois, les policiers agissent sous pression et commettent des erreurs, comme tout le monde. La différence, c'est qu'on ne les leur pardonne pas. Les gens s'attendent à des réponses sûres, une base solide pour rendre justice.

— Nous la cherchons, dit Camusso.

Et vous n'êtes pas les seuls, pensa Sandra qui venait de comprendre le rôle du pénitencier dans cette histoire.

La statue de l'ange de pierre projetait son ombre sur le commissaire.

— Comment s'appelle l'étudiante ?

— Lara.

11 h 26

Le lac de Nemi, d'une superficie de 150 hectares, se trouvait dans la région des Colli Albani, au sud de Rome.

En réalité, le bassin était un cratère volcanique. Pendant des siècles, on fut persuadé qu'il cachait dans ses profondeurs les épaves de deux gigantesques navires fastueux dont la construction avait été ordonnée par l'empereur Caligula : de véritables palaces flottants. Les pêcheurs du coin avaient remonté beaucoup d'indices l'attestant. Après plusieurs tentatives, on avait fini par récupérer les vaisseaux au XXe siècle en vidant partiellement le lac. Ils avaient toutefois été incendiés dans le musée qui les abritait pendant la Deuxième Guerre mondiale. On accusa les soldats allemands, mais cela ne fut jamais prouvé.

Ces informations figuraient sur un dépliant touristique que Clemente avait laissé dans la boîte aux lettres qu'ils utilisaient pour s'échanger des documents. Il y avait joint un petit dossier sur le chirurgien Alberto Canestrari. Rien de très intéressant, à part un élément qui avait conduit Marcus à une petite excursion en dehors de la ville. En longeant le lac, assis dans un autocar, il réfléchissait au lien singulier entre ces lieux et le feu.

Écho tragique, la clinique que Canestrari possédait à Nemi avait été détruite dans un incendie dont les responsables n'avaient jamais été identifiés.

Le car montait l'étroite route panoramique en toussant et en laissant une traînée sombre derrière lui. Par la vitre, Marcus aperçut le bâtiment noirci par les flammes, qui jouissait d'une vue imprenable sur le paysage.

Arrivé sur une grande place, il descendit pour continuer à pied. Il passa sous le panneau où figurait encore le nom de la clinique, désormais illisible. Il prit une allée qui traversait un petit bois. La végétation avait poussé librement, envahissant tous les espaces vides. La clinique comprenait deux étages et un sous-sol : dans le passé, elle avait sans doute servi de maison de vacances.

Ceci était le petit royaume d'Alberto Canestrari, pensa Marcus en observant la structure rendue méconnaissable par la suie. Ici, cet homme qui se croyait bon offrait la vie.

Marcus franchit ce qui restait d'une lourde porte en fer. Les colonnes qui entouraient le hall d'entrée, corrodées par les flammes, étaient si fines qu'elles semblaient prêtes à céder sous le poids de la voûte. Le sol s'était soulevé à plusieurs endroits et l'herbe avait poussé dans les interstices. Au plafond, un gouffre permettait d'observer l'étage du dessus. Devant lui, un escalier montait en bifurquant.

Marcus fit le tour des chambres, en commençant par le premier étage. L'endroit ressemblait à un hôtel : chambres individuelles confortables. Ce qui restait des meubles indiquait un certain luxe. La clinique de Canestrari devait être très lucrative. Marcus traversa les salles d'opération, où le feu avait accompli sa plus grande œuvre : se concentrant comme dans un fourneau alimenté par le dispositif à oxygène, il avait tout fondu. Il ne restait qu'un tapis d'instruments chirurgicaux et autres outils métalliques qui avaient résisté. Le rez-de-chaussée était dans le même état. On distinguait les ombres fugaces des flammes sur les murs.

La clinique était vide au moment de l'incendie. Après la mort de Canestrari, les patients s'étaient faits de plus en plus rares. Dans le fond, ils venaient mus par une foi absolue dans les talents du chirurgien.

Marcus repensa à l'idée qu'il s'était faite de lui dans les dernières heures. Si quelqu'un avait détruit la clinique après le suicide du médecin, c'était peut-être par peur que des éléments compromettants y soient cachés. Ceci pouvait également expliquer qu'on ait posé des micros dans son cabinet et aussi que deux individus l'aient poursuivi, ce matin-là. Ils ne semblaient pas seulement malintentionnés : ils portaient des costumes sombres élégants qui indiquaient qu'ils appartenaient probablement au Milieu.

Marcus espérait que le feu avait épargné quelque chose. Un pressentiment lui disait que c'était le cas, sinon l'enquête du pénitencier qui l'avait précédé se serait également interrompue.

S'il est arrivé à la vérité, alors moi aussi je peux le faire.

Au sous-sol, Marcus découvrit une pièce où, d'après le panneau sur la porte, étaient stockés les déchets hospitaliers. Ils étaient ensuite envoyés dans des structures externes chargées de les détruire. À l'intérieur, il aperçut des poutres endommagées par la chaleur. Le sol était composé de petites majoliques décorées de bleu, dont la plupart s'étaient décollées. Les autres étaient noires.

Sauf une, dans un coin de la pièce.

Marcus se mit à quatre pattes pour l'observer. On aurait dit que quelqu'un l'avait retirée, nettoyée et remise en place. Elle n'était pas fixée, il la souleva sans peine.

Elle cachait une cavité peu profonde, qui s'insinuait sous le mur. Il glissa la main et en sortit une boîte métallique dont le côté le plus large mesurait une trentaine de centimètres.

Elle n'était pas verrouillée. Il souleva le couvercle. Il lui fallu quelques instants pour comprendre que l'objet long et blanchâtre contenu dans la boîte était un os.

Il le saisit des deux mains. Étant donné sa forme et ses dimensions, il estima qu'il s'agissait d'un humérus humain.

Il évalua aussi que, vu l'état de calcification, la victime n'avait pas encore atteint la puberté.

La vie qu'Alberto Canestrari avait sur la conscience était-elle celle d'un enfant ? Marcus trembla d'horreur. Quelle que fût l'épreuve à laquelle Dieu le soumettait, il n'en était pas digne. Il allait se signer, quand il remarqua un détail.

Une minuscule inscription gravée dans l'os avec une pointe. Un nom. *Astor Goyash.*

— Je suis désolé, mais c'est moi qui vais le prendre.

Marcus se retourna et vit le pistolet dans les mains de l'homme, qu'il reconnut instantanément : l'individu en costume du cabinet de Canestrari quelques heures auparavant.

Il n'avait pas prévu une confrontation. La situation – il était à des kilomètres du centre habité, au milieu d'un bois, dans un bâtiment abandonné – était nettement à son désavantage. Il allait mourir, il en était certain.

Soudain, la scène lui sembla familière. Il avait déjà ressenti cette peur devant un pistolet. Cela s'était passé dans la chambre d'hôtel de Prague, le jour où Devok avait été tué. Brusquement, grâce à cette émotion, Marcus se souvint d'une partie du déroulement des événements.

Son maître et lui n'avaient pas été de simples spectateurs. Il y avait eu une lutte. Marcus s'était mesuré au troisième homme, au tueur gaucher.

Ainsi, au moment de tendre l'humérus, Marcus se leva d'un bond et sauta sur lui. L'autre, qui ne s'attendait pas à cette réaction, recula d'instinct et trébucha. Il s'écroula au sol, lâchant son arme.

Marcus la récupéra et se planta devant lui. Une sensation nouvelle pulsait en lui, qu'il ne pouvait contrôler. C'était de la haine. Il pointa le canon contre la tête de son adversaire. Il mourait d'envie d'appuyer sur la détente. Il ne se reconnaissait pas. Les mots de l'homme l'empêchèrent de tirer.

— En bas ! cria-t-il.

Son complice se trouvait au-dessus. Marcus ne disposait que de quelques secondes. L'humérus était par terre, à côté de l'homme. Il était risqué de le récupérer, il aurait pu essayer de le désarmer et Marcus n'avait plus la force de lui tirer dessus. Il s'enfuit.

Il monta l'escalier sans embûches et se dirigea vers l'arrière du bâtiment. Une fois dehors, il regarda l'arme qu'il tenait au poing et la jeta.

Sa seule issue était la ligne de faîte de la colline. Il grimpa, espérant être protégé par les arbres. Il n'entendait que sa propre respiration. Au bout d'un moment, il se rendit compte que personne ne le suivait. Il n'eut pas le temps de se demander pourquoi : un projectile vint se nicher dans une branche à quelques centimètres de sa tête.

Ils le prenaient pour cible.

Il se remit à courir en restant le plus possible derrière les arbustes. Ses pieds s'enfonçaient dans la terre, il risquait de tomber en arrière.

Il ne lui manquait que quelques mètres pour arriver au bord d'une route. Il se hissa. Autres coups de feu. Il attrapa une racine pour se soulever et se retrouva sur la petite voie asphaltée. Il resta allongé sur le ventre, pensant qu'ils ne le verraient pas. Il saignait de la hanche droite, mais la balle avait dû ressortir, il ne sentait aucune brûlure. S'il ne bougeait pas, ils le rejoindraient très vite.

Une lumière l'éblouit : le reflet du soleil sur le pare-brise d'un véhicule qui se dirigeait vers lui. Il aperçut un visage familier au volant.

Clemente dans sa vieille Panda.

— Monte, vite.

— Que fais-tu ici ?

— Après que tu m'as parlé de la tentative d'agression au cabinet, j'ai décidé de venir contrôler si tout allait bien ici, expliqua Clemente en démarrant. J'ai vu une voiture suspecte près de la clinique, j'allais appeler la police.

Il remarqua la blessure de son ami.

— Tout va bien, le rassura Marcus.

— Tu es sûr ?

— Oui, mentit-il.

Il ne se sentait pas bien du tout, mais pas à cause du projectile qui l'avait frôlé. Il avait une fois encore survécu à un rendez-vous avec la mort. Il regretta de ne pas être à nouveau frappé d'amnésie, parce que maintenant il connaissait un aspect de lui qui ne lui plaisait pas : il était capable de tuer. Il aborda un autre sujet.

— J'ai trouvé un humérus à la clinique. Je pense qu'il appartient à un enfant.

Clemente ne dit rien, il avait l'air troublé.

— J'ai dû m'enfuir, je l'ai laissé sur place.

— Ne t'en fais pas, il était plus important de sauver ta peau.

— Un nom était gravé dans l'os. *Astor Goyash*. Nous devons découvrir qui c'était.

— Qui c'est, tu veux dire. Il est encore vivant et ce n'est plus un enfant.

La première leçon que Sandra Vega avait apprise : les maisons ne mentent jamais.

Elle avait donc décidé d'aller faire un tour dans l'appartement de Lara, via dei Coronari. Elle espérait reprendre contact avec le pénitencier à la cicatrice sur la tempe ; elle voulait savoir si la jeune fille était vraiment la cinquième victime de Jeremiah Smith.

Lara pouvait être encore vivante, se disait-elle. Mais elle n'avait pas le courage d'imaginer ce qu'elle endurait, aussi elle se réfugia dans le détachement le plus absolu.

Elle voulait mener une enquête photographique.

Dommage qu'elle n'ait pas son Reflex avec elle. Une fois encore, elle se contenterait de l'appareil photo de son téléphone portable. Mais plus qu'une nécessité, c'était une question de disposition d'esprit.

Je vois ce que voit mon appareil.

Elle avait pensé faire de la place dans la mémoire de son téléphone en effaçant les photos prises dans la chapelle de San Raimondo di Peñafort. Il ne servait à rien de les garder, puisque cet endroit n'avait aucun rapport avec l'affaire. Mais elle avait changé d'avis : elles constituaient un souvenir utile du jour où elle avait frôlé la mort. Il fallait en tirer un enseignement, afin de ne pas se laisser piéger à nouveau.

En entrant dans l'appartement de Lara, elle fut saisie par l'odeur de renfermé et d'humidité. Elle n'avait pas eu besoin de clé pour entrer, la porte avait été dégondée par la police quand les proches de la jeune fille avaient signalé son absence. Les techniciens n'avaient rien trouvé d'insolite dans ce qui était officiellement le dernier endroit où Lara avait été vue. Du moins, c'est ce qu'affirmaient les amis qui l'avaient raccompagnée le soir de sa disparition et les relevés téléphoniques qui révélaient que l'étudiante avait passé deux appels depuis chez elle avant 23 heures.

Sandra nota mentalement ce détail : si elle avait été enlevée, cela s'était passé pendant les heures suivantes, donc dans l'obscurité. Ce qui contrastait avec les habitudes de Jeremiah Smith, qui avait toujours agi de jour. *Il a changé de mode opératoire pour elle*, pensa Sandra, *il devait avoir une bonne raison.*

Elle posa son sac par terre et prit son portable, décidée à suivre la procédure à la lettre : elle déclina d'abord son identité, comme quand elle avait son casque d'enregistreur sur la tête. Puis elle passa à la date et au lieu, avant de fournir une description ponctuelle de ce qu'elle voyait tout en photographiant.

— L'appartement est composé de deux niveaux. Au premier, un séjour avec cuisine. L'ameublement est modeste mais correct. Le tout est typique d'une étudiante originaire de province, à ceci près que l'appartement est très soigné.

Et même trop, pensa-t-elle.

Elle prit une série de clichés. Quand elle voulut s'intéresser à la porte d'entrée, un détail lui sauta aux yeux.

— Il y a deux serrures. L'une possède une chaîne, et ne peut être ouverte ou fermée que de l'intérieur. Mais elles sont toutes deux arrachées.

Comment ses collègues avaient-ils pu ne pas le remarquer ? Lara était chez elle quand elle avait disparu. Cela n'avait pas de sens.

Elle enregistra cette incohérence avant de passer à l'étage supérieur.

La deuxième leçon que Sandra Vega avait apprise : les maisons meurent, comme les gens.

Mais Lara n'est pas morte, tenta-t-elle de se convaincre.

Sandra remarqua que, si l'étudiante avait été kidnappée dans son sommeil, Jeremiah avait pris la peine de refaire son lit et d'emporter un sac à dos avec des vêtements, ainsi que son téléphone portable. Cela avait des allures d'éloignement volontaire, démenti par la serrure. Pourtant, il avait eu le temps d'effacer les traces de sa présence. Mais comment était-il entré et sorti si la porte était fermée de l'intérieur ? Ce mystère la travaillait.

Elle photographia ensuite l'ours en peluche entre les oreillers, la table de nuit avec la photo des parents, le bureau où trônait un projet inachevé de pont et les livres d'architecture rangés dans la bibliothèque.

Il y avait une symétrie anormale dans cette chambre, qu'elle imagina propre aux architectes. *Je sais que tu me caches quelque chose, si ce monstre t'a choisie, c'est parce qu'il te connaissait. Dis-moi que quelque part tu m'as laissé un indice qui me conduira à lui. Confirme-moi que j'ai raison et je te jure que je remuerai ciel et terre pour te retrouver.*

Sandra décrivait toujours à voix haute tout ce qu'elle voyait. Elle ne remarqua rien de particulier, à part l'ordre maniaque. Puis elle passa en revue les dernières photos qu'elle avait prises, dans l'espoir qu'un détail lui sautât aux yeux.

Sous le bureau, la corbeille à papiers était pleine de Kleenex usagés.

Le soin que Lara apportait à son appartement laissait penser qu'elle était très tatillonne. *Obsessionnelle*, fut le mot qui lui vint à l'esprit. Sa sœur était pareille. Certaines choses la rendaient folle : par exemple, la cigarette dessinée sur l'allume-cigare de sa voiture devait toujours être en position horizontale, ou les bibelots rangés par ordre croissant de taille. On aurait dit que le destin de l'humanité était en jeu. Lara était ainsi, elle aussi, la symétrie que Sandra avait remarquée n'était pas un hasard. Du coup, il lui sembla étrange qu'elle n'ait pas vidé sa corbeille à papiers. Elle se pencha pour en examiner le contenu. Au milieu de vieux mouchoirs et de notes, elle trouva un papier roulé en boule. Elle l'ouvrit. C'était un ticket de caisse de pharmacie.

— Quinze euros quatre-vingt-dix, lut-elle.

Malheureusement, le nom de l'article n'était pas précisé. La date remontait à deux semaines avant la disparition.

Sandra abandonna momentanément son relevé photographique. Elle fouilla les tiroirs à la recherche d'un médicament correspondant à cet achat. Sans succès. Le papier toujours à la main, elle redescendit et se dirigea vers la salle de bains.

Sandra ouvrit l'armoire au-dessus du lavabo : les médicaments étaient rangés d'un côté, les produits de beauté de l'autre. Elle sortit les premiers et regarda les prix indiqués sur les boîtes.

Rien qui coûtât 15,90 euros.

Or Sandra savait que cette information était importante. Elle accéléra le rythme, nerveuse. Quand elle eut terminé, elle s'appuya des deux mains sur le bord en céramique pour se calmer. Elle inspira profondément, mais fut contrainte d'expirer très vite parce que l'odeur d'humidité était encore plus intense que dans le reste de l'appartement. Les toilettes semblaient propres, mais elle tira la chasse pour renouveler l'eau stagnante. C'est alors qu'elle remarqua le calendrier accroché derrière la porte.

Seule une femme peut comprendre à quoi bon placer un calendrier dans sa salle de bains, se dit-elle.

Elle le décrocha pour le feuilleter en remontant le temps. À chaque page, des jours consécutifs étaient entourés de rouge. Ils revenaient avec une certaine régularité.

Mais sur la dernière page, pas de rouge.

— Merde ! s'exclama-t-elle.

Elle avait tout compris, même sans cette confirmation. Lara avait jeté le ticket de caisse de la pharmacie, mais ensuite elle n'avait pas eu la force de vider la corbeille. Parce que, avec ce ticket et les Kleenex, il y avait autre chose. Quelque chose dont l'étudiante avait du mal à se séparer.

Un test de grossesse.

Jeremiah Smith l'a emporté avec Lara, se dit Sandra.

Après le ruban à cheveux, le bracelet de corail, l'écharpe rose et le patin à roulettes, était-ce le nouveau fétiche du monstre ?

Sandra déambulait dans le séjour, son portable à la main : elle s'apprêtait à prévenir le commissaire Camusso de sa découverte, peut-être la nouvelle que Lara était enceinte donnerait-elle un souffle nouveau à l'enquête. Mais elle se retint, se demanda si elle avait négligé d'autres indices.

La porte fermée de l'intérieur.

C'était le seul obstacle à la théorie du kidnapping. Si elle prouvait avec certitude que l'étudiante n'était pas partie de son plein gré, on ne douterait plus qu'elle soit la cinquième victime de Jeremiah Smith.

Qu'est-ce qui m'échappe ?

La troisième leçon qu'elle avait apprise : les maisons ont une odeur.

Quelle était l'odeur de cette maison ? *Humidité*, se dit Sandra. Pourtant, elle l'avait sentie surtout dans la salle de bains. Cela pouvait dépendre des eaux stagnantes. Il n'y avait aucune fuite apparente, mais l'odeur était trop prégnante. Elle retourna dans la pièce et alluma la lumière. Elle vérifia l'évacuation de la douche et du lavabo puis tira à nouveau la chasse d'eau. Tout avait l'air de fonctionner parfaitement.

Elle se pencha, parce que l'odeur venait d'en bas. Elle observa le carrelage sous ses pieds et remarqua qu'un carreau était ébréché, comme si on avait glissé quelque chose en dessous pour faire levier. Elle saisit des ciseaux posés sur une étagère et glissa leur pointe dans la fente. À sa grande surprise, les carreaux se soulevèrent sans difficulté.

Ils révélèrent une trappe en pierre, que quelqu'un avait laissée ouverte.

C'était de là que provenait l'odeur. Des marches en travertin conduisaient à une galerie souterraine. Mais cela ne suffisait pas à démontrer que Jeremiah était passé par là. Il lui fallait d'autres preuves. Et il n'y avait qu'une façon de se les procurer.

Sandra prit son courage à deux mains et descendit.

Arrivée au bas de l'escalier, elle prit son portable et en alluma l'écran. Elle éclaira les deux côtés du tunnel. Elle eut l'impression qu'un courant d'air venait de la droite, et aussi un bruit sourd et redondant.

Elle avança avec précaution. Le sol était glissant. *Si je tombe, personne ne me trouvera, là-dessous*, se dit-elle.

Après avoir parcouru une vingtaine de mètres, elle distingua une lueur qui annonçait la sortie. La galerie donnait directement sur le Tibre. Il coulait, gonflé par les pluies des derniers jours, et l'eau boueuse traînait avec fougue des déchets de toutes sortes. Une épaisse grille métallique empêchait d'aller plus loin. *Trop compliqué pour Jeremiah*, pensa-t-elle. Elle revint sur ses pas, dépassa l'escalier de pierre qui menait à la salle de bains de Lara et poursuivit de l'autre côté, qui se perdait en un dédale de tunnels.

Sandra vérifia qu'il y avait du réseau et appela la préfecture de police. Au bout de quelques minutes, on lui passa le commissaire Camusso.

— Je suis chez l'étudiante. C'est ce que je craignais : Jeremiah Smith l'a enlevée.

— Pouvez-vous le prouver ?

— J'ai trouvé le passage qu'il a utilisé pour l'emmener. Il était caché sous une trappe dans la salle de bains.

— Cette fois, le monstre a bien échafaudé son plan. Autre chose ?

— Lara est enceinte.

Camusso se tut. Sandra lisait dans ses pensées. Leur responsabilité augmentait : il y avait maintenant deux vies à sauver.

— Commissaire, envoyez immédiatement quelqu'un.

— Je viens aussi. Nous arrivons.

Sandra raccrocha. Elle pointa la lumière de son téléphone sur le sol glissant. À l'aller, perdue dans ses pensées, elle n'avait pas remarqué la seconde ligne d'empreintes de pas dans la boue.

Elle n'était pas seule là-dessous.

L'autre, qui qu'il fût, se cachait maintenant dans les tunnels qui se trouvaient devant elle. Sandra était transie de peur. Sa respiration se condensait dans l'air froid de la galerie. Elle posa sa main sur son pistolet avant de comprendre que, là où elle se trouvait, elle constituait une cible trop facile, si l'autre était armé.

Il l'était. Elle en était certaine, après l'expérience de saint Raymond. C'était lui.

Elle aurait pu courir vers l'escalier de pierre. Ou bien tirer au hasard dans le noir en espérant être la première. Pourtant, les deux solutions étaient hasardeuses. Elle sentait des yeux sur elle, mais un regard vide. La même sensation que quand elle avait écouté l'assassin de David chanter *Cheek to Cheek*.

C'est terminé.

— Agent Vega, vous êtes en bas ?

— Oui, je suis là, hurla Sandra.

— Je suis un collègue : nous patrouillions non loin et le commissaire Camusso nous a envoyés.

— Venez me chercher, s'il vous plaît, implora-t-elle.

— Nous sommes dans la salle de bains, laissez-nous le temps de descendre.

À ce moment-là, Sandra entendit distinctement les pas de quelqu'un qui s'éloignait dans la galerie, dans la direction opposée.

Le regard invisible qui l'avait terrorisée prenait la fuite.

14 h 03

Ils s'étaient rendus dans l'un des appartements de la pénitencerie, comptant parmi les nombreuses propriétés du Vatican dans la ville de Rome. Ils y trouvèrent une trousse de premiers secours et un ordinateur pour se connecter à Internet.

Clemente avait apporté des vêtements de rechange et des sandwiches. Marcus, torse nu devant le miroir de la salle de bains, recousait sa blessure avec une aiguille et du fil à suture – une autre aptitude qu'il ignorait posséder –, tout en évitant comme toujours le reflet de son visage.

Après celle à la tempe, celle-ci ne serait pas sa deuxième cicatrice.

Il portait d'autres stigmates dans sa chair. L'amnésie l'empêchait de trouver les souvenirs en lui, alors il les cherchait sur son corps. Des traces de petits traumatismes du passé, comme la tache rose qu'il avait à la cheville, ou l'incision à la pliure du coude. Il était peut-être tombé de vélo dans son enfance, ou bien il avait eu un banal accident domestique. Quoi qu'il en soit, il ne se rappelait pas. Il était triste de ne pas avoir de passé. L'enfant dont il avait retrouvé l'os, lui, n'aurait pas de futur. Ils étaient morts tous les deux, mais pour Marcus la mort avait agi bizarrement, à l'inverse.

Pendant le trajet entre la clinique de Canestrari et l'appartement, Clemente l'avait informé sur Astor Goyash.

C'était un trafiquant bulgare de soixante-dix ans qui vivait à Rome depuis deux décennies. Son business s'étendait du BTP à la prostitution. Le personnage était loin d'être recommandable : un véritable pilier de la pègre organisée, spécialisé dans le blanchiment d'argent.

— Quel rapport existe-t-il entre ce type et Alberto Canestrari ? demanda Marcus à nouveau.

Son ami, tout en lui tendant le coton et le désinfectant, réfléchit à haute voix.

— D'abord, il nous faut comprendre qui a caché cet os dans le sous-sol, non ?

— C'est le mystérieux pénitencier, affirma Marcus. Quand il s'est occupé de l'affaire, après la confession de Canestrari, il a trouvé les restes d'un enfant au milieu des déchets hospitaliers. Peut-être que le chirurgien, se sentant coupable, avait du mal à s'en débarrasser. Heureusement, le pénitencier a caché l'os de façon à ce que nous le trouvions, après y avoir gravé le nom d'Astor

Goyash. Autrement, il aurait été détruit dans l'incendie de la clinique.

— Essayons de reconstituer le déroulement des faits, proposa Clemente.

— Alors… Canestrari tue un enfant. L'homicide implique aussi un gros bonnet de la pègre, Astor Goyash. Mais nous ne savons pas encore pourquoi.

— Le Bulgare ne fait pas confiance à Canestrari : le médecin est dans un état de prostration psychique et il pourrait commettre un impair, alors Goyash le fait surveiller, comme le prouvent les caméras placées dans son cabinet.

— Pour le Bulgare, le suicide du chirurgien est un signal d'alarme.

— Ainsi, juste après, ses hommes mettent le feu à la clinique dans l'espoir d'effacer définitivement les preuves de l'homicide de l'enfant. Dans le fond, ils ont déjà fait disparaître la seringue avec laquelle Canestrari s'est injecté la substance qui l'a tué, pour éviter l'ouverture d'une enquête.

— Oui, convint Marcus, mais il reste un point épineux : qu'est-ce qui relie un philantrope reconnu et un criminel ?

— Pour être honnête, je ne vois aucun lien. Tu l'as dit toi-même, ils appartenaient à des mondes différents.

— Pourtant il existe un fil qui les relie, j'en suis certain.

— Écoute, Marcus, dit Clemente d'un ton qui se voulait persuasif, l'heure tourne pour Lara, elle n'en a plus pour longtemps. Tu devrais sans doute abandonner cette affaire pour te concentrer sur la recherche de l'étudiante.

Marcus trouva cette suggestion étrange. Il observa Clemente dans le miroir.

— Tu as peut-être raison, je l'ai compris aujourd'hui. Heureusement que tu es venu à la clinique, sinon ces deux types m'auraient tué.

Son ami baissa les yeux.

— Tu me surveillais, n'est-ce pas?

— Mais non, penses-tu! s'indigna Clemente.

Marcus ne le croyait pas. Il se retourna et le regarda dans les yeux.

— Que se passe-t-il? Que me caches-tu?

— Rien.

Clemente était sur la défensive. Marcus proposa des hypothèses.

— Don Michele Fuente rapporte la confession du candidat au suicide Alberto Canestrari mais, sur les conseils de l'évêque, il omet le nom du pénitent. Que cherchez-vous à préserver? Qui, au-dessus de nous, veut étouffer l'histoire?

Clemente se tut.

— Je le savais, dit Marcus. Le lien entre Canestrari et Astor Goyash est l'argent, pas vrai?

— Le chirurgien ne semblait pas avoir besoin d'argent, objecta Clemente sans grande conviction.

Marcus perçut son malaise.

— Ce à quoi le médecin tenait par-dessus tout était sa réputation. Il pensait être un homme bon.

Clemente comprit qu'il ne pouvait poursuivre longtemps sur cette voie.

— L'hôpital de Canestrari en Angola est une œuvre grandiose. Nous risquons de la détruire, si nous continuons.

— Avec quel argent l'a-t-il réalisée ? Celui de Goyash, c'est ça ?

— Nous ne savons pas.

— Mais c'est plausible. La vie d'un enfant en échange de milliers de vies, conclut Marcus, furieux et bouleversé.

Clemente ne put rien ajouter : son élève avait tout compris.

— Choisissons le moindre mal. Telle est la logique qui a induit le chirurgien à accepter un pacte si infâme.

— Cette logique ne nous concerne pas. La vie de milliers de personnes, si.

— Et cet enfant ? Sa vie ne comptait pas ? dit Marcus en essayant de contrôler sa rage. Comment le Dieu au nom de qui nous agissons juge-t-Il cela ? Quelqu'un vengera cette vie, comme l'a prévu le mystérieux pénitencier ? Nous pouvons décider de croiser les bras en attendant, ou bien agir. Dans le premier cas, nous serons complices d'un assassinat.

Clemente savait que Marcus avait raison, mais il hésitait.

— Si Astor Goyash juge nécessaire de surveiller le cabinet de Canestrari trois ans après les faits, c'est parce qu'il craint d'être impliqué, affirma-t-il. Ce qui veut dire qu'il existe encore une preuve de sa participation à l'homicide.

Marcus sourit : son ami était de son côté, il ne l'abandonnait pas.

— Nous devons trouver l'identité de l'enfant assassiné, dit-il promptement. Et je crois savoir comment.

Ils se connectèrent à Internet sur l'ordinateur qui se trouvait dans la pièce voisine, et Marcus se rendit sur le site de la police d'État.

— Où cherches-tu ? demanda Clemente.

— Le mystérieux pénitencier offre une possibilité de vengeance, ce qui veut dire que la jeune victime est sans doute originaire de Rome.

Il ouvrit la page consacrée aux personnes disparues et se rendit à la section « mineurs ». Un nombre impressionnant de visages d'enfants et d'adolescents apparut. Beaucoup avaient été enlevés par l'un de leurs parents : la solution du mystère était simple et leurs noms disparaîtraient bientôt de la liste. Un certain nombre avaient fugué, ce qui se conclurait quelques jours plus tard par une réunion familiale et une bonne réprimande. Mais certains avaient disparu depuis des années et resteraient sur cette page tant qu'on ne saurait pas ce qu'ils étaient devenus. Ils souriaient sur des photos floues ou très vieilles. Leurs regards contenaient une innocence meurtrie. Dans certains cas, la police réalisait un portrait-robot à partir de la photo pour imaginer comment leur visage avait évolué avec l'âge. Toutefois, l'espoir de les retrouver en vie était faible. La photo sur le site se substituait alors à une pierre tombale, figurant un moyen de ne pas les oublier.

Marcus et Clemente se concentrèrent sur les mineurs disparus à Rome trois ans plus tôt et procédèrent par élimination. Ils en trouvèrent deux. Un petit garçon et une petite fille. Ils lurent leurs fiches.

Filippo Rocca avait disparu un après-midi à la sortie de l'école. Ses camarades ne s'étaient aperçus de rien. Il avait douze ans et un grand sourire auquel manquait une incisive supérieure. Il portait, par-dessus son jean, un pull orange, un polo bleu et des tennis, le tablier de l'institut religieux qu'il fréquentait. Des badges scouts étaient accrochés à son sac à dos, ainsi que l'écusson de l'équipe de football qu'il soutenait.

Alice Martini avait dix ans et de longues tresses blondes. Elle portait des lunettes à monture rouge. Elle avait disparu alors qu'elle se trouvait dans un parc avec sa famille : son père, sa mère et son petit frère. Elle était vêtue d'un sweat-shirt blanc Bugs Bunny, d'un short et de chaussures en toile. La dernière personne qui l'avait remarquée était un vendeur de ballons : il l'avait vue près des toilettes parler avec un homme entre deux âges, mais il n'avait pu le décrire précisément à la police.

Marcus trouva d'autres informations en naviguant sur les sites des quotidiens qui avaient couvert les deux disparitions. Les parents avaient lancé des appels, participé à des émissions télévisées et donné des interviews à des revues afin que l'intérêt pour les affaires ne retombe pas. Mais les enquêtes n'avaient mené à rien.

— Tu crois que l'enfant que nous cherchons est un de ces deux-là ? demanda Clemente.

— C'est probable, mais j'aurais préféré qu'il n'y en ait qu'un. Nous avons peu de temps. Jusqu'ici, le pénitencier a tout calculé, il a fait en sorte qu'une vengeance soit consommée chaque jour. D'abord la sœur de l'une des victimes de Jeremiah Smith le trouve agonisant chez lui et découvre la vérité. Le lendemain soir,

Raffaele Altieri tue son père, commanditaire de l'homicide de sa mère survenu vingt ans plus tôt. Hier, Pietro Zini a assassiné Federico Noni, coupable d'avoir tué sa sœur Giorgia pour la faire taire puis une jeune fille qu'il a enterrée à la villa Glori. Tu as remarqué comme les messages sont arrivés à point nommé aux vengeurs, dans les deux derniers cas ? Il nous a toujours laissé peu de temps, quelques heures, pour découvrir et arrêter le mécanisme qu'il avait enclenché. Je ne pense pas que ça sera différent, cette fois, aussi nous devons nous dépêcher : quelqu'un essayera de tuer Astor Goyash avant ce soir.

— Il sera compliqué de l'approcher. Tu as vu le genre de gardes du corps dont il s'entoure ? Il ne sort jamais seul.

— En tout cas, j'ai besoin de toi, Clemente.

— De moi ?

— Je ne peux pas enquêter auprès des familles des deux enfants disparus, nous devons nous partager la tâche. Nous utiliserons la boîte vocale pour communiquer : le premier qui découvre quelque chose laisse un message sur le répondeur.

— Que veux-tu que je fasse ?

— Cherche les Martini, moi, je m'occuperai des parents de Filippo Rocca.

Ettore et Camilla Rocca habitaient en bord de mer, à Ostie, dans une villa de plain-pied donnant sur la plage, achetée avec leurs économies.

Leur famille était tout ce qu'il y a de plus normale.

Marcus avait souvent essayé d'élargir le sens de cet adjectif. Il pouvait signifier un ensemble de petits rêves et d'attentes concentrés dans le temps, qui constituaient une protection contre les aspérités probables de la vie, mais aussi un véritable projet de bonheur. Pour certains, l'aspiration ultime était de mener une existence tranquille sans trop de secousses, toujours égale à elle-même. Un pacte tacite avec le destin, renouvelé chaque jour.

Ettore Rocca était représentant de commerce et passait beaucoup de temps en déplacement. Sa femme Camilla, assistante sociale, travaillait dans un centre qui soutenait des familles et des jeunes en difficulté. Elle donnait beaucoup pour les autres, même si elle aussi pouvait être comptée au nombre de ceux qui avaient besoin d'aide.

Les époux avaient choisi de vivre sur la côte parce que Ostie était plus calme et coûtait moins cher. Ils travaillaient à Rome, mais c'était un sacrifice supportable.

En pénétrant chez eux, Marcus eut pour la première fois la sensation d'être un intrus. Les portes et les fenêtres étaient grillagées, mais il ouvrit sans peine la porte d'entrée et la referma derrière lui. Il fut accueilli par une cuisine ouverte sur le séjour, dans les teintes blanche et bleue. Peu de meubles, tous dans le style marin. La table semblait construite avec les poutres d'un bateau et était surplombée par une lampe de pêche. Un vieux gouvernail était accroché au mur, dans lequel on avait encastré une pendule. Une collection de coquillages trônait sur une étagère.

Le sable s'engouffrait grâce aux courants d'air et crissait sous les chaussures. Marcus s'aventura à la recherche de signes conduisant au pénitencier. Il se dirigea vers le frigo où il avait aperçu une feuille maintenue par un aimant en forme de crabe. C'était un message qu'Ettore Rocca avait laissé à sa femme.

À dans dix jours. Je t'aime.

L'homme était parti pour son travail, mais il pouvait aussi lui avoir menti. Il se préparait peut-être à tuer Goyash. Étant donné les risques, il avait voulu la protéger en ne l'impliquant pas. Une semaine pour se préparer, enfermé dans un motel hors de la ville. Mais Marcus ne pouvait se perdre en conjectures, il avait besoin de confirmations. Il reprit sa perquisition. Plus il avançait, plus il sentait qu'il manquait quelque chose.

Il n'y avait pas de douleur dans les objets.

Il s'attendait, naïvement, à ce que la disparition de Filippo ait créé une fracture dans l'existence de ses parents. Comme une blessure qui, au lieu de s'imprimer dans la chair, s'incarne dans les objets, au point qu'il suffise de les caresser pour les voir saigner. Cet enfant de douze ans avait bien disparu d'ici. Pourtant, il n'y avait ni photos ni souvenirs de lui. La douleur logeait peut-être justement dans ce vide. Marcus ne la percevait pas parce que seuls des parents en étaient capables. Puis il comprit. En observant le visage de Filippo parmi les autres mineurs disparus sur le site de la police, il s'était demandé comment ses proches réussissaient à aller de l'avant. C'était différent de la mort d'un enfant. Dans les cas de disparition, il fallait gérer le doute. Il pouvait s'insinuer partout, tout corroder de l'intérieur, sans qu'on s'en aperçoive. Le doute consumait les jours, les heures. Et les années passaient sans réponse. Il valait mieux que l'enfant soit mort, savoir qu'il avait été tué, avait-il alors songé.

La mort prenait les souvenirs, même les plus beaux, et les inséminait avec la douleur, rendant tout rappel insupportable. La mort maîtrisait le passé. Le doute était pire, parce qu'il s'emparait du futur.

Il entra dans la chambre d'Ettore et Camilla. Leurs pyjamas étaient posés sur leurs oreillers respectifs, leurs pantoufles alignées au pied du lit, les couvertures ne faisaient pas un pli. Chaque chose à sa place. Comme si l'ordre pouvait pallier la folie de la douleur, la confusion née du drame. En domptant tout. En dressant les objets à la face de la normalité, afin de répéter cette antienne rassurante : tout va bien.

Dans ce cadre idyllique, il rencontra enfin Filippo.

Il souriait sur une photo, entouré de ses parents. Il n'avait pas été oublié, mais lui aussi avait sa place : sur une commode, sous un miroir. Marcus allait sortir de la pièce quand il posa les yeux sur un objet et comprit qu'il s'était trompé.

Sur la table de nuit du côté du lit où dormait Camilla était posé un écoute-bébé.

Il n'existait qu'une seule raison à la présence de cet objet : surveiller le sommeil d'un enfant.

Frappé par cette découverte, Marcus se rendit dans la pièce contiguë, dont la porte était fermée. En l'ouvrant, il aperçut ce qui avait dû être la chambre de Filippo. À côté de son lit, un berceau. L'espace était divisé équitablement : d'un côté les posters de son équipe de football et son bureau, de l'autre une table à langer, un transat et une montagne de jeux d'éveil. Ainsi qu'une boîte à musique avec des petites abeilles qui faisaient la ronde.

Filippo ne le savait pas, mais il avait un petit frère ou une petite sœur.

La vie est le seul antidote à la douleur, se dit Marcus. Il comprit comment les époux Rocca avaient trouvé une motivation pour se réapproprier l'avenir, l'arrachant aux brumes du doute. Malgré tout, il n'était pas convaincu. Cette famille aurait-elle vraiment mis en danger sa tentative de retrouver une certaine forme de sérénité pour consommer une vengeance ? Comment aurait-elle réagi à la nouvelle que leur aîné était mort ? Si Filippo était bien la victime de Canestrari.

Au moment où il allait quitter la maison pour retrouver Camilla Rocca sur son lieu de travail et la suivre pour le reste de la journée, il entendit un moteur. Par la fenêtre, il aperçut l'assistante sociale à bord d'un utilitaire qu'elle venait de garer dans l'allée.

Pris par surprise et dans l'impossibilité de sortir, il chercha fébrilement une cachette. Il découvrit une pièce servant de blanchisserie et de débarras. Il se posta derrière la porte et attendit. Il entendit la clé dans la serrure, puis Camilla qui entrait et refermait la porte. Le son des clés posées sur une étagère. Ses talons qui claquaient sur le sol. La femme enleva ses chaussures et les laissa tomber l'une après l'autre. Marcus l'aperçut par l'entrebâillement de la porte. Elle portait des sacs en papier. Elle était allée faire des courses et était rentrée plus tôt que prévu. Mais son fils, ou sa fille, n'était pas avec elle. Elle entra dans le débarras pour accrocher une nouvelle robe à un cintre. Ils n'étaient séparés que par la porte, une fine couche de bois. Si la femme l'avait poussée, ils se seraient retrouvés nez à nez. Mais Camilla alla s'enfermer dans la salle de bains.

Quand il entendit la douche couler, Marcus sortit de sa cachette. Il passa devant la porte fermée et avisa un paquet-cadeau posé sur la table du salon.

La vie avait repris dans cette maison.

Au lieu de le réconforter, cette idée le troubla. Il fut saisi de panique. Il pensa à Clemente, conscient qu'il était probablement tombé sur la famille qu'ils cherchaient.

Profitant de la douche de Camilla Rocca, il prit le téléphone accroché au mur de la cuisine et composa le numéro de la boîte vocale. Clemente avait laissé un message, son ton était agité.

— Viens tout de suite : le père d'Alice Martini charge des bagages dans sa voiture, je crois qu'il s'apprête à quitter la ville. Et il y a autre chose : il possède un pistolet.

17 h 14

Elle n'avait rien dit à ses collègues du danger qu'elle avait couru dans la galerie sous l'appartement de Lara. Pas même au commissaire Camusso. *Cela n'a aucun rapport avec la jeune fille*, s'était-elle dit. *Cela a à voir avec David et moi.*

Et puis, elle n'avait plus peur. Elle avait compris que son suiveur ne voulait pas la tuer. Du moins pas encore. Dans ce tunnel, il aurait pu l'abattre avant qu'elle n'appelle les renforts. Il n'avait pas raté une occasion, il s'était abstenu exprès.

Il la surveillait.

Pourtant, Camusso avait perçu son trouble. Il l'avait trouvée secouée, mais Sandra avait accusé la faim et la fatigue. Alors le commissaire dandy l'avait invitée chez *Da Francesco*, un bistrot de la piazza del Fico. Ils avaient mangé une pizza en plein milieu de l'après-midi, savourant les odeurs et les bruits du quartier assis à une table en terrasse. Autour d'eux, Rome, ses ruelles en pierre, ses immeubles aux façades rugueuses, le lierre grimpant sur les balcons.

Ensuite, ils étaient retournés à la préfecture. Camusso lui avait réservé la visite guidée du beau bâtiment où il avait la chance de travailler. Sandra avait omis de lui dire qu'elle le connaissait parce qu'elle avait effectué des recherches aux archives en embobinant un collègue.

Ils s'installèrent dans le bureau du commissaire, qui était doté de belles voûtes ornées de fresques. Le mobilier ne reflétait pas les goûts excentriques de l'homme. Très sobre et minimaliste, à la différence de Camusso qui évoluait dans la pièce comme une tache de couleur. Quand il posa sa veste pourpre sur son fauteuil de bureau, Sandra s'aperçut qu'il portait des boutons de manchette faits de pierres turquoise et elle laissa échapper un sourire.

— Vous êtes certaine que Lara est enceinte ?

Ils en avaient déjà parlé au restaurant. Camusso ne se faisait pas à l'idée que les femmes aient un sixième sens pour ces choses-là, malgré les preuves irréfutables qu'elle lui présentait.

— Pourquoi en doutez-vous ?

— Nous avons entendu ses amis et ses camarades de l'université : personne n'a parlé de petit ami, ni même de compagnon occasionnel. Et les relevés télé-phoniques de l'étudiante n'indiquent pas qu'elle avait une liaison.

— On peut tomber enceinte sans avoir de liaison.

Elle le dit comme si c'était la chose la plus évidente du monde. Pourtant, elle comprenait les doutes du commissaire : Lara ne semblait pas du genre à avoir des aventures.

— Je me pose une question sur Jeremiah Smith. À part cette fois-là, il a toujours abordé ses victimes en plein jour, les convainquant de boire un verre avec lui. Quel genre d'attraction un type comme lui pouvait-il exercer sur ces jeunes filles ?

— Je m'occupe de ce tueur en série depuis désormais six ans et je ne me l'explique pas. Quel que soit le truc qu'il utilisait, il était redoutable. Chaque fois la même histoire : une jeune fille disparaissait et nous mettions tout en œuvre pour la retrouver, conscients de n'avoir qu'un mois devant nous. Trente jours pendant lesquels nous récitions le même scénario aux familles, à la presse et à l'opinion publique. Toujours les mêmes mensonges. Puis le temps passait et nous trouvions un cadavre, dit-il avant de marquer une longue pause. Quand l'autre soir j'ai compris que le type dans le coma était le coupable, j'ai poussé un soupir de soulagement. J'étais heureux. Vous savez ce que cela signifie ?

— Non.

— Je me réjouissais qu'un autre être humain soit en train de mourir. Je me suis demandé ce qui m'arrivait. Ce que cet homme nous a fait est terrible. Il nous pousse à devenir comme lui. Parce que seuls les monstres peuvent se réjouir de la mort d'autrui. J'essayais de me convaincre que, dans le fond, d'autres jeunes filles seraient épargnées, s'il mourait. Que cet événement sauverait des vies. Et les nôtres ? Qui nous sauverait de la joie que nous ressentions ?

— Vous voulez dire que quand vous avez découvert qu'il en avait enlevé une autre, ça a presque été une consolation ?

— Si Lara est encore en vie, évidemment. Cela est également assez monstrueux, vous ne trouvez pas ?

— Je crois que si, admit Sandra. De même que faire dépendre son salut du réveil de Jeremiah Smith.

— Cet homme restera probablement un légume pour le restant de ses jours.

— Que disent les médecins ?

— Bizarrement, ils n'y comprennent pas grand-chose. Au début, ils pensaient à un infarctus, mais après de nombreux examens cliniques, ils l'ont exclu. Ils cherchent des dégâts neurologiques, mais ne trouvent rien pour l'instant.

— Cela pourrait être l'action d'un agent toxique, par exemple un poison.

— Ils analysent son sang à la recherche de substances, admit Camusso.

— Si c'est le cas, alors un tiers est impliqué. Quelqu'un a essayé de le tuer.

— Ou de le faire tuer par la sœur de l'une de ses victimes…

Sandra associa cette information à l'affaire Figaro. Il existait une correspondance entre la façon dont Federico Noni avait été tué et ce qui avait été fait à Jeremiah Smith. Cela ressemblait à des exécutions. Ils avaient tous les deux été punis pour leurs crimes. *Ou pour leurs péchés*, pensa-t-elle.

— Je voudrais vous montrer quelque chose.

Camusso s'éloigna pour sortir un ordinateur portable de son sac. Il l'alluma et le tourna vers elle.

— Une semaine avant sa disparition, une petite fête a eu lieu à la faculté d'architecture en l'honneur d'un jeune diplômé, dont le père a tout filmé, expliqua-t-il en lançant une vidéo. Voici les dernières images de Lara.

Sandra se pencha vers l'écran. L'image était floue, on entendait des voix et quelqu'un riait. La caméra fit un plan large sur une salle de cours. Les invités étaient une trentaine et certains portaient des cotillons ridicules. Ils discutaient en petits groupes. Des boissons étaient disposées sur le bureau et la plupart des personnes avaient un verre à la main. Il restait la moitié d'un gâteau. Le cameraman interrogeait les convives à tour de rôle en les invitant à dire quelque chose à la caméra. Certains saluaient, d'autres lançaient des blagues. La caméra s'arrêta sur un jeune homme qui se lança dans un monologue sarcastique sur le travail universitaire. Autour de lui, ses amis riaient. Derrière lui, au fond, une jeune fille avait l'air étrangère à la fête. Elle était appuyée contre une table, les bras le long du corps, le regard perdu dans le vide. Loin de l'euphorie ambiante.

— C'est elle, dit le commissaire.

Sandra l'observa avec attention. Elle se balançait sur ses talons en se mordant la lèvre : une créature en peine.

— N'est-ce pas étrange ? Cela me fait penser aux photos des victimes de crime que publient les médias. Elles sont toujours absorbées par un événement qui n'a rien à voir avec leur triste sort. Un mariage, une sortie, un anniversaire. Peut-être même qu'elles n'aimaient pas ces clichés. En tout cas, elles n'auraient jamais pensé qu'ils passeraient un jour à la télévision ou seraient publiés dans les journaux.

Les morts qui sourient sur les photos du passé : Sandra connaissait bien la sensation de se trouver en présence d'une allégresse déplacée.

— Peut-être que de leur vivant elles n'ont jamais envisagé qu'elles deviendraient célèbres. Soudain elles meurent et les gens savent tout d'elles. Bizarre, non ?

Pendant que Camusso se perdait dans ses réflexions, Sandra remarqua une légère variation dans l'expression de Lara. Son instinct d'enquêtrice photo avait trouvé un détail.

— Revenez en arrière, s'il vous plaît.

Le commissaire obéit sans demander d'explication.

— Maintenant, passez l'image au ralenti.

Un mot se forma sur les lèvres de Lara.

— Elle a parlé, dit Camusso, surpris.

— Oui, confirma Sandra.

— Qu'a-t-elle dit ?

— Repassez la séquence.

Le commissaire repassa le film plusieurs fois.

— Elle dit : « Salaud. »

— Vous êtes sûre ? demanda Camusso, surpris.

— Je crois que oui.

— À qui s'adresse-t-elle ?

— Sans aucun doute à un homme. Avancez, essayons de comprendre de qui il s'agit.

Le commissaire repassa le film. Le cameraman était assez brouillon, il ne faisait le point sur aucun des invités. Jusqu'à ce qu'il déplace le cadre vers la droite. Sandra eut l'impression qu'il suivait le regard de Lara. Il n'était pas perdu dans le vide, comme elle l'avait cru au début : elle regardait quelqu'un.

— Vous pouvez mettre un instant sur pause ?

— Qu'y a-t-il ?

Sandra avait repéré un homme d'une quarantaine d'années qui souriait, entouré par un groupe d'étudiantes. Il portait une chemise bleu ciel et sa cravate était dénouée. Attitude provocante, cheveux châtains, yeux bleus : un type plein de charme. Sa main était posée sur l'épaule de l'une des jeunes filles.

— Ce serait lui, le salaud ? demanda le commissaire.

— Il a la tête de l'emploi, en tout cas.

— Vous pensez qu'il s'agit du père de l'enfant ?

— On ne peut pas affirmer ce genre de choses à partir d'une vidéo, répliqua Sandra en le regardant.

Le commissaire se rendit compte de sa gaffe et s'en sortit par une pirouette.

— Je croyais que votre intuition féminine vous soufflait quelque chose.

— En tout cas, il serait intéressant d'avoir une petite conversation avec lui.

— Attendez, je vais vous dire qui c'est, proposa Camusso en allant vérifier quelque chose dans un dossier. Nous avons fiché tous les invités de la fête, au cas où. Ah, voilà : Christian Lorieri, assistant en histoire de l'art.

— Vous l'avez interrogé ?

— Il n'avait aucun contact avec Lara et il n'y avait ni raison juridique ni exigence liée à l'enquête pour l'interroger. Même s'il était le père de l'enfant que la fille porte et qu'il le savait, je doute qu'il soit prêt à nous parler : il est marié.

Sandra réfléchit un instant.

— Parfois, il faut provoquer les réactions, dit-elle avec malice.

— Comment comptez-vous vous y prendre ?

— Pour commencer, je vais imprimer des photos.

Les étudiants allaient et venaient dans les couloirs de la faculté d'architecture. Sandra avait toujours trouvé étrange que les étudiants finissent par se ressembler selon la matière qu'ils étudiaient. Comme s'ils répondaient à une sorte de code génétique qui identifiait leur groupe d'appartenance et faisait émerger en chacun des caractéristiques similaires. Par exemple, les étudiants en droit étaient indisciplinés et compétitifs. En médecine, rigoureux et dépourvus d'humour. En philosophie, ils étaient mélancoliques et portaient des vêtements trop grands. Les architectes, eux, avaient les cheveux ébouriffés et l'air dans la lune.

À la préfecture, elle avait imprimé les photos conservées dans la mémoire de son téléphone portable : celles de la villa de Jeremiah Smith, mais aussi des copies de celles du Leica de David. Il y avait également les images de l'appartement de Lara et, surtout, celles de la chapelle de San Raimondo di Peñafort. Dire qu'elle avait failli les effacer ! En fait, elles allaient vraiment lui être utiles.

La porte du bureau de l'assistant en histoire de l'art était ouverte. Lorieri, assis, les pieds posés sur sa table, lisait une revue. Il était bel homme : le stéréotype du quadra ébouriffé qui émoustille les étudiantes. Il arborait une paire de Converse comme pour donner l'image d'un révolutionnaire pacifiste.

Sandra frappa en souriant.

L'assistant leva distraitement les yeux.

— L'examen a été reporté à la semaine prochaine.

Elle s'installa sans qu'il l'ait invitée à entrer, encouragée par le climat détendu qui régnait dans la pièce.

— Je ne suis pas venue pour être interrogée.

— Si vous voulez un entretien individuel, il faut revenir un jour impair.

— Et je ne suis pas étudiante, précisa-t-elle en sortant son insigne. Sandra Vega, police.

Lorieri n'eut pas l'air étonné, mais il n'alla pas jusqu'à lui serrer la main. Il retira poliment ses pieds de la table.

— Dans ces cas-là, on dit : « Que puis-je faire pour vous, agent Vega ? »

Sandra détestait son charme. Il lui rappelait Shalber et le pauvre assistant ne pouvait imaginer combien cela jouait en sa défaveur.

— Je m'occupe d'une affaire et j'aurais besoin de l'avis d'un historien de l'art. Vous m'avez été recommandé.

Christian Lorieri posa les mains sur son bureau, stupéfait.

— Ça alors ! De quoi s'agit-il ? Est-ce que j'aurais pu lire quelque chose dans les journaux ?

— C'est confidentiel.

— Je comprends. Je suis à votre disposition, affirma-t-il en souriant à nouveau.

S'il sourit encore, je sors mon pistolet, pensa Sandra.

— Il s'agit de jeter un coup d'œil à ces photos pour voir si vous reconnaissez les lieux, expliqua-t-elle en lui tendant celles de la chapelle de San Raimondo di Peñafort. Nous les avons trouvées dans la poche d'un suspect mais nous ne comprenons pas où elles ont été prises.

Lorieri chaussa ses lunettes pour examiner les images qu'il ramassait une à une.

— Il y a des monuments funèbres, c'est donc certainement une chapelle. Probablement une église.

Sandra l'observait, guettant sa réaction au moment crucial.

— Plusieurs styles cohabitent, il est difficile de dire où cela se trouve.

Il en avait vu plus de dix quand il tomba sur la première photo de l'appartement de Lara.

— Celle-ci n'a aucun rapport avec…

Il se bloqua. Quand il vit la deuxième et la troisième, son sourire s'effaça.

— Que voulez-vous ? lui demanda-t-il sans la regarder.

— Vous êtes allé dans cet appartement, n'est-ce pas ?

— Une seule fois. Peut-être deux, répondit l'homme sur la défensive.

— Disons trois, pas plus. Cela vous convient ? le provoqua Sandra.

Lorieri acquiesça.

— Y êtes-vous allé le soir où Lara a disparu ?

— Non, pas ce soir-là, précisa-t-il. Je l'avais larguée deux semaines plus tôt.

— Larguée ?

— Je voulais dire que… Bref, vous savez bien : je suis marié.

— Me le rappelez-vous à moi ou à vous-même ?

L'assistant se leva et se posta devant les stores vénitiens des fenêtres. Il se passait nerveusement une main dans les cheveux.

— Quand j'ai appris qu'elle avait disparu, j'ai pensé aller voir la police. Mais ensuite, j'ai réfléchi à toutes les questions qu'on m'aurait posées, ainsi qu'à ma femme, au recteur, à l'université, et j'ai compris que je n'aurais pas pu rester discret. Cela aurait été tragique pour ma carrière et pour ma famille. J'ai cru que c'était un caprice de Lara, une façon d'attirer mon attention, et qu'elle finirait par rentrer.

— L'idée vous a-t-elle effleuré qu'elle ait fait un geste inconsidéré à cause de votre rupture ?

— Bien sûr, admit-il en haussant les épaules.

— Plus d'un mois a passé et vous n'avez rien dit, déclara Sandra avec dégoût.

— Je lui avais proposé de l'aider.

— À avorter ?

Lorieri comprit qu'il était en mauvaise posture.

— Qu'est-ce que je pouvais faire ? C'était juste une aventure, Lara le savait. Nous ne sommes jamais sortis ensemble, nous ne nous appelions pas, je n'avais même pas son numéro.

— Le fait que vous n'ayez pas parlé, associé à la disparition de la jeune fille, fait de vous un suspect. D'homicide.

— Homicide ? Et pourquoi ? Vous avez trouvé son cadavre ?

— Pas besoin : il existe un mobile. Parfois, cela suffit pour poursuivre quelqu'un en justice.

— Merde, je ne l'ai pas tuée ! s'écria-t-il au bord des larmes.

Étrangement, Sandra eut de la peine pour lui. Dans le passé, elle aurait appliqué la première règle du bon flic : ne jamais croire personne. Mais elle pensait que l'assistant disait la vérité : c'était Jeremiah Smith qui avait enlevé Lara, le plan pour la kidnapper chez elle était trop élaboré. Si Lorieri avait voulu la tuer, il l'aurait attirée dans un lieu isolé. Lara l'aurait suivi. Et même s'il l'avait tuée dans un accès de folie, peut-être suite à une dispute avec sa femme, il aurait laissé des traces.

La mort est dans les détails, se rappela-t-elle. Et rien ne laissait penser que Lara était morte.

— Maintenant calmez-vous et venez vous asseoir, s'il vous plaît.

— D'accord, dit-il en reniflant.

Sandra avait une bonne raison d'excuser cet adultère et sa lâcheté. *Je ne suis pas différente de lui. Moi aussi j'ai trompé*, se dit-elle. Elle repensa à la cravate vert vif.

Mais elle n'avait pas envie de partager cette histoire avec Lorieri.

— Lara ne voulait pas vous mettre devant le fait accompli, affirma-t-elle. Elle vous a dit qu'elle était enceinte pour vous donner une chance. Si elle est en vie et qu'elle revient, écoutez-la.

L'homme était incapable de dire un mot. Sandra récupéra les photos sur le bureau, parce qu'elle avait hâte de partir. Elle les remettait dans son sac avec les autres quand elle les fit tomber par terre. L'assistant se pencha pour l'aider à les ramasser.

— Laissez-moi vous aider.

— Je vais le faire, ne vous en faites pas, dit Sandra qui remarqua à ce moment-là que la photo du prêtre avec la cicatrice était dans le tas.

— Le pénitencier.

Elle se tourna vers Lorieri, doutant d'avoir bien entendu.

— Vous connaissez cet homme ? demanda-t-elle en l'indiquant.

— Je ne sais pas qui c'est. Non, je me référais à ça, répondit-il en lui montrant la photo du retable de l'autel : San Raimondo di Peñafort. Vous vouliez savoir pour la chapelle ou c'était juste une excuse ?

— Expliquez-moi, je vous prie.

— Il n'y a pas grand-chose à en dire : le tableau a été peint au XVIIᵉ siècle, il se trouve dans la basilique Santa Maria Sopra Minerva.

— En fait, je parlais du saint.

Lorieri se leva et attrapa un livre sur une étagère. Il le feuilleta puis montra à Sandra une reproduction du tableau, avant de lire la légende : « La *Paenitentiaria Apostolica* est un ministère du Saint-Siège qui s'est toujours occupé de péchés et le frère Raimondo fut l'un de ses membres les plus célèbres. Au XIIIᵉ siècle, il fut chargé de rédiger un texte analysant les cas de conscience pour faciliter le travail des confesseurs. C'est ainsi qu'il écrivit la *Summa de casibus paenitentiae*. Le texte fournissait des critères d'évaluation univoques et associait à chaque faute une pénitence précise. »

Sandra s'en voulut de n'avoir pas cherché plus tôt ces informations sur la chapelle. La personne qui avait glissé l'image pieuse avec l'inscription *Fred* sous la porte de sa chambre d'hôtel n'avait pas seulement voulu l'attirer dans un piège.

Ce lieu avait une signification.

L'idée de retourner là où elle avait failli être tuée ne l'enthousiasmait guère, mais elle voulait comprendre.

18 h 22

Le talent de Clemente était la collecte d'informations. Pendant les derniers jours, Marcus en avait obtenu la confirmation. Il ne lui avait jamais demandé d'explications. Il imaginait qu'il puisait dans les archives, mais ce n'était pas sa seule source. Au-dessus, un entrelacs de trames secrètes recueillait ou interceptait les nouvelles. Historiquement, l'Église avait toujours su s'introduire dans les institutions laïques ou dans les groupes organisés qui la menaçaient. C'était une forme d'autodéfense.

Comme Clemente se plaisait à le répéter, le Vatican était placide et alerte.

Mais cette fois, son ami s'était surpassé. Ils se retrouvèrent dans une salle de bingo par les vitres de laquelle ils pouvaient surveiller l'immeuble où habitait la famille Martini. Le lieu était peuplé de joueurs, chacun concentré sur sa partie.

— Le père d'Alice a chargé deux grosses valises dans sa voiture, dit Clemente en indiquant une Fiat Multipla garée de l'autre côté de la rue. Il était très nerveux. Il a pris une semaine de vacances et il a retiré une somme d'argent considérable à la banque.

— Tu crois qu'il se prépare à s'enfuir ?

— En tout cas c'est un comportement suspect, non ?

— Et le pistolet ? Comment sais-tu qu'il en possède un ?

— L'année dernière, il a tiré sur un homme qui essayait de séduire des enfants dans un parc. Il ne l'a pas tué parce que la police est intervenue à temps. Il a pris la fuite, mais aucun des témoins des coups de feu n'a voulu témoigner contre lui et il n'a pu être incriminé parce qu'ils n'ont pas trouvé le pistolet en perquisitionnant chez lui. Inutile de te dire qu'il n'a pas de permis de port d'arme. Il se l'est procuré illégalement.

Son nom était Bruno Martini. Marcus pensa que sa fille avait effectivement disparu dans un parc.

— Un justicier. Il ne nous manquait plus que ça !

— Après les faits, sa femme l'a quitté en emmenant leur fils. L'homme ne s'est jamais remis de la disparition d'Alice. Depuis trois ans, il enquête à titre personnel et se frotte souvent aux forces de l'ordre. Le jour, il travaille comme conducteur de bus, la nuit il part à la recherche de sa fille. Il écume les endroits fréquentés par les pédophiles et les lieux de la prostitution clandestine, persuadé de la trouver un jour.

— Je crois qu'il espère surtout trouver une réponse qui lui donnera un peu de paix.

Marcus compara la vie de cet homme à la situation de la famille Rocca. Les parents de Filippo n'avaient pas cédé face aux ténèbres, ils ne leur avaient pas ouvert la porte ni permis d'envahir leur vie. Ils n'avaient pas transformé le mal reçu en mal à rendre.

— Bruno Martini va se faire tuer.

Clemente partageait son opinion. Astor Goyash était inapprochable. Ses gardes du corps tireraient avant que l'homme sorte son arme. Son idée de prendre la fuite par la suite était une pure illusion.

En attendant qu'il sorte de chez lui, Clemente mit Marcus au courant des nouvelles de la journée.

— La police cherche désormais Lara.

— Depuis quand ?

— Ils ont relié sa disparition à l'affaire Jeremiah Smith. Le mérite en revient à une policière de Milan qui collabore avec eux.

Marcus comprit qu'il s'agissait de la femme avec qui il avait conclu un pacte et ne fit aucun commentaire, mais la nouvelle lui faisait plaisir.

— Il y a autre chose : les médecins ont exclu que Jeremiah Smith ait eu un infarctus. Ils pensent à un empoisonnement et ils pratiquent des examens toxicologiques. Tu avais raison.

— Je sais même de quelle substance il s'agit, ajouta Marcus. La succinylcholine. Elle paralyse les muscles et l'effet ressemble à une crise cardiaque. En plus, elle ne laisse aucun résidu dans le sang. Je pense que mon mystérieux collègue pénitencier s'est inspiré du suicide du chirurgien Canestrari.

Clemente était admiratif : son élève passait toutes les épreuves avec succès.

— Tu as déjà décidé ce que tu feras quand cette histoire sera terminée ?

Il aurait aimé s'engager pour les autres, être en contact avec des gens, comme ce prêtre de la Caritas qu'il avait rencontré. Mais il dit seulement :

— Pour l'instant, j'évite d'y penser.

— Il sort ! s'exclama son ami en le tirant par le bras.

Ils aperçurent Bruno Martini se diriger vers sa voiture. Clemente remit les clés de la Panda à Marcus.

— Bonne chance.

La ville se vidait à l'heure du dîner et la Fiat Multipla avançait sans encombre. Marcus la suivait en maintenant une distance de sécurité pour ne pas se faire remarquer.

Martini voulait sortir de Rome, mais il s'arrêta à un distributeur automatique, ce que Marcus trouva étrange car Clemente lui avait dit que l'homme avait retiré de l'argent à la banque. Il remonta en voiture. Toutefois, au bout d'une dizaine de minutes, il fit une nouvelle pause, cette fois pour boire un café dans un bar bondé de supporters qui regardaient un match. Bruno Martini ne salua personne, et personne ne sembla le reconnaître. Il paya et reprit sa route. Il se dirigea vers une zone à circulation limitée : un écran lumineux indiquait que l'interdiction était active mais, ignorant l'amende à laquelle il s'exposait, il passa sous la caméra qui enregistra sa plaque. Marcus l'imita. Martini s'engagea sur le périphérique qui menait aux banlieues nord de Rome. Il retira un ticket au péage de l'autoroute. Au bout de quelques minutes, il fit une troisième halte pour mettre du carburant. Marcus l'attendit après les pompes en l'observant dans son rétroviseur. Il régla avec une carte de crédit et repartit, maintenant une vitesse modérée et constante.

Où va-t-il ? se demanda Marcus. Quelque chose lui échappait.

L'homme prit la direction de Florence, mais au bout d'une dizaine de kilomètres il s'arrêta à nouveau. Cette fois, Marcus le suivit à l'intérieur. Il se gara et entra dans le bar de l'autoroute. Martini acheta un paquet de cigarettes et commanda un autre café. Marcus fit mine de regarder les revues. Quand il eut fini son café, l'homme fit un geste que Marcus ne sut interpréter. Il leva les yeux et aperçut une caméra de sécurité placée au-dessus de la caisse.

Il se fait filmer, pensa Marcus.

Puis Martini posa sa tasse et se dirigea vers les toilettes, au sous-sol, Marcus sur ses talons. Après avoir vérifié qu'ils étaient seuls, le pénitencier le rejoignit tandis qu'il se lavait les mains. Il se plaça deux lavabos plus loin et ouvrit le robinet. L'homme le regarda dans le miroir, mais sans curiosité particulière.

— Vous avez besoin d'un alibi, monsieur Martini ?

— C'est à moi que vous parlez ?

— Le distributeur de billets, la pompe à essence, la station-service : des endroits surveillés par des caméras. Parmi les supporters du bar, quelqu'un se souviendra forcément de vous. Et l'amende était une idée astucieuse. Tout comme le petit tour sur l'autoroute : les péages notent l'entrée et la sortie. Vous vous faites tracer, tous vos déplacements sont enregistrés. Mais où allez-vous, exactement ?

L'homme prit un air menaçant. Il enrageait d'avoir été découvert.

— Que me voulez-vous ?

— Je veux vous aider.

L'homme était prêt à frapper, mais il se retint. Son caractère irascible se devinait à la façon dont il bougeait ses mains puissantes, ainsi qu'à la posture de ses épaules : un lion prêt à attaquer.

— Vous êtes flic ?

Marcus évita de répondre.

— Alberto Canestrari, Astor Goyash. Vous connaissez ces noms ?

Martini n'eut aucune réaction, il ne vacilla pas, il avait l'air perdu.

— Vous les connaissez, oui ou non ?

— On peut savoir qui vous êtes ?

— Vous vous enfuyez, n'est-ce pas ? Vous n'êtes pas différent de moi : vous aussi, vous essayez d'aider quelqu'un. Qui ?

Bruno Martini recula d'un pas, comme s'il avait été frappé en plein visage.

— Je ne peux pas.

— Il faut me le dire, sinon tout sera inutile. Cette personne ne réussira pas à rendre justice. Ce soir, elle mourra, déclara-t-il avant de demander : Qui est-ce ?

— Elle est venue me voir hier, elle m'a dit qu'en réalité son fils disparu était mort et qu'elle avait la possibilité de trouver l'assassin.

— Camilla Rocca.

Martini acquiesça. Marcus ne s'y attendait pas.

— Ce que nos familles ont vécu il y a trois ans nous a rapprochés. Suite à leur disparition, Alice et Filippo sont devenus comme frère et sœur. Camilla et moi avons fait connaissance dans un commissariat et depuis nous sommes unis par la douleur. Camilla m'a soutenu quand ma femme m'a quitté. C'est la seule personne qui me comprenne. Je n'ai pas pu lui dire non quand elle m'a demandé mon pistolet.

Marcus n'en croyait pas ses oreilles. La petite famille qui avait su réagir, le deuxième enfant pour aller de l'avant. Une illusion. Il comprenait le plan de Camilla. Elle n'avait rien dit à son mari, profitant du fait qu'il était en voyage d'affaires. Elle ne l'avait pas mis au courant pour que, s'il lui arrivait quelque chose, l'un d'eux puisse s'occuper de l'enfant. Voilà pourquoi cet après-midi-là le petit n'était pas avec elle. Elle l'avait sans doute confié à quelqu'un.

— Camilla savait que vous possédiez une arme. Vous lui avez donnée, puis vous avez essayé de vous assurer un alibi, au cas où tout ne fonctionne pas comme prévu. La police aurait pu relier l'arme à vous, vu que vous l'aviez déjà utilisée pour jouer les justiciers. Camilla vous a fait part de ses intentions ?

— Il y a quelques jours, elle a reçu un appel anonyme qui lui a révélé que pour trouver l'homme qui a fait tuer son fils, il lui suffisait de se rendre dans une chambre d'hôtel ce soir. Le commanditaire du crime s'appelle Astor Goyash.

— Quelle chambre, quel hôtel ? demanda promptement Marcus.

— J'ai réfléchi à ce que j'aurais fait à sa place, poursuivit Martini en l'ignorant. Rien ne garantissait que ce soit la vérité et pas une blague de mauvais goût. Mais le doute fait croire n'importe quoi. Ce silence est insupportable. On veut juste qu'il cesse. Personne d'autre ne peut l'entendre, mais pour nous c'est une torture, on en perd la tête.

— Ce ne sont pas des coups de pistolet qui la feront cesser… Maintenant, dites-moi où est Camilla Rocca, je vous en prie.

— Hôtel Exedra, chambre 303.

20 heures

La température avait baissé de plusieurs degrés et cette brusque chute avait créé une fine brume, teintée d'orange par les lampadaires. C'était comme partir à la recherche d'un incendie : Sandra s'attendait à voir surgir des flammes d'un moment à l'autre.

Sur la place à l'obélisque et au petit éléphant, les fidèles bavardaient après la messe. Elle traversa la foule et entra à Santa Maria Sopra Minerva. À la différence de la première fois, l'église n'était pas déserte. Des touristes et de simples croyants déambulaient dans la basilique. Sandra se sentit rassurée par leur présence. Elle se dirigea directement vers la chapelle de San Raimondo di Peñafort. Elle voulait comprendre.

Arrivée devant le petit autel, elle contempla à nouveau le portrait du saint. À sa droite, la fresque du *Christ juge entre deux anges*, coincée entre les cierges et les bougies. Elle se demanda pour quelles prières ils brillaient, ou quels péchés s'expiaient dans ces petites flammes. Cette fois, Sandra saisit le sens des symboles qui l'entouraient. C'était la synthèse d'un lieu de justice.

Le Tribunal des âmes, pensa-t-elle.

La simplicité de cette chapelle par rapport aux autres conférait à l'atmosphère une juste austérité. L'iconographie décrivait un véritable procès : le Christ était le seul juge, assisté par ses anges, tandis que saint Raymond – le pénitencier – lui exposait l'affaire.

Sandra sourit intérieurement. Elle avait la confirmation que la première fois elle n'avait pas été attirée là par hasard. Elle n'était pas experte en balistique, mais elle avait plus de recul sur les coups de feu de la veille au matin : leur écho s'était perdu dans l'église, l'empêchant de deviner où le tireur se cachait. Mais après sa visite de la galerie au-dessous de l'appartement de Lara, elle doutait que quelqu'un ait vraiment voulu la tuer. Le tunnel constituait une occasion parfaite, or l'autre ne l'avait pas saisie. Elle était convaincue qu'il s'agissait de la même personne.

Celui qui l'avait entraînée dans la basilique voulait vérifier ce qu'elle savait. Parce que David avait dû découvrir quelque chose sur ce lieu. Une information qui manquait à quelqu'un. Quelqu'un qui voulait la connaître à tout prix et qui avait d'abord utilisé Sandra, profitant de la fausse menace qui pesait sur sa vie, tout en vantant son amitié avec son mari. Puis qui l'avait trahie pour en faire un hameçon et capturer le pénitencier. Voilà pourquoi il était descendu dans cette galerie avec elle. Sandra se retourna et l'aperçut, noyé dans un groupe de fidèles.

Shalber la regardait de loin. Il n'avait plus aucune raison de se cacher.

Elle posa la main sur l'étui de son pistolet caché sous son sweat-shirt. Il écarta les bras et approcha lentement, dans une attitude dénuée d'hostilité.

— Que veux-tu ?

— J'imagine que tu as tout compris, maintenant.

— Que veux-tu ? répéta-t-elle plus fort.

Shalber indiqua du regard le Christ juge.

— Me défendre.

— C'est toi qui m'as tiré dessus.

— J'ai glissé l'image pieuse sous la porte de ta chambre d'hôtel et je t'ai attirée ici parce que je voulais les photos de David. Mais quand tu as fait sonner mon portable, je me suis dit qu'il fallait agir, au risque de tout perdre. J'ai improvisé.

— Qu'avait découvert mon mari sur cet endroit ?

— Rien.

— Tu t'es fait passer pour mon sauveur, tu as gagné ma confiance, tu m'as menti sur ta relation avec mon mari.

Tu as couché avec moi, tu m'as fait croire que ton affection était sincère, aurait-elle voulu ajouter.

— Tout ceci juste pour t'emparer de la photo du prêtre avec la cicatrice sur la tempe.

— J'ai joué mon rôle, oui, exactement comme toi. J'avais compris que tu me mentais, que tu ne m'avais pas tout dit. Je suis doué pour reconnaître les menteurs, tu te rappelles ? Vous avez conclu un pacte, le prêtre et toi, pas vrai ? Tu espères qu'il t'aidera à découvrir la vérité concernant l'assassinat de David.

Sandra était furieuse.

— C'est pour cela que tu m'as suivie : au cas où je le rencontrerais à nouveau.

— Je t'ai également suivie pour te protéger.

— Arrête, dit-elle d'un ton âpre. Je ne veux pas entendre d'autres mensonges.

— Pourtant, tu vas m'écouter : ce n'est pas un pénitencier qui a tué ton mari.

Elle était secouée, mais elle ne voulait pas le montrer.

— Ça t'arrange de me dire ça. Tu espères que je vais te croire ?

— Tu ne t'es pas demandé pourquoi le Vatican a aboli l'ordre des pénitenciers ? Le pape n'a pu prendre cette décision que pour une raison très grave, tu ne crois pas ? Qui n'a jamais été révélée. Une sorte de… d'effet collatéral de leur activité. Les archives de la *Paenitentiaria Apostolica* sont le lieu où depuis toujours le mal est étudié, décomposé et analysé. Or il existe une règle selon laquelle chaque pénitencier n'a accès qu'à une partie de la documentation. C'est utile pour préserver le secret, mais aussi parce que personne n'est capable de supporter autant de noirceur.

Sandra ne disait rien mais Shalber avait capté son attention. Il poursuivit :

— Ils avaient cru que, en rassemblant la casuistique la plus large possible, ils pourraient comprendre les manifestations du mal dans l'histoire de l'homme. Mais malgré leurs efforts pour le classifier, pour le faire entrer dans des catégories spécifiques, le mal trouvait toujours un moyen d'éluder les schémas, les possibilités de prévision. Il y avait toujours des *anomalies* : des petites imperfections, qui pouvaient pourtant être corrigées. Ainsi, de simples chercheurs et archivistes, les pénitenciers se sont transformés en enquêteurs, intervenant directement dans la recherche de justice. La plus grande leçon des archives, dont ces prêtres ont fait leur trésor, est que *le mal engendre le mal*. Parfois il se comporte comme une maladie contagieuse qui corrompt les hommes sans distinction. Mais les pénitenciers ont considéré que, en tant qu'êtres humains, ce processus aurait pu les impliquer, eux aussi.

— Tu veux dire qu'avec le temps le mal les a écartés du droit chemin ?

— On ne peut vivre en contact étroit avec une force obscure sans en subir l'influence, précisa Shalber en acquiesçant. Si on a toujours refusé aux pénitenciers de trop en savoir sur les archives, c'était pour une raison précise qui a disparu au fil des siècles. Réfléchis, Sandra, toi qui es policière. Arrives-tu toujours à laisser hors de ta vie ce que tu vois sur les scènes de crime ? Ou bien une partie de cette douleur, de cette souffrance, de cette cruauté, te suit-elle chez toi ?

Elle repensa à la cravate verte de David. Elle comprit que Shalber pouvait avoir raison.

— Combien de collègues as-tu vus décrocher pour cette raison ? Combien sont passés de l'autre côté de la barrière ? Des agents à la carrière irréprochable qui soudain se laissent corrompre par un dealer ? Des policiers à qui tu aurais confié ta vie et qui, oubliant leur rôle, frappent sauvagement un suspect sous prétexte de le faire parler ? Abus de pouvoir, corruption : ces hommes ont renoncé, ils ont compris qu'il n'y avait rien à faire. Ils tentaient de remédier au mal, mais le mal gagnait toujours.

— Ce sont des exceptions.

— Je sais, je suis flic, moi aussi. Mais cela ne signifie pas que c'est impossible.

— C'est arrivé aux pénitenciers ?

— Le père Devok ne voulait pas se faire à cette idée. Il a continué à recruter des prêtres en secret. Il était convaincu de pouvoir contrôler la situation, mais il a payé sa naïveté de sa vie.

— Donc tu ne sais pas qui a tué David. Cela pourrait être le prêtre à la cicatrice sur la tempe.

— Je pourrais te dire que oui, mais la vérité est que je ne suis pas en mesure de te répondre.

Sandra le regarda, se demandant s'il était sincère. Puis elle secoua la tête, amusée.

— Quelle idiote, j'ai failli me faire avoir une nouvelle fois !

— Tu ne me crois pas ?

— À ce que je sais, dit-elle avec haine, tu pourrais avoir tué *mon mari* toi-même.

Elle appuya sur les mots « mon mari », comme pour souligner la différence entre lui et David, malgré le peu d'importance que la nuit passée ensemble avait eu pour elle.

— Que puis-je faire pour te convaincre du contraire ? Tu veux que je t'aide à trouver l'assassin ?

— J'en ai assez des pactes. Et puis, il y a un moyen plus simple.

— Lequel ?

— Viens avec moi. Nous allons voir un commissaire en qui j'ai confiance, il s'appelle Camusso. Nous lui raconterons tout et lui demanderons de nous aider.

Shalber n'eut aucune réaction mais réfléchit un moment.

— Bien sûr, pourquoi pas ? On y va tout de suite ?

— Pourquoi perdre du temps ? Mais marche devant moi, le temps que nous sortions d'ici.

— Si ça peut te rassurer, dit-il en s'engageant le long de la nef.

La basilique allait fermer et les fidèles s'amassaient vers la sortie centrale. Sandra suivait le fonctionnaire d'Interpol à deux mètres de distance. De temps à autre, il se retournait. Il marchait lentement pour lui permettre de le suivre. Il fut vite englouti par la petite foule qui s'était formée devant le portail, mais Sandra le tenait toujours à l'œil. Shalber lui fit un signe pour lui faire comprendre que cela ne dépendait pas de lui. Elle s'engagea à son tour dans le flux. Elle aperçut la tête de Shalber, puis devant elle quelqu'un tomba par terre. Des protestations s'élevèrent contre celui qui l'avait poussé. Sandra se fraya un chemin à coups de coude. Elle ne voyait plus la nuque du fonctionnaire. Arrivée sur le parvis, elle regarda autour d'elle.

Shalber avait disparu.

20 h 34

Un coup de téléphone avait suffi à motiver Camilla. Aucune preuve, aucun indice.

Elle avait enfin un nom, Astor Goyash, et cela lui suffisait.

L'Exedra se trouvait sur l'ancienne piazza dell'Esedra – appelée ainsi parce que édifiée en imitant l'hémicycle des vastes thermes de Dioclétien, dont on pouvait encore admirer les ruines toutes proches –, devenue, depuis les années 50, la piazza della Repubblica. Mais les Romains ne s'étaient jamais faits au changement et ils employaient toujours son ancien nom.

L'hôtel de luxe était situé devant la grande fontaine des Naïades, sur la gauche de la place. Il fallut une demi-heure à Marcus pour y arriver depuis l'autoroute. Il espérait intercepter Camilla avant que l'irrémédiable ne se produise.

Il ne savait pas à quoi s'attendre. Il n'avait pas découvert la raison de la mort du petit Filippo. Cette fois, la vérité suggérée par l'autre pénitencier n'était pas claire. « Tu es aussi fort que lui. Tu es comme lui », lui avait dit Clemente. Mais ce n'était pas vrai. Il ne s'était jamais demandé où se cachait actuellement son prédécesseur. Or il était certain qu'il l'observait, qu'il surveillait ses mouvements à distance. *Il finira par apparaître*, se dit-il. Il était convaincu qu'ils se rencontreraient. Et que l'autre lui expliquerait tout.

Il passa devant un portier en livrée et haut-de-forme pour entrer dans l'hôtel. La lueur des lampadaires en cristal se reflétait dans le marbre, l'ameublement était fastueux. Il s'arrêta dans le hall comme un client quelconque, se demandant comment il allait retrouver Camilla.

Il vit entrer de nombreux jeunes gens en tenue de soirée. Au même moment, un coursier qui portait un gros paquet avec un ruban rouge se dirigea vers la réception.

— C'est pour Astor Goyash.

— Sa fête d'anniversaire a lieu en haut, sur la terrasse, lui indiqua le concierge.

Marcus comprit enfin le sens du cadeau qu'il avait vu chez Camilla Rocca, ainsi que de la nouvelle robe qu'elle avait achetée : ils devaient lui servir à s'introduire à l'Exedra sans attirer l'attention.

Il vit le coursier se mettre dans la file avec les autres invités devant l'ascenseur qui menait directement au toit. Les deux sbires qui l'avaient suivi après ses visites au cabinet du chirurgien Canestrari puis à sa clinique contrôlaient les hôtes.

Astor Goyash serait là ce soir. Toutefois, avec ces mesures de sécurité, il serait impossible de l'approcher. Mais le mystérieux pénitencier avait fourni une alternative à Camilla.

Marcus devait gagner la chambre 303 avant la femme.

Les portes de l'hôtel s'ouvrirent et un groupe serré de gardes du corps fit son entrée : ils entouraient un homme assez petit âgé d'environ soixante-dix ans, les cheveux grisonnants, le visage bronzé et marqué, des lunettes en acier.

Astor Goyash.

Marcus regarda autour de lui, craignant de voir Camilla débarquer d'un moment à l'autre. Mais il n'en fut rien, Astor Goyash fut escorté jusqu'à un autre ascenseur. Quand les portes se refermèrent, Marcus comprit qu'il devait agir vite. Bientôt, sa présence serait remarquée par les caméras de surveillance et le personnel de sécurité de l'hôtel l'approcherait discrètement pour lui demander ce qu'il faisait là. Il réclama au concierge les clés de la chambre qu'il avait réservée en utilisant le téléphone portable de Bruno Martini. On lui demanda une pièce d'identité, Marcus montra son faux passeport diplomatique à l'effigie du Vatican que Clemente lui avait remis au début de sa formation.

— Madame Camilla Rocca est déjà arrivée ?

Le concierge le fixa, hésitant à lui fournir l'information. Marcus lui rendit son regard et l'autre finit par admettre que la dame avait pris possession de sa chambre une heure plus tôt. Cela suffisait à Marcus. Il le remercia et prit sa clé électronique : sa chambre était au deuxième étage. Il se dirigea vers une autre rangée d'ascenseurs, non surveillés par les hommes de Goyash. Mais une fois dans la cabine, il appuya sur le bouton du troisième.

Les portes s'ouvrirent sur un long couloir. Il examina les alentours mais n'aperçut aucun garde du corps, ce qui lui sembla étrange. Il se dirigea vers la chambre 303, qui se trouvait une dizaine de mètres après un coude. Personne ne se tenait devant la porte, ce qu'il trouva également anormal. Le voyant *Ne pas déranger* était allumé sur la serrure électronique. Après hésitation, Marcus frappa. Il attendit une vingtaine de secondes, puis une voix de femme lui demanda qui il était.

— Service de sécurité de l'hôtel. Je suis désolé de vous déranger, mais un détecteur de fumée a donné l'alerte dans votre chambre.

La porte s'ouvrit. À sa grande surprise, il se retrouva devant une jeune fille blonde qui avait au plus quatorze ans. Elle était à moitié nue, enveloppée dans un drap, le regard embué typique de qui vient d'absorber une drogue.

— J'ai allumé une cigarette, je ne pensais pas que c'était grave, se justifia-t-elle.

— Rassurez-vous, je dois simplement contrôler.

Sans attendre son invitation, il s'introduisit dans la chambre. C'était une suite. La première pièce était un séjour au parquet sombre. Un canapé et des fauteuils étaient placés devant un gigantesque téléviseur à écran plasma et un minibar. Dans un coin étaient entassés des paquets-cadeaux. Marcus jeta un coup d'œil : il n'y avait personne d'autre.

— Monsieur Goyash est ici ?

— Il est à la salle de bains, si vous voulez je peux l'appeler.

Marcus ignora la proposition et se dirigea vers l'autre pièce. La jeune fille le suivit, contrariée, oubliant de refermer la porte.

— Eh, où allez-vous ?

Le grand lit était défait. Sur une table, il aperçut un petit miroir, des lignes de cocaïne et un billet roulé. La télévision diffusait à plein volume des vidéoclips.

— Sortez immédiatement, l'apostropha la jeune fille.

Marcus lui mit une main sur la bouche et lui lança un regard pour lui faire comprendre qu'il était inutile de protester. Elle sembla se calmer, mais elle était effrayée. Marcus se dirigea vers la porte de la salle de bains et l'indiqua à la jeune fille, qui acquiesça : Astor Goyash était à l'intérieur. Le volume de la télévision l'empêchait d'entendre ce qui se passait de l'autre côté.

— Il est armé ?

La jeune fille fit signe que non. Marcus comprit que cette mineure était la raison pour laquelle le vieux truand bulgare s'était temporairement libéré de son escorte. Un petit cadeau sexe et cocaïne avant sa fête d'anniversaire.

Il s'apprêtait à demander à la jeune fille de s'en aller, quand il aperçut Camilla Rocca sur le seuil. À ses pieds, un paquet-cadeau ouvert. Dans ses mains, un pistolet. Dans ses yeux, la lueur obscure de la haine.

Instinctivement, il tendit une main, comme pour l'arrêter. La jeune fille poussa un cri qui se perdit dans les notes assourdissantes d'une chanson rock. Marcus la poussa et elle alla se recroqueviller sur le lit, terrorisée.

Camilla respirait profondément pour se donner de la force.

— Astor Goyash ?

Évidemment, elle savait qu'elle aurait dû se trouver face à un homme de soixante-dix ans.

Marcus tenta de rester calme et de la raisonner.

— Je connais votre histoire, mais ce n'est pas de cette façon que vous la réglerez.

— Qui est là-dedans ? demanda la femme en apercevant la lumière sous la porte de la salle de bains et en pointant son pistolet dans cette direction.

Marcus savait qu'elle tirerait dès que la porte s'ouvrirait.

— Écoutez-moi. Pensez à votre nouvel enfant. Comment s'appelle-t-il ?

Il essayait de gagner du temps, de détourner son attention vers quelque chose qui génère en elle une indécision, du moins une hésitation. Mais Camilla ne répondait pas, fixant toujours la porte.

— Pensez à votre mari. Vous ne pouvez pas les laisser seuls.

Les premières larmes montèrent aux yeux de Camilla.

— Filippo était un petit garçon si gentil.

Marcus décida d'être dur.

— Que pensez-vous qu'il se passera quand vous aurez appuyé sur la détente ? Comment croyez-vous

420

que vous vous sentirez, après ? Je vais vous le dire : rien ne changera, tout restera identique. Ne vous attendez à aucun soulagement. Tout restera difficile. Et qu'aurez-vous obtenu ?

— Il n'y a pas d'autre manière de rendre justice.

Marcus savait que la femme avait raison. Aucune preuve ne reliait Astor Goyash et Canestrari à Filippo. La seule – l'os qu'il avait trouvé à la clinique – était entre les mains des hommes du Bulgare.

— Il n'y aura jamais de justice, dit-il sur un ton dur mais inquiet, où affleurait une pointe de résignation, parce qu'il craignait de ne pouvoir éviter le pire. La vengeance n'est pas la seule possibilité qu'il vous reste.

Il vit dans ses yeux la même lueur que celle de Raffaele Altieri avant de tirer sur son père, après l'avoir toujours soupçonné. La même détermination que Pietro Zini quand il avait tué Federico Noni au lieu de le dénoncer. Parce que cette fois encore tout était inutile, la porte de la salle de bains allait s'ouvrir et Camilla tirerait.

La poignée se baissa. La lumière à l'intérieur s'éteignit et le battant s'ouvrit tout grand. La jeune fille dans le lit hurla. La cible apparut dans l'encadrement de la porte. Vêtu d'un peignoir clair, il s'immobilisa à la vue du canon du pistolet, soudain désorienté, et ses yeux de glace fondirent en un instant. Mais ce n'était pas un vieillard de soixante-dix ans.

C'était un garçon de quinze ans.

Dans la pièce, tous étaient confus et perdus. Marcus scruta Camilla, qui fixa le jeune homme.

— Où est Astor Goyash ?

Il répondit avec un filet de voix, mais personne ne l'entendit.

— Où est Astor Goyash ? répéta Camilla avec colère, brandissant son arme.

— C'est moi, dit le jeune garçon.

— Non, ce n'est pas toi, répondit-elle comme si elle ne voulait pas croire à l'évidence.

— Alors… peut-être mon grand-père… Sur la terrasse, il y a ma fête d'anniversaire, il s'y trouve à l'heure qu'il est.

Camilla comprit son erreur et vacilla. Marcus en profita pour s'approcher et poser une main sur son pistolet et le lui faire baisser lentement.

— Partons, lui dit-il. Il n'y a plus rien à faire ici. Vous n'allez pas tuer un jeune garçon juste parce que son grand-père est impliqué dans la mort de votre fils ? Cela n'a même pas valeur de vengeance, ça ne serait que de la cruauté gratuite. Et je sais que vous n'en êtes pas capable.

Camilla réfléchit. Elle s'apprêtait à lui donner raison quand elle remarqua quelque chose. Elle s'arrêta net.

Marcus suivit la direction de son regard : elle observait à nouveau le jeune garçon. Plus exactement l'ouverture de son peignoir, à la hauteur du thorax. Elle approcha et il recula jusqu'au mur. Camilla écarta délicatement les deux pans de tissu, découvrant une longue cicatrice sur son sternum.

Marcus en eut le souffle coupé. *Mon Dieu, qu'ont-ils fait ?*

Trois ans auparavant, le petit-fils d'Astor Goyash avait le même âge que Filippo Rocca. Alberto Canestrari était chirurgien. Il avait tué sur commande pour procurer un cœur.

Mais Camilla ne peut le savoir, se dit Marcus. Toutefois, quelque chose en elle – un pressentiment, l'instinct maternel, un sixième sens – l'avait poussée à accomplir ce geste. Même si elle n'en comprenait pas elle-même la raison.

Elle posa une main sur le thorax du jeune homme, qui la laissa faire. Elle écouta le battement produit par cet organe qui n'était pas le sien. Un son provenant d'un autre lieu, d'une autre vie.

Camilla et le garçon se regardèrent. Au fond de ses yeux, cette mère cherchait-elle une lueur qui lui indiquât que son fils était là, quelque part ? Ou peut-être la révélation que Filippo, d'une certaine façon, pouvait la voir en ce moment précis ?

Marcus ne le savait pas, mais il se rendit compte que la seule preuve qui aurait pu relier le vieil Astor Goyash à la mort de l'enfant était enfermée dans le torse de son petit-fils. Une biopsie du cœur et la comparaison de son ADN à celui des proches de Filippo auraient suffi à le coincer. Pourtant, Marcus n'était pas certain que la justice aurait consolé cette pauvre mère en peine, cette fois. La douleur aurait été déchirante, aussi décida-t-il de se taire. Il voulait seulement éloigner Camilla de cette pièce, elle avait un autre enfant dont elle devait s'occuper.

Il trouva le courage d'interrompre le contact entre elle et le jeune Goyash. Il la prit par les épaules pour la conduire vers la sortie.

Camilla détacha doucement sa main du torse du jeune garçon, comme une dernière caresse d'adieu.

Puis elle se dirigea vers la porte avec Marcus. Ils parcoururent ensemble le couloir de l'hôtel. De façon inattendue, Camilla se tourna vers son sauveur comme si elle le voyait pour la première fois.

— Je vous connais. Vous êtes prêtre, n'est-ce pas ?

Marcus ne sut que répondre. Il se contenta d'acquiescer, attendant la suite.

— Il m'a parlé de vous, poursuivit la femme.

Marcus comprit qu'elle se référait au mystérieux pénitencier.

— Il y a une semaine, il m'a téléphoné pour me prévenir que je vous rencontrerais ici, dit Camilla avec une expression étrange, comme si elle avait peur pour lui. Il m'a demandé de vous dire que vous vous retrouverez là où tout a commencé. *Mais cette fois vous devrez chercher le diable.*

22 h 07

Elle avait pris le 52 au terminus, piazza San Silvestro, et était descendue à la hauteur de la via Paisiello. De là, elle avait pris le 911 jusqu'à la piazza Euclide. Elle était entrée dans la gare ferroviaire souterraine et avait pris le dernier train de Viterbe pour Rome qui, sur le tronçon final, plongeait dans le souterrain reliant les quartiers nord de la ville et le centre. Unique étape, piazzale Flaminio. Là elle avait pris le métro, direction Anagnina. Arrivée à la station Furio Camillo, elle était remontée à la surface et avait appelé un taxi. Chaque changement n'avait duré que quelques secondes et son itinéraire avait été dicté par le hasard, pour semer d'éventuels poursuivants.

Sandra ne se fiait pas à Shalber. Le fonctionnaire d'Interpol avait prévu ses mouvements avec une certaine habileté. Bien qu'il lui ait échappé à la sortie de Santa Maria Sopra Minerva, elle était certaine qu'il resterait dans les environs pour la suivre. Mais elle avait pris des précautions pour qu'il perde sa trace. Parce qu'elle avait encore une chose à faire ce soir-là, avant de rentrer à l'hôtel.

Rendre visite à une nouvelle connaissance.

Le taxi la laissa devant l'entrée principale du grand hôpital. Sandra poursuivit à pied en suivant les panneaux indicateurs. Jusqu'au bâtiment qui abritait l'unité opérationnelle complexe que les membres du personnel du Gemelli surnommaient « la Frontière ».

Elle passa une première porte automatique et se retrouva dans une salle d'attente où étaient disposées quatre rangées de chaises en plastique du même bleu ciel que les murs. Les radiateurs étaient également de cette couleur, ainsi que les blouses des médecins et des infirmières, et même le distributeur d'eau potable. L'ensemble produisait une monotonie chromatique déstabilisante.

La deuxième porte donnait sur le cœur de la structure – les soins intensifs – mais elle était sécurisée : pour entrer il fallait être muni d'un badge qui ouvrait automatiquement la serrure. Par ailleurs, un policier montait la garde. Une présence formelle pour rappeler qu'un sujet dangereux était hospitalisé dans ce service, bien qu'il soit désormais hors d'état de nuire. Sandra montra son insigne à son collègue et une infirmière lui indiqua la procédure préliminaire à la visite. Elle lui demanda d'enfiler des surchaussures, une blouse stérile et une coiffe pour les cheveux, puis elle la fit entrer.

Elle emprunta un long couloir qui lui évoqua un aquarium. Comme celui de Gênes qu'elle avait visité avec David. Elle adorait les poissons, elle était fascinée par leurs mouvements et pouvait les regarder pendant des heures. Là, elle avait devant elle une série de vasques, qui étaient en réalité les vitres de séparation des salles de réanimation. Les lumières étaient basses et un silence étrange régnait. En fait, il était fait de sons. Bas et faibles comme des respirations, rythmés et constants comme un battement souterrain.

On aurait dit que cet endroit dormait.

Ses pieds foulèrent le lino jusqu'à la petite salle où deux infirmières étaient assises dans la pénombre devant une console : sur leurs visages se reflétait la lueur des écrans qui rapportaient les paramètres vitaux des patients du service. Derrière elles, un jeune médecin écrivait, assis à un bureau métallique.

Deux infirmières et un médecin : le personnel nécessaire pour gérer le service de nuit. Sandra se présenta et demanda des indications.

En passant devant les vasques des hommes-poissons, elle les observait, immobiles dans leurs lits, nageant dans leur mer de silence.

Elle se dirigea vers la dernière vitre et remarqua de l'autre côté une jeune femme menue en blouse blanche. Elle devait avoir son âge. Elle approcha. Il y avait six lits dans la chambre, mais un seul était occupé. Par Jeremiah Smith. Il était intubé et son thorax montait et descendait, toujours à la même cadence. Il faisait beaucoup plus que ses cinquante ans.

À ce moment-là, la jeune femme se retourna. En apercevant son visage, Sandra eut une sensation de déjà-vu. Quand elle comprit, elle frissonna. Au chevet du monstre se tenait le fantôme de l'une de ses victimes.

— Teresa, murmura-t-elle.

— Je suis Monica, sa sœur jumelle, répondit l'autre en souriant.

La jeune fille était non seulement la sœur d'une des pauvres innocentes tuées par Jeremiah Smith, mais aussi le médecin qui lui avait sauvé la vie en intervenant avec l'ambulance au moment de son malaise.

— Je m'appelle Sandra Vega, je suis de la police.

— C'est la première fois que vous venez ici?

— Pourquoi, ça se voit?

— Oui, à votre façon de le regarder.

— Pourquoi, je le regardais comment?

— Je ne sais pas. Comme on observe un poisson rouge dans un bocal.

Sandra secoua la tête, amusée.

— J'ai fait une gaffe?

— Non, ce n'est rien, ne vous en faites pas.

— Moi, je viens ici tous les soirs. Avant de prendre mon service de nuit ou après avoir terminé celui de jour. Je reste un quart d'heure, puis je m'en vais. Je ne sais pas pourquoi je le fais. J'en ai envie, c'est tout.

Sandra admirait le courage de Monica.

— Pourquoi l'avez-vous sauvé?

— Pourquoi tout le monde me demande la même chose? Demandez-moi plutôt pourquoi je ne l'ai pas laissé mourir. C'est différent, non?

En effet, et Sandra n'y avait pas pensé.

— Est-ce que j'ai envie de le tuer maintenant? Je le ferais si je n'en craignais pas les conséquences. Mais quel sens cela avait-il de le laisser mourir sans intervenir ? Comme une personne normale qui arrive en fin de vie et s'éteint naturellement. Il n'est pas comme les autres. Il ne le mérite pas. Ma sœur n'a pas eu cette possibilité.

Sandra réfléchit. Elle cherchait l'assassin de David et elle se répétait que c'était pour atteindre la vérité, pour donner un sens à la mort de son mari. Pour rendre justice. Mais comment se serait-elle comportée à la place de Monica ?

— Non, ma pire vengeance est de le voir dans ce lit, poursuivit la jeune fille. Pas de procès, pas de jury. Pas de loi, pas de plaidoiries. Pas d'expertise psychiatrique, pas de circonstances atténuantes. Ma vraie revanche est de savoir qu'il restera ainsi, prisonnier de lui-même. Je suis certaine qu'il ne sortira pas de cette prison. Et moi, je pourrai venir le retrouver chaque soir, le regarder et me dire que justice est faite. Il est rare de pouvoir jouir de ce privilège, quand on a perdu un proche à cause de l'ignominie d'un autre.

— En effet.

— C'est moi qui lui ai pratiqué le massage cardiaque. J'ai mis les mains sur son thorax, sur son tatouage... *Tue-moi.* Mes vêtements portaient l'odeur de ses excréments, de son urine, j'avais sa salive sur mes doigts. On voit beaucoup de choses, dans mon travail. La maladie équilibre les comptes. Mais la vérité est que nous, médecins, ne sauvons personne. Parce que chacun se sauve soi-même. En choisissant la voie la plus juste, la meilleure. Pour chacun arrivera le moment où l'on se remplit d'excréments et d'urine. Et il est triste de découvrir qu'on est seul ce jour-là.

Sandra n'en revenait pas de la sagesse de Monica. Pourtant, la jeune femme avait plus ou moins son âge et semblait fragile.

— Je suis désolée de vous avoir retenue, dit Monica en regardant sa montre. Il faut que je parte, ma garde commence bientôt.

— J'ai été très heureuse de vous rencontrer. Vous m'avez beaucoup appris, ce soir.

— On grandit en prenant des coups, comme dit toujours mon père.

Sandra la regarda s'éloigner dans le couloir désert. Une idée lui revint à l'esprit, mais elle tenta une fois encore de l'éloigner. Elle était convaincue que Shalber avait tué son mari. Et elle avait couché avec lui. Mais elle avait eu besoin de ses caresses. David aurait compris.

Elle s'approcha de la porte de la salle de réanimation. Elle prit un masque et l'enfila, puis elle franchit le seuil de ce petit enfer où ne séjournait qu'un seul damné.

Elle compta ses pas jusqu'au lit de Jeremiah Smith. Six. Non, sept. Le poisson rouge était à portée de main. Les yeux fermés, entouré d'une indifférence glaciale. Cet homme n'était plus en mesure de susciter quoi que ce soit. Ni peur ni compassion.

Sandra s'assit dans un petit fauteuil à côté du lit. Elle posa ses coudes sur ses genoux, croisa les doigts et se pencha sur lui. Elle aurait voulu lire en lui, comprendre ce qui l'avait poussé à faire du mal. Dans le fond, c'était le métier des pénitenciers. Scruter l'âme humaine à la recherche des motivations profondes de tout acte. Elle, en tant qu'enquêtrice photo, observait les signes extérieurs, les blessures que le mal laissait sur le monde.

Elle pensa à la photo sombre de la pellicule du Leica.

Voici ma limite, pensa-t-elle. Sans l'image, irrémédiablement perdue, peut-être à cause d'une erreur de manipulation, elle ne pouvait poursuivre le chemin tracé par David.

Y avait-il quelque chose sur cette photo ?

L'extériorité était sa source de détails, mais aussi sa barrière. Elle comprit que pour une fois, regarder à l'intérieur d'elle-même lui aurait fait du bien. Et tout sortir, en cherchant la voie du pardon. Au moins, une confession aurait été libératoire. Soudain, elle se mit à parler à Jeremiah Smith.

— Je veux te raconter l'histoire d'une cravate vert vif, dit-elle sans savoir pourquoi. Les faits remontent à quelques semaines avant l'assassinat de mon mari. David revenait d'un long voyage de travail. Ce soir-là ressemblait à toutes nos retrouvailles. Nous fêtions ça tous les deux. Le reste du monde restait hors de chez nous, nous nous sentions les seuls spécimens du genre humain. Je ne sais pas si tu as déjà ressenti ça, dit-elle en secouant la tête, amusée. Non, bien sûr que non. En tout cas, ce soir-là, pour la première fois depuis que nous nous connaissions, j'ai dû faire semblant de l'aimer. David m'a posé une question de routine : « Ça va ? » Nous nous posons cette question plusieurs fois par jour, sans vraiment attendre de réponse sincère. Mais quand je lui ai dit que tout allait bien, ce n'était qu'une phrase de circonstance : un mensonge. Quelques jours plus tôt, j'étais allée à l'hôpital me faire avorter, expliqua Sandra en ravalant ses larmes. Nous avions tout pour être des parents fantastiques : nous nous aimions, nous étions sûrs l'un de l'autre. Mais il était reporter, toujours en voyage à photographier des guerres, des révolutions et des massacres. Moi, policière à la brigade scientifique. On ne peut donner naissance à un enfant quand on risque sa vie dans le cadre de son travail, comme c'était le cas pour David. Et pas non plus quand on voit tout ce que je vois au quotidien sur les scènes de crime. Trop de violence, trop de peur : ça ne convient pas à un enfant, dit-elle avec conviction. C'est ça, mon péché. Je le porterai jusqu'à ma mort. Mais ce que je ne me pardonne pas, c'est de n'avoir pas donné à David voix au chapitre. J'ai profité de son absence pour décider, dit-elle avec un sourire triste. Quand je suis rentrée chez moi après l'avortement, j'ai trouvé dans la salle de bains le test de grossesse que j'avais fait seule. Mon enfant, ou ce qu'ils avaient sorti de moi, je ne sais pas à quoi ça ressemble au bout d'un mois, était resté dans cet hôpital. Je l'avais senti mourir à l'intérieur de moi, puis je l'avais laissé seul. C'est terrible, non ? En tout cas, je me suis dit que cette créature méritait au moins un enterrement. Alors j'ai pris une boîte où j'ai mis le test et quelques objets qui appartenaient à ses parents. Dont la seule cravate de David. Vert vif. Puis j'ai pris ma voiture jusqu'à Tellaro, un village de Ligurie où nous passions nos vacances. Et j'ai tout jeté à la mer. Je ne l'ai jamais dit à personne. Il est absurde que je te le raconte à toi. Mais le plus beau reste à venir. Parce que j'étais convaincue que je paierais seule les conséquences de mon geste. Pourtant, sans le savoir, j'avais commis une erreur terrible. Je m'en suis aperçue quand il était trop tard. Avec l'amour que j'aurais pu avoir pour mon enfant, j'avais aussi jeté mon amour pour David. Il n'y avait plus moyen : je le caressais, je l'embrassais, je faisais l'amour avec lui et je ne ressentais rien. La tanière que cet enfant avait commencé à creuser à l'intérieur de moi pour survivre était devenue un vide. Je n'ai recommencé à aimer mon mari que quand il est mort.

Elle croisa les bras et, s'enfonçant dans cette position incommode, elle éclata en sanglots. Des sanglots soudains, sans trêve, mais libératoires. Elle ne pouvait plus s'arrêter. Quelques minutes plus tard, en séchant ses larmes, elle rit d'elle-même. Elle était épuisée, mais bizarrement elle se sentait bien. *Je reste encore cinq minutes*, se dit-elle. *Juste cinq.* Les bips réguliers du cardiographe relié au thorax de Jeremiah Smith, la cadence du respirateur automatique qui le maintenait en vie eurent sur elle un effet hypnotique et relaxant. Elle ferma les yeux et s'endormit. Elle revit David. Son sourire. Ses cheveux ébouriffés. Son regard bon. Cette grimace qu'il faisait quand il la surprenait un peu triste et pensive, quand il pliait la lèvre inférieure et penchait la tête sur le côté. David l'attira à lui pour lui donner un très long baiser dont il avait le secret. « Tout va bien, Ginger. » Elle se sentit alors soulagée, en paix. Puis son mari la salua de la main et s'éloigna en faisant des claquettes et en entonnant leur chanson. *Cheek to Cheek.* Même si la voix était celle de David, dans son rêve Sandra ne pouvait pas savoir qu'en réalité elle appartenait à un autre. Et que tout était réel.

Quelqu'un chantonnait dans la pièce.

Après avoir vu Camilla Rocca poser la main sur le thorax du jeune garçon qui avait hérité du cœur de son fils, pour la première fois Marcus sentit une force invisible et compatissante dans son existence. *Nous sommes si insignifiants dans l'immensité de l'Univers que nous ne méritons pas le privilège d'un Dieu qui s'intéresse à nous*, se répétait-il. Mais il était en train de changer d'avis.

Retrouvons-nous là où tout a commencé.

Il allait faire la connaissance de son rival. Il allait recevoir le prix du salut de Lara.

Le lieu où tout avait commencé était la villa de Jeremiah Smith.

Il gara la Panda devant l'entrée principale. La patrouille de garde et la brigade scientifique étaient parties. L'endroit était désert et mélancolique, comme avant de révéler son secret. Marcus se dirigea vers la maison. Seule la pleine lune s'opposait au pouvoir des ténèbres.

Les arbres de l'allée principale étaient agités par la brise nocturne. Leurs feuilles étaient des éclats de rire fugaces qui couraient à côté de lui, moqueurs, pour s'éteindre ensuite dans son dos. Les statues du jardin le fixaient de leurs yeux vides.

Des scellés étaient posés sur les portes et les fenêtres de la villa. En réalité, il n'espérait pas que le pénitencier l'attendît ici. L'auteur du message avait été clair.

Et cette fois cherche le diable.

Ceci était sa dernière épreuve. En échange, il obtiendrait des réponses.

Le sens du défi était-il qu'il devait chercher un signe surnaturel? Les pénitenciers ne s'intéressaient pas à l'existence du démon, ils étaient même les seuls de l'Église à en douter. Ils l'avaient toujours considéré comme un prétexte commode inventé par les humains pour se soustraire à la responsabilité de leurs propres fautes et pour absoudre les défauts de leur nature.

Le diable existe parce que les hommes sont mauvais.

Il retira les scellés de la porte et entra dans la villa. La lumière de la lune ne le suivit pas à l'intérieur. Il n'y avait ni bruit ni présence.

Il prit sa lampe torche dans sa poche et avança dans le couloir aux murs sombres. Il se rappela sa première visite, quand il avait suivi la séquence des chiffres derrière les tableaux. Quelque chose avait dû lui échapper, si le pénitencier avait voulu qu'il revienne. Il arriva à la pièce où Jeremiah Smith avait été retrouvé à l'agonie.

Le diable n'habite plus ici, se dit-il.

Il manquait plusieurs éléments par rapport à la fois précédente. La table basse renversée, les fragments de la tasse de lait brisée et les miettes de biscuits avaient été enlevés par la brigade scientifique. De même que le matériel – gants stériles, bande de gaze, seringues et canules – utilisé par l'équipe de l'ambulance pour le réanimer. Les reliques avec lesquelles le monstre rappelait les fantômes de ses jeunes victimes pour qu'elles lui tiennent compagnie durant ses longues nuits solitaires – le ruban à cheveux, le bracelet en corail, l'écharpe rose et le patin à roulettes – avaient disparu.

Mais à la place des objets, les questions planaient toujours.

Comment Jeremiah Smith – un homme borné, asocial, tout sauf attrayant – avait-il gagné la confiance de ces jeunes filles ? Où les gardait-il prisonnières pendant un mois, avant de les tuer ? Où était Lara ?

Marcus évita de se demander si elle était encore en vie. Il avait fait son devoir en s'investissant le plus possible, aussi n'accepterait-il pas d'autre épilogue.

Il regarda autour de lui. *Anomalies. Le signe n'est pas surnaturel*, se dit-il. *Mais seul un homme de foi peut le reconnaître.* Cette fois, il devait faire appel à une compétence qu'il n'était pas certain de posséder.

Il balaya la pièce du regard à la recherche de quelque chose qui brisât la normalité. Une petite fissure ouvrant sur une autre dimension. Le passage utilisé par le mal pour se propager.

« *Il existe un lieu où le monde de la lumière rencontre celui des ténèbres. C'est là que tout se produit : dans la terre des ombres, où tout est rare, confus, incertain… Moi, je suis le gardien de cette frontière. Mais parfois, quelque chose réussit à passer.* »

Ses yeux s'arrêtèrent sur la fenêtre. Derrière la vitre, la lune lui indiquait quelque chose.

Il dépliait ses ailes et regardait dans sa direction. L'ange de pierre le convoquait.

Il se trouvait dans le jardin, avec les autres statues. Les Écritures racontaient que Lucifer était un ange, avant de chuter. Le protégé du Seigneur. Marcus courut à l'extérieur.

Il s'arrêta devant la grande statue, éclairée par une faible lueur.

La police n'a rien vu, pensa-t-il en fixant le terrain aux pieds de l'ange. *S'il y a quelque chose là-dessous, les chiens de l'unité cynophile auraient dû le flairer. Mais à cause de la pluie des derniers jours, les odeurs générées par la terre ont brouillé leur odorat.*

Marcus posa les mains à la base de la statue, la poussa et l'ange bougea, dévoilant sous lui une trappe métallique. Elle n'était pas fermée à clé.

Il faisait sombre, et du trou montait une forte odeur d'humidité, comme une respiration fétide. Marcus pointa sa torche : six marches conduisaient dans l'abîme. Aucune voix. Aucun bruit.

— Lara, appela-t-il une fois, puis trois autres fois, puis encore une.

Pas de réponse.

Il descendit.

Le rayon de lumière explora le couloir étroit au plafond bas, le sol carrelé qui à un moment devenait plus profond. Cela avait sans doute été une piscine, autrefois, mais quelqu'un en avait fait une pièce secrète.

La lampe cherchait une présence humaine. Marcus craignait de ne trouver qu'un corps muet. Lara n'y était pas.

Il ne trouva qu'une chaise.

C'est pour cela que les chiens n'ont rien senti, se dit-il. Mais c'était bien ici que Jeremiah les emmenait. C'était dans cette tanière qu'il les gardait prisonnières un mois avant de les tuer. Il n'y avait ni chaînes au mur pour se prêter à des jeux de torture, ni instruments de sadisme, ni alcôves où consommer des relations sexuelles. Pas de sévices, pas de violence, se rappela Marcus : Jeremiah ne les touchait pas. Tout se réduisait à cette chaise, à côté de laquelle traînait la corde qui servait à les attacher et un plateau avec un couteau d'une vingtaine de centimètres qu'il utilisait pour leur trancher la gorge. C'était là toute la fantaisie perverse de ce monstre.

Marcus s'approcha de la chaise et aperçut, posée dessus, une enveloppe fermée. Il l'ouvrit : elle contenait le plan de l'appartement de Lara, avec l'indication de la trappe cachée dans la salle de bains. Il y avait également une liste des déplacements et des horaires de la jeune fille ; des notes révélant la présence du narcotique dans le sucre ; et enfin une photo de l'étudiante souriante. Sur son visage, un point d'interrogation rouge. *Tu te joues de moi*, pensa Marcus à l'intention du pénitencier. L'enveloppe contenait la preuve que Jeremiah Smith avait enlevé la jeune fille.

Mais il n'y avait pas trace de Lara. Ni du mystérieux compagnon qui l'avait conduit jusqu'ici.

Marcus bouillait de rage. Le pénitencier n'avait pas respecté son engagement. Il le maudit, il se maudit lui-même. La mystification était insupportable. Il voulait quitter cet endroit. Il se retourna pour partir, mais sa lampe lui glissa des mains. Dans sa chute, elle éclaira quelque chose derrière lui.

Dans un coin, il y avait quelqu'un.

Il avait observé la scène sans bouger. Dans le rayon de lumière, il ne distinguait nettement qu'un bras. Il était vêtu de noir. Marcus se pencha pour ramasser sa lampe et, lentement, la pointa sur l'étranger.

Ce n'était pas une personne, mais un habit de prêtre suspendu à un cintre.

Soudain, tout s'éclaira. C'était ainsi que Jeremiah Smith approchait ses victimes. Les jeunes filles n'avaient pas peur parce qu'elles voyaient un homme d'Église, pas un monstre.

Une des poches de la soutane était gonflée. Marcus en sortit un flacon et une seringue hypodermique – *succinylcholine*.

Il ne s'était pas trompé. Pourtant, les objets dans cette poche racontaient une histoire différente.

Jeremiah a tout fait seul.

Il savait que la sœur de l'une de ses victimes était de garde ce soir-là en tant que médecin pouvant être appelé en cas de code rouge. Alors il avait appelé le numéro d'urgence en décrivant les symptômes d'un arrêt cardiaque. Il avait attendu l'arrivée des secours pour s'injecter la substance. Il avait peut-être jeté la seringue dans un coin de la pièce ou sous un meuble : le personnel de l'ambulance, dans la panique, ne la verrait pas, et la brigade scientifique penserait qu'il s'agissait de matériel laissé par le médecin et l'infirmier après l'intervention.

Il ne se déguisait pas en prêtre. Il est prêtre.

Son plan avait démarré environ une semaine plus tôt, quand il avait envoyé des lettres anonymes aux personnes impliquées dans le meurtre de Valeria Altieri. Puis il avait écrit le courriel qui avait éclairé Pietro Zini au sujet de l'affaire Figaro. Ensuite il avait appelé Camilla Rocca pour l'informer qu'Astor Goyash serait à l'hôtel Exedra quelques jours plus tard.

C'est lui, le pénitencier.

Ils avaient été face à lui pendant tout ce temps sans savoir qui il était réellement. Comme le chirurgien

Alberto Canestrari, Jeremiah avait simulé une mort naturelle avec la succinylcholine. Aucun examen toxicologique ne pouvait la déceler. Une dose de un milligramme suffisait à bloquer les muscles de la respiration. On mourait étouffé en quelques minutes, exactement comme Canestrari. La substance paralysait le corps de façon instantanée, ne laissant pas le temps de changer d'avis.

Mais Canestrari n'avait pas prévu d'être secouru par une ambulance. Lui, en revanche, si.

Que voit la police ? Un tueur en série qui ne constitue plus un danger. Que voient les médecins ? Un patient dans le coma. Que voyait Marcus ?

Des anomalies.

Tôt ou tard, l'effet de la succinylcholine s'estomperait. Jeremiah Smith pouvait se réveiller d'un moment à l'autre.

23 h 59

En avant. Pause. En arrière. Puis à nouveau en avant. Pause. En arrière.

Dans la salle d'attente bleu ciel des soins intensifs, on n'entendait que ce son obsédant et continu. Marcus regarda autour de lui. Personne. Il avança avec précaution vers la source du bruit.

La porte automatique sécurisée qui conduisait dans le service avançait, puis s'arrêtait net et revenait en arrière. Elle répétait le même mouvement sans jamais le compléter. Quelque chose bloquait le mécanisme de fermeture. Marcus s'approcha pour regarder : c'était un pied.

L'agent de police qui montait la garde était allongé par terre, sur le ventre. Marcus observa ce corps – les mains, l'uniforme bleu, les chaussures à semelle de gomme – et comprit qu'il manquait quelque chose : la tête. L'homme n'avait plus de tête. Son crâne avait explosé suite à un tir rapproché.

Ce n'est que le premier, pensa-t-il.

Il se pencha sur lui et constata que son arme de service avait disparu. Il le bénit rapidement et se releva. Il avança à pas réguliers sur le lino en regardant à droite et à gauche les salles de réanimation qui donnaient sur le couloir. Les patients dormaient sur le dos, un sommeil imperturbable et indifférent. Les machines respiraient pour eux. Tout semblait inchangé.

Il régnait un calme irréel. *L'enfer doit être ainsi*, pensa Marcus. Un lieu en équilibre instable entre la vie et la mort. Seul l'espoir le maintenait en suspens, comme par magie. L'essence de l'illusion était la question que l'on se posait en regardant ces individus. Où sont-ils ? Parce qu'ils étaient là, sans l'être.

Arrivé à la hauteur de la salle du personnel, il aperçut trois personnes qui n'avaient pas eu la chance des patients dont ils s'occupaient. Ou peut-être que si, tout dépendait du point de vue.

La première infirmière était tombée sur la console de contrôle. Les écrans étaient tachés de son sang et la femme présentait une profonde blessure à la gorge. La deuxième était étendue à côté de la porte. Elle avait tenté de s'échapper, sans succès : un projectile l'avait atteinte à la poitrine. Au fond de la petite pièce, un homme en blouse blanche gisait sur sa chaise, les bras ballants, la tête en arrière, les yeux fixant un point indéterminé au plafond.

La chambre de Jeremiah Smith était la dernière au fond. Il s'y dirigea, certain d'y trouver un lit vide.

— Entre, dit une voix rauque et profonde. Tu es un pénitencier, n'est-ce pas ?

Pendant quelques secondes, Marcus fut incapable de bouger. Puis il avança lentement vers la porte ouverte qui l'attendait. En passant devant la vitre de séparation, il vit que les rideaux avaient été tirés. Il distingua une ombre au centre de la pièce. Il se posta à côté de la porte, protégé par le mur.

— Entre. N'aie pas peur.

— Tu es armé, répondit Marcus. Je le sais, j'ai contrôlé le policier.

Silence. Puis il vit quelque chose glisser jusqu'à ses pieds : un pistolet.

— Vérifie : il est déchargé.

Marcus était dérouté. Pourquoi lui avait-il remis l'arme ? Cela ne ressemblait pas à une reddition. *C'est son jeu*, se rappela-t-il. *Et moi je n'ai pas le choix, je dois me plier à ses règles.*

— Cela signifie que tu n'es pas armé ?

Le coup de feu fut assourdissant. La réponse, éloquente.

— Qu'est-ce qui me dit que tu ne vas pas me tirer dessus dès que je franchirai le seuil ?

— C'est le seul moyen pour la sauver.

— Dis-moi où est Lara.

— En fait, je ne parlais pas d'elle, dit l'homme en riant.

Marcus se glaça. Qui était avec lui ? Il pencha la tête pour voir.

Jeremiah Smith était assis sur le lit, il portait une blouse d'hôpital trop courte. Ses rares cheveux étaient dressés sur sa tête. Il avait l'aspect clownesque de quelqu'un qui vient de se réveiller. D'une main il se grattait une cuisse, de l'autre il pointait son arme sur la nuque de la femme agenouillée devant lui.

La policière.

Marcus comprit d'où venait la deuxième arme. Il entra.

Sandra avait aux poignets les menottes que Jeremiah avait prises à son collègue qui montait la garde, après lui avoir tiré dessus. Elle s'était endormie, comme une idiote. Elle avait été réveillée par trois détonations successives. Elle avait ouvert les yeux et avait cherché son arme dans son étui : elle n'y était plus.

C'est alors qu'elle avait remarqué le lit vide.

Au quatrième coup de feu, elle avait vu la scène défiler devant ses yeux, comme si elle la photographiait avec son Reflex. Jeremiah se lève, vole son pistolet. Il passe devant la petite salle et abat les infirmières et le médecin assurant la garde de nuit. Le policier à l'entrée entend les tirs. Le temps qu'il actionne la porte automatique, Jeremiah l'a déjà rejoint. Dès que l'autre ouvre, il lui tire dessus.

Elle avait couru dans l'espoir de l'arrêter, bien que n'étant plus armée. Cela n'avait aucun sens, mais elle se sentait en quelque sorte responsable d'avoir cédé à la fatigue, de ne pas être restée vigilante. Mais une autre question la troublait.

Pourquoi m'a-t-il laissée en vie ?

Ne le voyant pas dans le couloir, elle s'était précipitée vers la sortie et l'avait aperçu dans la salle des médicaments. Il l'observait en souriant. Puis il avait pointé son pistolet sur elle et lui avait lancé les menottes.

— Mets-les, on va bien s'amuser.

Elle avait obéi et l'attente avait commencé.

Maintenant, Sandra fixait le prêtre à la cicatrice sur la tempe pour lui communiquer qu'elle allait bien et qu'il ne devait pas s'inquiéter. Il acquiesça, il avait saisi le message.

— Alors ? demanda Jeremiah en éclatant de rire. Content de me voir ? J'ai toujours voulu rencontrer un autre pénitencier. Longtemps, j'ai cru être le seul. Je suis sûr que c'était pareil pour toi. Comment t'appelles-tu ?

Mais Marcus n'avait pas envie de faire de concessions.

— Allez, insista Jeremiah Smith. Tu connais mon nom. Il est juste que je connaisse celui de l'homme qui a été si habile pour me débusquer.

— Marcus, répondit-il à regret. Laisse partir la femme.

— Désolé, Marcus, mon ami. Elle fait partie du plan.

— Quel plan ?

— En vérité, sa visite a constitué une agréable surprise. J'avais prévu de prendre en otage une des infirmières, mais vu qu'elle était là… Comment les appelons-nous, déjà ? Ah, oui : *Anomalies* ! La présence de cette jeune femme est la confirmation que la thèse est exacte.

— Quelle thèse ?

— « Le mal engendre le mal. » Personne ne t'en a parlé ? demanda-t-il avec une grimace de désapprobation. Tu vois, je ne pensais pas la rencontrer. J'ai connu son mari, il y a longtemps.

Sandra leva les yeux vers lui.

— David Leoni était un bon reporter, poursuivit Jeremiah Smith. Il avait découvert l'existence des pénitenciers. Je l'ai suivi à distance et j'ai beaucoup appris sur lui. Cela a été… instructif, d'emmagasiner tous ces détails sur sa vie privée. Alors que ton mari était à Rome, ajouta-t-il à l'intention de Sandra, je suis venu à Milan pour faire ta connaissance : je suis entré chez vous, j'ai fouillé dans vos affaires, mais tu ne t'es aperçue de rien.

Sandra repensa à la chanson chantée sur l'enregistreur de David par son assassin. *Cheek to Cheek.* Elle s'était demandé d'où le monstre tenait une information aussi intime. Jeremiah le lui confirma.

— Oui, très chère. C'est moi qui ai donné rendez-vous à ton mari dans ce chantier abandonné. Cet idiot avait pris des précautions, mais il me faisait confiance parce qu'il pensait que les prêtres sont tous bons, dans le fond. Je crois qu'il a changé d'avis un peu avant de s'écraser sur le sol.

Sandra avait soupçonné Shalber : la vérité la bouleversa. En entendant le mystère de la mort de David liquidé avec autant d'ironie, elle se sentit bouillir. Un peu avant, elle avait confié son secret le plus intime à l'assassin de son mari. Il n'était pas dans le coma, il avait entendu l'histoire de son avortement et de ses scrupules. Maintenant, il possédait une autre partie d'elle et de David, après lui avoir pris tout le reste.

444

— Il avait découvert les archives de la pénitencerie. Tu comprends, Marcus, je ne pouvais pas le laisser en vie, se justifia Jeremiah.

Sandra connaissait désormais le mobile, et si l'homme qui lui pointait un pistolet sur la nuque était un pénitencier, alors Shalber avait raison : c'était l'un d'eux qui avait tué David. Mais elle ne l'avait pas cru. Avec le temps, le mal les avait corrompus.

— En tout cas, sa femme est venue à Rome pour le venger. Mais elle ne l'admettra jamais. Pas vrai, Sandra ?

Elle lui lança un regard plein de haine.

— J'aurais pu te laisser croire qu'il s'agissait d'un accident, mais je t'ai donné la possibilité de connaître la vérité et de me trouver.

— Où est Lara ? l'interrompit Marcus. Elle va bien ? Elle est encore en vie ?

— Quand j'ai tout projeté, je me suis dit que, après avoir trouvé ma cachette à la villa, c'est exactement la question que tu viendrais me poser. Parce que je sais où est la fille, ajouta-t-il avec un sourire.

— Alors dis-le-moi.

— Chaque chose en son temps, mon ami. En revanche, si tu n'avais pas découvert mon plan avant ce soir, je me serais senti autorisé à me lever de ce lit et à disparaître pour toujours.

— J'ai compris ton plan, j'ai été à la hauteur. Alors pourquoi ne laisses-tu pas partir cette femme et ne me remets-tu pas Lara ?

— Parce que ce n'est pas si simple : tu as un choix à faire.

— C'est-à-dire?

— J'ai un pistolet, tu as un pistolet. Tu dois décider qui mourra cette nuit, dit-il en caressant la tête de Sandra avec le canon de son arme. Moi, je vais tirer sur la policière. Si tu me laisses faire, ensuite je te dirai tout sur Lara. Si tu me tues, tu sauveras la vie de la policière, mais tu ne sauras jamais ce qui est arrivé à l'étudiante.

— Pourquoi veux-tu que je te tue?

— Tu n'as pas encore compris, Marcus?

Son ton et son regard tandis qu'il posait cette question causèrent à Marcus une souffrance inattendue. C'était comme si Jeremiah lui disait qu'il aurait dû savoir.

— Dis-le-moi, répondit Marcus.

— Le père Devok, ce vieux fou, avait fait sienne la leçon des pénitenciers : il croyait que le seul moyen d'arrêter le mal était le mal lui-même. Présomptueux, n'est-ce pas? Pour le rencontrer, il fallait pénétrer son territoire obscur, l'explorer de l'intérieur, se confondre avec lui. Mais certains d'entre nous ont perdu le chemin pour revenir en arrière.

— C'est ce qui t'est arrivé.

— Ainsi qu'à d'autres avant moi. Je me rappelle encore quand Devok m'a recruté. Mes parents étaient très pieux, c'est d'eux que m'est venue la vocation. J'avais dix-huit ans, je fréquentais le séminaire. Le père Devok m'a pris sous son aile, il m'a appris à voir le monde avec les yeux du mal. Puis il a effacé mon passé, mon identité, et m'a relégué pour toujours dans cet océan d'ombres.

Une larme coula sur son visage.

— Pourquoi as-tu commencé à tuer ?

— J'ai toujours pensé faire partie du camp des gentils. Que cela faisait de moi une personne meilleure que les autres, précisa-t-il d'un ton sarcastique. Mais à un moment j'ai dû m'assurer que ce n'était pas une simple idée. La seule façon était de me mettre à l'épreuve. J'ai enlevé la première jeune fille, je l'ai amenée dans la cachette. Tu l'as vue de tes yeux : il n'y a aucun instrument de torture, parce que je ne suis pas un sadique. Je l'ai maintenue en vie en cherchant une bonne raison pour la laisser partir. Mais chaque jour, je reculais. Elle pleurait, elle se désespérait, elle me suppliait de la libérer. Je me suis donné un mois pour décider. À la fin, j'ai compris que je n'avais aucune compassion. Alors je l'ai tuée.

C'était Teresa, la sœur de Monica, le médecin qui lui avait sauvé la vie, se rappela Sandra.

— Mais je n'étais pas encore satisfait. Je travaillais toujours pour la pénitencerie, à identifier des crimes et des criminels, sans que Devok soupçonne rien. J'étais deux personnes à la fois, un juste et un pécheur. Au bout d'un moment, j'ai réitéré la mise à l'épreuve avec une deuxième jeune fille. Puis avec une troisième, et une quatrième. Je leur prenais un objet, une sorte de souvenir, en espérant que cela m'aiderait avec le temps à saisir l'étendue de ma faute. Mais j'obtenais toujours le même résultat : aucune pitié. J'étais tellement habitué au mal que je ne faisais plus la distinction entre celui que je rencontrais lors de mes enquêtes et celui que je pratiquais moi-même. Et tu veux connaître la conclusion absurde de cette histoire ? Plus je faisais du mal, mieux je le traquais. J'ai ainsi sauvé des dizaines de vies, j'ai évité de nombreux crimes.

— Donc si je te tue, je sauverai la vie de cette femme et je perdrai Lara, dit Marcus. Si je ne le fais pas, tu me diras où est l'étudiante puis tu tireras sur la policière. Dans tous les cas, je suis perdant. En fait, c'est moi, ta victime. En réalité, les deux options se valent : tu veux prouver qu'on ne peut faire du bien qu'en faisant du mal.

— Le bien a un prix, Marcus. Le mal est gratuit.

Sandra était bouleversée, mais elle n'avait pas envie de rester simple spectatrice de cette situation.

— Laisse ce salaud me tuer, dit-elle. Et trouve Lara. Elle est enceinte.

Jeremiah la frappa avec la crosse de son arme.

— Ne la touche pas, le menaça Marcus.

— Bravo, c'est ainsi que tu me plais. J'aime quand tu réagis. La rage est le premier pas.

Marcus ignorait que Lara était enceinte. La révélation le secoua, ce qui n'échappa pas à Jeremiah.

— Cela fait-il plus mal de voir quelqu'un tué devant tes yeux ou bien de savoir que quelqu'un est en train de mourir loin d'ici ? La policière ou Lara et l'enfant qu'elle porte ? Décide.

Marcus voulait gagner du temps. Il ne savait pas s'il pouvait compter sur l'arrivée de la police. Dans ce cas, que se passerait-il ? Jeremiah n'avait rien à perdre.

— Si je te laisse tirer sur la policière, qu'est-ce qui m'assure que tu me diras où est Lara ? Tu pourrais encore les tuer toutes les deux. Tu espères peut-être susciter ma colère, dans ce cas, et me contraindre à me venger. Là, tu aurais gagné.

— J'ai vraiment fait du bon travail, dit Jeremiah en lui faisant un clin d'œil.

— Qu'est-ce que ça veut dire ?

— Réfléchis, Marcus : comment es-tu arrivé jusqu'à moi ?

— La succinylcholine qu'Alberto Canestrari s'est injectée : tu t'es inspiré de la dernière affaire.

— Uniquement de celle-ci ? Tu es sûr ? Allez, ne me déçois pas. Pense à ce qui est écrit sur mon thorax.

Tue-moi. Que cherchait-il à lui dire ? se demanda Marcus.

— Je te donne un indice : il y a quelque temps, j'ai décidé de révéler les secrets de nos archives à des proches des victimes d'affaires officiellement non résolues. Or moi, je les avais résolues. J'ai fait disparaître de la pénitencerie les résultats des enquêtes, je les leur ai remis. Mais j'ai pensé que, étant donné que j'étais moi aussi coupable, je devais concéder la même chance à ceux que j'avais fait souffrir. Voilà pourquoi j'ai organisé la mise en scène de l'ambulance et la simulation d'infarctus. Si au lieu de me secourir, la jeune médecin m'avait laissé mourir, j'aurais payé ma dette. Mais la sœur de Teresa a choisi de me laisser vivre.

Sandra pensa que cela n'avait pas été un bon choix. Le mal que Monica avait évité s'était manifesté sous une autre forme. Ils se retrouvaient là parce que cette jeune femme avait été charitable. C'était absurde.

— Pourtant, il était évident que j'avais tout organisé. Je me l'étais même écrit sur le thorax pour éviter toute équivoque… Mais personne n'a su lire cette inscription. Ça ne te rappelle rien ?

— Le meurtre de Valeria Altieri. L'inscription tracée avec son sang à la tête du lit. *EVIL*.

— Bravo ! Tout le monde lisait *EVIL*, le mal, mais c'était *LIVE*. Ils cherchaient une secte à cause du symbole triangulaire tracé avec le sang des victimes sur la moquette, et personne n'a pensé à une caméra. Les réponses sont toujours devant nos yeux – *Tue-moi*. Et nul ne les voit jamais. Nul ne veut les voir.

Marcus devinait le dessein à l'origine de ce plan inouï.

— L'affaire Federico Noni. Tout le monde voyait un jeune homme en fauteuil roulant, personne n'imaginait qu'il avait assassiné sa sœur ni qu'il pouvait marcher. De même pour toi : un homme dans le coma, apparemment inoffensif. Un seul policier pour monter la garde. Après avoir exclu l'infarctus, aucun médecin ne comprenait ce que tu avais. Or tu étais sous l'effet de la succinylcholine, qui allait bientôt disparaître.

— C'est la pitié qui nous perd, Marcus. Si Pietro Zini n'avait pas eu pitié de Federico Noni, il l'aurait capturé tout de suite. Si cette policière n'avait pas eu pitié de moi, elle ne m'aurait pas raconté son avortement. Et maintenant, elle est inquiète parce que Lara est enceinte, lâcha-t-il en riant avec mépris.

— Salaud. Je n'ai aucune pitié pour toi.

Dans cette position, Sandra avait mal au dos, mais elle réfléchissait toujours à un moyen de s'en sortir. Elle pouvait profiter d'un moment de distraction de Jeremiah Smith pour se jeter sur lui. Marcus – le pénitencier s'appelait ainsi, maintenant elle le savait – l'aurait désarmé. Ensuite, il aurait tabassé le monstre jusqu'à ce qu'il révèle où était Lara.

— Je n'ai rien appris de toi, lui répondit Marcus.

— Inconsciemment, tu t'es approprié ces leçons et tu es arrivé jusqu'ici. Maintenant, c'est à toi de décider si tu veux continuer. Tue-moi.

— Je ne suis pas un assassin.

— Tu es sûr ? Pour reconnaître le mal, il faut l'avoir à l'intérieur. Tu es comme moi. Regarde à l'intérieur de toi, tu comprendras.

Jeremiah ajusta le canon de son arme sur la tête de Sandra et mit son autre bras derrière son dos, prenant une pose martiale. Un bourreau prêt à l'exécution.

— Je vais compter jusqu'à trois. Tu n'as pas beaucoup de temps.

Marcus leva son arme sur Jeremiah : il constituait une cible parfaite, à cette distance il ne pouvait pas le rater. Mais d'abord, il regarda à nouveau la femme : il comprit qu'elle s'apprêtait à agir pour se libérer. Il n'avait qu'à attendre, ensuite il pourrait blesser Jeremiah sans le tuer.

— Un.

Sandra ne lui laissa pas le temps de compter : elle se leva d'un bond et donna un coup d'épaule dans la main de Jeremiah qui tenait le pistolet. Mais quand elle fit un pas vers Marcus, elle sentit un spasme dans son dos. Elle pensait avoir été atteinte par une balle, mais elle parvint tout de même à avancer jusqu'à lui. À ce moment-là, elle s'aperçut qu'elle n'avait pas entendu de détonation. Elle porta une main à son dos et sentit l'objet planté entre ses vertèbres.

— Mon Dieu !

Une seringue.

Jeremiah riait à gorge déployée.

— De la succinylcholine ! s'exclama-t-il.

Marcus regardait la main que l'homme avait sortie par surprise de derrière son dos. Il avait même prévu la rébellion de la policière.

— C'est incroyable, ce qu'on peut trouver dans un hôpital, n'est-ce pas ?

Il l'avait préparée après avoir tiré sur l'agent qui montait la garde, voilà pourquoi elle l'avait retrouvé devant la salle des médicaments. Sandra le comprit trop tard. Elle sentit d'abord ses membres s'engourdir, puis sa gorge. Elle ne pouvait pas bouger la tête et ses jambes cédèrent. Elle était à terre. Son corps bougeait par à-coups, elle ne pouvait le contrôler. Puis elle eut du mal à respirer. *Comme dans un véritable aquarium*, pensa-t-elle. Or autour d'elle il n'y avait pas d'eau. Pourtant elle n'arrivait pas à emmagasiner d'oxygène.

Marcus se jeta sur la femme : elle suffoquait, en état de catatonie. Il ne savait pas comment l'aider.

Jeremiah lui indiqua le tuyau en caoutchouc à côté du lit.

— Pour la sauver, il faut que tu lui mettes ça dans la gorge. Ou bien que tu donnes l'alerte, auquel cas tu ferais mieux de me tuer avant, car je ne te laisserai pas faire.

Marcus regarda le pistolet qu'il avait posé par terre.

— Il lui reste quatre minutes, peut-être cinq. Passées les trois premières, les dommages au cerveau sont irréversibles. Rappelle-toi, Marcus, qu'à la frontière entre le bien et le mal, il y a toujours un miroir. Si tu t'y regardes, tu découvriras la vérité. Parce que toi aussi…

Le coup de feu interrompit sa phrase. Jeremiah tomba en arrière, les bras le long du corps et la tête de l'autre côté du lit.

Marcus se désintéressa de lui et de l'arme qu'il serrait encore après avoir appuyé sur la détente pour se concentrer sur la femme.

— Résiste, je t'en supplie.

Il se dirigea vers la porte et actionna l'alarme incendie. C'était le moyen le plus rapide pour appeler à l'aide.

Sandra ne comprenait pas ce qui lui arrivait. Elle se sentait à moitié inconsciente. Ses poumons lui brûlaient, elle ne pouvait pas bouger, elle ne pouvait pas hurler. Tout se produisait à l'intérieur d'elle-même.

Marcus s'agenouilla et lui prit la main. Il assistait, impuissant, au combat de la policière.

— Poussez-vous.

La voix péremptoire venait de derrière lui. Il obéit et vit une jeune femme menue en blouse blanche attraper Sandra par un bras et la traîner vers le lit vide. Il l'aida en lui soulevant les pieds. Ils l'installèrent.

La fille attrapa un laryngoscope sur un chariot, l'introduisit dans la gorge de la femme puis, calmement, fit passer un tuyau qu'elle relia ensuite au respirateur. Elle lui ausculta le thorax avec un stéthoscope.

— Son rythme cardiaque redevient régulier, annonça-t-elle. Nous avons peut-être agi à temps.

Elle se tourna vers le corps inanimé de Jeremiah Smith. Elle regarda le trou du projectile sur sa tempe. Puis la cicatrice sur celle de Marcus, étonnée de cette singulière analogie.

C'est alors qu'il la reconnut. C'était Monica, la sœur de Teresa. Cette fois, elle avait sauvé la vie de la policière.

— Partez, lui ordonna-t-elle.

Il ne comprit pas.

— Partez, répéta-t-elle. Personne ne comprendra pourquoi vous lui avez tiré dessus.

Marcus hésitait.

— Moi, je le sais, ajouta-t-elle.

Il regarda la policière qui entre-temps reprenait des couleurs. Il perçut une lueur dans ses yeux grands ouverts. Elle était d'accord. Il l'effleura et s'éloigna.

UN AN PLUS TÔT

Pripiat

Le crépuscule cicatrisait l'horizon au-dessus de Tchernobyl.

La centrale, placide à côté du fleuve, était un volcan endormi. En réalité, ce qui semblait éteint et inoffensif était plus vivant et meurtrier que jamais, et continuerait à diffuser mort et difformités pendant des millénaires.

Depuis la route, le chasseur voyait les réacteurs, dont le numéro 4, responsable du plus grand désastre nucléaire de l'histoire, désormais enveloppé dans son fragile sarcophage de plomb et de béton armé.

L'asphalte était cabossé et les suspensions de la vieille Volvo grinçaient à chaque tressaillement. Il longea des bois luxuriants. Après l'accident, à cause du vent radioactif, les arbres avaient changé de couleur. Les gens du coin parlaient de « forêt rouge ».

L'apocalypse silencieuse s'était produite le 24 avril 1986, à 1 h 23 du matin.

Au début, les autorités minimisèrent les faits, cherchant naïvement à les couvrir. Elles étaient plus inquiètes de la diffusion de la nouvelle que de la santé publique. L'évacuation de la zone n'eut lieu que trente-six heures après l'accident.

La ville de Pripiat se trouvait tout près des réacteurs. Le chasseur la vit se dessiner à travers le pare-brise. Pas une lumière, pas un signe de vie dans les grands immeubles en béton construits en même temps que la centrale. L'année du drame, elle comptait quarante-sept mille habitants. C'était une ville moderne avec cafés, restaurants, cinémas, théâtres, centres sportifs et deux hôpitaux. Les conditions de vie étaient meilleures que dans bien d'autres régions du pays.

Ce n'était plus qu'une carte postale en noir et blanc.

Un petit renard traversa la route. Le chasseur manqua de le renverser. La nature avait su profiter de l'absence de l'homme, de nombreuses espèces animales et végétales s'étaient réapproprié les lieux qui, paradoxalement, étaient devenus une sorte de paradis terrestre. Mais personne n'aurait pu prédire l'avenir, à cause des effets durables des radiations.

Sur le siège passager, le chasseur avait placé un compteur Geiger qui émettait un son électrique et rythmé, comme un message codé provenant d'une autre dimension. Il n'avait pas beaucoup de temps. Il avait dû corrompre un fonctionnaire ukrainien afin d'obtenir un laissez-passer pour la zone d'exclusion. Le secteur protégé s'étendait sur un diamètre d'une trentaine de kilomètres dont le centre était justement la centrale. Il voulait profiter du crépuscule pour mener à bien son enquête. Bientôt, il ferait nuit.

Il croisait des engins militaires abandonnés sur le bord de la route. Des centaines. Un véritable cimetière de camions, hélicoptères, chars d'assaut et véhicules en tout genre. Ils avaient été utilisés par l'armée, intervenue pendant la crise. Mais, à la fin des opérations, ils étaient tellement contaminés qu'on avait décidé de les laisser sur place.

Sur un panneau rouillé, des lettres cyrilliques lui souhaitaient la bienvenue dans le centre habité.

Il vit un parc d'attractions où les enfants s'étaient amusés jusqu'au lendemain de l'accident. Il avait été le premier site atteint par le nuage radioactif. La grande roue panoramique, rongée par les pluies acides, était toujours sur pied.

Des blocs de béton avaient été placés au milieu de la chaussée pour empêcher l'accès à Pripiat, ainsi que des panneaux indiquant un danger. Le chasseur gara sa voiture. Il prit un sac dans le coffre et le mit sur son épaule. Son compteur Geiger à la main, il s'aventura à pied dans la ville fantôme.

Son entrée fut saluée par le gazouillement des oiseaux, dont l'écho se perdait avec celui de ses pas dans les avenues entourées d'immeubles. Il faisait de plus en plus sombre et de plus en plus froid. De temps en temps, il lui semblait entendre des voix dans les rues désertes. Des mirages sonores, ou bien d'anciens sons, emprisonnés dans ce lieu où le temps n'avait plus de sens.

Des loups erraient dans les ruines. Il les entendait et distinguait leurs silhouettes grises. Pour l'instant, ils gardaient leurs distances, ils l'observaient.

Il regarda le plan qu'il avait apporté. Le numéro de chaque construction était marqué à la peinture blanche sur sa façade. Celle qui l'intéressait était l'immeuble 109.

Autrefois, Dima Karoliszyn vivait au onzième étage avec ses parents.

Les chasseurs le savent bien : il faut commencer l'enquête non pas par le dernier crime de la série, mais par le premier. Parce que l'assassin n'a pas encore d'expérience, il est donc plus probable qu'il ait commis des erreurs. La première victime représente une sorte d'« échantillon zéro », le début d'une chaîne de destruction, très instructive sur le tueur en série.

D'après ce que savait le chasseur, Dima avait été le premier sujet en lequel le transformiste s'était incarné, à l'âge de huit ans, avant qu'on l'emmène à l'orphelinat de Kiev.

Il dut monter à pied parce que l'ascenseur ne marchait plus. Pourtant, paradoxalement, ces lieux étaient saturés d'électricité, à cause des radiations. Le compteur Geiger enregistrait de nouveaux pics. Le chasseur savait qu'à l'intérieur, c'était beaucoup plus dangereux qu'à l'extérieur. La radioactivité se concentre surtout dans les choses.

En montant, il vit ce qu'il restait des appartements inoccupés. Ce qui avait été épargné par les chacals reproduisait fidèlement les scènes domestiques interrompues au moment de l'évacuation. Un déjeuner abandonné en plein milieu. Une partie d'échecs jamais terminée. Un lit défait. La ville était un immense lieu de mémoire où chacun, en prenant la fuite soudainement, avait laissé ses propres souvenirs. Les albums photo, les objets les plus intimes et précieux, les vieilleries de famille : tout attendait un retour qui n'arriverait pas. Tout était resté en suspens. Comme une scène vide après la pièce, quand les acteurs s'en vont. Comme un mépris du temps. Tristes allégories de la vie et de la mort, ensemble. De ce qui était et qui ne serait plus.

Selon les experts, les humains ne remettraient pas les pieds à Pripiat pendant les cent mille prochaines années.

En entrant dans l'appartement des Karoliszyn, le chasseur remarqua qu'il était presque intact. Le couloir étroit desservait trois pièces, une cuisine et une salle de bains. Le papier peint se détachait, l'humidité avait eu le dessus. La poussière recouvrait tout comme un suaire transparent.

La chambre à coucher de Konstantin et d'Anja était parfaitement rangée. Tous les vêtements étaient encore dans l'armoire.

Dans la petite chambre de Dima, un lit pliant avait été installé à côté de son lit.

Dans la cuisine, la table était dressée pour quatre.

Dans le séjour, il vit des bouteilles de vodka vides. Quand l'accident avait été annoncé en ville, les autorités sanitaires avaient fait circuler la fausse information que l'alcool réduisait les radiations. En réalité, c'était un stratagème visant à affaiblir la volonté de la population et à empêcher les contestations. Sur la table basse, une fois encore, le chasseur compta quatre verres. Ce qui ne pouvait signifier qu'une chose.

Les Karoliszyn avaient un invité.

Le chasseur se dirigea vers un meuble où une photo de famille était exposée : une femme, un homme et un enfant.

Mais les visages avaient été effacés.

Dans l'entrée, il aperçut quatre paires de chaussures. Une d'homme, une de femme. Et deux d'enfant.

Le transformiste était arrivé dans cette maison dans les heures qui avaient suivi l'accident à la centrale. Les

Karoliszyn, ignorant qui il était, l'avaient accueilli. Dans ces moments de peur et d'agitation, ils n'avaient pas refusé l'hospitalité à un enfant seul et effrayé par les autorités.

Ils n'imaginaient pas quel genre de monstre ils hébergeaient chez eux, aussi ils lui avaient offert un repas chaud et ils l'avaient fait dormir avec Dima. Puis quelque chose s'était passé. Peut-être pendant la nuit. La famille Karoliszyn s'était évanouie dans le néant et le transformiste avait pris la place de Dima.

Où étaient passés les corps ? Mais, surtout, qui était cet enfant ? D'où venait-il ?

La nuit tombait. Le chasseur sortit sa lampe de poche, décidé à quitter l'immeuble. Il reviendrait le lendemain à la même heure. Il ne voulait pas passer la nuit sur place.

Pourquoi les Karoliszyn ?

Il n'y avait jamais pensé avant. Le transformiste n'avait pas choisi cette famille par hasard.

Le chasseur éclaira la porte de l'appartement à côté de chez les Karoliszyn. Elle était fermée.

Sur une plaque figurait le nom d'Anatolij Petrov.

Il regarda l'heure. Il faisait nuit noire dehors, il lui faudrait conduire tous feux éteints pour ne pas se faire repérer par les gardes ukrainiens qui surveillaient les frontières de la zone d'exclusion. Mieux valait rester encore un peu. L'idée d'approcher d'une réponse l'excitait, lui faisait oublier les précautions les plus élémentaires.

Il voulait vérifier si son intuition concernant Anatolij Petrov était exacte.

HIER

Le cadavre pleurait.

Cette fois, il n'alluma pas la lampe à côté du lit. Il ne prit pas son feutre pour ajouter un détail sur le mur de la mansarde de la via dei Serpenti. Il resta dans le noir pour essayer de donner un sens à ce qu'il avait vu dans son rêve.

Il ordonna les derniers indices qu'il avait ramenés de son évocation nocturne des événements survenus dans la chambre d'hôtel à Prague.

Vitres brisées. Trois coups de feu. Gaucher.

En les permutant, il parvint à la solution du mystère.

Les derniers mots de Jeremiah Smith avaient été : « À la frontière entre le bien et le mal il y a toujours un miroir. Si tu t'y regardes, tu découvriras la vérité. »

Il avait compris pourquoi il détestait se regarder dans les miroirs. Un coup chacun, pour lui et pour Devok. Mais le tueur n'était pas son reflet. C'était son reflet, qui l'était. Le premier coup avait fait éclater le miroir.

Il n'y avait pas de troisième homme. Ils étaient seuls.

Il en avait eu l'intuition après avoir tiré sans hésiter dans l'unité de soins intensifs de l'hôpital Gemelli. La certitude était arrivée avec le rêve, quand il avait revu le final de la scène. Il ne savait pas pourquoi ils se trouvaient à Prague, lui et son maître. Il ne se souvenait ni du ton de la conversation ni de son contenu.

Marcus savait seulement que quelques heures auparavant il avait tué Jeremiah Smith. Mais avant lui, il avait tué Devok.

À l'aube, la pluie tomba à nouveau sur Rome.

Marcus, qui marchait dans le quartier Regola, s'abrita sous un porche. Il observa le ciel : il lui sembla que cela ne s'arrêterait pas de sitôt. Il releva le col de son imperméable et reprit sa route.

Arrivé via Giulia, il entra dans une église. C'était la première fois qu'il y mettait les pieds. Clemente lui avait donné rendez-vous dans la crypte. En descendant les marches de pierre, il comprit la particularité du lieu : c'était un hypogée.

Avant qu'un décret napoléonien établisse la norme d'hygiène selon laquelle les morts devaient être enterrés loin des vivants, chaque église avait son cimetière. Mais celui-ci était différent des autres. Les ornements – candélabres, décorations et sculptures – étaient faits d'os humains. Un squelette encastré dans le mur saluait les fidèles qui trempaient leurs doigts dans l'eau bénite. Les os étaient classés par type et regroupés en ordre dans des niches. Il y en avait des milliers. L'ensemble était plus grotesque que macabre.

Clemente, les mains croisées derrière le dos, était penché sur une inscription placée sous un amas de crânes.

— Pourquoi ici ?

— Cela me semblait l'endroit le plus adapté, après avoir écouté le message que tu m'as laissé cette nuit sur la boîte vocale.

— Où sommes-nous ? demanda Marcus en regardant autour de lui.

— À la fin du XVIe siècle, la confrérie de l'Oraison et de la Mort débuta son œuvre de miséricorde. Son but était de donner une sépulture digne aux cadavres sans nom qui étaient retrouvés dans les rues de Rome et dans les campagnes, ou encore qui étaient rendus par le Tibre. Suicidés, victimes d'assassinats ou simplement morts de faim. Il y en a environ huit mille répartis ici.

Clemente était trop calme. Dans son message, Marcus lui avait fait un bref résumé des événements de la veille, mais son ami ne semblait pas troublé par cet épilogue.

— Pourquoi ai-je l'impression que ce que j'ai à te dire ne t'intéresse pas ?

— Parce que nous savons déjà tout.

Ce ton condescendant irritait Marcus.

— Qui ? Tu dis « nous savons », mais tu ne veux pas me dire à qui tu fais référence. Qui y a-t-il au-dessus de toi ? J'ai le droit de le savoir.

— Tu sais que je ne peux pas te le dire. Mais ils sont très satisfaits de toi.

— Satisfaits de quoi ? demanda Marcus, frustré. J'ai dû tuer Jeremiah, Lara a disparu et cette nuit, après un an d'amnésie totale, j'ai récupéré mon premier souvenir… C'est moi qui ai tiré sur Devok.

— Il y a un détenu, dans le couloir de la mort d'une prison de haute sécurité, qui a commis un crime horrible et qui attend son exécution depuis vingt ans. Il y a cinq ans, on lui a diagnostiqué une tumeur au cerveau. Quand on la lui a enlevée, il a perdu la mémoire. Il a dû tout réapprendre. Après son opération, ça a été étrange pour lui de se retrouver dans une cellule, condamné pour un crime qu'il ne se rappelait pas avoir commis. Maintenant, il soutient qu'il n'est plus l'assassin de plusieurs victimes, il dit même qu'il serait incapable de tuer qui que ce soit. Il a demandé à être gracié, il clame son innocence. Les psychiatres considèrent qu'il est sincère, que ce n'est pas un subterfuge pour éviter la condamnation à mort. Mais le problème n'est pas là. Si le responsable des actes d'un individu est l'individu lui-même, où est sa faute ? Est-elle inhérente à son corps, à son âme ou bien à son identité ?

Pour Marcus, tout fut soudain clair.

— Vous saviez ce que j'avais fait à Prague.

— Oui, admit Clemente. En tuant Devok, tu as commis un péché mortel. Mais tu ne t'en souvenais pas, tu ne pouvais pas le confesser. Et si tu ne le confessais pas, tu ne pouvais pas être absous. C'était donc comme si tu ne l'avais pas commis. Voilà pourquoi tu as été pardonné.

— C'est pour cela que tu me l'as caché.

— Quelle est la phrase que les pénitenciers répètent toujours ?

Marcus repensa à la litanie qu'il avait apprise.

— Il existe un lieu où le monde de la lumière rencontre celui des ténèbres. C'est là que tout se produit : dans la terre des ombres, où tout est rare, confus, incertain. Nous sommes les gardiens de cette frontière. Mais parfois, quelque chose réussit à passer. Et moi, je dois le renvoyer dans l'obscurité.

— Toujours en équilibre instable sur cette frontière, certains pénitenciers ont fait un pas fatal : engloutis par les ténèbres, ils ne sont pas revenus.

— Tu essayes de me dire que j'ai vécu la même chose que Jeremiah Smith avant lui et que je ne m'en souviens pas ?

— Pas toi. Devok.

Marcus était incapable de parler.

— C'est lui qui a apporté le pistolet dans la chambre d'hôtel. Tu l'as désarmé et tu as essayé de te défendre. Vous vous êtes battus et les coups sont partis.

— Comment le savez-vous ? Vous n'y étiez pas, protesta Marcus.

— Avant de venir à Prague, Devok s'est confessé. *Culpa gravis 785-34-15* : avoir désobéi à une disposition du pape et avoir trahi l'Église. À cette occasion, il a révélé l'existence de l'ordre clandestin des pénitenciers. Il sentait probablement déjà que quelque chose ne tournait pas rond : les archives avaient été violées, quatre jeunes filles avaient été enlevées et égorgées, et les pistes étaient brouillées en permanence. Le père Devok s'est mis à soupçonner ses hommes.

— Combien de pénitenciers y a-t-il ?

— Nous ne le savons pas, soupira Clemente. Mais nous espérons que quelqu'un sortira à découvert, tôt ou tard. Dans sa confession, Devok a refusé de mentionner des noms. Il a seulement dit : « J'ai commis une erreur, je dois y remédier. »

— Pourquoi est-il venu me voir ?

— Nous supposons qu'il voulait tous vous tuer. En commençant par toi.

— Devok voulait me tuer ?

Marcus était incrédule. Clemente lui posa une main sur l'épaule.

— Je suis désolé. J'espérais que tu ne l'apprendrais jamais.

Marcus regarda les yeux vides de l'un des nombreux crânes conservés dans la crypte. Qui avait été cet individu ? Quel était son nom, son visage ? Quelqu'un l'avait-il aimé ? Comment était-il mort, et pourquoi ? Était-ce un homme bon ou mauvais ?

Quelqu'un aurait pu poser la même question à son cadavre, si Devok avait réussi à le tuer. Parce que, comme tous les pénitenciers, il n'avait pas d'identité.

Je n'existe pas.

— Avant de mourir, Jeremiah Smith a dit : « Plus je faisais du mal, mieux je le traquais. » Et moi, je me demande : je ne me rappelle pas la voix de ma mère mais je sais traquer le mal, pourquoi ? Pourquoi ai-je tout oublié sauf mes aptitudes ? Le bien et le mal sont-ils innés, ou bien dépendent-ils du parcours de chacun ? Suis-je bon ou mauvais ? demanda enfin Marcus en regardant son ami.

— Maintenant, tu sais que tu as commis un péché mortel en tuant Devok puis Jeremiah. Tu devras donc te confesser et te soumettre au jugement du Tribunal des âmes. Mais je suis certain que tu recevras l'absolution, parce que parfois s'occuper du mal nous salit.

— Et Lara ? Jeremiah a emporté son secret avec lui. Que va devenir cette pauvre jeune fille ?

— Ton devoir s'achève ici, Marcus.

— Elle est enceinte.

— Nous ne pouvons pas la sauver.

— Son enfant n'aura même pas une chance. Non, je ne l'accepte pas.

— Regarde cet ossuaire, dit Clemente. Le sens de ce lieu est la pitié. Donner une sépulture chrétienne à un individu sans nom, indépendamment de ce qu'il a été ou de ce qu'il a fait pendant sa vie. Je t'ai donné rendez-vous ici pour que tu éprouves un peu de pitié pour toi-même. Lara mourra, mais ça ne sera pas ta faute. Arrête de te tourmenter. L'absolution du Tribunal des âmes ne servira à rien si tu ne t'absous pas d'abord tout seul.

— Alors je suis libre ? Ce n'est pas ainsi que j'imaginais la liberté. Cela ne fait pas du bien, comme je le croyais.

— J'ai encore une mission à te confier, sourit Clemente. Peut-être que cela t'aidera.

Il lui tendit un dossier. Marcus lut sur la couverture : *c.g. 294-21-12.*

— Tu n'as pas sauvé Lara. Mais tu peux encore la sauver, elle.

09 h 02

Une scène surréaliste avait eu lieu à l'unité de soins intensifs. Les policiers et les techniciens de la brigade scientifique procédaient aux relevés habituels pour

471

reconstituer les circonstances du massacre. Mais ils travaillaient en présence des patients dans le coma, qu'il était trop compliqué de déplacer. Ils ne risquaient pas d'interférer avec l'enquête, aussi les avait-on laissés là. Avec pour conséquence, inexplicable, que les agents évoluaient avec discrétion et parlaient à voix basse, comme s'ils avaient peur de réveiller quelqu'un.

En observant ses collègues, assise sur une chaise dans le couloir, Sandra secouait la tête en se demandant si elle était la seule à trouver cela idiot. Les médecins avaient insisté pour la garder en observation, mais elle avait signé une décharge. Elle voulait rentrer à Milan, reprendre possession de sa vie. Et tenter de recommencer.

Elle songea à Marcus, le pénitencier à la cicatrice sur la tempe. Elle aurait voulu lui parler une dernière fois, pour comprendre. Quand elle suffoquait, son étreinte lui avait donné le courage nécessaire pour résister. Elle aurait voulu qu'il le sache.

Jeremiah Smith avait été emporté dans un sac noir pour cadavres. Quand il était passé devant elle, elle avait découvert qu'elle ne ressentait rien pour cet homme. Cette nuit, Sandra avait expérimenté sur elle-même l'effet de la mort. Cela lui avait suffi pour se libérer de sa haine, de sa rancœur et de son désir de vengeance. Parce qu'elle s'était sentie très proche de David.

Monica l'avait sauvée avec son courage de médecin. Puis elle avait joué son rôle devant la police, se substituant à Marcus pendant la scène. Elle s'était accusée d'avoir tiré sur Jeremiah. Elle avait effacé les empreintes sur le pistolet et y avait imprimé les siennes. Il ne s'agissait pas de vengeance mais de légitime défense. On l'avait crue.

Sandra l'aperçut dans le couloir, sortant d'un énième interrogatoire. Monica n'avait pas l'air éprouvé, elle arborait même une expression joyeuse.

— Alors, comment ça va ?

— Bien, répondit Sandra.

Sa voix était encore rauque à cause de l'intubation et chaque muscle de son corps était douloureux. Mais au moins l'horrible sensation de paralysie était passée. Un anesthésiste l'avait aidée à sortir progressivement de l'effet de la succinylcholine. Elle s'était sentie comme ressuscitée.

— On grandit aussi à coups de trique. C'est ton père qui dit ça, non ?

Elles rirent. La veille, Monica était revenue par hasard à l'unité de soins intensifs après sa visite habituelle du soir.

— Sans doute à cause de notre conversation, je ne sais pas, s'était-elle justifiée.

Sandra ne savait pas si elle devait remercier Monica ou le destin, ou bien quelqu'un, là-haut, qui s'occupait de temps à autre d'arranger les choses. Qu'il s'agisse de Dieu ou de son mari, cela lui était bien égal.

Monica se pencha pour serrer Sandra dans ses bras. Les mots étaient inutiles. Elles restèrent ainsi pendant quelques secondes. Puis la jeune médecin prit congé avec un baiser sur la joue.

Sandra ne remarqua pas le commissaire Camusso qui approchait.

— Une chouette fille, annonça-t-il.

Il était habillé tout de bleu ciel. Veste, pantalon, chemise et cravate de la même couleur. Sandra aurait parié que ses chaussettes étaient également assorties.

La seule exception était ses mocassins blancs. Sinon, Camusso se serait mêlé aux meubles et aux murs de l'unité de soins intensifs, comme un caméléon.

— J'ai parlé avec votre supérieur, l'inspecteur De Michelis. Il arrive de Milan, il vient vous chercher.

— Pourquoi ne l'avez-vous pas arrêté ? Je comptais partir ce soir.

— Il m'a raconté une histoire sympathique à votre sujet. À ce qu'il semble vous aviez raison, agent Vega. Félicitations.

— À quel propos ? demanda-t-elle, interdite.

— L'histoire du poêle à gaz et du monoxyde de carbone. Le mari qui tire sur sa femme et son fils en sortant de la douche, puis qui revient à la salle de bains, s'évanouit, se cogne la tête et meurt.

Le résumé était parfait, mais l'épilogue restait obscur.

— Le médecin légiste a pris ma thèse en considération ?

— Non seulement il l'a prise en considération, mais il l'a confirmée.

Sandra avait du mal à y croire. Cela ne changeait rien à la situation, mais la vérité était toujours une consolation. *Comme pour David*, nota-t-elle. Maintenant qu'elle savait qui l'avait tué, elle se sentait libre de le laisser partir.

— Tous les services de l'hôpital sont surveillés par un système de vidéosurveillance, vous le saviez ?

Camusso avait prononcé cette phrase de but en blanc, et Sandra frissonna parce qu'elle n'y avait pas pensé. La version des faits fournie par Monica, puis confirmée par elle, était en danger. Marcus était en danger.

474

— Vous avez pu visionner les films ?

Le commissaire fit une grimace.

— Il semblerait que les caméras de l'unité aient été endommagées par les orages des jours précédents. Il n'y a donc aucun enregistrement de cette nuit. Quelle tuile, vous ne trouvez pas ?

Sandra essaya de cacher son soulagement. Mais Camusso n'avait pas terminé.

— Vous saviez que l'hôpital Gemelli appartenait au Vatican ?

Ce n'était pas une affirmation au hasard, elle contenait une insinuation, que Sandra ignora.

— Pourquoi me dites-vous cela ?

Le policier haussa les épaules, lui jetant un regard en biais, mais renonça à approfondir le sujet.

— Comme ça.

— Vous pourriez demander à quelqu'un de m'accompagner à mon hôtel ? demanda Sandra en se levant.

— Je m'en charge, proposa Camusso. Je n'ai plus rien à faire ici.

Sandra camoufla sa déception sous un sourire forcé.

— Merci, mais d'abord je voudrais passer quelque part.

Le commissaire possédait une vieille Lancia Fulvia en parfait état. En montant dans la voiture, Sandra eut l'impression de remonter le temps. L'intérieur sentait comme le neuf. La pluie tombait dru, mais la carrosserie avait l'air incroyablement propre.

Camusso l'accompagna à l'adresse qu'elle lui avait indiquée. Pendant le trajet, ils écoutèrent une station radio qui passait des tubes des années 70. Quand ils empruntèrent la via Veneto, Sandra eut l'impression d'être revenue à l'époque de la Dolce Vita.

Ils s'arrêtèrent devant l'immeuble où se trouvait l'appartement de fonction d'Interpol.

En montant l'escalier, Sandra souhaita de tout cœur rencontrer Shalber. Elle n'était pas certaine de l'y trouver, mais elle voulait essayer. Elle avait mille choses à lui raconter, et surtout elle voulait en entendre de sa part. Par exemple, elle voulait qu'il lui dise qu'il était content qu'elle ait survécu, même s'il avait eu tort de la semer : s'il l'avait suivie jusqu'à l'hôpital la veille, les choses en seraient peut-être allées autrement. Dans le fond, Shalber voulait la protéger.

Mais plus que tout, elle voulait l'entendre dire qu'il aurait aimé la revoir. Ils avaient fait l'amour et ça lui avait plu. Elle ne voulait pas le perdre. Bien qu'elle ne l'admît pas encore, elle tombait amoureuse de lui.

Elle trouva la porte de l'appartement ouverte. Elle entendit des bruits venant de la cuisine, mais quand elle entra elle se retrouva nez à nez avec un autre homme, qui portait un costume bleu très élégant.

— Bonjour, dit-elle.

— Vous n'êtes pas venue avec votre mari ?

Sandra ne comprit pas, mais s'empressa de clarifier l'équivoque :

— En fait, je cherche Thomas Shalber.

— Peut-être un précédent locataire ?

— Je crois que vous êtes collègues. Vous le connaissez ?

— La seule agence qui s'occupe de la vente est la nôtre, à ce que je sais. Et personne de ce nom ne travaille chez nous.

— Vous représentez une agence immobilière ? demanda Sandra qui commençait à comprendre.

— Vous n'avez pas vu le panneau sur la porte ? L'appartement est en vente.

— Depuis combien de temps ?

— Cela fait plus de six mois que personne n'y habite.

Elle ne savait pas quoi dire. Aucune explication ne la convainquait.

— J'attendais des acheteurs. En tout cas, si entre-temps vous souhaitez visiter l'appartement…

— Non, merci, répondit Sandra. Je me suis trompée, excusez-moi.

Elle fit mine de s'en aller, mais le vendeur insistait.

— Si les meubles ne vous plaisent pas, vous n'êtes pas obligée de les prendre. Nous pouvons les déduire du prix.

Elle descendit les escaliers en courant, si vite qu'une fois au rez-de-chaussée elle fut prise de vertige et dut s'appuyer au mur. Quelques minutes plus tard, elle remontait à bord de la voiture de Camusso.

— Pourquoi êtes-vous aussi pâle ? Vous voulez que je vous ramène à l'hôpital ?

— Ça va.

En fait, elle était furieuse. Une autre feinte de Shalber. Était-il possible que le fonctionnaire ait menti sur toute la ligne ? Dans ce cas, qu'avait été leur nuit d'amour ?

— Qui cherchiez-vous, dans cet immeuble ?

— Un ami qui travaille pour Interpol. Mais je ne sais pas où il est.

— Je peux le trouver, si vous voulez. Je passe un coup de fil aux collègues de Rome, je les connais bien, c'est très simple.

Sandra avait besoin d'aller jusqu'au bout. Elle ne pouvait rentrer à Milan avec ce doute : elle devait savoir si Shalber ressentait ne serait-ce qu'une infime partie de ce qu'elle ressentait pour lui.

— Ça serait important pour moi, si vous pouviez le faire.

13 h 55

Bruno Martini était cloîtré dans un box de son immeuble. Il en avait fait une sorte de laboratoire, où il passait son temps à bricoler. Il réparait de l'électroménager, mais faisait aussi des travaux de menuiserie et de mécanique. Quand Marcus l'aperçut, il s'occupait du moteur d'une Vespa.

Le père d'Alice le reconnut immédiatement.

— Que me voulez-vous, encore ? demanda-t-il brusquement.

Cette montagne d'homme avait des muscles pour affronter les âpretés de la vie, mais il était impuissant devant la disparition de sa fille. Son mauvais caractère était sa dernière protection pour ne pas s'effondrer. Marcus ne le blâmait pas.

— Je peux vous parler ?

— Entrez. Vous allez être trempé.

Ce disant, il s'essuya la main sur sa combinaison tachée de graisse.

— J'ai parlé à Camilla Rocca ce matin, dit-il. Elle était bouleversée parce que maintenant elle sait que justice ne sera jamais rendue.

— Je ne suis pas venu pour ça. Malheureusement, je ne peux rien faire pour elle.

— Parfois il vaudrait mieux ne pas savoir.

Marcus s'étonna d'entendre ces mots dans la bouche de Martini. Un père qui avait toujours œuvré pour chercher sa fille, qui avait acheté une arme illégalement et s'était improvisé justicier, au risque de se mettre les autorités à dos. Il se demanda s'il avait bien fait de venir.

— Et vous, vous voulez encore connaître la vérité sur ce qui est arrivé à Alice ?

— Depuis trois ans, je la cherche comme si elle était vivante et je la pleure comme si elle était morte.

— Ce n'est pas une réponse, attaqua Marcus qui avait l'impression que Martini baissait un peu la garde.

— Vous savez ce que signifie ne pas pouvoir mourir ? Cela veut dire continuer à vivre, comme un immortel. Eh bien, moi, je ne pourrai pas mourir tant que je n'aurai pas découvert ce qui est arrivé à Alice. Je dois rester ici, et souffrir.

— Pourquoi vous en vouloir autant ?

— Il y a trois ans, je fumais encore.

Marcus ne saisissait pas le lien, mais il le laissa terminer.

— Ce jour-là, au parc, je m'étais éloigné pour fumer une cigarette, quand Alice a disparu. Sa mère était là aussi, mais c'était à moi de la surveiller. Je suis son père, c'était mon devoir, mais j'ai été distrait.

Cette réponse suffisait à Marcus. Il sortit de sa poche le dossier que Clemente lui avait confié.

C.g. 294-21-12.

— Ce que je vais vous révéler inclut une condition : vous ne devrez pas me demander comment je l'ai su et vous ne devrez jamais dire que c'est moi qui vous l'ai dit. D'accord ?

— D'accord, dit l'homme sur un ton plein d'espoir.

— Ce que vous allez entendre ne sera pas agréable. Vous vous sentez prêt ?

— Oui.

— Il y a trois ans, Alice a été enlevée par un homme qui l'a emmenée à l'étranger.

— Comment ça ?

— C'est un psychopathe : il pense que sa femme morte s'est réincarnée en votre fille. C'est pour cette raison qu'il l'a enlevée.

— Donc…

L'homme n'arrivait pas à y croire.

— Oui, elle est vivante.

Les yeux de Martini s'emplirent de larmes, la montagne humaine était sur le point de s'écrouler. Marcus lui tendit une feuille.

— Ici, il y a tout ce qu'il faut pour la retrouver. Mais vous devez me promettre de ne pas agir seul.

— Promis.

— En bas, vous trouverez le numéro d'une spécialiste pour retrouver les personnes disparues, surtout les enfants. Adressez-vous à elle. Il paraît qu'elle est extrêmement douée, c'est une policière. Son nom est Mila Vasquez.

Martini fixa la feuille sans mot dire.

— Maintenant, je vais m'en aller.

— Attendez.

Marcus s'arrêta, mais l'homme n'arrivait pas à parler. Sa poitrine était secouée de sanglots. Il ne pensait pas seulement à Alice. Pour la première fois, Martini s'imaginait réunir sa famille. Sa femme, qui était partie à cause de sa réaction suite à la disparition, reviendrait avec leur fils. Et tout reprendrait comme avant.

— Je ne veux pas que Camilla Rocca le sache. Du moins pas encore. Ce serait terrible pour elle de savoir qu'Alice a un espoir, alors que son Filippo ne reviendra pas.

— Je n'avais pas l'intention de le lui faire savoir. Et puis, cette femme a toujours sa famille.

— Quelle famille ? demanda Martini avec étonnement. Son mari l'a quittée il y a deux ans, il a refait sa vie, il a même un fils. C'est pour ça que nous nous sommes rapprochés, elle et moi.

Marcus repensa au petit mot qu'il avait vu chez Camilla, accroché au frigo avec un aimant en forme de crabe.

On se voit dans dix jours. Je t'aime.

Depuis combien de temps trônait-il là ? Mais il était troublé par autre chose, il ne savait pas quoi.

— Je dois y aller, dit-il à Martini.

Avant que l'homme puisse le remercier, il fendit à nouveau le rideau de pluie.

Il lui fallut presque deux heures pour atteindre Ostie, à cause de la circulation ralentie par la tempête. Le car le déposa devant une rotonde en bord de mer et il poursuivit à pied.

Le véhicule de Camilla Rocca n'était pas garé dans l'allée. Toutefois, Marcus passa un moment à observer la petite maison, pour s'assurer qu'elle était vide. Puis il y entra.

Rien n'avait changé depuis la veille. Le mobilier marin, le sable qui crissait sous les chaussures. Mais le robinet de la cuisine avait été mal refermé, il gouttait. Le bruit se perdait dans le silence, se mêlant à la pluie.

Il se dirigea vers la chambre à coucher, où deux pyjamas étaient posés sur les oreillers. Il ne s'était pas trompé. Un de femme, l'autre d'homme. Les bibelots et les autres objets étaient toujours aussi bien rangés. La première fois, il avait pensé que cette précision était un refuge contre la peur, contre le chaos généré par la disparition d'un enfant. Tout semblait à sa place, parfait. *Anomalies*, se dit-il en se rappelant ce qu'il devait chercher.

La photo de Filippo souriant l'observait depuis la commode, et Marcus se sentit guidé. Sur la table de nuit du côté de Camilla, l'écoute-bébé avec lequel la femme aurait dû veiller sur le sommeil de son nouvel enfant. Il repensa à la pièce d'à côté.

Il franchit le seuil de ce qui avait été la chambre de Filippo, maintenant séparée en deux parties. Celle qui l'intéressait était occupée par une table à langer, une montagne de peluches et un berceau.

Où est cet enfant que j'ai cru voir ? Que dissimule cette mise en scène ?

Il se rappela les paroles de Bruno Martini : « Son mari l'a quittée il y a deux ans, il a refait sa vie, il a même un fils. »

Camilla avait souffert une nouvelle fois. L'homme qu'elle aimait l'avait abandonnée. Or la trahison n'était pas dans le fait qu'il y ait une autre femme, mais dans l'enfant qu'elle lui avait donné. Un substitut de Filippo.

La véritable condamnation n'est pas la perte d'un enfant, pensa-t-il. *C'est que la vie continue malgré tout. Camilla Rocca ne veut pas cesser d'être mère.*

Quand il comprit, Marcus remarqua l'anomalie. Ce n'était pas une présence, cette fois, plutôt une absence.

À côté du berceau manquait l'autre partie de l'écoute-bébé.

Si le récepteur se trouvait dans la chambre de Camilla, où était l'émetteur ?

Marcus retourna dans la chambre parentale et s'assit sur le lit. Il alluma l'appareil posé sur la table de nuit.

Un grésillement constant et continu. Ce son était la voix incompréhensible des ténèbres. Marcus tendit l'oreille. Rien. Il monta le volume au maximum. Le bruit envahit la pièce. Il attendit. Les secondes passaient et il sondait la profondeur de cette mer de chuchotements, à la recherche d'une variation, une note de couleur différente des autres.

Elle arriva. Il entendit quelque chose au fond de la neige émise par le haut-parleur. Un autre son. Cadencé. Pas artificiel mais vivant. Une respiration.

Marcus saisit l'écoute-bébé et déambula dans la villa à la recherche de l'origine du signal. Elle ne pouvait pas être loin, se disait-il. Ces appareils ont une portée de quelques mètres. Alors où était-ce ?

Il ouvrit toutes les portes, vérifia toutes les pièces. Arrivé à la sortie donnant sur l'arrière, à travers une moustiquaire, il distingua vaguement un petit jardin et une cabane à outils.

Il remarqua que les maisons des voisins étaient loin et que la propriété était entourée de hauts pins. Le lieu parfait. Il se dirigea vers le bâtiment en tôle. Ses pieds s'enfonçaient dans le terrain mouillé, la pluie battait sans trêve, un vent contraire lui résistait, comme si des forces obscures voulaient le convaincre de renoncer. Mais il arriva à destination. La porte était fermée à l'aide d'un gros cadenas.

Un piquet métallique planté dans le terrain servait de base à un irrigateur. Marcus le saisit des deux mains, l'arrachant avec force. Puis il frappa le cadenas avec précision, mais aussi avec rage. L'anneau d'acier céda et la porte s'ouvrit de quelques centimètres. Marcus la poussa.

La lumière du jour fit irruption dans les quelques mètres carrés, découvrant un tapis de déchets et un radiateur électrique. L'émetteur de l'écoute-bébé était posé à côté d'un matelas gisant à même le sol, où reposait un tas de vieux chiffons… qui remuèrent.

— Lara…, appela-t-il. Lara ?

La réponse fut longue à venir.

— Oui ? dit une voix incrédule.

Marcus se précipita. Elle était recroquevillée sous des couvertures crasseuses. Elle était éprouvée, sale, mais vivante.

— Rassurez-vous, je suis venu vous sauver.

— Aidez-moi, je vous en prie, supplia-t-elle en pleurant, sans se rendre compte qu'il l'aidait déjà.

Elle répéta cette phrase tandis que Marcus la prenait dans ses bras, quand il sortit avec elle sous la pluie, quand ils parcoururent l'allée. Quand ils franchirent le seuil de la petite villa, Marcus s'arrêta net.

Camilla Rocca était dans le couloir, trempée. Elle portait un sac de courses dans une main, des clés dans l'autre. L'assistante sociale était immobile.

— Il l'a enlevée pour moi. Il a dit que je pourrais garder son enfant…

Elle parlait de Jeremiah Smith.

La femme le regarda et regarda Lara.

— Elle n'en voulait pas.

« Le mal engendre le mal », avait dit Jeremiah Smith. La vie avait fait du tort à Camilla. Mais ce qu'elle avait subi l'avait transformée : elle avait accepté le don d'un monstre. Marcus comprit comment la femme avait pu le tromper. Elle s'était créé un monde parallèle, qui pour elle était réel. Elle était sincère, elle ne jouait pas de rôle.

Il passa à côté d'elle, Lara toujours dans ses bras. Sans lui accorder un regard, il lui prit ses clés de voiture.

Camilla les observa, puis s'écroula à terre. Elle parlait avec un filet de voix, répétant toujours la même phrase :

— Elle n'en voulait pas…

22 h 56

L'inspecteur De Michelis insérait des pièces dans une machine à café. Sandra était hypnotisée par le soin avec lequel il réalisait cette opération. Elle n'avait pas imaginé revenir si vite à l'hôpital Gemelli.

Le coup de téléphone de Camusso était arrivé une heure auparavant, alors qu'elle s'apprêtait à préparer ses bagages pour quitter l'hôtel et monter dans un train pour Milan avec son supérieur, venu la chercher. Au début, elle avait pensé que le commissaire avait du nouveau concernant Shalber mais, après lui avoir assuré qu'Interpol s'en occupait, il lui avait communiqué le dernier retournement de l'affaire Jeremiah Smith. Elle et De Michelis s'étaient précipités à l'hôpital pour vérifier en personne que tout était vrai.

Lara était vivante.

Elle avait été retrouvée dans des circonstances troubles. L'étudiante en architecture se trouvait dans un véhicule utilitaire abandonné sur le parking d'un centre commercial de la banlieue de Rome. La police avait reçu un appel anonyme. Les informations étaient encore fragmentées et ne sortaient pas des urgences où on lui faisait subir des examens.

Le commissaire Camusso avait pris quelques hommes avec lui pour aller procéder à une arrestation à Ostie, parce que Lara les avait mis sur cette piste, et en plus les papiers du véhicule indiquaient justement la petite ville du littoral. Elle se demandait de quelle façon Jeremiah Smith était impliqué, mais elle était certaine que Marcus avait permis de dénouer l'affaire.

Oui, c'est lui, se répétait-elle. La jeune fille allait certainement parler d'un mystérieux sauveur avec une cicatrice sur la tempe, et les enquêteurs remonteraient peut-être au pénitencier, même si elle espérait que non.

Quand la nouvelle de la libération fut publiée, les médias prirent l'hôpital d'assaut. Journalistes, cameramans et photographes campaient dans le parc. Les parents de Lara n'étaient pas encore arrivés, parce que cela prenait du temps de venir du sud du pays. En revanche, ses amis venaient par petits groupes s'assurer de son état. Parmi eux, Sandra reconnut Christian Lorieri, l'assistant en histoire de l'art père de l'enfant qu'elle portait. Ils se lancèrent un regard furtif mais plus éloquent que tous les mots. S'il était présent, c'était que leur conversation à l'université avait porté ses fruits.

Jusque-là, un seul bulletin médical avait été diffusé. Il rapportait que l'état clinique de l'étudiante était bon, malgré le stress subi, et que le fœtus aussi se portait bien.

De Michelis arriva en soufflant sur un gobelet en plastique.

— Tu ne penses pas que tu as des explications à me donner ?

— Tu as raison, mais je te préviens : un seul café ne te suffira pas.

— De toute façon nous ne pourrons pas partir avant demain matin. Il nous faudra passer la nuit ici.

Sandra lui prit la main.

— Je voudrais parler à l'ami et laisser le policier hors de cette histoire. Tu es d'accord ?

— Que se passe-t-il, tu n'aimes plus les flics ? ironisa-t-il avant d'ajouter, sérieux : Je ne t'ai pas soutenue à la mort de David. Le moins que je puisse faire aujourd'hui est de t'écouter.

Pendant les deux heures qui suivirent, Sandra raconta tout à l'homme dont l'intégrité morale lui avait toujours servi d'exemple. De Michelis la laissa parler, ne l'interrompant que pour lui demander des éclaircissements. Quand elle eut terminé, elle se sentit beaucoup plus légère.

— Pénitenciers, tu as dit?

— Oui, confirma-t-elle. Est-il possible que tu n'en aies jamais entendu parler?

De Michelis haussa les épaules.

— Dans ce métier, j'en ai tellement vu que plus rien ne m'étonne. Certaines affaires se résolvent grâce à un tuyau, ou par chance et sans aucune explication. Mais je n'ai jamais relié ce fait à quelqu'un qui enquêtait parallèlement à la police. Je suis croyant, tu le sais. J'aime penser qu'il existe quelque chose d'irrationnel et de beau à quoi me fier quand je n'en peux plus des horreurs que je vois chaque jour.

De Michelis lui fit une caresse, comme Marcus avant de sortir de la salle de réanimation et de sa vie. Derrière l'inspecteur, Sandra remarqua deux hommes en costume-cravate s'adresser à un agent qui fit un geste dans sa direction. Ils s'approchèrent.

— Vous êtes Sandra Vega? demanda l'un.

— C'est moi, confirma-t-elle.

— Pouvons-nous vous parler un instant? demanda l'autre.

En s'éloignant avec elle pour se mettre à l'écart, ils lui montrèrent leurs cartes.

— Nous sommes d'Interpol.

— Que se passe-t-il?

— Cet après-midi, expliqua le plus âgé, le commissaire Camusso nous a appelés pour nous demander des informations sur l'un de nos agents en nous disant que c'était pour vous. Son nom est Thomas Shalber. Vous nous confirmez que vous le connaissez?

— Oui.

— Quand l'avez-vous vu pour la dernière fois?

— Hier.

Les deux hommes se regardèrent, puis le plus jeune demanda :

— Vous êtes sûre ?

— Bien sûr, dit Sandra qui commençait à perdre patience.

— Et c'est bien lui que vous avez rencontré ? insistèrent-ils en lui montrant une photo d'identité que Sandra se pencha pour regarder.

— Malgré une certaine ressemblance, je ne connais pas cet homme.

— Accepteriez-vous de fournir une description de la personne que vous avez vue à un de nos spécialistes en portraits-robots ?

Sandra en avait assez, elle voulait comprendre.

— D'accord, mais vous me dites ce qui se passe ? Je ne saisis pas tout.

Le plus jeune chercha du regard l'approbation du plus âgé. Quand il l'eut obtenue, il se décida à parler.

— La dernière fois qu'il a pris contact avec nous, Thomas Shalber enquêtait sous couverture.

— Pourquoi parlez-vous au passé ?

— Parce qu'il a disparu, et depuis plus d'un an nous sommes sans nouvelles de lui.

Elle ne savait plus quoi penser.

— Excusez-moi, mais si votre agent est celui de la photo et que vous ne savez pas ce qu'il est devenu, alors qui ai-je rencontré ?

UN AN PLUS TÔT

Pripiat

Les loups hurlaient à la nouvelle lune dans les rues désertes. C'étaient eux les maîtres de Pripiat, désormais.

Le chasseur les entendait tandis qu'il tentait de forcer la porte de l'appartement d'Anatolij Petrov, au onzième étage de l'immeuble 109.

Les loups savaient que l'intrus n'avait pas quitté la ville, et désormais ils le cherchaient.

Il ne pourrait pas partir avant le lever du soleil. Ses mains étaient engourdies par le froid et il ne venait pas à bout de la serrure. Toutefois, il finit par l'ouvrir.

L'appartement était de la même taille que celui d'à côté.

Les fenêtres avaient été scellées avec des chiffons et du ruban isolant, de façon à éviter les courants d'air. Anatolij avait sans doute pris cette précaution juste après l'accident nucléaire, pour empêcher les radiations d'entrer.

Le chasseur vit sa photo sur le badge accroché à l'uniforme de la centrale suspendu dans l'entrée. Il avait environ trente-cinq ans. Cheveux raides et blonds, avec une frange qui lui barrait le front. Lunettes de myope à grosse monture surmontées par un duvet clair. Il exerçait la fonction de « technicien des turbines ».

Le mobilier était modeste : dans le séjour, un canapé en velours à fleurs, un téléviseur, et dans un coin deux cages en verre, vides. Une bibliothèque recouvrait une partie de l'un des murs. Elle contenait des textes de zoologie, d'anthropologie et d'étiologie, d'auteurs comme Darwin, Lorenz, Morris et Dawkins. Des études sur l'apprentissage animal, sur le conditionnement environnemental des espèces et des traités sur le rapport entre l'instinct et les stimulations externes. Des lectures qui n'avaient rien à voir avec son travail de technicien des turbines. Plus bas, il aperçut une dizaine de cahiers numérotés.

Le chasseur ne savait pas quoi penser, mais la conclusion la plus importante était qu'Anatolij Petrov vivait seul. Il n'y avait aucun signe de la présence d'une famille. Ni d'un enfant.

Il eut un moment de découragement. Maintenant, il était obligé de rester pour la nuit. Il ne pouvait allumer de feu parce que la combustion aurait augmenté l'effet des radiations. Il n'avait pas de nourriture, seulement de l'eau. Il lui fallait trouver des couvertures et quelques boîtes de conserve. En cherchant, il se rendit compte qu'il manquait des vêtements dans l'armoire de la chambre à coucher et que des étagères avaient été vidées dans le buffet. Tout indiquait qu'Anatolij avait quitté Pripiat après l'accident du réacteur de Tchernobyl, mais avant l'évacuation. Il n'avait pas tout laissé en hâte comme les autres. Il n'avait probablement pas accordé de crédit aux autorités qui, juste après le désastre, avaient rassuré la population en lui disant de rester chez elle.

Le chasseur se prépara un lit de fortune dans le séjour en utilisant les coussins du canapé et des couvertures. Il voulut utiliser un peu de l'eau qu'il avait avec lui pour se laver le visage et les mains, et enlever un minimum de poussière radioactive. Il sortit sa gourde de son sac et y trouva le lapin en tissu qui avait appartenu au faux Dima. Il le plaça à côté du compteur Geiger et de sa lampe torche pour qu'il lui tienne compagnie dans cette situation absurde. Il sourit.

— Peut-être que tu vas m'aider, mon vieux.

La peluche le fixa de son œil unique. Le chasseur se sentit stupide.

Son regard se posa sur les cahiers de la bibliothèque. Il en choisit un au hasard – le numéro 6 – et le prit pour le feuilleter.

Il n'avait pas de titre et était écrit à la main. Les caractères en cyrillique étaient précis et ordonnés. Il lut la première page. C'était un journal.

14 février

J'ai l'intention de répéter l'expérimentation numéro 68, mais en changeant la méthode d'approche. L'objectif est de démontrer que le conditionnement environnemental agit sur le comportement en inversant la dynamique d'imprégnation. Dans ce but, aujourd'hui au marché j'ai acheté deux spécimens de lapin blanc…

Le chasseur regarda le lapin en peluche. C'était une coïncidence étrange. Il n'avait jamais aimé les coïncidences.

22 février
   Les deux spécimens ont été élevés séparément et ont atteint une maturité suffisante. Aujourd'hui, je changerai les habitudes de l'un des deux…

Le chasseur regarda les cages en verre dans la pièce. C'était là qu'Anatolij Petrov gardait ses cobayes. Le séjour était une sorte de labo.

5 mars
   Le manque de nourriture et l'utilisation d'électrodes ont rendu l'un des deux lapins plus agressif. Son caractère pacifique se transforme graduellement en instinct primaire…

Le chasseur ne comprenait pas. Que voulait démontrer Anatolij ? Pourquoi se consacrait-il avec tant d'abnégation à cette activité ?

12 mars
   J'ai réuni les deux spécimens dans la même cage. La faim et l'agressivité induite ont porté leurs fruits. L'un a attaqué l'autre, le blessant mortellement.

Horrifié, le chasseur alla chercher les autres cahiers dans la bibliothèque. Dans certains, il y avait même des photos commentées. Les cobayes étaient contraints d'assumer des comportements contre nature. Pour cela, il les laissait à jeun ou sans eau pendant un certain temps, ou bien dans le noir ou en pleine lumière, ou encore leur envoyait des petites décharges électriques ou leur administrait des psychotropes. Chaque fois l'expérimentation s'achevait de façon cruelle, parce que l'un des deux spécimens tuait l'autre, ou bien Anatolij lui-même les supprimait tous les deux.

Le chasseur remarqua que le dernier cahier – le neuvième – renvoyait à d'autres qui suivaient mais qui n'étaient pas là. Anatolij Petrov les avait probablement emportés, abandonnant les moins précieux à ses yeux.

Une annotation au crayon à la dernière page le frappa tout particulièrement.

... Tous les êtres vivants dans la nature tuent. Pourtant, seul l'homme, en plus de le faire par nécessité, le fait par sadisme, c'est-à-dire par plaisir d'infliger la souffrance. La bonté ou la méchanceté ne sont pas seulement des catégories morales. Pendant ces années, j'ai démontré que l'on peut instiller une rage homicide chez n'importe quel animal, annulant l'héritage de son espèce. Pourquoi l'homme ferait-il exception ?

En lisant ces mots, le chasseur frissonna. Soudain, le regard insistant du lapin en peluche le dérangea. Il tendit la main pour le déplacer et heurta la gourde qui se renversa en partie sur le sol. Quand il voulut la redresser, il s'aperçut qu'une partie du liquide avait été absorbée par la plinthe sous la bibliothèque. Le chasseur versa plus d'eau, qui disparut à son tour.

Il observa le mur et évalua les proportions de la pièce, pour en déduire qu'il y avait quelque chose derrière le meuble, peut-être un interstice.

Il remarqua alors une trace circulaire sur le carrelage devant la bibliothèque. Il s'appuya sur les mains et souffla sur le socle pour le libérer de la poussière qui s'était accumulée. Ensuite, il se mit debout et observa. La trace décrivait un arc parfait de 180 degrés.

La bibliothèque était une porte dont l'utilisation avait tracé ce signe par terre.

Il tira sur l'un des rayonnages pour l'ouvrir, mais elle était trop lourde. Il passa quelques minutes à retirer les volumes et les poser par terre. Quand il retenta, la bibliothèque bougea et finit par s'ouvrir.

Elle révéla une deuxième porte, fermée par deux verrous.

Il y avait un judas au centre et un interrupteur à côté, qui avait peu d'utilité sans électricité. Le chasseur regarda à l'intérieur, mais en vain. Il tourna les verrous, qui cédèrent avec peine parce que le métal s'était oxydé avec le temps.

Quand il y parvint, il découvrit une embouchure sombre. La puanteur le fit reculer. Une main sur la bouche, il pointa sa lampe torche dans l'antre.

Il mesurait environ 2 mètres carrés, pour 1,50 mètre de hauteur.

La partie intérieure de la porte et les murs étaient recouverts d'un matériau mou de couleur sombre, qui ressemblait à l'éponge utilisée pour l'insonorisation. Il y avait une lampe à bas voltage, protégée par une grille métallique. Dans un coin, il aperçut deux bols. Le revêtement des murs était parsemé de griffures, comme si un animal y avait été emprisonné.

Le rayon de la lampe éclaira un objet au fond de la cellule. Le chasseur se pencha pour le ramasser.

Un bracelet en plastique bleu ciel.

Non, ce n'était pas un animal, pensa-t-il avec horreur.

Il lut l'inscription en cyrillique :

HÔPITAL D'ÉTAT DE KIEV. SERVICE MATERNITÉ.

Le chasseur se remit debout, incapable de rester dans la pièce. Pris d'une violente nausée, il se précipita dans le couloir. Il s'appuya à un mur, craignant de s'évanouir. Il réussit enfin à se calmer et à reprendre son souffle. Une explication prenait forme dans son esprit. Il était dégoûté qu'il existât une motivation lucide et rationnelle à tout ceci. Pourtant, il la comprenait.

Anatolij Petrov n'était pas un scientifique. C'était un malade sadique, un psychopathe. Son expérimentation dissimulait une obsession. Comme les enfants qui tuent un lézard avec un caillou. En réalité, ce n'est pas seulement un jeu. Une étrange curiosité les pousse vers la mort violente. Ils ne le savent pas, mais ils expérimentent pour la première fois le plaisir de la cruauté. Ils ont conscience d'avoir retiré la vie à un être inutile et que personne ne les disputera. Mais Anatolij Petrov devait vite en avoir eu assez des lapins.

Alors il avait enlevé un nouveau-né.

Il l'avait élevé en captivité, l'utilisant comme cobaye. Pendant des années, il l'avait soumis à tous types d'épreuves, de façon à en conditionner la nature. Il avait provoqué en lui un instinct homicide. Naît-on ou devient-on bon ou mauvais ? Telle était la question à laquelle il essayait de répondre.

Le transformiste était le fruit d'une expérimentation.

Quand le réacteur de la centrale avait explosé, Anatolij s'était empressé de quitter la ville. Il était technicien des turbines, il savait à quel point la situation était grave. Mais il ne pouvait emmener l'enfant avec lui.

Peut-être a-t-il pensé à le tuer, considéra le chasseur. Mais ensuite il a changé son plan. Il était titillé par l'idée que sa créature puisse affronter le monde : si elle survivait, alors son succès serait réel.

Il avait donc décidé de libérer son cobaye, qui était devenu un enfant de huit ans. Le petit avait erré dans l'appartement, avant de se réfugier chez les voisins qui ignoraient qui il était. Parce que Anatolij Petrov avait simplement oublié de lui fournir une identité. Le transformiste avait cherché à comprendre qui il était quand il avait rencontré Dima, et il cherchait toujours.

Le chasseur était atterré. Sa proie était privée d'empathie, on lui avait extirpé les émotions humaines les plus élémentaires. Sa capacité d'apprentissage était extraordinaire. Mais, dans le fond, ce n'était qu'une feuille blanche, une coquille vide, un miroir inutile. Son seul guide était son instinct.

La prison derrière la bibliothèque – que personne n'avait jamais découverte, dans un appartement entouré d'autres appartements identiques, dans un immeuble habité – avait été son premier nid.

Le chasseur baissa les yeux et distingua des taches sombres sur le sol, près de la porte d'entrée.

Encore une fois, il y avait du sang par terre. Des petites gouttes. Le chasseur se pencha pour les toucher, comme à l'orphelinat de Kiev ou à Paris.

Mais cette fois le sang était frais.

AUJOURD'HUI

En achevant de préparer ses bagages à l'hôtel, Sandra repensa à la soirée passée avec l'homme qui se faisait passer pour Thomas Shalber. Au dîner qu'il lui avait mitonné, aux confidences qu'ils avaient échangées. Y compris la photo de l'enfant qu'il disait être sa fille Maria, qu'il ne voyait pas aussi souvent qu'il l'aurait voulu.

Tout lui avait semblé... authentique.

Après sa discussion avec les deux véritables agents d'Interpol, elle s'était demandé qui était la personne qu'elle avait rencontrée. Mais là, elle se posait une autre question.

Avec qui ai-je fait l'amour cette nuit-là ?

Cet homme s'était insinué dans sa vie en jouant plusieurs rôles. Au début, il n'était qu'une voix agaçante au téléphone qui voulait la faire douter de son mari. Puis il avait été le héros qui lui avait sauvé la vie en l'écartant des balles d'un tireur caché. Ensuite il l'avait aidée, essayant de la séduire pour gagner sa confiance. Enfin il l'avait trompée, s'emparant de la photo du Leica.

Jeremiah Smith avait affirmé que David avait trouvé les archives secrètes de la pénitencerie. C'était pour cette raison qu'il avait dû le tuer.

Le faux Shalber cherchait-il lui aussi ces archives ? Il avait sans doute compris à quoi renvoyait la dernière photo, qui était noire mais qui contenait probablement la solution.

À partir de là, comme Sandra le craignait, il s'était employé à débusquer Marcus, ne fût-ce que parce que la photo du pénitencier prise par David était le dernier indice qui lui restait.

Mais ensuite il était revenu à Santa Maria Sopra Minerva, devant la chapelle de San Raimondo di Peñafort, uniquement pour lui expliquer pourquoi il agissait de cette façon, puis il avait disparu à nouveau. Dans le fond, il aurait pu ne pas le faire.

Alors dans quel but ?

Plus elle s'efforçait de trouver un lien logique entre ces événements, plus le sens de chaque action lui échappait. Elle ne savait pas s'il était un ami ou un ennemi.

Bon ou mauvais ?

David, avait-il compris à qui il avait affaire ? Il possédait son numéro de téléphone, c'était lui qui avait fourni les chiffres manquants avec la photo de lui devant le miroir de la salle de bains. Son mari n'avait pas assez confiance pour remettre les indices à cet homme, mais il avait tout de même voulu les réunir. Pourquoi ?

Plus elle raisonnait, plus elle était perplexe. Elle abandonna un moment sa valise et s'assit sur le lit pour réfléchir. Où suis-je en train de me tromper ? Elle voulait oublier en vitesse toute l'histoire, c'était nécessaire pour ne pas compromettre son projet de nouvelle vie. Mais elle savait qu'elle ne pourrait vivre avec ces questions. Elle risquait de devenir folle.

David était la réponse, elle en était certaine. Pourquoi son mari s'était-il lancé dans cette entreprise ? C'était un bon reporter, mais en apparence cette histoire n'avait rien à voir avec lui. Il était juif et, contrairement à elle, il ne parlait jamais de Dieu. Son grand-père avait survécu aux camps de concentration nazis et David soutenait que de telles horreurs avaient été conçues non pas pour détruire son peuple, mais pour lui faire perdre la foi. Ainsi les Juifs auraient eu la preuve que Dieu n'existait pas, ce qui aurait suffi à les anéantir.

La seule fois où ils avaient abordé la question religieuse un peu plus sérieusement, c'était quelque temps après leur mariage.

Un jour, sous la douche, Sandra s'était découvert un nodule. La réaction de David avait été typiquement yiddish : il avait plaisanté.

Elle considérait que son attitude dénotait une certaine faiblesse de caractère, d'où le fait que ses problèmes de santé étaient tournés en dérision parce que David se sentait coupable de ne pas être en mesure de les régler. Tout ceci était gentil mais ne l'aidait pas. Alors il l'avait accompagnée faire des examens en se moquant d'elle tout du long. Sandra l'avait laissé croire que ses blagues diminuaient la tension. En fait, elle se sentait très mal. Mais c'était sa façon à lui d'affronter les choses, même si elle n'était pas certaine que cela lui convienne. Tôt ou tard ils en parleraient, et elle prévoyait une dispute.

Pendant qu'ils attendaient le diagnostic, David avait adopté le même comportement insupportable.

La veille des résultats, elle s'était réveillée et avait cherché David dans le lit, mais il n'y était pas. Elle s'était levée et avait constaté qu'aucune lumière n'était allumée dans l'appartement. C'est alors qu'elle l'avait aperçu à la cuisine. Il était assis de dos, voûté. Il se balançait en prononçant à voix basse des mots incompréhensibles. Il ne l'avait pas vue, sinon il aurait cessé de prier. Elle était retournée se coucher et avait pleuré.

Heureusement, le nodule s'était révélé bénin. Mais Sandra voulait tirer cette histoire au clair avec David. Ils auraient sans aucun doute d'autres épreuves à affronter et elle ne pouvait se contenter d'ironie pour aller de l'avant. Elle lui parla de la prière nocturne et David, avec un certain embarras, admit à quel point il avait eu peur de la perdre. Il n'avait pas peur de sa propre mort, son travail le contraignait à oublier qu'il pouvait mourir. Mais quand il s'était agi de Sandra, il n'avait su que faire. Il n'avait eu d'autre idée que de recourir à un Dieu qu'il avait toujours évité.

— Quand on n'a plus de ressources propres, tout ce qui reste est la foi en un Dieu en qui on ne croit pas.

Pour Sandra, c'était comme une déclaration d'amour absolu. Mais maintenant, dans sa chambre d'hôtel, assise sur le lit à côté de sa valise inachevée, elle se demandait pourquoi, si son mari craignait de mourir à Rome, il lui avait envoyé comme message d'adieu les indices d'une enquête. Des photos parce que, à cause de leurs métiers, c'était leur langage. Mais pourquoi, par exemple, ne lui avait-il pas préparé une vidéo pour lui dire à quel point elle comptait pour lui ? Il ne lui avait même pas écrit de lettre. S'il l'aimait tant, pourquoi sa dernière pensée n'avait-elle pas été pour elle ?

— Parce que David ne voulait pas que je reste liée à lui s'il mourait, dit-elle.

Ce fut une révélation.

Il m'a offert le reste de ma vie. La possibilité de tomber à nouveau amoureuse, de fonder une famille, d'avoir des enfants. Une existence autre que celle de veuve. Mais pas dans quelques années. Tout de suite.

Elle devait lui dire adieu. Une fois rentrée à Milan, elle se débarrasserait des souvenirs, elle viderait l'armoire de ses vêtements, elle ferait disparaître son odeur de l'appartement – cigarettes à l'anis et après-rasage bon marché.

Or elle pouvait commencer immédiatement. Par le dernier message de David qu'elle conservait sur le répondeur de son portable et qui l'avait conduite à Rome. Elle l'écouta une dernière fois. Elle n'entendrait plus la voix de son mari.

« Salut, je t'ai appelée plusieurs fois mais tu es toujours sur répondeur… Je n'ai pas beaucoup de temps, alors je passe tout de suite à la liste de ce qui me manque… Tes pieds froids qui me cherchent sous les couvertures quand tu viens te coucher. Quand tu me fais goûter ce que tu sors du frigo pour t'assurer que ce n'est pas périmé. Quand tu me réveilles en hurlant à 3 heures du matin parce que tu as une crampe. Et, tu ne vas pas me croire, même quand tu utilises mon rasoir pour te raser les jambes, sans rien me dire… Bref, ici, à Oslo il fait un froid de canard et j'ai hâte de rentrer. Je t'aime, Ginger ! »

Sandra appuya sans hésiter sur le bouton pour effacer le message.

— Mon amour, tu vas me manquer.

Les larmes inondèrent son visage. C'était la première fois depuis longtemps qu'elle ne l'avait pas appelé Fred.

Elle ramassa ensuite les copies des photos du Leica – les originaux étaient toujours entre les mains du faux Shalber. Elle les empila, mettant au sommet la photo noire. Elle s'apprêtait à les déchirer et à oublier, mais elle s'arrêta.

Parmi les photos de David, il n'y en avait pas de la chapelle de San Raimondo di Peñafort. Pourtant, le frère dominicain avait été pénitencier, autrefois. Or c'était Shalber qui l'y avait conduite en glissant l'image pieuse sous la porte de sa chambre d'hôtel. Jusque-là, Sandra avait négligé ce détail. Pourquoi avait-il manœuvré pour lui faire découvrir cet endroit ?

La photo sombre.

S'il croyait que ce cliché contenait une réponse à l'énigme sur les archives de la pénitencerie, alors elle est cachée dans cette misérable chapelle, se dit Sandra. Mais Shalber ne l'avait pas trouvée.

Elle observa à nouveau la photo. Elle n'était pas le fruit d'une erreur, comme elle l'avait toujours cru. David avait voulu qu'elle soit noire.

Quand on n'a plus de ressources propres, tout ce qui reste est la foi en un Dieu en qui on ne croit pas.

Avant de partir pour Milan, elle devait retourner à Santa Maria Sopra Minerva.

Le dernier indice de David était une preuve de foi.

UN AN PLUS TÔT
Pripiat

Le chasseur n'était pas seul. Il y avait un autre habitant dans la ville fantôme.

Il est ici.

Le transformiste avait choisi l'endroit le plus inhospitalier de la Terre pour se cacher. Là où personne ne viendrait le chercher.

Il est rentré chez lui.

Le chasseur sentait sa présence. Les gouttes de sang sur le sol n'étaient pas encore coagulées.

Il est proche.

Il devait agir vite. Son sac avec le pistolet anesthésiant se trouvait dans le séjour, mais il n'avait pas le temps de le récupérer.

Il m'observait.

Il voulait s'enfuir de l'appartement d'Anatolij Petrov. Sa seule chance de salut était d'arriver jusqu'à la Volvo qu'il avait garée devant les blocs de béton placés en travers de la chaussée pour empêcher l'accès des véhicules à la ville. Le trajet était long. Au diable les loups, il courrait. Il n'avait pas d'autre stratégie que la fuite.

Il courut vers la porte d'entrée et descendit les marches deux à deux. Il les sentait à peine sous ses pieds, il les effleurait. S'il tombait, c'était la fin. L'idée de rester bloqué dans le ventre de l'immeuble avec une jambe cassée, à attendre son ennemi, le poussait à prendre des risques, au lieu d'être prudent. De temps à autre, il sautait par-dessus une rampe pour éviter des tas de déchets. Il haletait et était trempé de sueur glaciale. Ses pas résonnaient dans la cage d'escalier.

Onze étages, puis la rue.

Il était entouré d'ombres. Des édifices qui le regardaient de leurs mille yeux vides, des voitures sarcophages prêtes à l'accueillir, des arbres qui tendaient leurs fragiles os de bois pour l'attraper. L'asphalte s'émiettait au contact de ses chaussures, comme si le monde autour de lui s'écroulait. Il avait une sensation d'oppression dans la poitrine, ses poumons lui brûlaient. Chaque inspiration lui causait un élancement dans le thorax. C'était donc ainsi qu'on se sentait, en fuyant pour échapper à une menace.

Le chasseur était devenu la proie.

Où es-tu ? Je sais que tu me regardes. Tu ris de mon désespoir. Et tu te prépares à apparaître.

Il tourna le coin de la rue et se retrouva sur un boulevard. Soudain, il se rendit compte qu'il ne savait plus d'où il venait. Il avait perdu le sens de l'orientation. Il s'arrêta pour réfléchir, plié en deux par l'effort. Puis il aperçut les carcasses rouillées des manèges du parc d'attractions et partit dans cette direction : il était à moins de 500 mètres de la Volvo. Il pouvait y arriver.

Je vais y arriver.

Il s'élança, ignorant la douleur et la fatigue, le froid et la peur. Mais du coin de l'œil, il vit le premier loup.

512

La bête l'avait rattrapé et courait à ses côtés. Une autre arriva. Puis une troisième. Elles l'escortaient tout en gardant leurs distances. Le chasseur savait que s'il ralentissait, elles l'attaqueraient.

Si seulement j'avais eu le temps de prendre le pistolet anesthésiant dans mon sac…

Il poussa un soupir de soulagement en voyant la Volvo là où il l'avait laissée, mais il ne savait pas si elle avait été trafiquée. Cela aurait constitué le bouquet final. Or il ne pouvait pas renoncer maintenant. Il ne restait que quelques mètres, quand un loup tenta un assaut. Il lui envoya un coup de pied qui l'éloigna.

La voiture n'était pas un mirage. Elle était réelle.

Il se dit que, s'il s'en sortait, beaucoup de choses changeraient. Il tenait à la vie. Il n'avait pas peur de la mort mais de mourir à cet endroit, d'une façon qu'il n'osait même pas imaginer.

Non, pas comme ça, je t'en prie.

Quand il atteignit le véhicule, il n'y croyait pas. Il ouvrit la portière et vit les loups ralentir. Ils avaient compris qu'ils ne l'auraient pas et partaient se réfugier dans les ténèbres. Il chercha fébrilement ses clés, qu'il avait laissées sur le tableau de bord. La voiture démarra. Il rit, incrédule. Il fit rapidement demi-tour, tout fonctionnait à la perfection. Malgré l'adrénaline, il commençait à sentir la fatigue. L'acide lactique fermentait et ses articulations étaient douloureuses. Il se détendait enfin.

Un dernier coup d'œil dans le rétroviseur : ses yeux encore effrayés, la ville fantôme qui s'éloignait. Et l'ombre d'un homme qui émergeait de la banquette arrière.

Avant que le chasseur comprenne, une obscurité douloureuse s'abattit sur lui.

Il fut réveillé par le bruit de l'eau. Des petites gouttes qui ruisselaient de la roche. Il tenta d'imaginer où il était avant d'ouvrir les yeux, mais la curiosité l'emporta.

Il était allongé sur une table en bois. La faible lumière provenait de trois ampoules accrochées au plafond. Il entendait le grondement du groupe électrogène qui les alimentait.

Il ne pouvait pas bouger, il était attaché. De toute façon, il n'aurait pas essayé : il se sentait bien ainsi.

Se trouvait-il dans une caverne ? Non, dans un souterrain. La pièce sentait le moisi. Mais il y régnait aussi une odeur métallique, de soudure. Du zinc. Et aussi le miasme de la mort, reconnaissable entre tous.

Il tourna la tête : il se trouvait dans une crypte dont les parois étaient une mosaïque. Cette vision était à la fois belle et maudite.

Des os.

Entassés ou imbriqués les uns dans les autres. Des fémurs, des cubitus, des omoplates. Soudés avec le zinc qui recouvrait les cercueils et protégeait le lieu de la contamination.

Il n'aurait pu utiliser autre chose, pour son nid. Il avait été astucieux. Là où chaque objet était irradié, seuls les morts n'étaient pas contagieux. Il avait dû les exhumer du cimetière et les utiliser pour se construire un refuge.

Il aperçut trois crânes noircis par le temps qui l'observaient, tapis dans l'ombre. Deux adultes et un enfant. *Le véritable Dima et ses parents*, pensa-t-il.

Il le sentit approcher. Il n'eut pas besoin de se retourner. Il savait.

Il entendit sa respiration, calme et rythmée. L'autre lui passa une main sur le front pour dégager ses cheveux collés par la sueur. Une caresse. Puis il chercha son regard. Il portait un treillis militaire et un pull élimé rouge à col roulé. Son visage était couvert par un passe-montagne d'où ne sortaient que ses yeux inexpressifs et quelques touffes de barbe.

Aucune émotion ne transparaissait sur cette portion de visage. Il semblait simplement curieux. Il pencha la tête, comme les enfants quand ils veulent comprendre quelque chose. Son regard était interrogateur. Le chasseur comprit qu'il n'avait aucune échappatoire.

Il ne connaissait pas la pitié. Pas parce qu'il était mauvais, mais parce que personne ne la lui avait enseignée.

Il serrait le lapin en peluche dans ses mains. Il lui caressait la tête. Puis il s'éloigna. Le chasseur l'observa. Dans un coin, il vit un lit fait de couvertures et de vieux chiffons. L'homme y reposa le lapin, s'assit en tailleur et le fixa à nouveau.

Le chasseur aurait eu tant de questions à lui poser. Il imaginait qu'il ne sortirait pas vivant de cet endroit, mais pour lui le pire était de ne pas connaître les réponses. Il avait mis tant d'énergie dans cette chasse qu'il les méritait. C'était en quelque sorte lui rendre les honneurs militaires.

Comment les métamorphoses avaient-elles lieu ? Pourquoi le transformiste ressentait-il la nécessité de laisser des gouttes de son sang – *une sorte de signature* – quand il volait l'identité de quelqu'un ?

— Je t'en prie, parle-moi.

— Je t'en prie, parle-moi, répéta l'autre.

— Dis quelque chose.

— Dis quelque chose.

Le chasseur rit. L'autre aussi.

— Ne joue pas avec moi.

— Ne joue pas avec moi.

Alors il comprit : il ne jouait pas, il *s'entraînait*.

Il le vit se lever et sortir quelque chose de sa poche. Un objet long et brillant. Une lame effilée.

L'autre lui posa le bistouri sur la joue, traçant lentement les lignes qu'il parcourrait plus profondément d'ici peu. Une chatouille dangereuse sur la peau. Agréable et dérangeante.

Seul l'enfer existe, pensa-t-il. *Et c'est ici.*

Le transformiste ne voulait pas seulement le tuer : *bientôt, la proie deviendrait le chasseur.*

Pourtant, il se passa quelque chose. Une réponse. Il enleva son passe-montagne et pour la première fois le chasseur vit son visage. Ils n'avaient jamais été aussi proches. Dans le fond, le chasseur avait atteint son but.

Mais il y avait quelque chose sur le visage du transformiste, quelque chose dont il ne semblait même pas se rendre compte.

Il comprit enfin l'origine de ce qu'il pensait être une *signature.*

C'était en fait le symptôme de sa fragilité. Le chasseur comprit que l'homme en face de lui n'était pas un monstre mais un être humain. Et comme tous les êtres humains, le transformiste avait un signe distinctif, quelque chose qui le rendait unique, même s'il était très fort pour se cacher sous des identités multiples.

Le chasseur allait mourir, mais pour le moment il se sentait soulagé.

Son ennemi pouvait encore être arrêté.

MAINTENANT

La pluie tombe sur Rome, on ne comprend pas s'il fait jour ou nuit.

Sandra franchit le seuil anonyme derrière lequel se cache, insoupçonnable, la seule église gothique de la capitale. Santa Maria Sopra Minerva l'accueille, déserte, avec ses marbres fastueux, ses plafonds élancés, ses fresques magnifiques.

Le bruit de ses pas se perd dans l'écho de la nef de droite. Elle avance vers l'autel. Le plus petit, le plus disgracieux.

Saint Raymond de Peñafort l'attend. Elle ne l'avait pas compris auparavant. C'est comme s'il présentait son cas au *Christ juge entre deux anges*.

Le Tribunal des âmes.

La fresque est toujours entourée par les cierges allumés par les fidèles, dont la cire coule sur le sol. À la différence des autres chapelles de l'église, ils sont nombreux à brûler ici. Des petites flammes vivantes qui se courbent à chaque courant d'air.

Les autres fois, Sandra s'est demandé quels péchés étaient expiés. Maintenant, elle a la réponse : les péchés de tous.

Elle sort de son sac la dernière photo du Leica et la regarde. Dans l'obscurité de ce cliché noir se cache une preuve de foi. Le dernier indice de David est le plus mystérieux mais aussi le plus éloquent.

Elle ne doit pas chercher la réponse à l'extérieur mais à l'intérieur d'elle-même.

Pendant les cinq derniers mois, elle s'est demandé où était David et ce que sa fin a signifié. Devant le doute, elle s'est sentie perdue. Elle est enquêtrice photo, elle cherche la mort dans les détails, convaincue qu'ils expliquent tout.

Je vois les choses à travers mon appareil photo. Je me fie aux détails pour qu'ils me révèlent le déroulement des faits. Or pour les pénitenciers il existe quelque chose qui va au-delà de ce qui se trouve devant nous. Quelque chose de tout aussi réel mais qu'un appareil photo ne peut percevoir. Je dois donc apprendre qu'il faut parfois s'en remettre au mystère et accepter de ne pas tout comprendre.

Devant ces questions existentielles, le scientifique se tourmente, l'homme de foi s'arrête. Et à cet instant, dans cette église, Sandra se sent à la frontière. Elle repense aux paroles du pénitencier : « Il existe un lieu où le monde de la lumière rencontre celui des ténèbres. C'est là que tout se produit : dans la terre des ombres, où tout est rare, confus, incertain. »

Marcus l'a dit clairement, mais Sandra ne l'avait pas encore compris. Le vrai danger n'est pas les ténèbres mais l'état intermédiaire, là où la lumière devient trompeuse. Où le bien et le mal se confondent, où on ne peut plus les distinguer.

Le mal ne se cache pas dans l'obscurité. *Il est dans l'ombre.*

C'est là qu'il peut fausser les choses. Les monstres n'existent pas. Ce ne sont que des gens normaux qui commettent des crimes horribles. *Le secret est donc de ne pas avoir peur du noir,* pense Sandra. *Parce que, dans le fond, pour cela nous avons toutes les réponses.*

La photo à la main, elle se penche sur les cierges et souffle dessus pour les éteindre. Il y en a des dizaines, cela prend un certain temps. Au fur et à mesure, l'obscurité avance comme une marée. Autour d'elle, tout s'évanouit.

Quand elle a terminé, elle fait un pas en arrière. Elle ne voit plus rien, elle a peur, mais elle se répète qu'elle n'a qu'à attendre et qu'enfin elle saura. Comme quand, petite fille, au lit avant de s'endormir, l'obscurité lui semblait menaçante, mais dès que ses yeux s'habituaient, tout réapparaissait comme par magie – ses jouets, ses poupées – et elle pouvait dormir tranquille. Lentement, le regard de Sandra s'habitue, s'adapte. Le souvenir de la lumière s'estompe et elle distingue quelque chose.

Autour d'elle, les silhouettes émergent à nouveau. Sur le retable, saint Raymond réapparaît, brillant. De même que le Christ juge et les deux anges se revêtent d'une luminosité différente. Sur l'enduit grossier des murs, terni par la suie, des formes se révèlent. Des fresques qui dépeignent des scènes de dévotion et de pénitence, mais aussi de pardon.

Le miracle s'opère sous les yeux incrédules de Sandra. La plus pauvre des chapelles, la seule sans marbre ni ornements, devient magnifique.

Une lumière nouvelle affleure des murs nus, formant des reflets turquoise qui irradient jusqu'à la voûte. Des filaments étincelants grimpent sur les colonnes qui semblaient dépouillées. L'effet d'ensemble est une lueur bleu ciel qui évoque les profondeurs calmes d'un océan. Il fait toujours noir, mais un noir aveuglant.

Sandra sourit. *De la peinture phosphorescente.*

Il existe une explication logique, mais ce qu'elle a accompli intérieurement pour la découvrir n'a rien de rationnel. De l'abandon pur, l'acceptation de sa propre limite, une agréable résignation à l'insondable, à l'incompréhensible. La foi.

Voilà le dernier cadeau de David. Son message d'amour pour elle. *Accepte ma mort, sans te demander pourquoi nous avons eu ce destin. Ainsi tu pourras être à nouveau heureuse.*

Sandra lève la tête et le remercie.

— Il n'y a pas d'archives ici. Le seul secret est toute cette beauté.

Des pas dans son dos. Sandra se retourne et aperçoit Marcus.

— La découverte de la phosphorescence remonte au XVIIe siècle, on la doit à un cordonnier de Bologne qui avait rassemblé des cailloux, les avait calcinés avec du charbon et avait observé un phénomène étrange : après avoir été exposés à la lumière du jour, ils émettaient de la lumière dans l'obscurité pendant des heures. Ce que vous voyez fut réalisé quelques décennies plus tard de la main d'un artiste anonyme qui a utilisé la substance du cordonnier pour peindre la chapelle. Imaginez la stupeur des gens de l'époque, qui n'avaient jamais rien vu de semblable. Aujourd'hui cela ne nous surprend plus autant parce que nous connaissons le phénomène. En tout cas, chacun peut choisir d'y voir une énième singularité de Rome ou un prodige quelconque.

— Je voudrais voir le prodige, je le voudrais vraiment, admit Sandra un peu tristement. Or la raison prévaut. La même qui me dit que Dieu n'existe pas et que David n'est pas dans un paradis où la vie continue avec bonheur. J'aimerais tant me tromper.

— Je comprends, répond Marcus sans se démonter. La première fois qu'on m'a amené ici, on m'a dit que j'y trouverais la réponse aux questions que je me suis posées quand, après mon amnésie, on m'a révélé que j'étais prêtre. Je me suis demandé : s'il est vrai que je suis prêtre, où est ma foi ?

— Et quelle a été la réponse ?

— Que ce n'est pas un simple don, qu'il faut la chercher. Moi, je la cherche dans le mal.

— Un étrange destin nous unit. Vous devez régler vos comptes avec le vide de votre mémoire, moi avec les souvenirs trop nombreux de David. Je suis contrainte de me rappeler, vous condamné à l'oubli. Et maintenant, qu'allez-vous faire ?

— Je ne sais pas encore. Mais si vous me demandez si j'ai peur d'être corrompu un jour, je ne peux que vous répondre oui. Au début, je pensais qu'être capable de regarder le monde avec les yeux du mal était une malédiction. Mais quand j'ai retrouvé Lara, cela a donné un sens à mon talent. Je ne me rappelle pas qui j'étais dans le passé mais, grâce à ce que je fais, je sais enfin qui je suis.

— J'ai quelque chose à vous dire, reprit Sandra après une pause. Un homme vous cherche. Je croyais qu'il voulait trouver les archives, mais après ce que j'ai vu ici j'ai compris que son but est autre.

— Pourquoi ? demande Marcus, troublé.

— Je ne sais pas, mais il m'a menti. Il s'est fait passer pour un fonctionnaire d'Interpol mais je ne sais pas qui il est vraiment. Je crains qu'il ne soit très dangereux.

— Il ne me trouvera pas.

— Si : il possède une photo de vous.

— Et même s'il me trouve, que peut-il me faire ?

— Il vous tuera.

— Comment pouvez-vous l'affirmer ?

— Parce que s'il n'est pas policier et qu'il ne veut pas vous arrêter, alors ça ne peut être que ça.

— Je suis déjà mort une fois, déclare Marcus en souriant. Cela ne me fait plus peur.

Sandra se laisse convaincre par la sérénité du prêtre, il lui inspire confiance. Elle se souvient de sa caresse à l'hôpital, qui lui avait fait tant de bien.

— J'ai commis un péché que je n'arrive pas à me pardonner.

— Il existe un pardon pour tout, même pour les péchés mortels. Mais il ne suffit pas de le demander. Il faut partager la faute avec quelqu'un : le premier pas pour s'en libérer est de la révéler.

Sandra baisse la tête, ferme les yeux et ouvre son cœur. Elle lui raconte l'avortement, l'amour perdu et retrouvé, son autopunition. Tout sort naturellement. Elle imagine qu'elle se sentira libérée d'un poids, mais c'est le contraire. Le vide creusé à l'intérieur d'elle-même par un enfant jamais né se referme. Son angoisse cicatrise. Elle sent qu'elle devient une personne nouvelle.

— Moi aussi, j'ai une faute grave sur la conscience, lui dit ensuite Marcus. J'ai arraché des vies, exactement comme vous. Mais cela suffit-il à faire de nous des assassins ? Parfois on tue parce qu'on doit le faire, pour protéger quelqu'un ou par peur. Dans ces cas-là, il faudrait une autre grille de jugement.

Sandra est soulagée par ces mots.

— En 1314, en Ardèche, dans le sud de la France, la peste décima la population. Profitant de l'épidémie, une bande de brigands sema la terreur en pillant, violant et tuant. Les gens avaient peur. Alors quelques curés de montagne, démunis et novices, se réunirent pour faire face aux criminels. Ils s'armèrent et combattirent. Ils finirent par avoir le dessus. Des hommes de Dieu qui avaient fait couler du sang : qui leur pardonnerait ? Quand ils rentrèrent dans leurs paroisses, la population les acclama comme des sauveurs. Grâce à leur protection, il n'y eut plus de crimes en Ardèche. Par la suite, on appela ces curés les « chasseurs des ténèbres », précise Marcus en allumant un cierge avant de le tendre à Sandra. Ce n'est pas à nous que revient le jugement de nos âmes… Nous ne pouvons pas nous contenter de demander pardon.

À son tour, Sandra prend un cierge et l'allume avec celui de Marcus. Puis ils font de même avec toutes les bougies exposées aux pieds du Christ juge. Au fur et à mesure que la flamme collective reprend vie, elle se sent ragaillardie, comme le pénitencier le lui avait prédit. La cire coule à nouveau sur le sol. Sandra est sereine, contente, prête à rentrer chez elle. L'émission phosphorescente faiblit. Les fresques lumineuses disparaissent. Lentement, la chapelle redevient anonyme.

Sandra baisse les yeux et découvre que certaines gouttes sont rouges.

Elles forment une petite couronne de taches brunes. Mais ce n'est pas de la cire. C'est du sang.

Elle regarde Marcus et s'aperçoit qu'il saigne du nez.

— Attention, lui dit-elle.

Il ne s'en est pas rendu compte. Il porte une main à son visage puis regarde ses doigts salis.

— Ça m'arrive de temps en temps, puis ça passe. Ça passe toujours.

Sandra lui tend un mouchoir en papier.

— Il y a des choses de moi que je ne sais pas, dit-il en stoppant le flux de sang. Chaque fois que j'en découvre une nouvelle, cela me surprend, avant cela m'effrayait. Y compris les saignements de nez. Je ne sais pas d'où cela vient, mais cela fait partie de moi. Alors je me dis que peut-être, un jour, cela aussi m'aidera à me rappeler qui j'étais avant.

Sandra serre Marcus dans ses bras.

— Bonne chance, dit-elle.

— Adieu.

UN AN PLUS TÔT
Prague

Il était resté à Pripiat encore quelques mois, pour s'assurer que personne ne viendrait. Son travail sur sa dernière victime avait été long et prenant. L'homme n'avait pas réagi comme les autres, qui au bout de quelques heures de torture lui révélaient tout. Il avait passé des jours à le contraindre à parler et à tout raconter de lui, de sorte qu'il puisse apprendre à devenir lui. Bizarrement, le plus difficile avait été de lui faire dire son nom.

Le transformiste se regarda dans le miroir.

— Marcus, dit-il.

Cela lui plaisait.

Il était arrivé en ville depuis trois jours, il avait pris une chambre d'hôtel. Le bâtiment était ancien et, depuis sa fenêtre, il pouvait admirer les toits noirs de Prague.

Il avait beaucoup d'argent sur lui, soutiré au fil des ans aux hommes qui lui avaient cédé leur existence. Et un passeport diplomatique du Vatican, volé à sa dernière victime, dont il avait changé la photo. L'identité sur le document était déjà fausse, parce qu'elle ne correspondait pas à celle qu'il lui avait extirpée. L'explication était simple.

Le chasseur n'existait pas.

Les conditions étaient idéales pour le transformiste. Devenir un homme que personne ne connaît le protégeait définitivement du risque d'être découvert. Mais il n'en était pas encore certain. Il devait attendre, c'était pour cela qu'il était venu.

Il relisait les notes qu'il avait prises à Pripiat : une biographie sommaire de sa nouvelle identité. Uniquement les faits essentiels. Le reste, il l'avait appris par cœur.

À ce moment-là, la porte de la chambre s'ouvrit.

Un vieil homme au visage marqué et à l'air fatigué, vêtu de sombre, apparut sur le seuil. Il tenait un pistolet. Il ne tira pas. Il entra et referma la porte. Il semblait calme et déterminé.

— Je t'ai trouvé, dit-il. J'ai commis une erreur que je suis venu réparer.

Le transformiste se tut. Il ne bougea pas. Il posa sur une table basse les papiers qu'il lisait, l'air imperturbable. Il n'avait pas peur – il ne savait pas ce que c'était, on ne lui avait jamais appris – mais il était curieux. Pourquoi ce vieil homme avait-il les larmes aux yeux ?

— J'ai demandé à mon meilleur élève de te traquer. Mais si tu es là, c'est que Marcus est mort. Par ma faute.

Il pointa son arme sur le transformiste, qui n'avait jamais été aussi proche de la mort. Il avait toujours lutté pour survivre à sa nature même. Maintenant, il n'avait pas envie de se faire tuer.

— Attends, dit-il. Tu ne peux pas le faire. Ce n'est pas juste, Devok.

Le vieux s'arrêta net. Il était stupéfait. Pas à cause de la phrase, ni du fait qu'il connaissait son nom. C'était le son de sa voix.

Le transformiste avait parlé avec la voix de Marcus. Le vieil homme était désorienté.

— Qui es-tu ? demanda-t-il, effrayé.

— Comment, qui suis-je ? Tu ne me reconnais pas ?

Il avait prononcé ces mots sur un ton implorant. Parce que l'arme du transformiste – la seule dont il avait besoin, la plus efficace – était l'illusion.

Ce qui se produisait sous les yeux du vieux était incompréhensible. Il assistait à une sorte de métamorphose.

— Ce n'est pas vrai. Tu n'es pas lui.

Il était certain d'avoir raison, pourtant quelque chose le bloquait. L'affection qu'il ressentait pour son élève. Elle lui ôtait la force d'appuyer sur la détente.

— Tu as été mon maître, mon mentor. Ce que je suis, c'est à toi que je le dois. Et maintenant tu voudrais me tuer ?

Tout en parlant, il s'approchait. Un pas à la fois.

— Je ne te connais pas.

— Il existe un lieu où le monde de la lumière rencontre celui des ténèbres, récita-t-il. C'est là que tout se produit : dans la terre des ombres, où tout est rare, confus, incertain. Nous sommes les gardiens de cette frontière. Mais parfois, quelque chose réussit à passer. Et moi, je dois le renvoyer dans l'obscurité.

Le vieux trembla, il cédait. Le transformiste était tout près de lui, désormais, il pouvait lui arracher son arme, quand il vit la première goutte tomber sur la moquette. Il saignait du nez. Ces saignements étaient la seule chose qu'il ne pouvait pas changer. Sa seule caractéristique originale. Le reste, il l'empruntait. Sa véritable identité, enterrée sous des dizaines d'autres, était contenue dans ce signe particulier.

L'illusion se brisa et le vieil homme comprit la tromperie.

— Malédiction.

Le transformiste se jeta sur la main qui tenait l'arme et l'attrapa de justesse. Le vieil homme tomba en arrière. Allongé sur la moquette, il éclata de rire, essuyant sa main pleine de sang sur sa chemise. Le transformiste en était couvert.

— Pourquoi ris-tu ? N'as-tu pas peur ?

— Avant de venir ici, j'ai confessé mes péchés. Je suis libre et prêt à mourir. Et puis, cela m'amuse que tu croies qu'il te suffira de me tuer pour résoudre tes problèmes, alors qu'ils ne font que commencer.

Le transformiste répondit, méfiant :

— Peut-être le silence est-il préférable, qu'en dis-tu ? Il est plus approprié de s'en aller sans un mot. Plus digne, non ? Tous les hommes que j'ai tués ont sali leur mort avec des phrases banales, insipides. Ils imploraient ma pitié, me suppliaient. Sans savoir que pour moi ce n'était que la confirmation de leur médiocrité.

— Pauvre idiot, dit le vieil homme en secouant la tête. Un prêtre meilleur que moi est déjà à tes trousses. Il possède les mêmes aptitudes que toi : il peut devenir qui il veut. Mais il n'est pas transformiste, il ne tue personne. Il ravit l'identité des personnes disparues. En ce moment, il est fonctionnaire à Interpol et il a accès à toutes les enquêtes de police. Il ne mettra pas longtemps à te trouver.

— Bien, maintenant tu vas me dire comment il s'appelle.

— Même si tu me torturais, cela ne servirait à rien, dit le vieux en riant à gorge déployée. Les pénitenciers n'ont pas de nom. Ils n'existent pas, tu devrais le savoir.

Alors que le transformiste se demandait s'il bluffait, le vieil homme profita de la situation pour lui sauter dessus. Il attrapa le pistolet et le pointa vers le bas, révélant une agilité insoupçonnable. L'épreuve de force reprit, mais cette fois le vieil homme ne lâcha pas sa prise.

Un coup partit vers le miroir et le transformiste vit sa propre image se briser. Il orienta l'arme vers son adversaire et appuya sur la détente. Les traits du vieux se figèrent en une grimace craintive, les yeux écarquillés et la bouche ouverte. Le projectile lui avait perforé le cœur. Pourtant, au lieu de s'écrouler en arrière il tomba vers l'avant, entraînant son assassin avec lui. Le choc contre le sol fit partir un troisième coup de feu. Le transformiste crut voir la balle passer comme une ombre fugace devant ses yeux, avant d'aller se nicher dans sa tempe.

Étendu sur la moquette en attendant la fin, il observait son image reflétée dans les mille fragments du miroir explosé. Il y voyait toutes ses identités, les visages qu'il avait volés. Comme si sa blessure à la tempe les avait libérés de la prison de son esprit.

Ils le regardaient. Petit à petit, il les oublia.

Avant de mourir, il ne sut plus qui il était.

07 h 37

Le cadavre ouvrit les yeux.

NOTE DE L'AUTEUR

Cette histoire est née de deux rencontres inoubliables.

La première a eu lieu à Rome, un après-midi de mai, avec un prêtre pour le moins singulier. J'avais rendez-vous avec le père Jonathan, piazza delle Cinque Lune, à l'heure du crépuscule. Inutile de dire qu'il l'avait fixé lui-même, et quand je lui ai demandé d'être un peu plus précis quant à cette « heure du crépuscule », il m'a répondu placidement : « Avant que la nuit tombe. » Je me suis présenté très en avance.

Il était déjà là.

Pendant les deux heures suivantes, le père Jonathan m'a parlé de la pénitencerie, des archives des péchés et du rôle des pénitenciers dans le monde. Je me disais qu'il était incroyable que personne n'ait jamais raconté cette histoire. Notre promenade dans les rues de Rome s'est achevée à Saint-Louis-des-Français, devant le *Martyre de saint Matthieu* du Caravage, qui représente la première épreuve de la formation des curés-profileurs.

Les prêtres collaborent souvent avec les forces de l'ordre. Depuis 1999, il existe en Italie une équipe « antisecte » au sein de laquelle ils aident la police à mieux comprendre ce qu'on appelle les crimes sataniques. Non qu'il y ait un démon à débusquer, mais à cause de la connotation démoniaque que certains criminels, surtout des assassins, attribuent à leurs gestes. L'expliquer contribue à élucider le mobile de certains crimes atroces et à créer une casuistique utile aux enquêtes.

Pendant les deux mois qui ont suivi notre rencontre, le père Jonathan m'a *instruit* : il m'a décrit la fonction de son ministère particulier et m'a révélé les secrets des lieux magiques de Rome que nous avons visités ensemble (ce qui me laissait parfois sans voix) et qui sont décrits dans le roman. Il m'a donné des leçons en tout genre, ses connaissances s'étendant des affaires criminelles à l'art, à l'architecture, à l'histoire et même à l'origine des peintures phosphorescentes.

Quant aux questions de foi et de religion, il a gentiment toléré mes perplexités et il a accepté de se confronter personnellement à mes critiques. Au bout du compte, je me suis aperçu que j'avais accompli un parcours spirituel involontaire qui m'a aidé à mieux comprendre le type de récit que je devais écrire.

Dans la société moderne, la spiritualité est souvent tournée en ridicule, considérée comme l'opium du peuple ou encore comme une pratique *new age.* Les individus ont perdu la distinction élémentaire entre le bien et le mal. Ce qui a conduit à offrir Dieu aux intégristes, aux extrémistes et aux dessinateurs humoristiques (parce que les fanatiques de l'athéisme ne sont pas si différents des fanatiques religieux).

Tout ceci a produit une incapacité à regarder à l'intérieur de soi, au-delà des catégories de l'éthique et de la morale – ainsi que de celle, tout à fait aléatoire, du « politiquement correct » –, pour trouver la dichotomie essentielle qui permet de discerner et évaluer tout comportement humain.

Bien et mal, yin et yang.

Un jour, le père Jonathan m'a annoncé que j'étais prêt à raconter mon histoire, il m'a souhaité « d'être toujours dans la lumière » ; il a pris congé en me promettant que nous nous reverrions. Cela n'a pas eu lieu depuis. Je l'ai cherché sans succès et j'espère que grâce à ce roman je le retrouverai bientôt. Même si une partie de moi sent que cela n'arrivera pas, parce que tout ce que nous avions à nous dire a été dit.

La seconde personne que j'ai rencontrée est N.N., qui a vécu entre le XIXe et le début du XXe siècle.

Le premier (et jusqu'ici le seul) tueur transformiste de l'histoire, qui constitue l'un des cas les plus intéressants en criminologie.

N.N. ne sont pas les initiales de son nom mais l'acronyme de l'expression latine *Nomen Nescio* qui, par convention, indique les individus sans identité (comme le nom John Doe dans le monde anglo-saxon).

En 1916, le cadavre d'un homme d'environ trente-cinq ans fut retrouvé sur une plage d'Ostende, en Belgique. Il était mort noyé. Il portait des vêtements et avait sur lui des papiers indiquant qu'il était un employé disparu deux ans auparavant à Liverpool. Quand les autorités montrèrent le corps aux proches venus exprès d'Angleterre, ils ne le reconnurent pas et affirmèrent qu'il y avait erreur sur la personne.

Pourtant, les photos fournies par sa famille témoignaient d'une certaine ressemblance entre N.N. et l'employé anglais. Et ce n'était pas la seule affinité. Les deux hommes avaient en commun une passion pour le pudding et les prostituées aux cheveux roux. Ils prenaient tous deux un remède contre le mal au foie et, plus important, boitaient légèrement de la jambe droite (dans le cas du noyé, le médecin légiste le déduisit de l'usure de sa semelle et d'une formation calleuse sur le côté du pied droit, signe que le poids du corps y était concentré).

En plus de ces similitudes, au dernier domicile de N.N. la police retrouva des documents et objets ayant appartenu à des individus originaires de plusieurs pays européens. L'enquête montra par la suite qu'ils avaient tous disparu de façon soudaine et sans laisser de traces. Mais, surtout, les disparitions pouvaient être classées selon l'âge des victimes, qui croissait constamment.

On en déduisit que N.N. les choisissait dans le but de prendre leur place.

On ne retrouva pas les cadavres, mais on présuma que N.N. avait tué ces hommes afin de prendre leur identité.

L'affaire, peu étayée au niveau scientifique à cause de la faiblesse des techniques d'enquête de l'époque, fut oubliée. Elle revint sur le devant de la scène dans les années 30, quand Courbon et Fail publièrent leurs premières études psychiatriques sur le syndrome de Fregoli – du nom du célèbre artiste transformiste italien – et sur le trouble neurologique connu comme syndrome de Capgras. Ces deux pathologies étaient caractérisées par un phénomène inverse de celui de l'affaire N.N. : ceux qui en étaient affectés étaient convaincus de voir les autres se transformer. Or leur description encouragea une série d'approfondissements scientifiques qui permirent d'identifier d'autres syndromes, comme celui du caméléon, qui se rapproche beaucoup de l'affaire belge (et qui a inspiré *Zelig*, un magnifique film de Woody Allen).

L'affaire N.N. est le moment fondateur d'une nouvelle branche des sciences juridiques : les « neurosciences judiciaires », qui étudient les crimes en partant d'une matrice génétique ou physiologique. Ces techniques ont permis de comprendre ou de qualifier différemment certains délits. Par exemple, une remise de peine a été accordée à un meurtrier avec des problèmes de lobes frontaux et une carte génétique qui indiquait une prédisposition à la violence ; ou encore, on a démontré que le crime d'un homme qui avait massacré sa fiancée à coups de couteau avait été favorisé par une carence en vitamine B12 provoquée par vingt-cinq ans de végétalisme.

Dans tous les cas, le talent de N.N. reste un *unicum* qui jusqu'à aujourd'hui n'a été approché que par l'affaire de « la jeune fille au miroir » que j'ai racontée dans le roman.

Cette jeune Mexicaine a réellement existé même si, à la différence de N.N., elle n'a jamais tué personne. J'ai changé son nom et je l'ai appelée Angelina.

N.N. est enterré dans un petit cimetière au bord de la mer. Sur sa pierre tombale est gravée l'épitaphe : *Corps de noyé sans identité. Ostende, -1916.*

Donato Carrisi

REMERCIEMENTS

Stefano Mauri, mon éditeur. Pour sa passion et l'amitié dont il m'honore.

Avec lui, je remercie les éditions Longanesi et les maisons d'édition qui publient mes livres à l'étranger. Pour le temps et l'énergie investis afin que mes histoires arrivent à destination.

Luigi, Daniela et Ginevra Bernabò. Pour leurs conseils, les soins et l'affection qu'ils me réservent. Il est beau de faire partie de votre équipe.

Fabrizio Cocco – l'homme qui connaît les secrets de mes histoires –, pour son dévouement tranquille et pour être si *noir.*

Giuseppe Strazzeri, pour avoir posé son feu et son regard sur cette aventure éditoriale.

Valentina Fortichiari, pour sa poigne et son affection (je ne sais pas comment je ferais sans).

Elena Pavanetto, pour ses idées souriantes.

Cristina Foschini, pour sa présence lumineuse.

Les libraires, pour leur investissement chaque fois qu'ils confient un livre à un lecteur. Pour le travail magique qu'ils effectuent dans le monde.

Cette histoire est également née grâce à la contribution involontaire – et souvent inconsciente – d'une série de personnes que je cite dans un ordre rigoureusement aléatoire :

Stefano et Tommaso, parce qu'ils sont là maintenant. Clara et Gaia, pour la joie qu'elles me donnent. Vito Lo Re, pour son incroyable musique et pour avoir trouvé Barbara. Ottavio Martuccio, pour son cynisme gentil. Giovanni « Nanni » Serio, parce qu'il est Shalber ! Valentina, qui me considère comme faisant partie de la famille. Francesco « Ciccio » Ponzone, il est génial. Flavio, un méchant au cœur tendre. Marta, qui ne s'économise jamais. Antonio Padovano, pour ses leçons sur le goût de la vie. Zia Franca, parce qu'elle est toujours là. Maria « Ià », pour un après-midi splendide au Quirinal. Michele et Barbara, Angela et Pino, Tiziana, Rolando, Donato et Daniela, Azzurra. Elisabetta, parce qu'il y a beaucoup d'elle dans cette histoire.

Chiara, qui me remplit d'orgueil. Mes parents, à qui je dois tout le meilleur.

Leonardo Palmisano, un de mes héros. Je ne parlerai jamais de toi au passé et je ne t'oublierai jamais.

Achille Manzotti, qui en 1999 m'a donné la possibilité de débuter cet étrange métier en me demandant d'écrire l'histoire d'un prêtre nommé don Marco. Le choix du nom Marcus pour le protagoniste est un hommage au génie de ce grand producteur, à sa folie et, surtout, à son flair pour trouver des scénaristes.

Donato Carrisi
dans Le Livre de Poche

Le Chuchoteur n° 32245

Cinq petites filles ont disparu. Cinq petites fosses ont été creusées dans la clairière. Au fond de chacune, un petit bras, le gauche. Depuis le début de l'enquête, le criminologue Goran Gavila et son équipe ont l'impression d'être manipulés. Chaque découverte macabre les oriente vers un assassin différent. Lorsqu'ils découvrent un sixième bras, appartenant à une victime inconnue, ils appellent en renfort Mila Vasquez, experte en affaires d'enlèvement. Dans le huis clos d'un appartement, Gavila et ses agents vont échafauder une théorie à laquelle nul ne veut croire... Un époustouflant thriller littéraire, inspiré de faits réels.

Le Livre de Poche s'engage pour l'environnement en réduisant l'empreinte carbone de ses livres. Celle de cet exemplaire est de :
550 g éq. CO_2
Rendez-vous sur
www.livredepoche-durable.fr

PAPIER À BASE DE
FIBRES CERTIFIÉES

Composition réalisée par DATAGRAFIX

Achevé d'imprimer en mai 2013 an France par
CPI – BRODARD ET TAUPIN
La Flèche (Sarthe)
N° d'impression : 73362
Dépôt légal 1re publication : juin 2013
LIBRAIRIE GÉNÉRALE FRANÇAISE
31, rue de Fleurus – 75278 Paris Cedex 06

31/6875/4